ROSTOS ESQUECIDOS

UMA JORNADA DE AMOR E SEGREDOS NA GRANDE GUERRA

V. S. ALEXANDER

ROSTOS ESQUECIDOS

UMA JORNADA DE AMOR E SEGREDOS NA GRANDE GUERRA

TRADUÇÃO: Elisa Nazarian

GUTENBERG

Copyright © 2021 V. S. Alexander
Copyright desta edição © 2024 Editora Gutenberg

Publicado originalmente pela Kensington Publishing Corp.
Direitos de tradução de Sandra Bruna Agencia Literaria, SL.
Todos os direitos reservados.

Título original: *The Sculptress*

Todos os direitos reservados pela Editora Gutenberg. Nenhuma parte desta publicação poderá ser reproduzida, seja por meios mecânicos, eletrônicos, seja via cópia xerográfica, sem a autorização prévia da Editora.

EDITORA RESPONSÁVEL
Flavia Lago

EDITORAS ASSISTENTES
Natália Chagas Máximo
Samira Vilela

PREPARAÇÃO DE TEXTO
Natália Chagas Máximo

REVISÃO
Claudia Vilas Gomes

CAPA
© *ILINA SIMEONOVA /*
Trevillion Images

ADAPTAÇÃO DE CAPA
Alberto Bittencourt

DIAGRAMAÇÃO
Waldênia Alvarenga

Dados Internacionais de Catalogação na Publicação (CIP)
Câmara Brasileira do Livro, SP, Brasil

Alexander, V. S.
  Rostos esquecidos : uma jornada de amor e segredos na Grande Guerra / V. S. Alexander ; tradução Elisa Nazarian. -- 1. ed. -- São Paulo : Gutenberg, 2024.

  Título original: The Sculptress

  ISBN 978-85-8235-733-0

  1. Ficção norte-americana I. Título.

24-192951   CDD-813

Índices para catálogo sistemático:
1. Ficção : Literatura norte-americana 813

Tábata Alves da Silva - Bibliotecária - CRB-8/9253

A **GUTENBERG** É UMA EDITORA DO **GRUPO AUTÊNTICA**

São Paulo
Av. Paulista, 2.073, Conjunto Nacional
Horsa I . Sala 309 . Bela Vista
01311-940. São Paulo . SP
Tel.: (55 11) 3034 4468

Belo Horizonte
Rua Carlos Turner, 420
Silveira . 31140-520
Belo Horizonte . MG
Tel.: (55 31) 3465 4500

www.editoragutenberg.com.br
SAC: atendimentoleitor@grupoautentica.com.br

Para Alyssa Maxwell, agradeço seu apoio e orientação.

—— ◆ PARTE UM ◆ ——

VERMONT E MASSACHUSETTS

1905-1917

CAPÍTULO 1

ELE ERA PROIBIDO, e Emma Lewis sabia disso.

Os dois se conheceram por acaso nas férias de verão, antes de um passeio a cavalo nas colinas arborizadas perto de Bennington, Vermont. Ele era primo de uma amiga; ela, filha de um comerciante de classe média alta, que se tornou um proprietário rural nas montanhas do oeste de Massachusetts.

Kurt Larsen apelava para o que ela tinha de perverso, o esperançoso prazer de algum tabu primitivo, que ainda não se realizara por completo. Ela o considerava "sombriamente romântico", frase emprestada de uma de suas leituras clássicas, como contara às suas amigas naquela noite, embora ele fosse alto, de pele clara e loiro. Passados apenas dois meses do seu 15º aniversário, Emma ansiava por novas experiências e estava disposta a ocupar o seu lugar entre amigas mais cientes sobre o mundo do que ela. Duas gloriosas semanas na fazenda, com três amigas, duas de Boston e Charlene da fazenda de Vermont, além do primo em visita, que se instalou alguns dias depois da chegada das moças.

– Meu belo primo – Charlene disse assim que Kurt entrou na cozinha pisando firme, enquanto as garotas terminavam o café da manhã.

Usava culotes, botas pretas engraxadas e uma folgada camisa branca de verão. Às suas costas, estava presa uma mochila de xadrez escocês feita de algodão. Ele tirou-a com facilidade dos ombros, antes de se acomodar em uma cadeira vaga.

Charlene sacudiu o cabelo ruivo dos ombros e lhe deu pouca atenção, enquanto as outras, inclusive Emma, flertando e lançando olhares, caíram de encantamento como se ele fosse um deus grego – imaginado pelas descrições em seus estudos. Pelos padrões de Emma, Kurt era uma novidade, e fascinante, mais adulto do que os rapazes provincianos que ela conhecia e que viviam perto de sua fazenda nos arredores de Lee. Nenhum deles a cortejava, sua mãe ainda não permitiria tal prática; eram amigos, apenas companheiros de escola.

Jane e Patsy, as duas amigas da cidade, que poderiam ser irmãs, tal a semelhança com o cabelo castanho amarrado atrás, e nariz petulante, tentaram todo tipo de conversa fiada para chamar a atenção de Kurt. Perguntaram sua idade, que escola frequentava, onde vivia e, a pergunta mais importante de todas, se ele tinha uma namorada. Kurt respondeu às perguntas em estilo professoral: Dezessete; seu pai queria que ele cursasse a faculdade de Direito depois do curso introdutório, de preferência, Harvard; era de Swampscott, uma cidade turística a norte de Boston; e não, não tinha namorada. Que rapaz procurando progredir, com longos anos preparatórios de estudos à frente, poderia se permitir um envolvimento sério com uma moça? Ao dizer isso, ele olhou diretamente nos olhos de Emma, com uma determinação glacial que a assustou. No entanto, de certo modo deixou-a impressionada com a força do seu caráter. Nunca tinha visto tal determinação madura em um garoto.

As garotas notaram a atenção de Kurt para Emma e provocaram-na:

– Emma tem um novo pretendente – Jane disse com um sorriso coquete.

– De que cor é seu cabelo, Emma? – Patsy perguntou, com um ar displicente. – Castanho-escuro ou preto?

– Depende da luz – Emma respondeu, corando. Não tinha interesse por tal bobagem infantil.

❖

Pouco antes do meio-dia, o quinteto partiu da casa da fazenda levando almoço para um piquenique. O sol tinha subido acima dos cumes, reluzindo por entre as nuvens brancas onduladas, despejando uma luz dourada sobre a casa caiada encravada na colina. O vento murmurava nos pinheiros. A luz do sol, quando livre da sombra da floresta, aquecia as costas deles. Um dia perfeito para cavalgar.

Emma, em suas próprias roupas de montaria, notou que Kurt não tinha dificuldade com seu cavalo, outro ponto a seu favor, segundo ela. Sentava-se aprumado, atento e seguro em seu capão. Ela se equiparava a ele como amazona, tendo cavalgado durante anos os animais criados por seu pai, mas, a certa altura, Kurt pegou as rédeas de sua égua castanha, conduzindo-a pela trilha, além do fluxo célere de um vasto rio marrom-esverdeado, e entrando em um vale repleto de pinheiros, bordos, lodoeiros e o véu enevoado de uma cachoeira. Pararam junto à água, e os cavalos beberam.

– Continuem, a gente alcança vocês – Kurt estimulou as outras meninas, enquanto pulava com facilidade de seu cavalo e oferecia a mão a Emma, embora ela não precisasse de ajuda para desmontar.

– Tem uma clareira a menos de 1 quilômetro à frente – Charlene disse, um pouco irritada, de sua sela. – Não se atrasem para o almoço.

Jane e Patsy cerraram os lábios e seguiram adiante, enquanto Emma assistia, divertindo-se em silêncio.

Enquanto ela e Kurt ficaram junto ao rio, a água borbulhando sobre rochas cobertas de musgo, ele tocou na mão dela.

A sensação dos dedos dele em sua pele chocou Emma mais do que ela poderia imaginar, nunca tendo sentido nada daquilo, algo fascinante e ao mesmo tempo surpreendente, um arrepio elétrico subindo pelo braço e indo direto para o coração.

Pelas batidas em seu peito, pelo afluxo de sangue no rosto, Emma entendeu, de maneira inata, que o toque inocente de Kurt poderia acabar levando-a para outro lugar, um lugar a que seus pais, em desaprovação, nunca permitiriam, e que ela, naquele momento empolgante, poderia ter aberto sua própria caixa de Pandora. Algo desabrochou dentro dela como um açafrão apontando na neve, como desejos ainda não liberados, sinalizando que o mundo dos homens jamais seria o mesmo.

– Não dê atenção a minha prima, nem às outras meninas – ele disse. – Seu cabelo é lindo. Eu diria que é preto, mas com nuances de vermelho quando você sai para a luz. É quase da cor de suas faces, quando fica corada.

Os dedos dele, como uma luva de cetim, roçaram seu braço, subindo em direção ao ombro. Uma descarga de excitação nervosa floresceu dentro dela, fazendo tremer seus membros e sua mente precipitar-se, incitando Kurt a ir em frente com sua exploração, talvez chegar até os seios. No entanto, não deu para ignorar a voz de sua mãe explodindo dentro de cabeça como uma santa protetora, advertindo-a para que parasse a mão do capeta.

– Não – ela disse, afastando a mão dele. – Não quero decepcionar Charlene; ela planejou um piquenique perfeito. – Foi a única desculpa que conseguiu arrumar.

– Você é jovem, não é? – Ele pegou as rédeas do seu cavalo e afastou-o da água.

– Tenho 15 anos – ela respondeu, segura de ser mulher suficiente.

– Ah, mas com a graça de Deus! Salvo pela boca da verdade inocente. – Ele montou em seu cavalo e deixou-a parada junto ao rio.

O coração de Emma despencou, e ela se perguntou se tinha errado ao não o deixar continuar com a exploração. Seria tão errado ficar perto de um rapaz, talvez íntima? A sensação de calor e ternura percorrendo seu corpo tinha sido maravilhosa. Teria percebido o mesmo nele ou se enganado?

No piquenique, em um cobertor estendido sobre a exuberante relva de verão, ele a evitou e passou o tempo provocando Jane e Patsy, piscando para elas, rindo de suas brincadeiras triviais, agradando seus braços descobertos, aquecidos pelo sol.

A certa altura, Charlene agarrou um anel de rubi com aro de ouro do dedo de Kurt e enfiou-o no anular de sua mão esquerda.

– Veja – provocou, com os olhos imensos, a boca carnuda torcida em uma vitória desdenhosa. – Sou casada com meu primo. Não era assim que costumava ser antigamente… desposar o primo?

– Isto é nojento – Jane respondeu. – Devolva o anel para ele.

Kurt deitou-se no cobertor, sua forma esguia e chamejante como um calor incandescente à luz do sol, um sorriso instalado nos lábios.

– Ah, ela vai devolver ou pagar caro por isso, não é, prima?

Rindo, Charlene tirou o anel do dedo e atirou-o para Kurt. O anel quicou em seu peito e aterrissou próximo a seu pescoço. Ele o ergueu, voltando o rubi para o sol, o que fez a pedra faiscar carmesim na luminosidade.

A atenção de Kurt a suas amigas provocou um sentimento em Emma – ciúme –, sobre o qual havia lido e refletido, mas nunca experimentado nesse nível. Mas havia um novo sentimento mais profundo, mais sombrio, do qual ela não conseguiu se livrar, quando Kurt deixou a fazenda no dia seguinte.

Ela poderia jurar que era amor, mas, de algum modo, ele se distorcera para algo inflamado e cheio de desejo, como se não conseguisse viver sem ele, e não houvesse vida em seu corpo solitário, caso Kurt desistisse dela.

Vários dias depois, tendo se banhado em água morna, na banheira de pedra do banheiro de casa, Emma pegou seu bloco e o lápis de carvão em seu quarto, muito parecido com o que fazia desde que o pai a presenteara com um material de desenho, quando ela estava com 6 anos. Fez um esboço amoroso de Kurt, a curva do culote em suas pernas, a largura do peito, a musculatura esguia de seus braços. O rosto foi outra questão: a testa abaulava alto demais, o nariz ficou muito grosso e os lábios eram excessivamente meigos. Emma reparou que tinha dificuldade com rostos e, no caso de Kurt, após sua partida, só podia admirar e ter esperança de recriá-lo de memória.

– Emma, sente-se direito. Preste atenção na postura. Não é atraente uma jovem ficar largada.

A jovem cutucou com o garfo as ervilhas do seu prato. Os almoços de domingo, a grande refeição do dia após a igreja, podiam ser uma tortura.

– Não estou largada, mamãe. Só me curvei para frente para alcançar as minhas ervilhas.

– Sua mãe tem razão, Emma – disse o pai. – Postura é tudo... Aparência e apresentação, minha querida.

Fazia dois meses desde que conhecera Kurt, em Vermont, e ela não conseguia pensar em mais nada além do rapaz esguio que ocupava seus sonhos. A proximidade da escola, o fim do verão na Nova Inglaterra e as manhãs dominicais na Igreja Episcopal de arenito vermelho, nada disso tinha significado para ela, bem como os outros poucos rapazes que preenchiam seus dias.

Seu pai comprara a fazenda próxima à Lee, ao sul de Pittsfield, quando Emma tinha 5 anos. Um vizinho, em Boston, a havia provocado sobre a mudança para o campo, dizendo: "Se não tomar cuidado, os índios vão pegá-la", e por várias semanas ela temeu ficar sozinha no vasto quintal vazio, ou dormir com as janelas abertas em seu quarto no segundo andar.

Sua mãe, Helen, almoçava com gestos polidos, esticando-se o mínimo possível, movimentando os braços como um brinquedo mecânico. Não havia trocado de roupa depois da igreja; continuava com o sombrio vestido preto, realçado por uma gola alta de cetim, que chegava quase até o queixo. Os únicos acessórios a que ela se permitia eram uma faixa cinza que descia da cintura acompanhando o comprimento do vestido, chegando às panturrilhas, e um alfinete com um conjunto de diamantes preso ao corpete, para o uso utilitário de prender o chapéu.

Seu pai, George, comia de maneira mais relaxada, em seu terno marrom, camisa com gola redonda e gravata borboleta listrada, mas, para grande irritação de Emma, acatava as vontades de Helen e repetia suas impressões a não ser, é o que parecia, em um caso antigo: a decisão de se mudar de Boston para a cinquentenária casa de fazenda próxima à Lee. Isto aconteceu com a venda da Companhia de Chá Lewis, herdada por ele, de seu pai, quinze anos antes. Quando chegou a hora de comprar a propriedade, ele não sucumbiu aos pedidos ou às lágrimas da esposa.

– Chega de Boston – disse a ela. – Quero criar cavalos e levar uma vida livre de multidões e preocupações. Em Lee podemos pensar, podemos ser nós mesmos.

Helen tocou a sineta de prata ao seu lado. Matilda, uma empregada de meia-idade vinda de Lee, que cozinhava e limpava para a família nos fins de semana, correu até a mesa. Na ainda ágil, mas prematuramente grisalha Matilda, Emma encontrou uma aliada, ao que parecia uma mulher que gostava dos erros, das loucuras, das alegrias e da plenitude da vida.

– Por favor, tire a mesa, Matilda – a mãe ordenou. – Temos um encontro nesta tarde a que devemos comparecer.

– Não acabei a minha sobremesa – retrucou o pai, com um pedaço de torta de mirtilo silvestre rolando na boca.

Helen sacudiu a cabeça:

– Você não deve falar com boca cheia. Vamos logo… Não devemos deixar o sr. French esperando.

Emma pousou o garfo no prato e olhou para a janela aberta da sala de jantar. Ainda que fosse final de agosto, o dia tinha uma aparência outonal. Um denso nevoeiro, vindo do oeste, cobria os picos das colinas e revestia a relva com uma camada de bruma. A brisa do amanhecer havia se dissipado, e as cortinas estavam moles devido a umidade junto às molduras brancas da janela. Charis, o gato malhado dos Lewis, tinha se enfiado entre as cortinas e a tela, parecendo uma sombra diáfana ao vigiar o quintal lateral em busca de camundongos e esquilos.

Emma não estava no clima para um passeio vespertino, nem para uma companhia, principalmente para uma visita ao sr. French, homem que ela não conhecia.

– Preciso ir? Tenho uma leitura para fazer para o próximo ano.

Ela não tinha a intenção de estudar. Juntava coragem para escrever uma carta para Kurt, depois de receber seu endereço por intermédio de Charlene.

– Claro que você precisa ir! – Sua mãe colocou as mãos entrelaçadas sobre a mesa e enrijeceu as costas. – Não se recusa um convite do sr. Daniel Chester French, o grande escultor.

– Quem? – Emma perguntou.

Matilda piscou para ela do outro lado da mesa e acenou com a cabeça como que dizendo 'preste atenção em sua mãe'.

– O escultor, reconhecido mundialmente, do patriota americano de Concord, o homem que homenageou John Harvard em sua própria faculdade, o artista que deu vida a tantos rostos famosos do passado.

– Que honra – Matilda disse, continuando sua fala quase particular com Emma. – Acho que uma jovem ficaria emocionada ao conhecer um homem tão famoso.

Helen fungou e disse:

– Tem razão, Matilda. Você *realmente* tem uma boa cabeça sobre os ombros.

George terminou a torta e colocou o prato de lado, para que Matilda pudesse levá-lo.

– Deixe-me aprontar e preparar os cavalos.

Seguindo o comando de Helen, todos se levantaram da mesa.

Quando Emma foi até a escada para pegar seu chapéu, Matilda cochichou:

– O sr. French é um homem famoso, conhecido há anos nesta região. Talvez você aprenda alguma coisa.

– O que posso aprender? – Emma retrucou. – Preferia ficar em casa. Minha mãe sempre foi atraída por dinheiro e fama.

– *Shhh*. Vai ser bom para você sair de casa e parar de definhar por aquele menino. Não é saudável… Quando for mais velha, vai descobrir isso.

– Tudo bem – ela disse, subindo a escada, mas sua mente estava bem longe do sr. Daniel Chester French.

❖

Em segredo, o pai de Emma havia incentivado a filha a desenhar quando ela exibiu um interesse prematuro. Sua mãe não, pois considerava detestáveis os desejos artísticos femininos.

– Ninguém jamais atrai um marido que valha a pena por meio dessas atividades – advertira certa vez ao marido, com Emma ao alcance da voz.

No entanto, a prática de desenhar, de início relegada ao celeiro, permitia que a menina se recolhesse, perdesse a noção da hora e preenchesse o tempo vago em seu quarto com algo que equivalia a uma realização. Sentia prazer em desenhar. Emma escondia debaixo da cama os desenhos terminados, onde sua mãe nunca se dignaria a olhar, e deixando para Matilda encontrá-los e cumprimentá-la por seu talento.

– Não vá contar para a mamãe – ela disse para a empregada. – Vai ser um segredo nosso. – Matilda estava mais do que disposta a guardar segredos, desde que ninguém, acima de tudo Emma, acabasse se machucando.

Ao subirem no coche, logo após a 1 da tarde, as nuvens densas ainda pairavam sobre eles. Com as pernas cobertas por um cobertor de lã para evitar a umidade, Emma e a mãe sentaram-se atrás, enquanto George assumia as rédeas na frente. No percurso de uma hora até a casa do francês, eles passaram por colinas revestidas de verde, lagos índigos e campos lavrados.

Emma foi se animando à medida que se aproximavam do destino, pensando que talvez Matilda tivesse razão, conhecer um homem tão famoso poderia ser uma honra, e que a experiência de uma nova forma artística esperava por ela. Chegaram à imponente residência de estuque e encontraram o escultor esperando por eles, na viela atrás da casa.

– Nunca vi tantas janelas em uma casa – Emma cochichou para a mãe. – É muito imponente.

– Não seja deselegante – a mãe disparou de volta. – Você já esteve em inúmeras casas magníficas em Boston. Lembre-se da sua educação.

Os cavalos relincharam ao parar, e George saltou da carruagem para apertar a mão do sr. French.

Emma analisou o rosto do escultor, como se fosse desenhá-lo. O que mais a surpreendeu em Daniel Chester French foi a afabilidade, uma gentileza que ela notou em sua fisionomia, apesar de ele preferir manter os lábios distantes de um sorriso, como se algum nível espiritual de seriedade artística guiasse sua consciência. Estava ficando careca, com os resquícios hirsutos de sua juventude cobrindo apenas os lados da cabeça, juntamente com algumas mechas insignificantes cruzando a moleira; um bigode volumoso e cheio, raiado de cinza, cobria do lábio superior até o nariz; os olhos eram bem-dispostos, escuros e pensativos; as orelhas grandes, com lóbulos acentuados. Usava paletó e calça cinza e uma camisa branca de colarinho alto, preso com uma gravata borboleta listada.

– Bem-vindos a Chesterwood – Emma ouviu o escultor dizer antes do falatório das apresentações. George abriu a porta do coche, soltando a escadinha, e ajudou a esposa a descer do veículo. Emma seguiu a mãe, segurando seu chapéu, enquanto descia os degraus.

– Um prazer conhecê-lo afinal – cumprimentou a mãe, quando o escultor lhe estendeu a mão. – Muito obrigada pelo convite para o chá.

– Sempre apreciei o chá Lewis – ele disse –, então, quando surgiu a ocasião de que poderíamos nos conhecer, não hesitei. – Ele fez uma pausa e apontou para uma grande construção próxima a casa. – Meu estúdio. Com frequência, recebemos visitas ali, na varanda: infelizmente, em dias como hoje, precisamos ficar dentro... Sinto muito que minha esposa não possa se juntar a nós, mas acho que o clima úmido provocou um resfriado de verão. Ela apresenta suas desculpas.

O brilho no olhar de Helen amorteceu um pouco com a notícia.

– Estava tão ansiosa por conhecê-la... Talvez em outra ocasião.

– É claro. Tenho certeza de que haverá outras oportunidades.

Ele os conduziu pelo quintal espaçoso, e, através das altas portas do estúdio, adentraram uma sala que se agigantava sobre a cabeça de Emma. Ela nunca tinha visto um espaço tão imponente, tal abundância de esculturas: moldes de gesso, trabalhos em bronze, animais maiores do que em tamanho natural, cupidos, bustos de mármore, figuras mitológicas, tudo exposto perante seu olhar. Uma excitação extasiada zumbiu dentro dela; Emma queria gritar. Como deveria ser maravilhoso dar vida a materiais inanimados, como bronze e mármore, uma espécie de magia divina semelhante ao nascimento!

O escultor notou a expressão de encantamento no olhar de Emma e inclinou-se para ela:

– Depois do chá, gostaria que você fizesse uma coisa para mim.

Helen arregalou os olhos, enquanto o coração de Emma se acelerava, antecipando o pedido misterioso do grande homem.

Ele os conduziu para uma sala no extremo norte do estúdio. Sentaram-se a uma mesa perto da lareira de mármore, em cadeiras *chippendale*. Tomaram chá Lewis, comeram bolo com cobertura e biscoitos de baunilha. A conversa sobre a história do pai dela com a empresa, a compra da propriedade em Lee, as atividades da mãe como esposa e dona de casa.

– Gostaria de fazer mais pela igreja – Helen contou ao escultor.

Emma suprimiu um esgar, pois sua mãe nunca demonstrara simpatia pelos membros da igreja, por seus grupos ou por suas atividades. Helen sentia-se satisfeita em ficar em casa pensando em coisas para George fazer, enquanto reclamava sobre a falta de comodidades desde que deixaram a cidade, a escassez de vida cultural e a ausência de qualquer amigo inteligente.

O escultor pareceu detectar o significado sob as palavras da mãe:

– Em geral, acabamos envolvidos em nossas próprias vidas. – Virou-se para Emma. – Soube que você é boa com uma pena, minha jovem. Este foi um dos motivos de eu ter convidado sua família para vir aqui.

Helen estremeceu, e George se enrijeceu na cadeira.

– Onde foi que ouviu isto? – Helen perguntou.

– As notícias voam nos Berkshires como o raio em um dia de temporal – ele respondeu.

Emma sabia que só poderia haver uma resposta: *Matilda*.

As faces de George estufaram-se, o rosto empalidecendo com a exposição de seu incentivo secreto.

– Gostaria que desenhasse para mim – o escultor pediu. – Incito os jovens a aprender sobre Arte. Às vezes ensino… e se você demonstrar talento, pode vir estudar comigo.

A mãe interrompeu o que estava bebendo e pousou a xícara.

– Tenho certeza de que Emma não tem tal interesse, sr. French, mas sei que *seria* uma grande honra estudar com o senhor.

– Deveríamos deixar a artista decidir – o escultor retrucou, seus olhos pousando em Emma.

O pai assentiu.

Helen inclinou a cabeça, em desafio.

– George, realmente… Emma é jovem demais…

– Nunca se é jovem demais para aprender – o escultor disse e virou-se para a menina. – Está interessada em escultura?

Emma olhou para a sua xícara, depois para a mãe, e finalmente para o pai.

– Já vi estátuas antes, mas, até hoje, não sabia o quanto elas poderiam ser belas. Gostaria de aprender.

– Você me faria um desenho? Tenho um bloco de esboços e um lápis na sala de moldes. Deixe seus pais saborearem o chá.

Emma ouviu os sussurros apressados da mãe dirigidos ao pai, enquanto se levantava da cadeira. O escultor pegou-a pela mão, e eles foram até uma grande mesa de madeira, próxima às portas do estúdio.

– Olhe em volta, decida o que lhe interessa, deixe sua inspiração correr solta. – Ele se virou em um amplo círculo, e ela o acompanhou, absorvendo as esculturas a seu redor. – Sente-se ou fique em pé, faça como preferir, mas escolha o assunto e deixe-se preencher por ele. Crie. – Indicou o bloco e o carvão sobre a mesa. – Deixe que a arte se torne parte de você.

Emma respirou fundo. Estar ali era como estar no País das Maravilhas de Alice, e finalmente alguém, alguém importante, a apreciava por quem ela era. Pegou o lápis, a haste de madeira tremendo em sua mão, e sentou-se à mesa.

– Não fique nervosa – ele disse. – Se quiser, volto para seus pais. Ao que parece, pode ser preciso acalmar a sua mãe. Me dê uma rápida imagem em vinte minutos. Mais tarde, podemos entrar nos detalhes sutis.

Enquanto o escultor voltava para seus pais, o busto em mármore de um homem, um soldado com capacete, atraiu seu olhar.

French posicionou sua cadeira para voltar a se sentar, as pernas raspando o chão, e a conversa recomeçando.

O rosto fez com que ela se lembrasse do desenho de Perseu em seu livro de literatura clássica, onde ele segurava a cabeça cortada de Medusa.

O capacete fluiu de sua mão com facilidade, o carvão delineando a forma curva e avolumando-se em linhas agradáveis ao redor do rosto. Ela desenhou rapidamente, terminando uma semelhança tosca da cabeça, bem como o acréscimo de um corpo definido por bíceps musculosos, abdômen e pernas. A figura estava nua, mas, com exceção da cabeça, virada de lado para esconder quaisquer traços que pudessem constranger seus pais.

Os minutos evaporaram-se, e ela ergueu os olhos do bloco, para ver o escultor analisando-a do outro lado da sala. Seus pais encaravam-se por sobre a mesa.

Emma voltou para o rosto, mas, por mais que tentasse, não era em nada parecido com o busto. O nariz não tinha a delicadeza da escultura; os olhos, embora bem inanimados no mármore branco, tinham ainda menos vitalidade no papel do que na forma. O queixo estava anguloso demais e não trazia nada da suavidade do busto. Até ela podia perceber isso, enquanto voltava penosamente para a mesa. Olhou para uma das prateleiras entulhada de figuras de gesso e desenhos. Ali, no alto, estava a figura nua de uma mulher, e, em ângulo sob ela, a forma nua de um homem. Sua mãe teria desviado os olhos e recriminado a visão dos dois desenhos, mas Emma achou-os agradáveis, particularmente o homem, cuja figura frontal exibia todas as partes de sua anatomia. Pensou em Kurt e se perguntou como seria desenhá-lo.

– Vamos ver o que você criou. – Os lábios de French abriram-se em um meio-sorriso. Estava sentado como um juiz na ponta da mesa.

Ela lhe entregou o bloco, deixando apenas as costas do caderno visíveis para os olhos inquisidores da mãe, e esperou o veredito. Arrastava os pés, até Helen desferir-lhe um olhar que gritava: "Sente-se".

O escultor não teve pressa e, depois de alguns minutos de intensa análise, colocou sobre a mesa o desenho virado para cima. A mãe olhou de soslaio para a forma, fechou os olhos e se recostou na cadeira. O pai pareceu interessado, mas subjugado pelo que ela havia criado.

– Muito bom… trabalho respeitável… – O escultor levantou o bloco entre as mãos e mostrou-o aos pais de Emma. Sacudindo a cabeça, Helen desviou os olhos.

– Não tenho intenção de perturbá-la, sra. Lewis, mas o corpo humano é o pão com manteiga do artista… a não ser que a pessoa só tenha o domínio de paisagens, como os franceses, recentemente. Mas, ainda assim, não se pode ser um *verdadeiro* artista se não conhecer a forma, o que os franceses já demonstraram.

– Acho perverso – Helen murmurou, com o olhar ainda longe do desenho.

– Mãe? – Emma suplicou. – Você ouviu o que o sr. French disse?

Helen confirmou com um gesto de cabeça:

– Não quero falar disso.

– A senhora acha minha escultura perversa, sra. Lewis? Olhe a sua volta. A senhora verá o seio nu do mulherio, a forma masculina sem retoques.

A mãe apertou os lábios e encarou o marido. Emma temeu que o pior estivesse por vir, talvez na volta de coche para casa.

– Sua filha tem um talento em estado bruto – o escultor disse para o pai. – Se concordar, ela poderia estudar comigo pelos próximos dois verões, antes de partir para estudos mais avançados. A preparação lhe faria bem. Você gostaria disso, Emma?

Ela olhou para a mãe imóvel e, vendo nada além de resistência, concordou.

– Nunca experimentei escultura, mas gostaria de tentar… Caso o senhor ache que sou suficientemente boa.

– Claro. Será um trabalho difícil, mas valerá a pena. Durante o inverno, continue com seus desenhos, mas comece a pensar em termos tridimensionais, não apenas no papel, mas no espaço, em sua mente. – Ele voltou a olhar para o desenho. – O corpo está bom, mas temos que trabalhar o rosto. Concorda?

– Concordo. Rostos parecem ser meu ponto fraco.

– Quando você terminar aqui, não terá pontos fracos. – O sr. French levantou-se da cadeira. – Vamos dar uma volta pelo jardim, antes de vocês partirem. Ele é adorável em qualquer tipo de clima.

Emma levantou-se, as pernas cambaleando de excitação com a novidade. Estaria estudando com um dos melhores escultores do país. Mal podia esperar para contar a Charlene… e Kurt.

Sua mãe levantou-se rigidamente da cadeira e acompanhou o escultor, enquanto Emma e o pai caminharam atrás. Ao deixarem o estúdio, Emma e o pai trocaram um olhar que indicava que ambos sabiam o problema que viria. George sorriu, como que dizendo "Superaremos", e seguiu até a esposa que o afastou com o braço.

A volta de coche para casa foi tão glacial quando a friagem que havia se insinuado no ar.

Nada foi dito naquela noite, mas uma tensão silenciosa entre os pais de Emma crescia a cada dia, até a sala de visitas explodir quando Matilda saiu no final do dia, no domingo seguinte.

Emma nunca havia escutado uma discussão como aquela, e as palavras acaloradas e detestáveis trocadas no andar de baixo deixaram-na tremendo e chorando na cama, com medo de ter criado uma ruptura terrível e inalterável entre os pais. Mesmo depois de cobrir a cabeça com um travesseiro, ela escutava fragmentos da conversa aos berros:

– Como você *pôde* incentivá-la? – a mãe criticava.

– O talento de Emma é a arte; ela deveria ser incentivada!

– A arte é boa para homens de posses, não mulheres. Uma menina trabalhando como *escultora*?

– Você a condenaria a uma vida de servidão na cozinha?

– Melhor *isso* do que uma vida de pobreza com canalhas.

A discussão explodiu não com um estrondo, mas com um silêncio insuportável, que deixou a casa fria e calada, como se as andanças solitárias que se seguiram fossem sons criados por fantasmas melancólicos. O pai mudou-se para o que havia sido um quarto de hóspedes, deixando Helen sozinha em seu quarto conjugal, que fora deles desde que haviam se mudado para lá. Nas semanas seguintes, os dois se cumprimentavam friamente, estendendo este comportamento até para Emma, enquanto o pai se refugiava em seus próprios e tristes pensamentos. Emma acreditava que um acordo de vivências separadas poderia se prolongar até a primavera, quando a terra, e possivelmente os corações, descongelavam.

Em sua solidão, a jovem escreveu várias cartas a Kurt, nenhuma das quais foi respondida.

❖

Ao longo do inverno, Daniel Chester French enviou cartas periódicas aos pais de Emma, encorajando seus estudos. De início, Helen as ignorava, até receber um convite do escultor para conhecer outra vizinha famosa em Lenox, Edith Wharton. A chance de conhecer a escritora de *A casa da alegria* era demais para a mãe dispensá-la. Na primavera, Helen passou muitos dias em companhia de Wharton, e também nos meses em que a novelista não estava em viagem para o exterior. A inesperada amizade entre elas pareceu dar início à reconciliação dos pais, longamente esperada por Emma.

– Ela parece tão triste para uma mulher talentosa – Helen contou a eles certa noite, à mesa do jantar. – Tanto ela, quanto o marido... Nenhum casal casado deveria sofrer assim.

Ela estendeu a mão e pela primeira vez em meses tocou no braço do marido. Na noite seguinte, eles se reconciliaram, mudando novamente para o mesmo quarto.

Ao longo do verão, Emma foi a Chesterwood três vezes por semana, em seu cavalo, para ter aulas. Enquanto o escultor trabalhava nos projetos para suas esculturas ao ar livre, olhava por sobre o ombro de Emma e criticava seu trabalho com a argila de modelar, observando sua inata habilidade para criar a forma, mas falhando nos detalhes. Ela criou maquetes de argila e gesso, e até aprendeu técnicas para esculpir o mármore, sob a orientação de French. Emma aprendeu a amar o processo de trazer uma ideia, um desenho, a uma forma completa e maravilhou-se com o processo de criação.

Embora os pensamentos em Kurt diminuíssem durante sua orientação, ele nunca ficou longe da sua mente, especialmente depois de receber um convite de Charlene, no outono, para passar um tempo entre o Natal e o Ano-Novo na fazenda de Vermont. Emma soube que Kurt também fora convidado e prontamente providenciou uma resposta positiva.

⋄

– Você nunca respondeu às minhas cartas – Emma disse, mexendo na faixa vermelha do seu vestido.

Kurt, lia uma revista, sentado na poltrona *bergère* bem estofada, em frente a um fogo enfraquecido de toras de bétula, suas longas pernas esticadas em um banquinho otomano igualmente elegante, enquanto tentava fingir indiferença às atenções de Emma. Charlene e sua família já haviam se retirado, deixando a cargo de Kurt vigiar a lareira até as brasas apagarem. No andar de cima, havia quatro quartos: Charlene e os pais ocupavam quartos separados na frente da casa; os quartos de Emma e Kurt ficavam de frente um para o outro, no final do longo corredor. Patsy e Jane não estavam na casa da fazenda; estavam na casa delas, em Boston.

Frustrada, Emma puxou uma cadeira para perto do fogo, bloqueando a visão de Kurt das chamas e o calor que emanava delas.

– Vou ficar com muito frio e irritado se você não sair – ele disse e levantou os joelhos, expondo as meias de lã cinza que se estendiam da barra da calça. – Duas horas atrás, lá fora fazia quatro graus negativos quando chequei no termômetro do celeiro. Agora está mais frio.

– Você pode muito bem passar a noite com os cavalos, considerando a atenção que me dedicou.

Ele se inclinou à frente, a revista dobrando em seu colo.

– O que você queria que eu fizesse? – Pousou as mãos no colo. – Não podemos tocar o Edison,[*] acordaremos a família e o pai de Charlene ficaria bravo. Não podemos dançar, porque não temos música. Podemos conversar, mas desconfio que esteja cansada, já que são quase 11 horas, bem depois da sua hora de dormir, tenho certeza.

– Não sou criança, Kurt – Emma bufou. – Um ano e meio se passou desde que nos conhecemos. Pelo menos, me conte o que anda fazendo.

Ela avaliou seu físico. Não tinha perdido nada do que tinha de atrativo desde a última vez que o vira; na verdade, os últimos vestígios da sua boa aparência juvenil tinham sido substituídos pelos traços de um homem bonito: os ombros haviam se alargado, a barba escurecera, deixando uma sombra visível, o queixo e as faces estavam mais firmes, os olhos continuavam de um azul-celeste vívido e encantador. Esperava desenhá-lo.

Ele suspirou e afundou de volta na cadeira.

– Estudando, estudando e estudando para entrar na faculdade de Direito. Se eu não entrar em Harvard, meu pai vai me renegar. Considero isso uma empreitada quase impossível, mas *ele* não vai aceitar um "não" como resposta. Existem mais coisas na vida do que enfiar o nariz em um livro didático. Mal pude esperar para vir aqui e me livrar de casa... e dos livros.

Emma virou a cabeça para o fogo e olhou as brasas vermelhas que reluziam de maneira muito uniforme na lareira de pedra.

– Então, você não teve tempo para escrever? Pensei que, pelo menos, eu poderia receber uma carta.

– Bom, meus estudos interferiram. – Ele fez uma pausa e, em um movimento casual, agarrou os braços da poltrona. – Além disso, meu pai enfiou na minha cabeça que nunca se deve dar atenção em excesso para uma mulher. Elas perdem o interesse. "Tenho uma dica", ele me disse mais de uma vez: "Nunca se case. Você será muito mais feliz".

---

[*] Referência ao fonógrafo inventado por Thomas Edison para gravar e reproduzir sons. (N. T.)

Instintivamente, ela não concordava com esse argumento, mas a lembrança das discussões de seus pais, provocadas pelo choque de vontades, lampejou em sua cabeça.

– Parece que seu pai é infeliz.

Kurt pensou por alguns segundos:

– Eu não diria que ele é infeliz. Ele segue por conta própria.

Emma não queria mais explicações sobre no que a felicidade poderia implicar:

– Você presta atenção no seu pai, não é?

– Sim. Você presta atenção nos seus?

Emma olhou para a árvore de Natal no canto, as contas prateadas cintilando, os flocos de neve de crochê engomado e os frágeis enfeites de vidro reluzindo à luz do fogo que se apagava, o perfume das agulhas de pinheiro enchendo a sala. Seus pais tinham se esforçado muito para levá-la à casa de fazenda em Vermont, chegando até a alugar um coche para a viagem de ida e volta. Ela se perguntou se os dois estariam descansando confortavelmente em casa, ou se havia irrompido outra discussão. Estariam felizes um ao lado do outro, naquela noite fria?

– Presto mais atenção no meu pai do que na minha mãe – Emma retrucou, olhando de volta para Kurt. – Ninguém me deixa mais feliz do que o meu pai. Ele incentivou a minha arte, ao passo que minha mãe, a princípio, foi menos solidária.

– Arte?

– Estou estudando com Daniel Chester French.

– Não diga! – disse Kurt, entusiasmado.

Emma confirmou com um gesto de cabeça.

– Quem é ele? – perguntou o rapaz com um sorriso malicioso.

Se tivesse um livro à mão, ela o teria jogado nele. Em vez disso, tirou a revista do colo de Kurt, enrolou-a e bateu com ela em seu ombro, jogando-a de volta.

– É o escultor mais importante da América.

O sorriso de Kurt dissolveu-se.

– É mesmo...? – O rapaz se aproximou dela como se seu interesse tivesse sido despertado. – Ele deve ser muito rico.

– É só isso que importa para você? – ela perguntou. – Dinheiro?

– Dinheiro é importante, provavelmente mais importante do que qualquer outra coisa. Como se pode ser feliz sem ele? Quem quer ser pobre? Terei que sustentar uma família, ganhar bem, mas não tenho certeza de que a saída seja o Direito. Tenho 18 anos agora e posso tomar minhas pobres decisões. – Ele inclinou a cabeça. – Você deve ter passado dos 16.

– É, e posso tomar minhas próprias decisões.

Kurt gargalhou e depois cobriu a boca com a mão.

– Não me faça rir, vou acordar os pais de Charlene. Você está mentindo. Sua mãe é quem dá as cartas.

Kurt tinha razão. A mãe dela era quem tomava a maior parte das decisões familiares. No ano anterior, Emma começara a perceber que ter uma mente própria era uma característica útil para uma mulher. Só esperava que quando chegasse a hora de utilizar esse traço por completo, ela o utilizasse de uma maneira mais positiva do que a mãe. No mínimo, tinha aprendido com ela e com Daniel Chester French que não se deveria fazer pouco de uma mulher.

– Andei estudando anatomia como parte da minha formação – Emma disse, casualmente.

Os olhos de Kurt faiscaram.

– Outra surpresa.

– Gostaria de desenhar você, antes de voltarmos para casa.

Ele sorriu e estendeu os pés, até as pontas dos dedos tocarem nas pernas dela.

Ela não se afastou.

Kurt levou as mãos até a cintura, como se estivesse prestes a tirar o pulôver.

– Esta noite não... quando eu estiver pronta.

Ele parou:

– Claro. Eu sou valente.

– Nos meus termos. – Emma levantou-se da cadeira e devolveu-a a seu lugar. – Na hora certa.

Os olhos dele cintilaram, e o sorriso voltou, enquanto ela o deixava sentado frente ao fogo.

Eu o tenho exatamente onde quero. Ao subir a escada de madeira que rangia, ocorreu a Emma que talvez ela fosse mais parecida com a mãe do que achava. Essa ideia não favoreceu seu sono. Mesmo enfiada debaixo das cobertas para combater o ar gelado, viu-se pensando nos pais e em sua arte, olhando além das cortinas abertas, através do vidro, as brilhantes estrelas de inverno e a lasca de lua que lançava uma luz delicada e pálida na neve acumulada nos beirais.

A sessão de desenho imaginada por Emma não aconteceu da maneira que ela previra: particular, com Kurt agindo como seu modelo sob alguma forma de nudez. Os dias e noites foram ocupados com Charlene e seus pais. Por fim, na última noite de estadia, quando todos estavam sentados ao redor da lareira, ela conseguiu desenhá-los em uma pose e ambiente informais. Ficou um tanto relutante em mostrar-lhes o resultado final dos desenhos a carvão, por medo de que sua incapacidade de captar por completo os rostos pudesse levar a observações depreciativas, mas Daniel Chester French havia lhe dito que ela nunca seria uma artista a não ser que se abrisse às farpas críticas, por mais que elas doessem.

Emma passou o primeiro desenho a Kurt. Ele achou um tanto divertido, mas por sua análise cuidadosa, devia haver algo no papel que lhe agradasse.

Charlene foi a mais efusiva do grupo:

– Ah, está maravilhoso – disse, segurando seu retrato com os braços esticados.

O pai de Charlene disse que iria arrumar "três belas molduras" e colocar os desenhos "em destaque" na parede da escada.

Depois de uma breve olhada inicial, o assunto foi deixado por outros tópicos, até todos ficarem cansados e darem boa-noite.

❖

Emma partiu da casa de fazenda em Vermont antes do dia de Ano-Novo, 1907, ainda com Kurt na cabeça. Um de seus presentes de Natal foi um pequeno diário, dado pelo pai.

– Você pode desenhar nele e dar rédeas soltas a seus pensamentos – ele disse.

Emma amou o cheiro intenso do estojo de couro verde, o brilho do fecho de latão que mantinha o conteúdo do diário escondido e a chavezinha dourada que abria seus segredos. Sempre deixava o diário fechado, mas à vista, sobre sua escrivaninha. Quando a chave não estava em uso, ficava enfiada atrás de um painel encaixado em seu armário. A junção oculta era tão impecável e discreta que Emma sabia que sua mãe nunca a acharia, mesmo se tentasse vasculhar o quarto. Nos meses frios de janeiro, fevereiro e março, Emma deu início ao diário e se apaixonou pela paz que a preenchia quando extravasava seus sentimentos. Escrever passou a ser um hábito tão constante quanto o nascer do sol. Ela também se correspondia com Kurt, em geral contando sobre trabalhos escolares, seu interesse em arte e escultura e sua esperança de vê-lo novamente. As palavras "sinto saudade de você" ou "sinto falta do seu afeto" nunca entravam nas cartas. Ela decidiu que dois poderiam jogar o jogo de interesse mudo. Surpreendentemente, ele conseguiu mandar algumas cartas em resposta, as quais, ao serem recebidas, provocaram uma cara feia da mãe.

– Quem é esse menino? – Helen perguntou em uma tarde de março, quando o sol, enfraquecido por nuvens altas, brilhava sobre o quintal ainda coberto de neve. Emma estava sentada no sofá da sala de visitas, lendo um livro da escola, com Charis esticado em seu colo. A mãe abanou a carta no ar, de maneira ameaçadora.

– Esta é a segunda que você recebe de K. Larsen.

– Ele é primo de Charlene – Emma respondeu, erguendo os olhos do livro. – Eu te disse que ele estava de visita em Vermont, quando eu estava lá.

– O *quanto* você o conheceu? – a mãe perguntou.

– Mãe… tenha dó… sei me comportar. – Quantas vezes ela teria que recorrer a tal argumento?

– Não brinque comigo. Desde o começo fui contra essa relação com o escultor. Seu pai liberou em sua cabeça *ideias* sobre o *corpo*. E agora você está vendo meninos. Não posso imaginar o que está pensando e o que andaram lhe ensinando. Ensinando, de fato! Logo teremos que ter uma conversa.

Emma suspirou, não querendo irritar a mãe, mas também reconhecendo que havia algumas sementes de verdade em sua repreensão. Agora, o corpo humano lhe era muito mais familiar, e ela gostava dele, não apenas das formosas curvas femininas que Daniel Chester French lhe ensinara a apreciar, mas da solidez firme e musculosa do jovem macho, mencionada pelos deuses da mitologia grega e romana. Agora, considerava-se à frente da sua idade, naquelas áreas do aprendizado. Não havia necessidade de conversar com a mãe. Já tinha aprendido tudo de bom, de mau, de agradável e de repulsivo sobre sexo, por meio dos livros de anatomia, de conversas ou das excitantes insinuações com suas amigas. Charlene era especialmente adepta de fazer brincadeiras inocentes com um significado sujo.

– Somos amigos, só isso – Emma replicou.

Helen jogou a carta para ela, e a carta aterrissou em cima de Charis, que pulou do colo de Emma como que tocado pelo fogo. Emma riu consigo mesma, não pela infelicidade do gato, mas pelo conteúdo certamente inócuo e não comprometedor da carta de Kurt, que não chocaria ninguém.

Daniel Chester French voltou a Chesterwood no final da primavera, algumas semanas após o 17º aniversário de Emma. Havia chegado a época de recomeçar seu aprendizado outra vez, com o fim das aulas para o verão.

– Vou com você – disse o pai no primeiro dia em que ela podia visitar o escultor.

Emma ficou feliz porque era raro passarem um tempo juntos. Enquanto o pai cuidava dos cavalos, ela se sentou na varanda, admirando os últimos lilases perfumados e os primeiros botões de rosa do verão. O gramado e as colinas próximas cintilavam em camadas pródigas de verde.

Os cavalos do coche arrancaram, e eles partiram para Chesterwood. Emma sabia que o pai deveria ter algo em mente para propor o passeio, algo que normalmente ela fazia sozinha, a cavalo.

Por um tempo, ela ficou desconfortável, à espera de que ele falasse. Quando o pai finalmente o fez, eles estavam bem longe da casa:

– O sr. Ford tem uma nova invenção maravilhosa, e encomendei uma.

Emma virou-se para ele, sem saber ao certo ao que o pai se referia.

Ele percebeu sua confusão.

– Trata-se de um coche sem cavalos, um automóvel, um dos primeiros no condado. Ainda não contei para a sua mãe, mas acho que ele facilitará a vida para todos nós.

– Um automóvel! – Emma bateu palmas, extravasando sua animação. – Provavelmente a mamãe não vai gostar. Vai ser muito difícil de operar, ou muito confuso ou muito barulhento. Ela não é a favor de nada novo, a não ser que seja algo que ela queira.

O pai fez uma careta e ajeitou as rédeas.

– Seja justa. Ultimamente, notei um conflito entre você e sua mãe. Deus sabe que tivemos nossas diferenças, mas ela é uma boa mulher, decente, só um tanto cabeça-dura. Você herdou dela um pouco disso.

O dia estava quente, e Emma tirou o chapéu. O vento soprou no seu cabelo e agitou seu vestido. O sol batendo em seu rosto e o cheiro inebriante do mato fresco fizeram sua pele formigar de vida.

– Papai, às vezes quero gritar, ela me sufoca muito. Um tanto cabeça-dura? Ela está *sempre* certa, ninguém mais está, a não ser a possível exceção de sra. Wharton, sobre quem ela vive babando.

– A mudança de Boston foi difícil para ela. Sua mãe nunca superou isso, mas para nós, como família, foi a coisa certa a fazer. Vou te dizer uma coisa, minha querida, porque agora está grande o bastante para entender; sua mãe negará isto, mas ela não tem a constituição para a cidade.

Aquilo a estava consumindo e continuaria a consumir se ainda vivêssemos lá. Para a sua mãe, a vida era só posse e acumulação. Acho que, se ficássemos, nós estaríamos falidos. Por sorte, o Chá Lewis fez sucesso suficiente para que eu nos tirasse de Boston.

Emma riu:

– Nunca me esquecerei do primeiro dia em que nos mudamos para cá, e a mamãe encontrou a banheira na cozinha. Nunca a vi tão brava e mortificada. Você se lembra do que ela disse? "Não vou tomar banho aqui. É obsceno!"

O pai riu, mas Emma percebeu que, sob a aparência de divertimento, borbulhava uma tristeza, um desespero resultante de sempre esperar satisfazer a esposa.

– É, durante seis meses tivemos que esquentar água e tomar banho atrás do biombo. Eu virei um aguadeiro e atendente de casa de banho até terminar a casa de banho aquecida, lá fora. – Ele incitou os cavalos à frente, com alguns estalidos da língua.

A casa de banho aquecida ainda não bastava para a mãe. A pequena construção de madeira estava sujeita a variações no clima, em geral quente demais ou fria demais no inverno, o mesmo se dando no verão. Ainda assim, era privativa e relaxante quando o tempo estava bom.

Eles passaram entre duas colinas que se erguiam próximas a Chesterwood.

– Tem outro assunto que preciso discutir com você – o pai disse, dirigindo o olhar para os pés. Olhou para lá, depois para a região arborizada, para os cavalos, antes de falar: – Sua mãe deveria conversar com você, agora que se tornou uma mulher. Eu mesmo faria isso, mas sinto que é um lugar maternal lidar com tais assuntos. – Sua testa encheu-se de vincos, abaixo da boina. – Entende do que eu estou falando?

– Entendo – Emma respondeu –, mas conheço os fatos da vida. Não é assim que chamam isso hoje em dia?

– Os fatos da vida.

– Ela não precisa se preocupar. Com meus estudos, aprendi tudo o que é preciso sobre a anatomia dos dois sexos. E, se puder manter um segredo da mamãe, saiba que as meninas na escola falam sobre isso o tempo todo.

O pai manteve-se concentrado nas rédeas e nos cavalos.

– Aí é que está o problema, Emma. Tem muito mais coisas nisso do que anatomia e conversa. Sexo e amor são separados e distintos, mas é melhor quando se enredam. As emoções também fazem parte. Às vezes, o amor se confunde com o sexo, e vice-versa, e podem resultar tragédias. Nós, sua mãe e eu, não queremos que isso aconteça com você.

Emma ficou calada, sabendo que o pai tinha razão, mas sentindo-se confusa com suas palavras. As emoções que sentia quando via Kurt, excitação, desejo e anseio, estariam erradas? Existiria muito mais para ser aprendido?

– Sim pai, eu sei – ela respondeu, esperando ter falado a verdade.

Chesterwood surgiu com suas janelas reluzentes. O tempo para conversa terminara, até a volta para casa.

Após uma sequência de apertos de mão e de troca de cumprimentos, Emma e o escultor foram para o estúdio, enquanto o pai saía para passar um tempo no jardim.

– Não preciso que me entretenham, este belo dia já é alegria suficiente – George lhes disse.

Emma achou que ele parecia afogueado e desorientado, mas o pai sempre apreciara os passeios pela natureza e as cavalgadas; seu tempo a sós nos belos jardins de Chesterwood não seria diferente.

Sob a tutela do escultor, ela passou duas horas desenhando e trabalhando a argila. Ele a cumprimentou pelo seu progresso, embora Emma sentisse que o rosto em que estava trabalhando ainda estivesse cru demais para ser submetido ao bronze ou ao mármore.

– Levará um tempo – ele explicou, tirando um relógio de bolso de ouro do seu paletó. – São quase 4 horas, e preciso voltar para a casa. Temos convidados para o jantar. – Devolveu o relógio para o lugar em que estava guardado. – Estou surpreso de que seu pai não esteja aqui. – Seu rosto crispou-se de preocupação.

– Tenho certeza de que está perdido em pensamentos. – Vou encontrá-lo. – Ela passou pelas amplas portas do estúdio, abertas para que o ar entrasse, e entrou no jardim próximo. Chamou pelo pai, mas não obteve resposta. À sua direita, o coche estava próximo ao celeiro, onde os cavalos descansavam. À frente, o jardim adorável, com suas árvores floridas, vasos com gerânios, colunas de mármore e fontes borbulhantes, estendia-se ao norte do estúdio.

Emma avistou-o sentado ao sol, em um banco circular de pedra, em frente a uma fonte, a cabeça caída sobre o peito, dormindo, as mãos entrelaçadas no colo.

– Papai, está na hora de ir – Emma disse baixinho, com medo de assustá-lo.

Ele não se mexeu.

Ela se aproximou e, ao fazer isso, sua ansiedade cresceu. O pai não parecia bem. Partes do seu rosto e das mãos estavam roxo-azuladas, o corpo rígido de encontro ao banco.

– Papai! – Ela correu para ele, agarrando seus ombros, sacudindo-o e apertando suas mãos, a pele fria ao toque. Seus esforços para acordá-lo não deram resultado, nenhum sinal de respiração entrava ou saía do seu corpo.

Emma gritou e caiu de joelhos a sua frente.

Não se lembrava de quanto tempo ficou em frente ao pai, nem de Daniel Chester French erguendo-a do chão e levando-a para longe do cadáver.

❖

Emma queria apagar toda a tarde de sua mente: o desfile de homens que chegou a Chesterwood; o pastor, o policial, o agente funerário; a exaustiva explicação de como ela encontrou o pai, a longa viagem para casa com o clérigo, depois de levarem o corpo, a casa agigantando-se ao crepúsculo, enquanto a mãe estava nervosa na varanda, perguntando-se por que estariam tão atrasados.

Antes que qualquer outro o fizesse, ela contou à mãe que o marido estava morto. Helen sibilou com a notícia, lembrando a Emma o som de um animal assustado, tão fadado a morder quanto a fugir do perigo.

Os olhos da mãe escureceram como o céu índigo a leste:

– Deixe-me!

O pastor tentou dizer algumas palavras, mas ele também foi mandado embora.

Tomada pelo medo e pela dor, Emma subiu a escada até o seu quarto solitário, onde pousou a cabeça no travesseiro e chorou como nunca havia chorado. O rosto do pai flutuou atrás de suas pálpebras fechadas, mais como um fantasma do que um conforto, e Emma se perguntou como poderia continuar vivendo com uma mãe cujo amor era distribuído a bel-prazer quando lhe convinha. Era com esse padrão que Emma havia crescido, um afeto arbitrário nas férias e ocasiões especiais, uma frieza calculada, quando as exigências da mãe não eram correspondidas.

Criarei meu próprio amor.

Criarei meu próprio amor.

Acesso: 24 de junho de 1907

O funeral do meu pai foi um desastre, em grande parte graças a minha mãe e ao tempo. O dia começou nublado e depois qualquer pequena claridade que permanecesse era obscurecida por nuvens tão sombrias e ameaçadoras que a escuridão parecia dominar a Terra.

Minha mãe estava de preto, um guarda-chuva também preto na mão, rígida em seu luto e sua raiva. Um aguaceiro repentino transformou em lama a terra que ela deveria jogar na tumba. De certo modo, achei apropriado esse ato simbólico da Natureza e pouco me solidarizei com ela. Suas palavras para mim, depois da morte do meu pai, além de um rosnado, tinham sido odiosas e depreciativas. Ela nunca me culpou diretamente pela morte dele (o mais provável seria um problema de coração, segundo o legista), mas, por suas expressões e atos, sei que sou eu quem vai receber todo o impacto da sua raiva. Tenho certeza de que ela pensa que a morte dele jamais teria acontecido se meu pai e eu não tivéssemos ido juntos à casa de French. Conhecendo sua propensão para a raiva e a frieza, duvido que seu perdão venha rápido.

Matilda, Charlene e seus pais, até Patsy e Jane, que viajaram com os pais de Jane, compareceram ao funeral, mas a reunião posterior, em casa, foi tão desconfortável que Charlene perguntou-me como eu suportava viver aqui. Todos os meus amigos ficaram entediados sob o olhar vigilante da minha mãe. Óbvio, não tenho escolha senão ficar aqui até poder seguir meu próprio caminho. Não tenho dinheiro para pagar um aluguel, já que tudo foi deixado para minha mãe até eu ter 21 anos, quando apenas uma pequena parcela virá para mim. Assim sendo, nada de dinheiro para a Escola de Arte. Minha vida tem sido decidida pela má sorte. Até Matilda concordou comigo que eu tinha entrado "em uma maré de azar".

Meus pensamentos têm constantemente se dirigido a Kurt e à esperança de que ele possa, como um cavaleiro de armadura brilhante, me resgatar desta existência miserável, mas isso é apenas fantasia, se me couber julgar sua personalidade e situação. Mesmo assim, penso nele com frequência.

Como gostaria de escapar desta prisão! Os passos de minha mãe na escada, embora ela não tenha vontade de entrar no meu quarto, ou de me dizer alguma coisa além de me dar ordens, lembram-me que devo terminar este registro e esconder o diário em segurança.

Emma largou os estudos em Chesterwood, em primeiro lugar por uma questão de dinheiro, embora sua mãe encontrasse tempo e meios para fazer várias viagens para visitar Edith Wharton.

– O sr. French tem que ser pago com recursos que agora são preciosos demais – Helen disse com uma ponta de ironia na voz.

Durante esses tempos sozinha, em sua maior parte sem a companhia de Matilda, Emma lia e desenhava, como se esses fossem atos revolucionários; cuidava dos cavalos do pai e se sentava com Charis no sofá, contemplando o gramado como se olhasse pela janela de uma prisão.

Em um fim de semana de meados de outubro, apenas com a insistência dos pais de Charlene, Emma teve permissão para viajar à fazenda de Vermont. Sua mãe impôs restrições estritas: a família deveria pagar pela ida e volta de Emma até lá; ela deveria ser buscada sexta-feira à tarde, e devolvida até as 20 horas de domingo; com exceção do pai de Charlene, pois não seria permitido nenhum homem na casa, a não ser supervisionado. Emma concordou de bom grado com as regras, para poder deixar os limites da casa. Não havia ido a lugar algum, a não ser às aulas.

A carruagem chegou depois de ela ter saído da escola. Emma beijou rapidamente a mãe, que não sorria, e lá se foram os cavalos.

– Lembre-se do que combinamos! – Helen gritou, parada rigidamente na varanda, como a esposa de Lot transformada em uma estátua de sal.

Emma pôs a cabeça para fora da janela do coche, acenou, mas não disse nada. À frente aguardava-a uma viagem de pouco mais de 60 quilômetros, entre montanhas, através de vales fluviais, passando por Pittsfield e Williamstown, até chegar à casa da fazenda no sul de Bennington. Uma súbita exaustão atingiu-a como um soco, enquanto a parelha seguia para o norte em um passo enérgico. Emma viu-se inundada de alívio, à medida que os quilômetros entre o coche e sua mãe aumentavam, e o sentimento opressor de estar sendo sufocada em um caixão desaparecia. Pensou em abaixar a cortina e dormir, mas a leveza transformada da sua alma, combinada com a excitação de estar longe por dois dias, manteve-a acordada. Após uma troca de cavalos a meio caminho da viagem, ela se recostou no assento e observou as colinas escuras e o reflexo metálico da lua quase cheia nas águas escuras deslizarem pelo coche.

Pouco depois das 10, chegou à casa da fazenda. As janelas brilhavam com a luz das lamparinas, a ampla varanda continha balanços de banco de madeira, abóboras e crisântemos outonais. Tudo isso lhe dava a acolhedora sensação de um *lar*, contrastando com a severidade fria de sua própria vida. Emma apeou da carruagem para os braços abertos e envolventes de Charlene e seus pais.

Uma hora depois, os pais da amiga pediram licença e foram para a cama, deixando-a só com Charlene e a recomendação de não ficarem acordadas até muito tarde, porque um dia todo de compras as esperava em Bennington, quando acordassem.

Depois de ouvir a porta se fechar no andar de cima, Charlene puxou Emma de lado, para o canto mais distante da sala de visitas em relação ao quarto dos pais.

– Tenho uma surpresa para você – a amiga cochichou –, mas não pode dizer nada para ninguém ou nós duas estaremos encrencadas.

– O quê? Uma surpresa para mim? – Emma não podia acreditar que sua estadia pudesse ser ainda melhor do que tinha esperado.

– Você *não pode* ir para Bennington conosco amanhã. – Os olhos de Charlene faiscaram à luz das lamparinas. – Tem que ficar aqui para receber a sua surpresa, ao meio-dia, e tem que terminar às 2 horas.

– Terminar? – Agora ela ficou intrigada, mas também um tanto assustada com os rodeios de Charlene.

– Você está resfriada, ou sem vontade de viajar, invente uma desculpa. Depois, a gente volta no final da tarde, para jantar, e então você me conta tudo o que houve. – Charlene abriu um grande sorriso, os pés plantados com firmeza no chão, as mãos cravadas na cintura. – Vamos apagar as luzes e ir para a cama. Vejo você no café da manhã.

Apagaram tudo e logo estavam em seus quartos, depois de um abraço silencioso. O relógio de chão do andar de cima trabalhava com seu tom monótono e imponente, e logo Emma estava dormindo, mas sonhando que abria presentes, como uma criança excitada na manhã de Natal.

❖

Emma passou a manhã reclamando de uma leve inflamação na garganta e de uma dor de cabeça, o bastante para que o pai de Charlene ameaçasse cancelar o passeio, até as lágrimas da filha assumirem o controle.

– Você não pode, pai – a amiga disse em seu melhor choramingo. – Faz muito tempo que estou louca para dar este passeio e quero aquele vestido novo para o Natal. – Ela tirou o lenço, virou a cabeça para Emma, assoou o nariz e deu-lhe uma piscadela. – Tenho certeza de que Emma não se incomoda de passar algumas horas sozinha.

– Nem um pouco – Emma respondeu. – Não quero estragar o fim de semana. Vocês vão. Com certeza, à noite já estarei boa.

– Viu? Ela não liga.

– Bom… – o pai concordou, não parecendo muito convencido.

– Por favor…

– Está bem, está bem – ele assentiu. – Pare de se comportar como uma criança petulante. Está se comportando assim para conseguir o que quer. – Franzindo a testa, ele se virou para Emma. – Mas você precisa descansar e ficar boa. Sua mãe vai ficar louca da vida se a devolvermos doente.

Charlene sufocou o pai com abraços, e o assunto foi resolvido. As horas foram definidas: ficariam fora das 10 horas até cerca de 2 horas da tarde, almoçando na cidade. Emma poderia ficar à vontade para se servir de pão e sopa no fogão, caso sentisse fome.

A família saiu como planejado, e a jovem ficou sozinha na casa. A surpresa não deveria chegar nas próximas duas horas, então ela se sentou na sala de visitas e tentou ler, mas não conseguiu. Sua expectativa crescia, enquanto os minutos se arrastavam como horas. Preparou-se diante do espelho, passando pó e ruge na face e penteando o cabelo. Não havia mal em estar apresentável quando a família voltasse. Por um tempo, Emma sentou-se na varanda, aproveitando o sol quentinho da manhã e observando os resplandecentes laranja e vermelhos que ardiam sobre as colinas.

Estava prestes a se sentar para almoçar quando a porta de tela se abriu a suas costas.

Pouco depois das 11h30, Kurt Larsen entrou.

Emma pensara que o rapaz poderia ser a "surpresa", mas descartara a ideia como uma fantasia impossível, acreditando que Charlene jamais inventaria uma trama tão perigosamente ardilosa e desonesta (a não ser que ela e Kurt tivessem imaginado o esquema juntos). Talvez ele quisesse mesmo vê-la! Emma perdeu o fôlego e deixou cair o guardanapo que estava no colo.

Não poderia haver engano em sua eletrizante atração por Kurt, que puxava seu estômago e seu coração como um anseio, uma borboleta tentando irromper do seu casulo, e a sensação mesclada de liberação e risco que o sentimento provocava. Ficou empolgada e, ao mesmo tempo, apavorada com sua presença.

Ele ficou parado à porta, emoldurado pela deslumbrante luz outonal, de jaqueta e calça escuras, parecendo mais seguro e maduro do que no Natal anterior. A brisa havia despenteado seu cabelo. Kurt o puxou para trás com um gesto forte e ocupou um lugar à mesa. Pegou a mão dela na sua e sorriu de uma maneira que Emma achou gentil e sincera.

Com o coração aos pulos, a jovem lutou contra a necessidade de se afastar. Em vez disto, aproximou-se dele.

– Charlene me contou sobre a "surpresa", mas não achei que fosse possível.

Uma descarga disparou da mão dele para a dela, e subiu pelo seu braço, igual a quando tinham se tocado pela primeira vez, junto ao rio, tanto tempo atrás.

– Eu queria vir aqui – ele contou. – Planejamos isto juntos, sabendo... Sinto muito pelo seu pai. Charlene disse que sua mãe tornou sua vida miserável, até ficando brava por eu me atrever a lhe escrever.

– É. Fui esmagada. Ela me culpa pela morte do meu pai. Não pude nem mesmo estudar com o sr. French durante o verão.

– Você teve algum divertimento desde que ele morreu, alguma chance de se recuperar?

– Nem mesmo um dia.

Ele soltou a mão dela, empurrou a cadeira para trás e cruzou as pernas.

– As coisas também não vão muito bem para mim. – Seus olhos escureceram por um momento, e ele abaixou o olhar. – Minhas notas não estão à altura, pelo menos do que Harvard considera estar à altura, então estou repensando onde eu poderia cursar Direito. Meu pai está furioso. Minha mãe é quem está mantendo a família unida, no momento.

– Sinto muito – Emma disse, pegando na mão dele. – Você é inteligente. Tenho certeza de que as coisas vão se ajeitar.

Ele estremeceu, impactado pelo seu toque.

– Penso em você o tempo todo – ela disse.

– Eu imaginava. – Ele se inclinou para ela, chegando ainda mais perto, até seus lábios aproximaram-se dos dela. – Também penso em *você* o tempo todo.

O calor do corpo dele chegou ao dela, o odor fresco da pele dele envolveu-a, quando seus lábios se encontraram. Emma ruborizou de desejo, como se fosse afundar dentro dele e nunca mais voltar. As horas solitárias em seu quarto, a sensação de culpa e traição que a perseguiram desde a morte do pai sumiram com aquele beijo.

– Não temos muito tempo – ele alertou, acariciando o rosto dela. – Você gostaria que eu posasse para você?

Ela assentiu, incapaz de falar por causa das imagens que passavam por sua mente.

Ele a ergueu da cadeira e carregou-a como uma princesa até o quarto, no segundo andar. O sol salpicava fora das janelas, o dia relativamente quente, mesmo para meados de outubro. Os plátanos carmesins balançavam com a brisa, e uma flutuante luz ardente tremeluzia pelas paredes.

Emma sentia-se como se estivesse consumida por um fogo aceso pela juventude, pelo calor da estação que findava e pelos beijos de Kurt.

Não havia pretexto para posar agora, uma vez que ambos exploravam o corpo um do outro. O quarto sumiu enquanto a paixão dela explodia.

Kurt despiu-se junto à cama. Era a primeira vez que ela via um homem nu, que não fosse seu pai. Emma retirou o vestido e suas roupas íntimas. Ele abriu as pernas dela com as mãos, saboreando sua umidade com os dedos e depois com a boca. Então, tirou uma camisinha da jaqueta, colocou-a e montou na moça, empurrando sua ereção para dentro de Emma. Ela gritou, enquanto uma inesperada lisura escorregadia permeava suas entranhas. Por fim, relaxou no ritmo dele, mas logo, logo demais para ela, ele gemeu, estremeceu e se retirou do seu corpo.

Ele não disse nada, enquanto se lavava na bacia.

A brisa inflou as cortinas como velas encapeladas e correu faixas frias e agradáveis sobre o corpo quente de Emma. Sua respiração esmoreceu enquanto a luz incidia em áreas sarapintadas em seu estômago e em seus seios. Esperou que Kurt voltasse para a cama, que lhe agradecesse por fazer amor e que a cobrisse de beijos. Em vez disso, ele murmurou "Merda!" e olhou para o lençol branco. Ela mexeu as pernas e viu uma mancha marrom avermelhada onde seus corpos haviam se juntado.

– Isto acaba com tudo – ele reclamou. – Agora vão saber. Os pais de Charlene desconfiarão que um homem esteve na casa, e a pista levará até mim. Meu pai me renegará se descobrir. Ele acha que estou em um fim de semana de estudos.

– Não se preocupe – ela respondeu, ainda trôpega pela experiência. – Direi que foi um acidente, minhas regras do mês.

Kurt ficou parado aos pés da cama e sorriu com desdém.

– Nem por um momento passou pela minha cabeça que você fosse virgem.

Emma sentou-se e puxou o lençol sobre os seios, chocada por ele ter presumido sua promiscuidade, depois de fazer um amor tão impetuoso, por iniciativa dele.

– Claro que eu era virgem. Por que não seria? Vivi com meus pais a vida toda. Não saio às escondidas com homens. – Ela saiu da cama e pegou sua combinação. – Não posso vestir isto. Estou sangrando.

Ele suspirou e se sentou na cama.

– Lave-se. Eu não teria feito isso se soubesse. Um cavalheiro não deflora uma...

– Deflora uma *virgem*? Que tipo de garota um cavalheiro deflora?

– A mulher virtuosa com quem acabou de se casar – ele respondeu secamente.

O corpo de Emma enrijeceu, como se ela tivesse recebido um soco no estômago.

– Entendo. Então, obviamente, não sou esse tipo de mulher?

Ele caminhou até ela, e Emma, instintivamente, recuou.

– Sinto muito – ele se desculpou, abaixando a voz. – Fui pego... pela paixão do momento. – Kurt colocou as mãos nos dois lados do rosto dela e passou os dedos pelo seu cabelo. – Me ajude, Emma. Por favor, não conte isto a ninguém, nem mesmo a Charlene. Se alguém descobrir, isso me arruinaria... e a você.

– Você não me ama? – ela indagou, voltando à sua inocência enquanto ia até a bacia.

– Adoro você, mas temos a vida pela frente, além de minha carreira. Temos que pensar no futuro.

– Segundo minha mãe, não tenho carreira a não ser como esposa, aquela que recolhe as migalhas que um homem julga adequado jogar no meu caminho. – Ela passou uma toalhinha entre as pernas. – Ou como amante.

– E a sua arte? – ele perguntou, pousando as mãos em seus ombros. – Você também tem seus estudos. – Ele suspirou e virou de costas para ela. – Isto é uma tensão. Errei ao fazer isto. Por favor, me ajude a sair deste aperto. Não diga uma palavra.

– O que você fará para mim se eu prometer?

– O que você quiser.

– Faça amor comigo sempre que eu quiser. – Emma arfou. Como havia perdido sua virgindade, o teria sempre que quisesse; *poderia* controlá-lo se usasse seu sexo. Não ficaria mais sozinha. Ele lhe daria atenção e diria que ela era linda, talvez até a tirasse da sua mãe e de seu lar miserável.

Kurt deixou-a sozinha no quarto por alguns minutos e voltou com uma tesoura da cozinha.

– Sem querer, você se cortou tentando consertar sua combinação. – Ele lhe passou a tesoura.

Ela pegou a tesoura dele, seguindo a versão proposta por ele, correu um dedo pela afiada lâmina de prata e cerrou os dentes. Com um golpe rápido, abriu um corte no indicador esquerdo. O sangue se concentrou em uma área vermelha, e, quando a quantidade era suficiente, ela virou a mão, deixou-o pingar na mancha e espalhou-o pelo lençol.

– Temos um pacto – ele disse. – Tenho que voltar para a casa do meu amigo, antes que eles cheguem. – Kurt a beijou, vestiu a calça e os reflexos carmesins das folhas lampejaram nas paredes.

— Ela não mora longe? — Emma perguntou, jogando-lhe uma isca.

— Ele. Conheço-o há anos, por intermédio de Charlene. A casa fica logo depois da montanha. Dá para ir andando.

— Quando o verei de novo? — ela perguntou, esquecendo-se de que pretendia controlá-lo. Foi até a bacia e enrolou a toalhinha no machucado.

Ele sorriu, beijou-a mais uma vez e desceu a escada em silêncio.

Emma caiu de volta na cama, sabendo que deveria tomar um banho e arrumar o quarto, preparando sua história para o motivo por trás do lençol manchado de sangue. Conforme a brisa cálida tocou nela, foi tomada por uma estranha tristeza e sentiu como se tivesse perdido muito mais do que ganhado.

— E aí? — Charlene perguntou após o jantar.

Envolvidas em suéteres, as duas estavam sentadas nos degraus da varanda, absorvendo o frescor noturno, contemplando o brilho das estrelas nascendo a leste e escutando o esvoaçar das mariposas em volta da lamparina, pensando em nada, senão no presente e um pouco no futuro.

— Por que você fez isso? — A voz de Emma parecia perdida no vazio, as palavras ocas e sem sentido.

— O que aconteceu? — Charlene olhou para ela com uma expressão preocupada nos olhos.

— Nada... nada de nada. — Emma abaixou a cabeça.

— Não acredito em você... Estou preocupada, Emma. Pareceu distante, longe de mim, desde que voltamos da cidade.

— Só quero saber por que você fez isso.

Charlene comprimiu os lábios e soltou um suspiro.

— Porque sei que gosta dele, e ele de você... E você tem andado sob muita pressão desde que seu pai morreu. Precisa se livrar das garras da sua mãe. Ela lhe reduziu a criada. Você merece ser feliz, e Kurt estava disposto a vir. Ele gosta de você.

Emma levantou-se e se apoiou em uma das colunas brancas da varanda, no alto da escada.

— Acho que sim. Ele foi muito simpático, mas fiquei feliz em vê-lo ir embora.

Charlene levantou-se e juntou-se a ela.

— Por quê? Pensei que você ficaria feliz e poderia até trocar um beijo.

Um arrepio percorreu o corpo de Emma.

– Não... não. Conversamos e depois ele se foi. Agora estou me sentindo sozinha de novo, e tudo o que vejo é o *rosto* dele. – Emma se perguntou por que tudo em sua vida parecia girar em torno do rosto.

– Para mim parece que você está apaixonada.

– Pode ser, não tenho certeza.

– Bom, pode voltar a vê-lo. Posso convidá-lo outra vez qualquer fim de semana que você quiser, talvez às claras. Se a sua mãe for viajar e deixá-la em casa, ele poderia fazer uma visita. Seria bom, não seria?

Com a voz subindo a cada palavra, Emma disse:

– Ah, eu o verei de novo, quando e onde eu quiser.

Charlene sacudiu a cabeça.

– Às vezes eu não a entendo.

Emma olhou para as tábuas batidas pelo tempo que formavam a varanda, sentindo como se fosse difícil ficar em pé. Depois, virou seus olhos para o céu, deixando que o negrume se infiltrasse.

– Eu também não me entendo – disse, caminhando para a porta. – Estou cansada. Vou para a cama.

– Está bem. – Charlene foi atrás dela. – Sinto muito que você tenha cortado o dedo. Espero que veja Kurt de novo.

<hr />

Assim como tinham combinado, Emma encontrou-se com Kurt várias vezes nos nove meses seguintes, quando e onde conseguiam marcar. É claro, ela concordava com os termos da mãe para as visitas à Vermont, mas quebrou as regras repetidamente. A princípio, o rapaz parecia cooperar com os desejos dela, mas foi ficando cada vez mais irritado e desinteressado daquele "esporte", como o chamava, porque ele o afastava de sua própria vida.

– Não pode haver nada entre nós – ele disse, depois de fazer amor, em um dia do final do verão, quando haviam cavalgado até as colinas para ficar a sós. Suas palavras pretendiam ferir e irritar. Se Emma não estivesse cansada por terem feito amor, elas a teriam golpeado com mais força. A ideia de vingança passou pela cabeça da jovem, mas a ignorou, sabendo que as consequências seriam tão devastadoras para ela quanto para Kurt.

Pouco depois daquele encontro em Vermont, Emma escreveu que, no início de setembro, sua mãe estaria fora por vários dias, na casa de Wharton, e que ele deveria vir lhe fazer companhia na fazenda. Ela também tinha notícias importantes que diziam respeito a ele.

No dia de sua chegada, ela dirigiu o coche até Pittsfield, esperando não ser vista por nenhum conhecido. Kurt desceu do trem parecendo um tanto cansado, provavelmente por ter se levantado cedo, para chegar a oeste de Massachusetts em uma hora razoável. Os dois pouco disseram na viagem de volta para casa. Kurt estava mais interessado na futura entrega do Model T do pai de Emma, do que no bem-estar dela.

– Adoraria dar uma volta com ele – disse.

– Nem pensar.

– Por quê?

– E se acontecesse uma batida? O que a gente faria, então?

– Fingir que não aconteceu?

Emma suspirou.

Depois do almoço, eles se sentaram na sala de visitas, onde Emma contou a novidade a Kurt.

– Não – ele disse, depois que ela terminou. – Esta é uma brincadeira absurda. Não me torture assim.

– É verdade – ela retrucou, sua força prejudicada por sua própria culpa. – Tenho andado adoentada por causa das mudanças no meu corpo, enjoo pela manhã, além de eventos desconhecidos de natureza pessoal. – Olhou fixo para ele. – Vou ter um bebê... Seu bebê.

– Isso é impossível. – Ele se sentou no sofá e durante um tempo enterrou o rosto nas mãos. Quando finalmente ergueu a cabeça, tinha os olhos atormentados de pânico, não cheios de lágrimas de alegria. – Como pôde acontecer isso? Nós tomamos cuidados.

– Não me pergunte – Emma respondeu, com a voz revestida de irritação. – Uma camisinha não é infalível. – Ela olhou para a cicatriz prateada em seu indicador esquerdo, lembrança constante de sua primeira relação sexual. – Tudo isto tem sido um erro. Eu devia ter lhe mandado embora quando você apareceu em Vermont como minha "surpresa".

Charis perambulou pela sala, abanando a cauda que parecia uma cobra. Deslizou pela cortina, que ondulava na cálida brisa de setembro. Emma foi até a janela e olhou para o gramado verdejante polvilhado de plátanos e abetos, depois para a campina e para a nebulosa fileira de picos no horizonte.

Kurt veio até ela, que sentiu sua presença às suas costas.

Ele colocou a mão em seus ombros.

– Tem certeza de que o bebê é meu?

Emma virou-se e estapeou-o com força.

Ele cambaleou para trás, enfurecido pela dor.

– Como se atreve! Nunca houve outro...

Kurt esfregou os vergões vermelhos da face, deixados pelos dedos dela.

– Você é uma criança. Não pode ter esse bebê.

– Tenho 18 anos, sou dois anos mais nova do que você. Não venha me dizer o que fazer.

– Pelo amor de Deus, Emma. O que você *quer*?

Ela cerrou os punhos, a ponto de quase esmurrá-lo.

– Ter o nosso bebê.

Ele sacudiu a cabeça com violência.

– Não! Essa criança arruinará a nós dois, não percebe? Quer essa sobrecarga antes mesmo de ter uma chance de começar seus estudos? – Ele foi até ela, com os olhos ardendo como fogo. – E a sua arte? Você quer ser escultora, não quer? Como vai realizar seus sonhos enquanto troca fraldas e cria uma criança? Tenho mais dois anos de estudos e depois a faculdade de Direito. Serão mais quatro anos antes de até mesmo receber como estagiário. Não posso arcar com esta criança... nem com um casamento. Isto acabará com nós dois.

Ele se sentou no sofá, os braços rígidos ao lado.

– E a sua mãe? Ela vai lhe pôr para fora de casa. Do que você vai viver? Com certeza, não do pouco que eu ganho. Ela lhe mandará para algum lugar para ter o bebê, e depois vai dá-lo para a adoção. Eu serei um pária. Viveremos em profunda desgraça.

Emma observou uma mancha amarela de sol deslizar pela campina, pensando o tempo todo na facilidade com que havia perdido o controle de sua vida. Cômodos cheios de vazio abriam-se perante ela: sozinha, em um apartamento deprimente de Boston; sozinha no parto, o bebê sendo levado por uma freira carrancuda; a criança e ela em um cômodo desnudo, sem aquecimento e com pouca luz, perguntando-se de onde viria sua próxima refeição. Estremeceu, apesar do dia ameno.

– Acho que deveríamos ter pensado nisso.

– *Você* deveria ter pensado nisso – ele retrucou. – Foi você quem me quis a seu bel-prazer. Exigiu que eu fizesse sexo com *você*.

A verdade de suas palavras transpassou-a. Sofreu com a ofensa, mas o queria fora da casa e fora de sua vida para sempre. No entanto, percebeu que, agora, Kurt controlava sua vida. Embora ela carregasse a criança, não tinha outra escolha a não ser agir de acordo com a decisão dele.

– Eu deveria lhe dar outro tapa – Emma disse com a voz gelada –, mas não vou. – Foi até a porta da entrada e abriu-a. – Sorte sua que meu pai esteja morto; se ele estivesse aqui, eu faria com que lhe desse uma surra. Caia fora!

Kurt passou por ela, pela ampla varanda contendo o mobiliário branco de vime, e desceu a escada antes de olhar para trás.

– Conheço muito bem você, Emma. Jamais faria seu pai me dar uma surra. Você é mais forte do que isto. – Colocou o boné para se proteger do sol. – Vou caminhar até a estação de trem de Lee. O exercício me fará bem. – Do caminho, gritou: – Se precisar de dinheiro, me avise. Pense na sua reputação. – Foi-se embora a passos largos e logo desapareceu, escondido por uma curva arborizada.

Charis miou e se esfregou nas pernas de Emma.

Ela desmoronou no sofá, pegou o gato com relutância, e agradou-o até ele decidir que era hora de pular do seu colo. As cortinas rodopiaram na brisa; entrando e saindo da janela, como se estivessem respirando.

Meia hora depois, o céu escureceu sob a ameaça de uma tempestade vespertina. As nuvens toldaram o sol na campina, e subitamente a brisa parou. Além das fazendas vizinhas, atrás das distantes montanhas azuladas, relâmpagos perfuraram o chão, e trovões estalaram em ecos pelo vale. Emma abaixou a cabeça, sem saber se chorava ou rezava. O que pensava ser amor, tão certa e tão confiante, tinha se esfacelado a sua volta.

❖

Uma finalidade sepulcral trouxe o desfecho. Foi solitário. Um abandono completo e profundo. A amargura e a raiva acompanharam sua dissolução, primeiro Emma culpou a si mesma, e depois a Kurt e, por fim, decidiu que a culpa era dos dois. Sua mãe ficou na ignorância, nunca sabendo que a filha tinha concebido uma criança fora do casamento. Emma escondeu bem a gravidez e seus males físicos, com roupas e pós medicinais para o estômago. Ela achou a farsa mais fácil por causa da fria falta de interesse da mãe em sua vida.

Ainda assim, as horas febris que passava sozinha em casa a magoavam. Perguntava-se o que Kurt poderia estar fazendo em Swampscott, ou na escola em Boston, enquanto ela definhava em Berkshires com uma criança crescendo dentro dela. Por que o rapaz não podia ter mais consideração? Por que o havia mandado embora quando ele era tudo que ela tinha? Essas e uma centena de outras perguntas atormentavam-na conforme setembro ia chegando ao fim. Conseguiu enviar uma carta para Kurt, pedindo-lhe um encontro em uma data específica.

Emma convenceu a mãe de que precisava viajar para a Lowell Normal School, uma escola para professoras, sob o pretexto de que começaria um novo curso acadêmico, um que fosse respeitado, permitindo-lhe ganhar uma vida independente. A mãe demonstrou-lhe mais interesse do que o tinha feito em meses, aparentemente animada de que a filha estivesse abandonando o mundo menos respeitável da arte.

Emma passou um dia no trem viajando a Lowell, sem saber se Kurt estaria na estação. Se não estivesse, decidira fazer a viagem até Swampscott, para encontrá-lo.

O rapaz estava lá, sentado em um banco, parecendo soturno e insatisfeito, como se ela o tivesse arrancado cedo da cama, depois de ele ter ido dormir tarde. Os dois deixaram a estação e caminharam próximo às margens íngremes do Merrimack, além das rochas aquosas do rio e das adjacentes fábricas têxteis de tijolos vermelhos, que baforavam fumaça no ar.

– Não quero mais nada com você – ele disse quando não havia ninguém por perto, o rosto dele tornando-se carmesim.

Emma estremeceu ao ouvir essas temidas palavras.

– Então, não há mais nada para discutir? Vim porque pensei que poderia mudar de ideia, mas vejo que não. – Ela se esforçou para encobrir o barulho do rio, cuja espuma branca espirrava nas rochas incrustadas. – Não posso acreditar que você vai abandonar a gente. Deixar o bebê e eu por conta própria.

– Você tem sua mãe e os fundos que seu pai deixou para a família – ele respondeu. – Eu não tenho nada além do meu nome e da promessa de uma carreira. Se fracassar nos estudos e não conseguir entrar na faculdade de Direito, eu fracasso na vida. Não vou arriscar meu futuro por causa de compromissos com uma criança e familiares. Não tenho dinheiro, só meu cérebro e nada mais.

– Com certeza você não tem coração, a não ser para si mesmo – ela retrucou.

O tom dele ficou mais ameno.

– Encare os fatos. O que posso lhe oferecer? – Ele parou, arrancou uma folha de plátano de uma árvore que começava a ficar carmesim e amassou-a feito papel.

A friagem outonal, que ainda não chegara por completo, pairava no ar e quase subjugou Emma com seu premonitório cheiro de morte.

– Mantivemos esta fachada durante meses – ela disse. – Fui para a cama com você em Vermont porque o amo, não por querer controlá-lo. Tinha muito medo de lhe perder, foi por isso que me cortei. Foi uma coisa estúpida de se fazer, infantil. Você não entende? Eu o amava, precisava de você...

Emma olhou para o turbilhão de água marrom, espumante, após uma recente chuvarada, e pensou em como seria fácil se afundar em suas profundezas turvas. Um escorregão em uma rocha com musgo e o pesadelo da gravidez acabaria. Não haveria confrontação com a mãe, nem uma criança para criar em uma casa solitária. Com que rapidez o horror acabaria! Ela se virou para o rio, e seus olhos encheram-se de lágrimas.

Kurt recuou atrás dela, como um animal esquivo.

– Isto é inútil. Você não respondeu à minha pergunta. O que eu poderia lhe dar?

– Nada. Se não for amor, nada. – Ela riu, virou o rosto para ele e olhou em seus olhos, cuja cor passara a ser de um azul gélido e duro, um tom tão frio que a congelou no ato.

– Primeiro lágrimas, agora risada – ele disse e tentou tocar nela.

Emma estapeou as mãos dele para longe.

– Estou rindo do absurdo da situação. Por um momento, eu de fato pensei em me jogar no rio, talvez não *aqui*, na sua frente. Imagino que qualquer massa de água serviria. Se não existe amor entre nós, não existe nada. Na última vez em que vi você, me disse "Pense na *sua* reputação". *Você* também deveria ter pensado nas consequências à *sua* reputação. Afinal de contas, a *sua* vida seria arruinada por uma criança que você provavelmente não poderia amar.

– Emma, pare. Não seja cruel.

– Cruel? Só estou pensando no que é melhor para nós dois. Por que trazer uma criança ao mundo, se ela negaria a oportunidade de fomentar minha carreira e minha arte? Por que trazer um bebê não amado ao mundo, se ele destruiria a chance do pai na faculdade de Direito? É, estamos melhor sem tal empecilho às nossas *reputações*.

Ele a encarou.

– Posso ver por detrás dos seus olhos cruéis – ela disse. – Se os olhos são a janela da alma, olhei dentro do inferno.

Kurt olhou fixo para ela e depois enfiou a mão no bolso.

– Aqui tem 50 dólares. É tudo que tenho para lhe dar, mais do que deveria, mas eu sabia que chegaria a isto. Use como quiser, mas nunca mais me chame. Talvez, um dia, você entenda o problema que causou.

Ele se virou e foi embora, deixando Emma tremendo junto ao rio.

– *Verei* você de novo – ela gritou para ele – e *será* nos meus termos!

Ele olhou para trás, fechou a cara, e depois continuou a subir a margem até a rua. Do alto, gritou:

– Como você vai voltar para casa é problema seu!

Emma sucumbiu à margem, pegou uma pedra e apertou-a contra a terra. A lama espirrou em seus braços e mãos, e ela limpou a sujeira, um dos dedos roçando a cicatriz prateada, deixada pela tesoura em Vermont.

Voltou para a estação e, pegando o último trem para oeste, encontrou uma cabine vazia perto do final do vagão. Chorou baixinho e amaldiçoou o homem que pensou amar, sabendo que jamais voltaria a vê-lo.

◈

O automóvel de seu pai chegou no início de outubro, e Emma agora tinha uma carteira de motorista, apesar das objeções da mãe ao veículo. Como a filha havia suspeitado, Helen odiou-o e o teria vendido de imediato se não fosse pela afirmação da filha de que agora ela poderia levá-la pela zona rural em um dos poucos, se não o único, Modelo T do condado. Helen rapidamente adotou-o como símbolo de sua riqueza, apesar da diminuição de seus fundos. O carro era elegante a sua maneira, de um verde-floresta escuro, com a capota preta conversível e rodas raiadas. Tudo nele expressava o moderno, como se a excitação de uma nova era e de um novo século tivessem dado frutos. Mas o automóvel significava mais do que estilo.

Em segredo, Emma visitara o dr. Henry Morton em Pittsfield, antes de o carro ser entregue.

Agora, a viagem da mãe para Boston e o novo veículo facilitaram uma viagem de volta para a cidade agitada. Chegara o dia em que o dinheiro de Kurt ia ser posto em uso. Emma girou a manivela do carro. Ele tossiu antes de o motor pegar com força, subindo fumaça do estrondo.

O percurso foi curto, e Emma estacionou a uma distância segura do consultório do médico. Espreguiçou-se, contendo um bocejo que beirava a um tremor. Com que frequência sua mente a levara a esse ponto, imaginando um resultado que ela não queria nem desejava.

Agora que estava ali, esperava apenas se sentar sob o sol e devanear, em vez de sair do novo automóvel do pai e entrar no consultório do dr. Morton, um provedor de serviços para mulheres. Tinha ouvido falar no médico infame através de cochichos na escola. Diziam que era um homem com uma reputação, uma prática escondida encoberta por um consultório, fora disso, legítimo, e credenciais exemplares: formado na Faculdade de Colúmbia, na cidade de Nova York, estudos médicos completados em Harvard. Emma perguntou-se por que um médico tão respeitado havia montado consultório em Pittsfield, Massachusetts, na margem a extremo oeste do Commonwealth, entre os Berkshires e os Taconics.

Teria cometido um erro que comprometesse sua carreira ou, talvez, sido excluído de Nova York ou Boston, procurando refúgio em uma cidadezinha de 30 mil habitantes? Estaria compensando aqueles que poderiam mandá-lo prender por violar a lei de "provocação de aborto"? Qualquer que fosse seu passado, foi ele quem Emma procurou depois de marcar uma consulta prévia e um exame por sua conta e risco. A viagem anterior a Pittsfield para combinar o procedimento a enchera de pavor, mas tinha poucas opções: ou ter o bebê e, sem sombra de dúvida, ser posta para fora de casa; ou acabar com a vida que crescia dentro dela. Ambas as possibilidades a enchiam de desespero.

Emma olhou para as construções de tijolos com fachadas semelhantes que guarneciam a rua, mas cada uma muito diferente da outra em seu interior, cheia de adornos de uma comunidade energética: um boticário com frascos de água colorida cintilando na vitrine, uma chapelaria exibindo chapéus enfeitados com penas de garça e faisão, uma costureira, mostrando vestidos compridos de seda e outros tecidos atraentes, uma padaria emanando pela porta aromas deliciosos de pães quentinhos.

O público de meados da manhã caminhava pela calçada de tijolos, enquanto o sol, derramando seu calor sobre Emma, jorrava sobre o assento do automóvel. A suave elevação do Monte Greylock, adornado com plátanos escarlates e áreas verdes de pinheiros, presidia sobre o horizonte norte.

Emma respirou fundo e se obrigou a sair do conforto do carro, assumindo seu lugar em meio aos pedestres, conhecendo muito bem o endereço do dr. Morton, mas envolvendo seu cabelo escuro em uma echarpe e abaixando a cabeça conforme as pessoas passavam, para evitar ser reconhecida tão perto de casa.

A placa de latão reluzindo ao sol era a única indicação do consultório, que ocupava o primeiro andar de uma construção de esquina. Sua mão hesitou à porta, mas ela juntou coragem pensando que já estava condenada, então por que não acabar com aquilo? Muitas vezes, a mãe lhe dissera que as mulheres que faziam sexo antes do casamento eram rameiras vergonhosas que nunca entrariam no Reino dos Céus.

Ao entrar no consultório silencioso, Emma deu uma última olhada na rua. A torre branca de uma igreja perfurava o céu cobalto, visão austera que ardeu em seus olhos.

Uma enfermeira, com um uniforme da mesma cor da torre, estava sentada atrás de uma escrivaninha.

– Bom vê-la de novo, Emma – ela cumprimentou, erguendo os olhos da papelada a sua frente. A mulher forçou um sorriso, tentativa de pô-la à vontade, técnica usada com mais sucesso pelos cuidados despretensiosos do médico mais velho, que visitava a fazenda da família quando necessário.

Emma a cumprimentou com um gesto de cabeça, e a enfermeira a convidou a se sentar.

– Veio alguém com você? – A mulher quis saber.

Ela olhou para os diplomas emoldurados nas paredes antes de responder:

– Não, minha mãe foi de trem para Boston para passar vários dias, e me deixou com o automóvel. Foi por isso que eu quis esta hora marcada. Disse a ela que ia ficar com uma amiga, em Vermont.

A mulher analisou-a como um gato curioso.

– Então, tomou as providências e está firme no procedimento? É claro que estamos *preparados* para você. Amanhã você já deverá estar bem, a não ser que haja complicações. – Ela esperou a reação de Emma.

Emma olhou para a mulher, nervosa com a palavra "complicações".

– Preencha estes formulários – a enfermeira continuou e entregou os papéis e uma caneta por cima da escrivaninha. – Depois disso, podemos começar. Ah, e por favor… use seu nome verdadeiro e a data de nascimento. Você está assegurando que tem mais de 18 anos. Fez tudo que ele pediu? Não comeu nada desde ontem à noite?

Emma confirmou e assinou os documentos, prestando pouca atenção no que lia, nunca tendo pensado em falsificar seu nome ou sua idade. A caneta pareceu grossa e pesada em sua mão.

– Sua privacidade e a do dr. Morton serão garantidas por esses documentos. – A enfermeira devolveu os papéis para a mesa. – É importante se dar conta da gravidade da sua situação e do procedimento praticado aqui. – Ela se levantou da cadeira, olhando para Emma. – Bom, vamos, não fique tão abatida… vai dar tudo certo. Pode se trocar e então o doutor irá vê-la.

A jovem viu-se em um quartinho nos fundos do prédio, que cheirava a álcool e a unguentos medicinais, uma luz tépida infiltrando-se por duas janelas foscas, permitindo-lhe ver apenas contornos indistintos do lado de fora. Perguntou-se o que teria além do vidro: a rua, uma viela, talvez um vislumbre da igreja, ou uma visão do alto da montanha com suas áreas escarlates e verdes. O quarto era dominado por uma larga mesa de metal, coberta por um lençol branco. Duas cadeiras de carvalho estavam junto à parede, ladeando um armário de madeira contendo instrumentos médicos e frascos de vidro.

A enfermeira entregou-lhe uma bata.

– Vista isto. Deixe suas roupas na cadeira. Eu as busco depois que o médico tiver visto você.

– Se eu...

A enfermeira olhou para Emma, esperando que ela terminasse a frase, mas depois completou o pensamento para ela.

– Não se preocupe, você não vai morrer. O doutor nunca perdeu uma paciente. Você vai ficar bem.

– Ah, minha maleta para passar a noite. Deixei no carro.

– Eu pego para você. Você só vai precisar dela depois do procedimento.

Emma contou-lhe onde estava estacionado o carro, e a enfermeira saiu da sala. Emma despiu-se e, tremendo, enfiou a bata pela cabeça. Dobrou as roupas com cuidado, e colocou-as sobre uma das cadeiras. Após alguns minutos, uma batida suave soou à porta.

Ao entrar, o dr. Morton enfiou os óculos com aro de metal, um tufo de cabelo branco coroando sua cabeça. Tinha feições bucólicas, Emma pensou; um médico mais à vontade tratando resfriados de crianças do que realizando abortos.

– Bom dia, Emma – disse e abriu um sorriso. Com um prontuário médico na mão esquerda, estendeu a direita para um aperto de mão.

– Eu vou morrer? – Emma questionou ao agarrar seus dedos.

O sorriso dele desmanchou-se, e em seu rosto estampou-se um olhar zangado, que um pai daria para uma criança malcriada.

– Não no meu consultório, mocinha. Não deixarei que isso aconteça. Você deveria acabar com esses pensamentos mórbidos na sua mente. Se for como a maioria, já se puniu bastante para decidir me procurar.

Emma desviou o olhar por um momento, tomada pela vergonha.

O dr. Morton inclinou a cabeça, soltou a mão dela e virou-se para o armário, onde abriu uma gaveta e tirou um frasco cheio de pequenas pílulas brancas.

– Engula uma dessas. – Encheu um copo com água e despejou uma das pílulas na mão dela.

Emma colocou-a na língua e engoliu.

O dr. Morton perguntou sobre sua vida em casa e seu interesse em arte. Depois de algum tempo, ela se viu estendida na mesa, com as pernas abertas e os joelhos apontados para o teto. Os efeitos da pílula faziam-na se sentir como se fosse uma atriz sonolenta, em uma peça que se desdobrava lentamente.

– Como está se sentindo? – ele perguntou, falando debaixo de sua bata, seu hálito quente fluindo por suas pernas.

Ela achou impossível responder; seus lábios pareciam pegajosos e borrachudos. Logo, uma estranha pressão foi forçada contra a sua cérvix, como se bastões pontudos estivessem separando-a.

– Você está chegando lá – ele disse.

Um borrão branco abriu a porta, pegou as roupas de Emma e desapareceu, reaparecendo a seguir ao lado do médico. Os dois ficaram como torres sobre ela, dizendo palavras suaves e tranquilizadoras, enquanto ele colocava a máscara metálica de éter e o tecido sobre seu nariz e sua boca. As gotas caíram no tecido, e o mundo sumiu, girando na escuridão.

⟡

Emma acordou e se viu envolvida por um cobertor, a cabeça mergulhada em confusão e estranhando o ambiente. A luz no quarto tinha esmaecido para um cinza opaco. Ela virou de lado quando a náusea agarrou seu estômago. Jogando a cabeça por sobre a beirada, avistou no chão uma tina de metal reluzente, cheia de um líquido esbranquiçado. Com grande esforço, jogou as pernas para fora da mesa, mas os joelhos cederam quando seus pés tocaram o azulejo frio. O estômago agitou-se enquanto agarrava a mesa e olhava para baixo.

Um par de braços ergueu-a do chão, enquanto palavras que soaram como um hino que Emma costumava cantar na igreja entrou pelos seus ouvidos. Os braços a colocaram sobre a mesa e a cobriram com o cobertor.

– Pegue meu bebê. – Emma pediu, enquanto agarrava o metal frio, as palavras vazias ecoando em sua cabeça, como se falasse em uma caverna. – Mostre meu bebê!

A figura branca saiu, mas logo voltou com uma trouxa envolta em um pano branco.

– Aqui.

Emma não conseguiu discernir o rosto, ou de onde vinham as vozes. O quarto resplandecia em uma luz intensa.

Com a cabeça girando, ela se sentou, pegou o bebê nos braços e descobriu-o, revelando uma massa oval de carne rosada, no lugar em que deveria estar o rosto. Um leve vinco marcava a boca não aberta, duas pequenas reentrâncias marcavam a pele, em vez de olhos. A massa retorceu-se em seus braços e, aos gritos, Emma caiu para trás na mesa.

A enfermeira chegou correndo, seguida pelo médico.

– Meu Deus! – Emma gemia, meio em transe. – Ele não tem rosto! Nada de olhos, nariz ou boca!

O médico inclinou-se sobre ela, acariciando seus braços e repetindo:

– Foi só um sonho ruim... um sonho ruim... um sonho ruim. Isso pode acontecer quando se esteve sob anestesia. Está tudo bem. – Ele levantou os ombros dela da mesa. – Respire fundo, inspire e expire por alguns minutos. Você vai se acalmar.

Depois de um tempo, ela relaxou e sentiu o peso do sono. Antes de adormecer, chorou e pensou em seu bebê, em como poderia ser se tivesse nascido, no que poderia se tornar.

O quarto apagou-se.

Na manhã seguinte, quando acordou, Emma estava estendida na mesa com um travesseiro sob a cabeça. Alguém havia trocado o lençol e sua bata e posto sobre ela um cobertor limpo.

A luz irrompia por entre as janelas opacas, a jovem sentiu frio, mas era incapaz de se mexer, a não ser virar a cabeça. A dor desaparecera, mas a lembrança assombrosa do bebê sem rosto pendia sobre ela, juntamente com a sensação de que, de algum modo, ela tinha voltado dos mortos.

❖

As lágrimas vertidas antes e depois da conclusão eram um testemunho do poder do rosto, daquele que imaginara e daquele que a assombrara, uma memória que mais parecia um pesadelo.

Por mais de dois anos, Emma ficou em casa com a mãe, fazendo pouco, mas expiando o pecado que sentia ter cometido. Os longos dias de verão e as intermináveis noites de inverno arrastaram-se com pouco entretenimento que não fossem seus livros; ela até mergulhou em uma edição inglesa de *Madame Bovary*, de Gustave Flaubert. O romance, com sua encadernação em tecido azul e letras douradas, a deprimiu ainda mais, porque descobriu muitos paralelos em sua própria vida com a de Emma Bovary.

Abandonara seus desenhos debaixo da cama, o lápis a carvão e o bloco foram relegados a um armário, juntamente com seu diário secreto.

Kurt não lhe enviou cartas, embora ela nunca fosse respondê-las. Emma até se recusou a responder à correspondência de Charlene e também não atendeu suas ligações no telefone que recentemente fora instalado na casa da fazenda.

Ela saiu de seu clima sombrio apenas na primavera de 1911, quando a nuvem depressiva começou a se desprender. Até Helen tinha demonstrado interesse em ver sua filha, agora a poucos meses dos 21 anos, emergir de sua reclusão autoinduzida.

– Você precisa circular – disse a mãe. – O tempo está encurtando.

Logicamente, os interesses da mãe eram os próprios, e não os de Emma, para que a filha atraísse um marido, mas apenas se fosse um casamento com o "homem certo", princípio adotado por Helen por muitos anos.

Por insistência pessoal de Daniel Chester French, juntamente com algumas sugestões contundentes da sra. Wharton, cujo relacionamento com o próprio marido continuava a vacilar, Helen concordou em mandar Emma, em abril, para a Escola do Museu de Belas Artes, em Boston. French providenciou a visita de fim de semana, com o propósito de apresentar Emma a Bela Pratt, escultora na escola. Sua anfitriã para o fim de semana seria Louisa Markham, amiga da *socialite* de Boston Frances Livingston.

Apesar de suas apreensões, Emma pegou o trem em Lee, com destino a Boston, enquanto a mãe lhe fazia preleções sobre como se comportar.

– Mantenha as costas retas, não abaixe o olhar, seja reservada, mas acessível, não tome mais de uma taça de champanhe, se muito.

Depois de um tempo, as instruções maternas soavam como abelhas zumbindo ao redor dos seus ouvidos. Deu um beijo no rosto de Helen e embarcou no vagão aquecido, acomodando-se para a viagem de quatro horas. O amanhecer fora escurecido por nuvens. Enquanto o trem trafegava a leste, por entre as colinas, as nuvens ficaram mais carregadas, até parecer que um grande nevoeiro tinha envolvido a paisagem. A neve caiu em espetos em meio à bruma, e os galhos lisos e desfolhados das árvores tremeram ao vento.

Ao chegar à estação de Boston, Emma respirou fundo, como se tivesse saído viva de um caixão. O ar cortante avermelhou suas faces, forçando-a a acelerar os passos, enquanto chamava um fiacre. As ruas cheias de cavalheiros de terno segurando seus chapéus-coco; as senhoras vestidas com elegância, empunhando sombrinhas; os gritos dos ambulantes encobrindo o vento e mais automóveis do que já tinha visto na vida encheram Emma de uma excitação que não sentia desde que se mudara para a casa da fazenda. A cidade vibrante injetou-lhe energia, surpreendendo-a com um novo entusiasmo.

O fiacre deixou-a em um endereço de uma rua elegante, a apenas alguns quarteirões do rio Charles, com suas águas ondulantes reluzindo por entre as casas, e a cor acinzentada fundindo com a cor do céu.

Uma criada atendeu à porta e levou-a para uma sala de visitas ornamentada, com janelas grandes e onde uma lareira acesa aquecia o ambiente.

A criada pegou o casaco, o cachecol e as luvas de Emma.

– Por favor, sente-se. A srta. Markham virá vê-la em breve.

Emma absorveu o luxo da sala, a mais opulenta que já vira, ultrapassando até as que tinha visitado na infância. O local brilhava no calor luminoso das toras que queimavam, a luz espalhando-se das molduras douradas e trabalhadas dos quadros para os braços dourados das cadeiras, reluzindo nos fios metálicos das cortinas. A pintura sobre a lareira representava uma imponente sala de visitas com detalhes esplêndidos. Não era a da srta. Markham, mas, com certeza, de alguém de gosto semelhante. Segundo Emma, viver ali era como viver em um casulo dourado.

Uma súbita preocupação atingiu a jovem, resultante da falta de familiaridade com o ambiente. Como seria Louisa? Os preparativos tinham sido feitos por meio de Daniel Chester French, e, embora confiasse em seu julgamento, ela não fazia ideia se iria gostar dos próximos dias. Agarrou os braços acetinados de sua cadeira e focou na rua. Alguns automóveis passavam por lá, soltando seus estampidos. Parelhas de cavalos pretos e brancos batiam os cascos, puxando seus coches. Mas Emma se viu contemplando uma paisagem de construções de tijolos que, apesar de sua infância, lhe pareciam tão estranhas quanto qualquer lugar que não tivesse visitado.

– Está gostando da vista? – perguntou uma voz confiante e relaxada.

Emma levantou-se da cadeira para encarar Louisa Markham, jovem não muito mais velha do que ela. Sua anfitriã era alta, de uma magreza elegante, cabelo escuro penteado em ondas ao redor da cabeça. Trajava um vestido de seda dourado, de cintura marcada, realçado por uma faixa vermelha que circulava logo acima dos joelhos. Um suéter de tranças preto e dourado, chegando até a cintura, complementava seu conjunto.

– Por favor, sente-se. – Louisa deslizou pela sala sem tirar os olhos da convidada, sentando-se em uma cadeira em frente a Emma.

– Então, você é Emma Lewis, da riqueza do Chá Lewis.

Emma corou, sentindo como se tivesse sido encurralada por uma mulher que sabia muito mais sobre ela do que ela sabia sobre sua anfitriã. Cruzou as mãos no colo.

– Acho que estou em desvantagem. A "riqueza", como você colocou, foi usada para comprar nossa casa em Lee e os cavalos. Meu pai morreu vários anos atrás, então minha mãe e eu...

Louisa inclinou-se à frente, sinalizando para Emma se calar.

– Meu bem, se existe algo que precisa aprender sobre a sociedade de Boston é que todo mundo dissimula sobre as suas circunstâncias pessoais. – Ela acenou a mão em círculo, próximo à cabeça. – Tudo que vê aqui é artifício. Está pago, mas as pinturas e os móveis são armadilhas usadas para impressionar. Cintilam, brilham, mas não têm vida... na verdade estão mortos. – Ela arrumou um cacho próximo ao rosto. – Então, de agora em diante, pelo menos no tempo em que estiver comigo, você é a herdeira da fortuna do Chá Lewis e aluna de Daniel Chester French. É só isso que as pessoas precisam saber. – Louisa sorriu, exibindo dentes perfeitos e brancos, e foi até um sino, pendurado próximo à cortina. – Você precisa tomar chá, antes de sairmos à noite.

O chá chegou, servido em um reluzente bule de prata, acompanhado por uma variedade de pequenos sanduíches e biscoitos. Não tendo comido nada desde o café da manhã, Emma devorou o quanto se atreveu, sem parecer esfomeada. Analisou a mulher em frente a ela, enquanto conversavam sobre vários assuntos, inclusive o amor de Emma por cavalos, os poucos amigos que compunham seu mundo, suas aulas com o escultor e seu desejo de ser uma escultora. Algo em sua anfitriã impressionou Emma enquanto conversavam: uma vivacidade, a indicação de uma alma despretensiosa sob a riqueza, que levou Emma a acreditar que as duas poderiam ser amigas, desde que conseguisse derrubar a fachada resplandecente.

– Se tem alguém que pode garantir seu futuro é o sr. French – Louisa observou, depois de Emma ter terminado seu quarto sanduíche. – Esta noite você vai conhecer a nata de Boston, mas não fique intimidada ou influenciada por nada que vir ou ouvir. Lembre-se, é tudo artifício, pessoas desesperadas para causar impressão.

Emma enrijeceu-se na cadeira, seu nervosismo novamente em ação.

– Pode me dizer quem estará lá?

Louisa recostou-se para trás e ergueu o braço com displicência.

– Bom, por exemplo, minha querida amiga sra. France Livingston, que perdeu o marido há não muito tempo. Ela é uma devotada patrona das Artes. Caia em suas graças, e seu sucesso estará garantido. Singer Sargent e a sra. Jack podem estar lá, mas não tenho certeza; os dois viajam muito.

Emma ficou maravilhada.

– John Singer Sargent, o pintor?

Louisa confirmou com uma expressão afetada.

– Quem é a sra. Jack? – Emma perguntou.

Louisa inclinou a cabeça.

– Bom, a sra. Jack... É Isabella Stewart Gardner e faz Frances Livingston parecer nitidamente burguesa. Sem querer ofender Frances, é claro. – Riu como o gato da Alice e tocou para a criada levar o chá. – Agora, preciso descansar, e você precisa se refrescar. Lydia a levará para seu quarto.

Sua anfitriã saiu tão discretamente quanto entrou, deixando a hóspede sozinha com a jovem criada, que não falava uma palavra até falarem com ela. Emma ficou sentada, em silêncio, enquanto Lydia retirou a louça, deu uma arrumada na sala e depois parou, aguardando as instruções.

– É para você me mostrar o meu quarto – Emma pediu, constrangida, sem intimidade com esse tipo de tratamento da alta classe.

– É claro, senhorita.

Lydia foi à frente, subindo a escada até um quarto na frente da casa; mais um espaço imponente, cheio de vasos antigos, candelabros de prata, quadros resplandecentes e móveis ingleses com séculos de antiguidade. A criada pôs a mala de Emma em um suporte de mogno.

– O cabriolé estará aqui às 6 horas em ponto, para levá-las à recepção. Seu banheiro fica no fim do corredor.

Louisa surgiu à porta.

– Senhorita Lewis... Esqueci-me de lhe dizer. Vou apresentá-la a mais uma pessoa esta noite, alguém que ocupa um lugar especial em meu coração, um homem chamado Thomas Evan Swan.

Sua anfitriã deu o assunto por encerrado, enquanto Lydia fechava a porta do quarto, deixando Emma sozinha, com a grande sensação de estar vivendo em um sonho.

❖

A carruagem, decorada com elegância, lampiões a óleo e assentos de couro, chegou na hora marcada, para levá-las a um prédio perto do Museu de Belas Artes, na avenida Huntington. Enquanto as duas iam, Emma tentou conversar amenidades com Louisa, mas a conversa pareceu forçada e formal, com a anfitriã muito mais interessada em sua aparência e na curvatura adequada do casaco de zibelina que estava usando do que nas fortunas de sua hóspede.

Emma viu-se enfrentando uma onda de ansiedade que crescia em seu estômago, sentindo-se muito como uma camponesa jogada em uma situação para a qual estava totalmente despreparada. De sua parte, Louisa parecia alheia ao desconforto da hóspede e voltou a lhe passar instruções:

– Deixe os criados pegarem seu casaco, deixe-me fazer as apresentações. Quando a conversa se esgotar, olhe à direita ou à esquerda, como se visse alguém que você conhece, peça licença e saia. Estarei ali a guiando para que não caia.

As palavras pouco confortaram Emma, porque a jovem se perguntava que raios teria para dizer àquelas pessoas. Eles a avaliariam quando entrasse na sala? Quem ela estava tentando influenciar para causar uma boa primeira impressão? Suas roupas eram apresentáveis, mas com certeza não eram da última moda nem as mais elegantes, como as de Louisa. Tudo em relação à noite parecia errado, antes mesmo de começar.

Quando chegaram, vários coches já estavam estacionados ao longo da rua. O ar cheirava a umidade; a possibilidade de neve pairava no ar. Os cocheiros estavam próximo aos veículos, seus cavalos sacudiam a cabeça e bufavam hálitos gelados. O céu, ainda contendo uma luz levemente acinzentada, ocultava o sol que se punha.

Louisa, com a ajuda do cocheiro, desceu primeiro do coche. Emma seguiu-a. A estrutura majestosa do museu, com sua entrada de colunas jônicas e alas de pedra maciça, agigantava-se sobre elas. O prédio a oeste, onde haveria a recepção, era menor e muito menos imponente.

O interior era bem despojado e simples, e Emma ficou grata que ali faltasse grandiosidade. A simplicidade das paredes, mesas e cadeiras fez com que se sentisse muito mais à vontade. Um cavalheiro de *smoking* pegou seu casaco, enquanto ela olhava ao redor. Trinta ou mais pessoas se faziam presentes, todas com trajes sociais. Olhou para seu vestido e para os sapatos pretos, ambos bem comuns e sentiu-se deselegante, em comparação.

Louisa pegou no seu braço com a mão enluvada e a levou a um círculo, em meio ao pessoal. As apresentações foram rápidas, e Emma esforçou-se para acompanhar os nomes e os rostos. A sra. Livingston lembrou-lhe um pássaro em um galho, ao pular de mesa em mesa com seu jeito animado. Singer Sargent e a sra. Jack não estavam à vista. Mal tinha sido apresentada a alguém e trocado algumas palavras, e Louisa já a levava para a próxima pessoa, até que conhecesse todos os que ali estavam. Sua anfitriã explicou, em um sussurro, que ninguém tinha importância, exceto a sra. Livingston. Todos os outros eram doadores minoritários ao Museu e à Escola.

– Não vou me lembrar de um único nome – Emma disse, terminadas as apresentações.

– Você só precisa se lembrar de um – Louisa replicou. – O resto conheceu *você*, é isso o que importa.

– Acho que estou ficando com dor de cabeça – Emma respondeu, passando um lenço na testa. – Aqui está quente.

– Está, e você não pode deixar as coisas esfriarem. Volte até Bela Pratt e diga a ele o quanto gostaria de estudar aqui. Não deixe de mencionar que me conhece, que conhece a sra. Livingston e, é claro, exagere sua ligação com o sr. French. – Ela apertou de leve a gola alta do seu vestido e incitou Emma com os olhos escuros. – Vá em frente... Não seja tímida.

Emma juntou coragem, pensando não ter nada a perder. Pratt, um escultor ilustre por direito próprio, e professor na escola, parecia pensativo, como se preferisse estar em qualquer outro lugar que não na recepção. Estava sentado sozinho a uma mesa, olhando fixamente para um copo d'água, e ergueu os olhos quando Emma se aproximou.

– Senhorita Lewis, não é?

– Sim, sou amiga da sra. Livingston e de Louisa...

Ele abanou a mão.

– Não precisa me impressionar, minha jovem. Quem você conhece não chega nem perto da importância do que pode fazer. Por favor, sente-se.

Esvaziada, Emma sentou-se, esperando o que ele diria a seguir. Ele a analisou por um momento, assimilando seus traços com um olhar inquietante.

– Daniel Chester French me contou que você tem um pouquinho de talento a ser desenvolvido, mas que tem certa dificuldade com alguns aspectos da Arte.

– Sim, senhor. Rostos.

Uma floresta de cabelos escuros, divididos quase ao meio, cobria sua cabeça. Suas faces pendiam naturalmente, e seus olhos afundavam-se como pedras negras em suas órbitas.

– Pelo menos é honesta a respeito disso e não fica de conversa fiada sobre como é boa. Você não faz ideia de quantos candidatos se enaltecem apenas para fracassar miseravelmente. A escola já foi enganada antes. – Ele se calou, voltando a analisá-la. – No entanto, confio na avaliação do meu caro colega. Terei que ver seu trabalho, juntamente com os formulários, as entrevistas e outros processos necessários para a admissão.

– Então, é possível que eu estude aqui? – Emma indagou, tomada pelo entusiasmo.

– É possível... Mas existe um inconveniente.

Emma assentiu com a cabeça, esperando que ele continuasse.

– Você se sobressai no desenho, não é?

– É.

– Pode ser que pintar, desenhar e colorir tornem-se o foco da sua Arte... e não a escultura.

Emma ficou intrigada, e a ansiedade que a tinha atormentado desde sua chegada a Boston impôs-se novamente.

– Por quê?

– Existem muitos homens (eu não concordo com isso, nem o sr. French) que acreditam que o mundo da escultura não é lugar para uma mulher. Eles dizem que o próprio ambiente é do campo masculino, que o feminino não pode conceber ou criar trabalhos monumentais de mérito.

A ideia absurda chocou a Emma. Seu pai nunca a desencorajara, mas a mãe fizera isso por um motivo diferente, não por suas habilidades criativas, mas por acreditar que tal carreira dificultaria encontrar um marido.

– Digo que vamos provar que estão errados – Emma retrucou.

Pratt sorriu pela primeira vez desde o encontro com ela.

– É, vamos. Só fique atenta, pois muitos homens pensam como alertei. Na verdade, certo crítico de arte, em Boston, irá estripar você se ousar pôr em causa a maneira de ele pensar.

Louisa chegou à mesa, como que para salvá-la de Pratt. Emma apertou a mão do escultor e deixou-o com seus pensamentos.

– Ele quer me entrevistar – ela contou a Louisa, com a respiração escapando em sopros excitados.

– Hora de ir embora. Nunca ultrapasse as boas-vindas – Louisa disse, convencendo-a. – Quero que conheça uma pessoa. Aqui está ele: Thomas Evan Swan.

Emma agarrou o braço de Louisa e ficou paralisada, como se seus pés estivessem atolados na lama.

– Pelo amor de Deus, qual é o problema? – Louisa questionou, perturbada pela relutância de Emma.

A jovem achou difícil de falar e de explicar que o homem apontado por Louisa tinha uma semelhança notável com Kurt Larsen. Era de pele clara e loiro, como Kurt, mas com diferenças consideráveis. Sua estrutura facial era um tanto semelhante, mas Thomas era alguns anos mais velho, e seu rosto começava a criar vincos de um homem mais atormentado do que seu antigo amante. O cabelo rareava no alto, mostrando o couro cabeludo através das mechas finas; os ombros curvavam-se um pouco, resultado de muito estudo, deduziu Emma. Um par de óculos de leitura estava enfiado no bolso do seu *smoking*. Os dedos eram finos e delicados, ao contrário das mãos mais fortes de Kurt.

Ele desviou o olhar da garrafa de vinho tinto, a sua frente, e olhou para ela; um sorriso amigável enfeitou o seu rosto quando Louisa empurrou-a adiante:

– Emma Lewis, este é Thomas Evan Swan, Tom, para os amigos – disse Louisa.

Ele se levantou e estendeu a mão, que Emma pegou em um aperto cordial.

– Muito prazer em conhecê-la, srta. Lewis – Tom cumprimentou. – Ouvi falar em você pelo boca a boca. Soube que está estudando para ser escultora.

– É isso mesmo, sr. Swan.

– Pode me chamar de Tom – ele disse e convidou as duas para se sentarem em sua mesa. Louisa ocupou a cadeira ao lado dele, enquanto Emma sentou-se em frente, tentando avaliar o relacionamento do casal. Pareciam bons amigos, talvez nada mais, com uma longa história de entendimento sobre o que motivava cada um. Emma não pôde deixar de notar que Louisa olhava para ele com afeto, quase a ponto de bajulá-lo.

– Tom estuda Medicina e será um médico como se deve – Louisa contou e passou o braço no dele. Ele deu uns tapinhas em sua mão.

– Que bom! – Emma disse, tentando deslanchar a conversa da amiga. – Você gosta de Medicina? – No momento em que a pergunta saiu da sua boca, ela se amaldiçoou em silêncio por sua estupidez. *É claro que ele ama Medicina! Por que raios estaria estudando isso se não gostasse? Ai, Deus, estou me fazendo de idiota.* Enquanto essas palavras passavam pela sua cabeça, pensou no diário e como registraria seu "desastroso" primeiro encontro com Tom.

Louisa riu.

– Ah, Emma, assim que a vi, eu soube que a gente ia se dar bem. Que pergunta engraçada para se fazer!

Ela inspirou rapidamente, esperando impedir que o sangue lhe subisse ao rosto.

– É, foi estúpido dizer isso. Desculpe-me.

Tom inclinou-se à frente, seus olhos azuis cintilando à luz da lamparina.

– A pergunta não é nem um pouco estúpida. Na verdade, é bem observadora. As pessoas entram em todo tipo de coisas que não deveriam, porque nunca se perguntam: "Eu gosto disso, mas isso é uma coisa que *eu amo*?".

Os dois viram-se conectados pela simpatia, enquanto Louisa, em sua cadeira, surpreendia-se com o interesse de Tom no que Emma tinha a dizer.

– Emma, você aceita uma taça de vinho? – Louisa ofereceu. – Você não tomou nada a noite toda e tem motivo para comemorar.

Tom, ainda encarando Emma, desprendeu seu braço do de Louisa, e levantou-se da cadeira.

– Permita-me. Você quer o que estou tomando?

Emma confirmou com a cabeça.

Tom saiu, e Louisa voltou a atenção para seu vestido, brincando com os botões perto da cintura marcada.

– Acho que Tom gostou mesmo de você. Espero que nós todos possamos ser grandes amigos. – Seus lábios abriram-se em uma tentativa de sorriso.

– Aprendi a não presumir nada – Emma disse, pensando em seu fracasso com Kurt e nos anos que passara em isolamento a partir daí. O mundo em que tinha entrado naquela noite era tão estrangeiro para ela, quanto se estivesse na Europa; ela poderia igualmente ter estado em um salão de festas na França ou na Alemanha, esforçando-se para conversar em línguas que não compreendia, porque a familiaridade lhe escapava.

– Espero sinceramente que não tenhamos a afugentado – Louisa disse, em um tom mais animado.

– Não. Tudo é tão diferente em Boston, tantos quilômetros de distância de Lee! Não estou acostumada com a atenção. Mesmo quando o sr. French e eu trabalhávamos juntos, ficávamos isolados em seu estúdio, com nada além de nossos pensamentos e a natureza a nossa volta. Aqui, a vida lhe assalta, vem até você de cada esquina.

Louisa estendeu o braço sobre a mesa e pegou na sua mão.

– Você vai se adaptar. Seremos as melhores amigas.

Tom voltou com o vinho e colocou a taça na mesa, em frente a Emma. A sra. Livingston passou rapidamente, mais uma vez, para se despedir a caminho de "ainda outra função social". Tom levantou-se, sorriu para Frances, e beijou sua mão.

No mínimo ele é um cavalheiro.

Ele tornou a se sentar, olhou para Emma, bebericou o vinho, e bebeu em meio ao sorriso.

❖

Na carruagem de volta para a casa de Louisa, imagens da noite passaram pela cabeça de Emma: o desfile interminável de nomes e rostos na recepção, o encontro com Bela Pratt, sua apresentação a Tom e a possibilidade de estudar em Boston. No entanto, por mais que tentasse, não conseguia tirar o rosto de Tom da cabeça. Seria por sua semelhança com Kurt? *Por que tudo gira ao redor do rosto?*

Enquanto os cavalos trotavam para a casa. Louisa falou pouco, com o olhar voltado para a janela, as mãos agarradas à gola de pele.

Sentindo-se esnobada, Emma decidiu aliviar o clima:

– Posso lhe fazer uma pergunta pessoal, srta. Markham?

Louisa virou-se, seu corpo envolto em zibelina, o rosto sombrio sob a aba do chapéu preto, cujo único enfeite era o lampejo das penas brancas de garça. Sua anfitriã não disse nada, mas Emma decidiu que estava livre para fazer a pergunta.

– Qual é sua relação com Thomas Evan Swan?

Louisa enrijeceu-se e ficou calada por alguns minutos, antes de responder:

– Somos melhores amigos. – Ela se virou de volta para a janela. – Por favor, me chame de Louisa.

Emma observou enquanto os casarões, com as janelas iluminadas pela luz quente e ondulante das lamparinas a óleo e gás, deslizavam pelo coche. O ar ali dentro tinha ficado frio, e ela pensou em se enrodilhar no quarto decorado; um fogo, talvez, ardendo na lareira; novamente sozinha.

Pelo resto da noite, Louisa nada mais disse sobre Tom. Depois de elas se retirarem, Emma pensou nele antes de cair no sono. Continuou vendo seu rosto em sua lembrança, mesmo quando voltava para Lee no trem dominical.

❖

Com a ajuda de Daniel Chester French, Bela Pratt e Frances Livingston, por suas vias indiretas, Emma foi aceita na Escola do Museu de Belas Artes. De início, sua mãe relutou com o custo de sua educação e a "fantasia" de uma carreira artística, mas isso foi antes de Helen conhecer Thomas Evan Swan, no verão.

– Um cavalheiro tão agradável – disse, com entusiasmo, depois de Tom passar o fim de semana hospedado na fazenda. – Gosto dele. Vai se dar bem financeiramente.

Emma sabia que a mãe o estava endossando como um marido em potencial e que um médico traria estabilidade para a família.

– Sei o que está pensando, mãe, mas Tom é um homem, não um investimento.

Helen escarneceu e deu as costas, murmurando sobre a "cegueira obstinada da minha filha" e "você poderia se sair muito pior... Provavelmente, vou acabar vendendo os cavalos para pagar as contas...".

Quando a carta de aceitação chegou, Helen exibiu uma felicidade raramente presenciada por Emma. Subitamente, a mãe estava mais do que disposta a aceitar a oportunidade da escola e a oferta de acomodações de Louisa Markham. A perspectiva de ter um médico na família suplantou a objeção da mãe a qualquer carreira artística. Emma também recebeu uma bolsa de estudos e uma ajuda financeira do sr. French.

Tudo deu certo para que Emma se mudasse para a casa de Louisa no outono de 1911. Nem a mãe nem ela derramaram lágrimas quando de sua partida. Ela sentiu mais tristeza por seu gato, Charis, e pelos cavalos que poderiam ser vendidos, do que por deixar sua casa. Fez a mãe prometer que cuidaria bem dos animais. Imaginou que Matilda poderia conseguir manter Helen sob controle.

A jovem foi para Boston com um grande baú contendo a maioria de suas roupas e alguns pertences dignos de nota, inclusive seu diário, e se acomodou no quarto espaçoso da casa de Louisa com mais facilidade do que pensou ser possível. Na primeira noite que tiveram a sós, Louisa mencionou Tom, tópico que Emma temia. No entanto, se fosse realmente para as duas serem amigas, tudo logo estaria às claras.

– Tom me contou que esteve várias vezes em Lee, durante o verão – Louisa disse. – Você não tocou nesse assunto nas suas cartas.

Mais uma vez, Emma assimilou o esplendor da sala de visitas, onde a lareira tinha sido acesa para levar o frio da noite de setembro. Por mais que seu pai tivesse planejado o futuro, nada na propriedade dos Lewis poderia se igualar à opulência do ambiente que agora ocupava. Se ela deixasse, aquilo poderia se tornar tão familiar quanto um sonho maravilhoso, um em que não se incomodaria de viver, que assinalava uma nova direção em sua vida. Por outro lado, o quanto poderia ser honesta com Louisa, se de fato se tornassem amigas, sem comprometer a oportunidade que surgira?

Hesitou em responder, mas sabia que mais cedo ou mais tarde o relacionamento deles estaria às claras.

– Não quis mencionar isso. – Ela olhou pelas amplas janelas por um momento, porque passava uma carruagem. – Sinceramente, nunca tive certeza de como *você* se sentia em relação a Tom. Achei que poderia haver mais coisas do que estava disposta a admitir. Eu lhe considero mesmo minha amiga, a quem não quero magoar.

Louisa analisou-a com uma expressão sincera de candura, sem intenção fria ou calculada. Com as costas retas junto à almofada, os pés cruzados nos tornozelos, seu corpo emanando uma confiança relaxada, Louisa apresentava a imagem perfeita de sociabilidade.

– Eu jamais iria contra uma amiga, não importa o quanto meus sentimentos pudessem interferir. O que você e Tom têm é entre os dois e ninguém mais. Isso é tudo o que tenho a dizer a respeito; na verdade, é tudo o que eu deveria dizer a respeito.

Emma balançou a cabeça, sentindo-se esgotada com o assunto.

– Você gostaria de comer alguma coisa? Talvez dar uma saída para jantar?

– Claro – Louisa respondeu, mantendo a compostura. – Tenho uma pergunta.

– Sim?

– Você o ama?

Emma precisou pensar por um momento, certa de que Louisa notaria sua hesitação. Ela o amava? Gostava de Tom, achava-o agradável, afável e charmoso, tudo o que Kurt não era, mas onde estava o fogo em sua alma que gritava por ele? Lembrou-se do dia em que Kurt e ela se encontraram naquele verão em Vermont; a primeira vez em que fizeram amor no outono, o quarto vibrando com o reflexo carmesim das folhas; e os dias solitários, agridoces de se obcecar por ele a distância. Contudo, as lágrimas que derramara pela criança que perdera, e pela rejeição de Kurt a tudo o que desejara, nunca estavam longe... mas a questão permanecia: Ela amava Tom?

– Amo – viu-se respondendo, embora duvidasse da própria palavra.

– E ele ama você – Louisa replicou. – Isso é tudo o que eu preciso saber.

Elas se vestiram para jantar e saíram de casa. Pelo resto da noite, Tom esteve ausente de suas conversas.

❖

As aulas e a nova vida em Boston ocuparam Emma durante meses. Algumas vezes, a jovem via suas amigas de Boston, Patsy e Jane, mas a vida delas seguia caminhos diferentes, agora que Kurt estava fora de cena, e Charlene a quilômetros de distância, em Vermont.

Tom estava igualmente ocupado com os estudos de Medicina e a próxima formatura. Quando o tempo permitia, ele se tornava uma visita frequente na casa de Louisa, e os três conversavam e aproveitavam a noite pela cidade. A sra. Livingston também os recebia, chamando-os de os "três mosqueteiros", com um toque de ironia na voz.

Durante os fins de semana que passavam juntos, Emma ainda se perguntava se Louisa nutria mais do que um afeto passageiro por Tom, mas sua amiga nada fazia para questionar a relação, preferindo agir com o casal como a anfitriã simpática. De sua parte, Emma foi ficando mais ligada em Tom com o passar dos dias, a realidade de ganhar a vida como artista se concretizando, enquanto mergulhava nos estudos com Bela Pratt e os outros professores. Pelas cartas e as visitas ocasionais a Boston, Helen continuava a cutucar a filha para garantir um marido. A pressão de todos os lados da vida começava a pesar em Emma.

Por fim, na primavera de 1913, Tom pediu-a em casamento, enquanto ambos caminhavam pela Esplanada de Boston.

– Por que esse casamento deveria dar certo? – ela perguntou a ele alguns minutos depois de lhe dar a resposta.

– Que pergunta ridícula – Tom disse, distraído com a multidão que se juntava às margens do Charles. Apontou para uma gaivota que deslizava pela água sedosa. O sol tinha atraído multidões de bostonianos para celebrar o final do inverno.

Emma puxou a mão dele e interrompeu o passeio. Os pedestres separavam-se à volta deles, que estavam como pilares no meio do caminho.

– Não é uma pergunta ridícula. Faz dois anos que a gente se conhece, ainda estamos muito instáveis, eu na escola e você apenas começando a clinicar. Se não fosse por Louisa, estaríamos seguindo nossos caminhos separados, e não conversando sobre essa bobagem.

– Bobagem? Emma, essa é a concordância com um casamento mais incomum que eu poderia imaginar. É de se esperar que a noiva chore de gratidão, ou, pelo menos, que aceite agradecida as bênçãos, não que questione o conceito logo de início.

– Estou sendo honesta, Tom. A honestidade é uma qualidade essencial para as mulheres, porque não nos permitem ser muito mais do que isso.

Tom pegou na sua mão e conduziu-a ao longo do caminho.

– Vamos aproveitar o momento. Você aceitou e fez de mim um homem muito feliz.

– Por que Louisa nos apresentou?

Tom suspirou.

– Porque ela é uma casamenteira e pensou que faríamos um casal bonito.

– Não, o motivo verdadeiro. Isso é algo que acabou de surgir na sua cabeça.

– Não consigo pensar em outro motivo

Emma deu-lhe o braço.

– Existe outra possibilidade. Louisa quis forçar o assunto, porque está apaixonada por você desde o começo.

Tom desviou o caminho e puxou Emma para um dique que dava no rio. Olhando a oeste, em direção a Cambridge, o casal se sentou em tábuas de madeira aquecidas pelo sol. Se quisesse, Emma poderia ter enfiado os pés no rio marrom. Ele se sentou ao lado dela, puxou-a para perto e beijou-a. Ela retribuiu o carinho formalmente. Depois de vários beijos, ele disse:

– Realmente, Emma, você é uma criatura estranhíssima, mas essa é uma das muitas razões de eu amar você.

– Dificilmente *estranhíssima* serve de base para um relacionamento.

Ela ficou um pouco fria com a lógica dele. Às vezes, o captava com o olhar, o sol reluzindo com certa luz de seu cabelo loiro fino, e o via pelo que ele era: um médico razoavelmente bonito, que prometia muita sensibilidade, mas provocava poucas centelhas em seu coração. No entanto, era estável, característica que sua mãe queria que ela buscasse em um homem.

– As mulheres sabem dessas coisas, Tom. Louisa forçou a mão ao nos apresentar. Para ela, era tudo ou nada com você. Caso se recusasse a pedir a minha mão, ela teria outra chance. Ou, se eu te rejeitasse, ela estaria em uma posição melhor do que nunca para recolher os estragos. Pelo menos ela lhe animou no assunto de casamento.

– Ela não fez isso. Assunto? Casamento não é uma matéria que você estuda na faculdade. Acho que dá crédito demais a Louisa, como um todo. Ela é esnobe, envolvida em seu círculo de Boston e é tão criativa quando uma tábua de carvalho recém-cortada. Totalmente o oposto de você. Mas, no mínimo, é pragmática... E, para mim, nunca passou de uma amiga muito querida.

Emma apoiou-se para trás, em seus cotovelos e cutucou os botões de flor que haviam sidos soprados pelo vento para perto da sua mão.

– Você mesmo reconheceu que ela é uma casamenteira. No entanto, vou enchê-la de gentileza, e ela será, é claro, minha madrinha. Conforme nosso casamento amadurecer, e envelhecermos juntos, continuarei a sufocá-la de gentilezas por causa de sua influência em nossa vida.

Tom riu:

– Às vezes, minha querida, você consegue ser malvada, de propósito ou não.

Nesse momento, a luz atingiu-o de maneira peculiar, sobrenatural, como se sua cabeça estivesse rodeada por um halo. Emma assimilou seu perfil desde o começo da linha do cabelo, passando pelos olhos azuis inquisitivos, o bigode recente perfeitamente aparado, e o queixo moderado. Havia momentos, como aqueles, em que ele ficava sereno, se não, bonito.

Emma tocou em seu rosto esperando que seu pulso fosse acelerar, que alguma faísca disparasse por ela. Em vez disso, sua mão estava tão calma quanto se estivesse agradando Charis. Tocá-lo era estranhamente perturbador; algo estava fora de ordem. Rapidamente, tirou aquele pensamento aflitivo da cabeça, em favor de algo prático.

Ele é adequado para mim e eu para ele. Esse será o melhor caminho para nós dois, levando-se em conta o que me aconteceu. Ele nunca deve saber o meu segredo. Tenho muita sorte de conhecer um homem como Tom, sorte que um homem vá me ter, afinal.

❖

Em janeiro de 1914, em uma tarde nevosa, Emma e Tom casaram-se na capela episcopal de Boston. Optaram por uma cerimônia discreta. Tinham concordado em não gastar dinheiro com um casamento luxuoso e, em vez disso, guardar dinheiro para a casa em que morariam, no sopé de Beacon Hill, perto do rio Charles. Para a compra contaram com a ajuda dos pais de Tom, e do montante que ele tinha conseguido juntar.

De fato, Louisa foi madrinha de Emma, enquanto Tom escolheu um médico com quem havia estudado para ser seu padrinho. Os convidados consistiam em alguns amigos do casal, a sra. Livingston, os pais de Tom, Helen e Matilda. A sra. Livingston e Louisa providenciaram uma recepção na capela, mas foi tudo bem enfadonho, Emma pensou, especialmente para um dia que deveria ser o mais feliz da sua vida. Talvez a neve, o céu cinza, o frio se infiltrando pela capela de pedra e a sensação de que Boston jamais sairia do inverno sufocassem qualquer alegria que uma cerimônia de casamento ousa presumir. Emma também manteve um olho em Louisa, impecável em um vestido branco e casaco de pele combinando, que conseguiu manter um sorriso reservado o tempo todo.

A ansiedade gerada pelo dia transferiu-se para a noite de lua de mel em Beacon Hill. Tom nunca tinha lhe perguntado se ela era virgem, e Emma nunca tinha abordado o assunto, preferindo ficar o mais longe possível de seu primeiro amante. Quase esperara que Kurt aparecesse em seu casamento, procurando inviabilizá-lo; afinal, o casamento de Emma Lewis e Thomas Evan Swan realmente chegou às colunas sociais dos jornais. Não precisava ter se preocupado; ele não apareceu.

Emma imaginava que a virgindade não seria um problema para Tom, considerando as variedades de experiência física pelas quais uma mulher poderia passar, do nascimento até sua noite de núpcias. Como médico, ele entendia o corpo humano.

Em casa, o casal se despiu no quarto frio e entrou debaixo dos cobertores, agarrando-se para que se aquecessem. Naquela noite, o mecanismo do sexo foi como fazer funcionar o Modelo T em uma noite gelada. Por fim, cresceu algum calor entre eles, mas o ato de amor foi apenas formal, e o corpo de Tom pareceu um bloco de mármore sobre o dela. A certa altura, conforme relaxava em um ritmo que também poderia ter sido tocado em um tambor, viu o rosto de Kurt, e não o do marido, e seu ardor aumentou, arranhando com vontade as costas de Tom.

Ele se retirou assim que teve seu clímax, jogou fora a camisinha e adormeceu em questão de minutos, deixando-a insatisfeita e inquieta. Durante muitos meses, esse foi o padrão do ato de amor entre eles, até que Emma finalmente o guiou para ela como uma professora paciente, mas a essa altura tinha pouca inclinação para ser uma instrutora, porque o sexo entre os dois passara a ser superficial e desprovido de sensualidade. Às vezes, conversavam sobre ter filhos, mas o assunto nunca foi longe, Emma pensando em seu doloroso passado, Tom pensando no futuro. Concordaram que a fase não era "propícia" para uma criança, que deveriam focar na clínica dele e na arte dela. Um tempo exíguo demais e inúmeras despesas de começo de casamento resultariam em uma gravidez preocupante.

❖

A guerra estourou no fim de julho, e por um tempo ninguém em Boston pareceu afetado, a não ser para verbalizar as palavras ocas de compaixão pelos "pobres europeus".

— Trata-se de um escândalo total — Frances disse em um dia de agosto, quando Emma, Tom e Louisa encontraram-se para almoçar em um restaurante da rua Newbury. — Eu os receberia para um chá, mas senti necessidade de sair de casa e, se vocês não se incomodarem de eu dizer isto, de não incomodar meus empregados em um sábado. A tendência é se fixar em más notícias, quando a pessoa está só com a criadagem. — Ela abriu seu leque preto de laca e abanou-o energicamente perto do rosto. — Hoje, o calor está terrível. Talvez a gente devesse ter almoçado debaixo de um guarda-sol, no meu jardim.

— Tem razão — Louisa acrescentou. — Todos estão chocados com as notícias sobre a guerra, mas acho que logo ela acaba.

Tom olhou para seu prato de peixe frio, e pousou o garfo ao lado.

– Espero que tenham razão, senhoras, mas minha visão não é tão otimista.

– Tom, ninguém quer ouvir más notícias – Emma disse.

Louisa inclinou-se sobre a mesa e deu um tapinha delicado na mão de Tom.

– Emma tem razão, ninguém quer ouvir isso. Além do mais, a América não está participando. Deixe os europeus se virarem bem longe de nós.

Frances deu um gole no vinho e franziu o cenho.

– O *vintage* do restaurante é atroz; e a que preços! Deveria ter trazido minha própria garrafa. – Seu rosto azedou, como se um pensamento horrível a tivesse surpreendido. – Os vinhos franceses podem ficar mais caros. Que horror!

Foi a vez de Tom fechar a cara.

– Você está se esquecendo da terrível tragédia *humana*, Frances.

– De jeito nenhum – ela replicou. – Como a maioria de nós americanos, sei que ela acontece, mas prefiro não pensar a respeito.

– Como vai indo sua escultura? – Louisa perguntou a Emma, provocando uma mudança óbvia de assunto.

Emma recostou-se em sua cadeira, mantendo um olho em Tom, cujo cenho franzido ainda demonstrava seu desprazer com a guerra.

– Comecei um trabalho novo, *Diana*, após a caçadora. É claro que depende de mim que ele fique pronto e dê certo, agora que já não estou na escola. É um bronze menor, que poderá ficar sobre uma mesa, mas ainda assim de tamanho moderado.

– Parece empolgante – Louisa disse e sorriu para Emma.

– Sempre posso contar com você, meu zéfiro.

– Por que você a chama assim, minha querida? – Frances interveio.

– Porque, como uma brisa delicada, ela está sempre lá para me dar uma animada e com frequência guiar o meu caminho... – Ela deu um tapinha na mão de Louisa.

– Não *me* esqueça – Frances disse. – Sempre fui sua incentivadora... E você tem que me deixar ser a primeira a dar uma olhada em sua nova criação, depois que estiver terminada. Tenho um lugar na sala de música que poderia ser perfeito para ela.

Emma reprimiu seu entusiasmo, não estando acostumada a receber elogios.

– Sim, é claro.

Tom cutucou o peixe com o garfo e depois cobriu o prato com seu guardanapo.

– Algum problema? – Frances perguntou. – Se o peixe não estiver satisfatório, eu o mando de volta. E me encarrego da conta. Meus cumprimentos por arrastar você para cá neste dia quente.

– Não, está tudo perfeito – Tom respondeu. – Não estou com muita fome, hoje.

Emma sabia que ele estava mentindo. Seus olhos brilhavam de preocupação, expressão que se instaurara quando Frances começara a falar sobre a guerra.

O casal saiu do restaurante e acompanhou Louisa até em casa, antes de voltar para a casa deles.

Depois disso, em mais de uma noite, Emma sonhou com Kurt segurando-a nos braços, seguido pelo arrulhar de um bebê. Acordava suando, antes de ver o rosto da criança, encontrando Tom deitado a seu lado em seu costumeiro estado de exaustão por causa do trabalho. Ele era gentil, generoso com o dinheiro, chegando a ponto de lhe dar um cachorro como companhia, durante os longos dias e noites de sua ausência. Emma deu ao labrador preto o nome de Lazarus, de certo modo achando o nome apropriado para uma ressurreição do relacionamento deles. Tom até sugeriu que poderia ser necessário contratar uma empregada para cuidar da casa, assim Emma poderia se concentrar em sua arte.

Seu marido era perfeito sob vários aspectos, mas durante aqueles sonhos com Kurt, que se expandiram para homens desconhecidos fazendo amor com ela de maneiras que Tom nunca sonhou fazer, Emma sabia que a base de seu casamento se estabelecera como um velho prédio. Seria Kurt o amor da sua vida? Teria seu antigo amante ferido seu coração a ponto de ela não poder mais amar nenhum homem?

Por dois anos a vida prosseguiu normalmente, uma página cinza em que as mesmas linhas eram escritas diariamente.

A única amiga com quem ela poderia falar era Louisa, embora Emma nunca tivesse certeza do quanto revelar, do quanto poderia voltar para Tom por causa da proximidade deles.

– Tom parece muito distraído com seu trabalho – Emma admitiu um dia.

As duas estavam sentadas na sala de visitas de Louisa, durante uma tarde púrpura, quando o sol começava a se pôr. Lydia entrou para acender a lareira.

Louisa riu.

– Todos os homens são consumidos pelo trabalho… Aceita um chá?

Emma sacudiu a cabeça.

– Preciso voltar logo para casa e dar comida ao cachorro… Achei que precisava de uma caminhada.

– Você não deve se preocupar demais. Afinal de contas, Tom é um homem bom, um bom provedor, de uma lealdade inimaginável para aqueles parecidos com ele, e está construindo a própria fortuna para sua família. Sempre reconheci e admirei essas qualidades nele. De todos os que existem por aí, Tom é um bom partido.

– Mas não quer filhos. – Emma encheu-se de vergonha, suas poderosas gavinhas logo se transformaram em tristeza, uma vez que a criança sem rosto bradava em sua cabeça. Respirou fundo algumas vezes para se acalmar. – Eu também não tenho certeza de que queira…

Louisa acenou para Lydia sair da sala e se afundou em sua cadeira.

– Sinto muito, Emma. Tom nunca mencionou nada como…

– Por que mencionaria? – Emma deixou escapar. – *Eu* sou a esposa dele. – Lágrimas afloraram a seus olhos, enquanto se lembrava das conversas esporádicas que haviam tido sobre ter filhos, a maioria delas morrendo após alguns minutos, assim como a paixão entre eles. – Conversamos a respeito, mas sempre existe uma desculpa para não ter: o consultório de Tom, a minha carreira artística tal como está, o dinheiro, a guerra… sempre a guerra.

– Claro – Louisa assentiu, olhando de esguelha para o fogo, mas voltando-se para Emma depois de um momento. – Ele nunca insinuou nenhuma dessas ideias para mim no passado, quando a gente conversava mais…

– Eu queria… quero… um filho – Emma soltou, golpeando o rosto. – Talvez isso aconteça um dia. – Das várias coisas que conspiravam contra ela, Emma sabia perfeitamente bem o que a impedia mais do que qualquer outra: a lembrança da criança que tinha perdido, o segredo deprimente que nunca revelaria a Louisa, que a deixava periodicamente, só para voltar às pressas, quando menos esperava. Uma criança na rua, a placa de um consultório, a maneira como o sol cintilava da torre de uma igreja, qualquer uma dessas coisas poderia desencadear a emoção. Veio-lhe o pensamento de que ela era tão responsável pela decisão de não ter filhos quanto Tom. Será que o relacionamento com Kurt a embrutecera para a possibilidade de filhos, mesmo acreditando que era isso o que queria? Ela endireitou-se na cadeira. – Enquanto isso, preciso reconhecer a minha boa sorte e ser grata pelo que tenho.

– É o que todas as mulheres devem fazer. Só Frances escapou a essa sina, porque agora tem a fortuna deixada pelo marido. Acho que ela aprecia ser viúva.

Emma assoou o nariz no lenço.

– Acho que isso foi cruel.

– Mas verdadeiro. Não lhe restam muitos anos; é melhor aproveitá-los.

– Não diga uma palavra disso a ninguém, especialmente a Frances – Emma pediu, levantando-se da cadeira. – Lazarus está em casa, no escuro. Não deve estar satisfeito.

– Eu a invejo, Emma – Louisa disse, quase como uma reflexão tardia. – Você tem um homem que a ama, tem a sua arte, tem uma casa confortável e amigos. Tendo ou não um filho, nem todo mundo tem tanta sorte.

– É, eu tenho sorte – Emma concordou, enrijecendo-se. Beijou Louisa no rosto. – Não precisa me acompanhar até a porta.

Emma caminhou pelo rio até em casa, o vento frio do oeste fatiando as cristas espumosas das ondas, incitando-a a andar mais rápido apesar dos arrepios que lhe subiam pelas pernas. Levando as mãos à boca, engoliu os soluços que a engolfavam, porque só conseguia visualizar na mente os momentos íntimos com Kurt Larsen e sua consulta com o dr. Henry Morton, tantos nos atrás.

❖

Os dois sentaram-se na sala de visitas, em uma rara noite em que Tom saiu cedo do consultório e veio para casa.

Emma estava em sua cadeira favorita, em frente ao fogo, desenhando ideias a esmo que enchiam sua cabeça para um novo trabalho. *Diana* estava resultando lindamente e logo seria executada. Do outro lado da sala, Tom lia o jornal e, distraído, mexia no cachimbo que estava sobre um cinzeiro na mesa a seu lado. Seu pai o presenteara após a formatura na faculdade de Medicina, mas raramente o fumava.

Lazarus estava deitado no tapete marroquino, no meio da sala.

Emma ergueu os olhos dos seus desenhos e viu Tom virar as páginas do jornal, pensando no que escreveria em seu diário:

O retrato da satisfação, é isso que qualquer um pensaria do meu entorno. Eu, trabalhando no que amo, ainda sem contribuir em nada com a casa, a não ser agir como empregada. Tom, feliz com seu jornal, pensando sabe lá Deus no que, porque hoje em dia acho muito difícil entrar em sua mente. Lazarus esticado entre nós, como um deus da serenidade, seu pelo reluzindo à luz do fogo. Quando o cachorro "suspira" de satisfação, é como se o mundo todo estivesse em paz.

Mas não está. A guerra segue enfurecida na Europa, e Tom fala sobre ela, mas sei que isso ocupa seus pensamentos ainda mais do que ele dá a perceber. Na verdade, ela pesa em todos os aspectos da nossa vida. Nossa vida sexual diminuiu a ponto de não existir; um abraço carinhoso, um rápido beijo de boa-noite é o melhor que conseguimos fazer. As coisas mudam com muita rapidez em um relacionamento, até nos primeiros anos. Imagino que tenha sido ingênua ao pensar que tudo seria cor-de-rosa depois das minhas experiências com Kurt, mas, quando se empurra algo lá para o fundo da mente, distante do presente, a pessoa se condena a repetir os erros.

Eu o amo e ele me ama, acho, mas eu esperaria que nosso estado de coisas atual fosse mais como nossos anos dourados, em que a camaradagem é a cola que mantém unido o relacionamento. Acho que minha própria fraqueza é que me impede de confrontá-lo, perguntando se está tudo bem, relatando minha confusão quanto a ter um filho, mas não quero criar confusão porque já tive o suficiente nesse aspecto. A estabilidade é preciosa, algo que jamais teria ocorrido com Kurt. Existiria um homem que possa me fazer sentir viva e inflamar minha paixão? É pedir demais?

Enquanto Emma olhava para ele, o jornal escorregou em frente a seu rosto, revelando a pele branco-rosada, os óculos de leitura apoiados no nariz, os olhos azuis transbordantes de sinceridade, a pele vincada ao redor da boca, nem uma sombra de sorriso ou felicidade em seu rosto.

– Louisa passou no meu consultório hoje – ele contou.

– Ah?

– Ela mencionou uma coisa para mim, que achei que deveríamos fazer por um tempo. Na verdade, já dei o primeiro passo.

Emma pousou seu bloco ao lado da cadeira. Não disse nada porque Tom já tinha decidido o que era necessário ser feito, mas mais irritante era sua disposição em aceitar o conselho de Louisa sem consultá-la.

– Estou contratando uma empregada para a casa – Tom disse. – É uma menina doce, vinda da Irlanda à procura de uma vida melhor. Chama-se Anne.

Emma brincou com o lápis.

– Não precisamos de uma empregada, Tom. O trabalho doméstico me mantém ocupada, quando não estou trabalhando na minha arte.

Tom dobrou o jornal, colocou-o no colo e tirou os óculos.

– Louisa sempre tem um bom argumento. Escuto o que diz. Ela é sempre prática, apesar do seu dinheiro.

– Não ligo para o dinheiro dela. E quanto ao que *eu* penso sobre o assunto?

Tom inclinou-se à frente, curvando-se para agradar Lazarus.

– Eu sabia que iria espernear. É por você. Uma empregada vai lhe dar mais tempo para seu trabalho. Você não vai ficar presa com o fogão ou com a louça.

– Isso é muito simpático, mas talvez eu *goste* de fazer o trabalho doméstico.

– Nenhuma mulher gosta de trabalho doméstico.

Os braços e pernas de Emma enregelaram e um ressentimento glacial agitou-se dentro dela a ponto de não querer conversar.

Tom percebeu sua raiva e se abaixou no chão, ao lado do cachorro.

– Acredite em mim, é melhor assim.

– Por que é melhor assim? Louisa herdou o dinheiro dela! – Emma tremia na cadeira. – Temos que trabalhar para conseguir o nosso. Podemos arcar com uma empregada?

– Economizei o suficiente, e estamos indo bem, agora que a clínica aumentou. – Tom agradou Lazarus, e o cachorro deitou-se de costas. – Sente-se no chão comigo e esfregue a barriga dele. Vai lhe acalmar.

– Lazarus é uma companhia maravilhosa, mas não estou no clima para me acalmar. Sinceramente, estou zangada que Louisa Markham esteja em pé de igualdade nesta casa. Deveria ter falado primeiro comigo. Ela é como sua segunda esposa e, às vezes, eu me pergunto se não poderia ser a titular.

Assim que disse isso, Emma odiou suas palavras, desmerecendo o marido e atacando sua melhor amiga, mas a reação de Tom perante a sugestão de Louisa irritou-a. Especulou se algum dia poderia superar a sensação de que Louisa nutria mais amor por Tom do que ela, inflamando seu próprio ciúme e sua confusão.

Tom tirou a mão do cachorro, suspirou e se apoiou na cadeira.

– Isso foi cruel, Emma. Estou espantado, mas você sempre teve uma tendência ao ciúme contra Louisa. Quantas vezes preciso lhe dizer: ela é minha amiga há muito mais tempo do que conheço você.

Emma sacudiu a cabeça, sentindo o gelo em suas veias derreter um pouco.

– Você me chamou de malvada e cruel, minha mãe disse que sou cabeça-dura, mas sempre parece ser eu quem recebe pouca... – Sua voz calou-se, envergonhada de agir como uma criança mal-humorada.

Tom abaixou o olhar.

– Pouca atenção?

É, pouca atenção. Não tenho coragem de dizer a ele que sinto que estou decidida, que nosso romance está morrendo. Está faltando algo na minha vida, que não pode ser proporcionado pelo conforto. Aquela criança sem rosto. Vejo-a nos meus sonhos e quando penso em Kurt.

Tom ficou com o rosto afogueado, e Emma se perguntou se ele poderia estar tendo algum tipo de ataque. Olhou para o marido com olhos questionadores.

– Tenho mais uma coisa para lhe contar – ele revelou. – Não acho que você vá ficar feliz, mas já me decidi.

Sua mente disparou, enquanto ela agarrava os braços da poltrona. Ele queria o divórcio? Estava deixando-a por Louisa ou outra mulher? Sobre Emma, baixou uma escuridão como se fosse um véu.

– Eu vou para a Europa.

Uma explosão de alívio sacudiu-a. Talvez fosse para trabalhar, para um projeto, por um período curto.

– Ofereci meus serviços para a Cruz Vermelha na França.

– O quê?

– Como médico. As Forças Aliadas precisam de médicos. Estão morrendo milhares no *front* por falta de cuidados médicos adequados.

Emma olhou para o marido com um olhar inexpressivo, mal consciente do que ele dizia.

– Por quê?

Tom se arrastou pelo chão, acomodando-se aos pés dela, agarrando suas mãos.

– Eu contei o porquê – ele disse com delicadeza. – Faz meses que me sinto assim. Não me sinto bem, sentado aqui em Boston, sem fazer nada, enquanto homens estão morrendo. Tenho chance de fazer a diferença para milhares de outros, de contribuir para o esforço da guerra. Já decidi.

– Mas e nosso futuro? E o consultório? – Qualquer raiva incipiente foi levada pelo choque das palavras dele.

– Temos obrigações maiores do que nós dois, sua arte e minha medicina. Talvez mais tarde, depois que a guerra acabar, quando o mundo for um lugar melhor, tenhamos uma visão mais certa do futuro; quando as coisas estiverem acomodadas. Um médico mais velho, o dr. Lattimore, assumirá o consultório enquanto eu estiver fora. Está sendo pago por mim, mas qualquer honorário será nosso.

Ela pensou nos anos que poderiam passar e se, terminada a guerra, aquele futuro poderia incluir uma criança. Não queria levantar o assunto porque isso só levaria a mais discórdia, e talvez lágrimas. E se Tom nunca voltasse da França? E se fosse ferido e não pudesse trabalhar? E se, pensamento mais abominável, conhecesse outra mulher? Sem dúvida, sua decisão era nobre para a humanidade, mas que propósito teria para eles? As perguntas esmagaram-na.

– Estou cansado – ele disse. – Podemos continuar essa conversa depois. Não vou partir por um tempo. É preciso preencher formulários, obter licença, passagem para a Europa. Tudo isso precisa ser providenciado. – Ele se ergueu do chão. – Você vem para a cama? Por favor, não fique muito nervosa, é para o bem.

– Não, vou esperar o fogo apagar. – *É para o bem... para o seu bem.*

Durante uma hora, Emma assistiu ao apagar das chamas, até restarem apenas brasas em meio aos carvões escurecidos. O relógio da lareira assinalou meia-noite. Ela soltou Lazarus no quintal para fazer suas necessidades e depois subiu a escada até seu quarto, pisando devagar.

Tom estava nu debaixo dos lençóis e dos cobertores. Emma enfiou-se na cama e se acomodou junto a ele, com os olhos marejados de lágrimas. Talvez ele estivesse certo. Estava sendo egoísta. Havia um bem maior, um propósito mais digno para os dois do que apenas viver tranquilamente em Boston. Uma jovem pela casa, e a oportunidade de realizar sua arte poderia ser exatamente o que precisava. Afinal de contas, durante anos acostumara-se a estar por conta própria, sozinha na casa da fazenda, sozinha depois de Kurt, tão solitária quanto uma freira enclausurada.

Tom virou-se para ela, dormindo. Emma colocou o braço direito sobre ele, mas o marido roncou e virou-se. A umidade escorreu pelas suas faces, caindo no travesseiro, enquanto ela se virava para a direita, longe dele. Eram duas pessoas lado a lado na cama, mas tão distantes quanto a América do Norte da Europa, com um oceano entre eles. Nada do que dissesse ou fizesse o faria mudar de ideia. Seria mesmo necessário?

PARTE DOIS

BOSTON
Maio de 1917

CAPÍTULO 2

O MENINO MALTRAPILHO, com a boca retorcida em um sarcasmo, os olhos esbugalhados em desgosto, disparou de detrás de um prédio até a esquina. Depois, se virou, apertou os polegares nos ouvidos, mostrou a língua e agitou os dedos para alguém atrás dele. Uma mulher em um vestido preto e sombrio apressou-se atrás do moleque, enxotando-o com as mãos.

De seu lugar do outro lado da rua, Emma não conseguiu discernir o que tinha capturado a atenção do menino. Protegeu os olhos contra o sol e viu quando uma babá, com as mãos levemente pousadas na alça de um carrinho de bebê feito de vime preto, aproximou-se da esquina. Avistando a mesma ameaça não identificada vindo em sua direção, a moça abaixou a cabeça e estendeu com firmeza um cobertor branco sobre a abertura do carrinho, antes de empurrá-lo apressada para o outro lado da rua. Seus movimentos evasivos lembraram a Ema um passarinho fugindo de um gato.

Logo, o objeto de sua atenção ficou à vista. Não era um terror, nenhum inimigo sobrenatural. Era um soldado trajando um uniforme esfarrapado.

Mesmo a metros de distância, a extensão da tragédia do homem ficou clara. Emma imaginou que o soldado tivesse 20 e poucos anos. Mancava em muletas finas de madeira, juntadas com ataduras já marrons de sujeira. Tinha o rosto queimado, parcialmente destruído, o lado direito da cabeça afundado como uma cratera, os resquícios de carne da sua boca grotescos e retorcidos. Pedaços vermelhos de carne e mechas pretas de cabelo flutuavam como ilhas em seu couro cabeludo. Na mão esquerda, carregava uma xícara de lata amassada.

Homens e mulheres desviavam o olhar, abaixavam a cabeça ou atravessavam a rua para evitá-lo. Os poucos surpreendidos, que por acaso olhavam para ele, estremeciam como que confrontados por um monstro.

Emma atravessou a rua na área iluminada pelo sol, contornando veículos puxados a cavalo e automóveis resfolegantes, atraída para mais perto do soldado, fascinada pelo seu rosto. Sua curiosidade venceu qualquer vontade de fugir. Nunca tinha visto um ser humano com tais mutilações. Era repugnante, grotesco para a maioria, mas despertou-lhe simpatia e, de certa maneira, empatia, sentimentos fortes que a dirigiram para o soldado.

Entendeu a necessidade do homem por conforto. Seu rosto fez com que ela se aproximasse, ao se lembrar da visão da criança sem rosto. Se ao menos conseguisse curar as feridas, apagar a raiva e a tristeza que ele devia sentir e, ao fazer isso, aliviar as suas! Teria paciência e força para tal tarefa? O jovem soldado, iluminado pela luz do sol, provocou um ataque de nervos nela, como se estivesse se aproximando de um espectro.

Ele ergueu os olhos da xícara e a olhou fixo, nenhum brilho vital lampejando por detrás do único olho castanho, margeado por carne cicatrizada. Deveria ser um conterrâneo, mas trajava uma túnica irreconhecível e bombachas de um exército estrangeiro. Os norte-americanos ainda não tinham começado a lutar na guerra.

– Posso ajudar? – Emma indagou, com a leveza que conseguiu. – Precisa atravessar a rua?

O homem sacudiu a cabeça e desmoronou junto à parede de tijolos do prédio.

Emma olhou dentro de sua xícara. Continha apenas alguns centavos. Teve pena dele, ainda que tal emoção parecesse em proveito próprio, já que estava tomada por suas próprias lembranças de perda. O soldado precisava de medicamentos, de um lugar seguro para descansar e se recuperar e de cuidados médicos que pudessem restaurar seu rosto, se é que isso fosse possível. Emma enfiou a mão na bolsa, retirou uma moeda brilhante de meio dólar e jogou-a na xícara.

O soldado deu uma espiada e então ergueu a cabeça.

Perguntas atormentaram-na, enquanto analisava seu rosto. O que poderia fazer por ele? Poderia preencher seus ferimentos com argila, como moldava suas estátuas sobre estruturas de arame em seu estúdio? Poderia restaurar seu rosto, juntamente com sua chance de uma vida normal? Pensou em Tom, servindo como cirurgião voluntário na França, lutando a cada dia no campo de batalha para salvar soldados moribundos e feridos, enfrentando até sua própria morte. Uma bandeira da Cruz Vermelha acenando sobre um acampamento médico não servia de proteção contra bombas errantes.

Uma ideia insana, ela julgou, preencher um ferimento com argila. O sonho de seu passado perdurou, e Emma estremeceu com a lembrança que a enchia de tristeza, por mais que tentasse enterrá-la. Nada poderia afastá-la, enquanto estivesse ao lado do soldado.

Conseguiu sorrir enquanto ele a olhava de volta com um olhar brutal. Estava morto internamente, e sua frieza cadavérica pousou sobre ela como neve caindo em seus ombros em um dia de inverno. Emma virou-se, sentindo o olho dele penetrar em suas costas, enquanto voltava para casa. As circunstâncias do soldado eram dolorosas demais; suas necessidades físicas e emocionais eram graves demais para que ela oferecesse qualquer conforto real. Olhou para os pés, para os sapatos pretos perfeitos pisando nos tijolos, como se estivesse caminhando em um sonho. O rosto desfigurado do soldado ameaçava esmagá-la.

Acesso: 13 de maio de 1917

Volto a você, diário, sempre que estou entediada. Agora que Tom foi embora, encontro conforto em ti para uma longa noite de solidão. Pergunto-me onde meu marido está na França e se está feliz. Quando deixou Boston, ele parecia muito alegre, como uma criança prestes a ganhar um brinquedo novo. Não chorei quando entrou no cabriolé, só fui tomada por um leve torpor, não mais do que senti em várias ocasiões. Nos dias seguintes, vaguei pela casa tendo só a empregada como companhia. Evitei até nossos amigos. Quando olho em meu coração, sei que o trabalho de Tom é a sua verdadeira esposa e que eu não passo de uma amante ocasional. Isso me joga em um leve desespero, agora menos do que nas últimas semanas antes de sua partida. Talvez um certo vazio tenha se tornado um amigo confortável, sempre ali, constante e imutável. E abrir mão de um amigo dói. Desde nosso casamento, tenho sido a Emma confiável, equilibrada, porque é o que Tom e eu queremos em nosso relacionamento. Agora, concentro-me em minha arte, uma escultora em um mundo onde homens de igual habilidade são altamente considerados, e as mulheres, frequentemente, desdenhadas.

Sinto com bastante estranheza, aos 27 anos, que minha juventude já se foi há muito. Meus sentimentos despreocupados têm sido comprimidos por lembranças. Meu trabalho chama, mas ainda assim minha arte e minha emoções sofrem por causa do meu passado infeliz.

Por acaso, hoje vi na rua um soldado com ferimentos graves. Dei-lhe uma moeda de 50 centavos, o que, provavelmente, é mais do que ele consegue em uma semana. Não conheço sua história, e tenho certeza de que nunca conhecerei, mas ele me envolveu com a guerra como se ela fosse um cobertor. Meu medo por Tom, bem como por mim mesma, aflorou, mas por motivos diferentes. Aquele soldado ferido e solitário tem mais em comum comigo do que imagina. Nós dois precisamos de restauração e nós dois precisamos de amor.

Emma recuou. Olhou para a criatura e um desgosto formigou por ela, enchendo-a de escuridão.

Talvez a flauta estivesse fora de proporção nas mãos do fauno. Não, a flauta de Pã estava perfeita. Passou a mão sobre o rosto de argila. Os olhos e o nariz estavam muito esquisitos, estranhos, até para um mundo mergulhado na insanidade pela guerra que assolava a Europa. Milhares morriam todos os dias. No entanto, Tom, de mãos gentis e olhos argutos, salvava a vida dos soldados. Aqui, segura em casa, Emma lidava com uma maquete; tudo parecia muito burguês e irrelevante, comparado à tragédia que se desdobrava do outro lado do Atlântico.

Ela limpou os dedos em seu avental branco. Em Boston, a guerra era tão distante e remota quanto uma praia tropical, mas estivesse ou não trabalhando muito, suas próprias inadequações precipitavam-se para o primeiro plano, sua dor composta por lembranças. Vedava-as até não passarem de sombras obscuras, mas, quando a noite se aproximava, ou Emma se agitava em um sono confuso, elas a cortavam como uma tesoura voltada contra um dedo.

Uma brisa gelada farfalhou os jornais que cobriam sua mesa de trabalho, e uma beirada ressecada bateu contra a argila parda. Emma afastou o jornal com um piparote, depois ergueu os olhos e observou as nuvens pesadas que flutuavam sobre o quintal. Quanto tempo levaria até que um aguaceiro primaveril interrompesse seu trabalho? Seu primeiro dia trabalhando ao ar livre, desde os dias de outubro com o céu azulado, tinha sido frustrante, a promessa revigorante de maio anulada por uma tarde cinzenta. Deixou de lado sua antecipação de luz e calor, mesmo quando o inverno desolador da Nova Inglaterra se desvanecia.

Deslizou um dedo pela argila e moldou com delicadeza a massa parda junto à face direita do fauno, desenhando um sulco com a unha, depois alisando-o com a almofada do dedo indicador. Por seu esforço, a maçã do rosto ondulou como uma olha de papel amassada. Agora, com sua juventude destruída, o fauno parecia velho e feio. Ela borrou o rosto com uma toalha, deixando pedaços de argila grudados no tecido branco. Passou os dedos sobre o couro cabeludo, e o cabelo ondulado do fauno mudou como areia da praia em confronto com a maré.

Não, está errado. Tudo errado. Talvez o aviso de Bela Pratt estivesse correto. Eu deveria passar o tempo em buscas mais adequadas a uma mulher. Não nessa loucura! O que os críticos sabem? Como podem entender o que senti, o que vivenciei?

Tom surgiu diante de Emma, seu sorriso calmo e amável, sua maneira gentil, suas palavras incentivando-a a milhares de quilômetros de distância. Queria que desse certo! Com a mesma rapidez com que ela avaliou seu incentivo, ele se desvaneceu sob sua apreensão. O marido só queria mantê-la ocupada; assim seu pequeno *hobby* a prenderia em casa, agradavelmente ocupada, enquanto ele permanecia no *front*, fazendo o trabalho que *precisava* fazer.

Lazarus passou pelas portas-balcão abertas e entrou no pátio, sua cauda batendo na perna de Emma. Ao se abaixar para agradá-lo, um pingo de chuva espirrou em sua mão.

O fauno ficou nu, desprotegido, sob o céu férreo, cinza.

– Venha para dentro! – ela gritou a Lazarus, enquanto ele circulava pelo pátio antes de segui-la porta adentro.

Emma fechou as portas para evitar o vento e ficou em frente à lenha que crepitava na lareira da sala de visitas. Sua jovem empregada irlandesa, Anne, a havia alimentado mais cedo naquela tarde, antecipando um dia lúgubre. A luz alegre e o calor da sala animaram-na um pouco, com o cachorro acomodando-se a seus pés. No entanto, pelas vidraças onduladas, ela não conseguia deixar de olhar seu trabalho abandonado na mesa.

– Sinto dó do fauno – revelou a Lazarus.

O pequeno abeto no pátio balançou com um vento súbito, e a chuva tamborilou nas paredes em cortinas crescentes. Riachos de argila turva desceram do fauno para a mesa, ensopando o jornal antes de espirrar em fluxos marrons sobre as pedras. O rosto com que ela havia se afligido durante semanas dissolvia-se na tempestade. Emma virou-se para o fogo e chamou Anne.

O rosto do fauno nunca ficou bom. Nunca.

Agitada, deslizou a mão sobre a fotografia do marido, em cima da lareira. Uma película oleosa de fuligem e fumaça cobria o vidro. Tom, em uma expressão contemplativa, olhava para ela. Anne precisava ser mais minuciosa em sua limpeza. O retrato de Tom nunca deveria ficar sujo. Mas o pensamento despertou mais irritação com a ausência do marido do que com os deveres da empregada.

Emma contemplou a fotografia e foi transportada para a privacidade do leito deles nos primeiros anos do casamento. Tentando atiçar as emoções do marido, ela havia tocado em seu rosto, corrido um dedo pela barba em seu queixo e descido para o leve emaranhado de pelos loiros no peito. Com frequência, quando faziam amor, mesmo quando pensava em Kurt, ela analisava os músculos e tendões do seu corpo, os ossos e a coluna que o formavam. Sob um aspecto clínico, ele era um modelo para ela, tinha o dom de um cirurgião, mas, no silêncio e na escuridão, Emma era a artista, a escultora que via além do corpo, dentro da alma, captando aquela essência para uma posterior transformação em bronze ou mármore.

Mas os primeiros dias com Tom havia muito eram passado, e Emma esforçava-se para recriar em sua mente qualquer toque de um homem, da maneira que havia sido antes que tais sensações táteis tivessem diminuído.

Anne quebrou o silêncio com sua delicada pergunta:

– Senhora?

– Vou jantar no andar de cima, no estúdio – Emma disse.

Anne concordou com a cabeça e depois soltou um grito.

– Pelo amor de Deus, o que houve?

– Sua estátua, senhora, está derretendo.

O fauno gotejava na penumbra, o rosto transformado pela chuva em uma massa disforme. Emma sentiu certo prazer em observar a transformação, como se fosse uma deusa grega zombando da loucura dos homens.

– Tudo bem – retrucou depois de certo tempo. – O fauno não tinha dado certo.

– Eu achava que era lindo – Anne disse.

– Se pelo menos você fosse um crítico! – Emma apontou para a fotografia de Tom. – O vidro está sujo. Por favor, na próxima vez em que você cuidar da sala, dê uma limpada. Gostaria que o retrato dele...

– Eu entendo, senhora. Sei o quanto deve sentir falta dele. – Anne sorriu.

– Não quero que as coisas fiquem... – Não conseguiu terminar a frase, por não saber como reagir. Sim, sentia muita falta dele, às vezes, mas sua instrução era mais uma questão de manter a casa em ordem.

Anne saiu, e Emma acomodou-se em sua poltrona preferida, em frente ao fogo. Lazarus, sem necessidade de estímulo, enrodilhou-se a seus pés. A cada olhada que ela dava para o pátio, a forma do fauno mudava, metamorfoseando-se, os olhos se apagando, o nariz desintegrando-se em uma massa lisa. A água marrom concentrou-se sobre as pedras.

Uma imagem assaltou-a. *Narciso*.

Depois do jantar, ela consultaria seus livros de arte em busca de imagens do jovem obcecado por sua imagem. Ele era a metáfora perfeita para as nações lançadas na guerra, todas ufanistas. Por que não havia pensado no assunto antes?

Sua mente vagou de seu trabalho para Tom. De uma cesta ao lado da cadeira, pegou a primeira carta dele vinda da Europa. Leu novamente o texto censurado, procurando algum significado oculto, ou um maior entendimento quanto ao estado emocional do marido, que pudesse ter lhe passado despercebido nas leituras anteriores.

10 de abril de 1917

Minha muito querida Emma (de algum lugar na França)

Como descrever o que vejo aqui? Não posso, porque o censor jamais deixaria passar as minhas palavras. Cruzamos o Atlântico sem incidentes, embora nossa vigilância estivesse sempre atenta. Vários navios cargueiros XXXXXXXX. Ao chegar à França, a Cruz Vermelha prontamente nos levou para um hospital de campanha em XXXXX. O oficial de campo, sem pôr em risco as nossas vidas, quis que entendêssemos o que enfrentaríamos. As condições médicas são primitivas, mas aproveitáveis. As tendas para onde levam os feridos lutam para aguentar o vento, a chuva e o calor. Os homens dormem em camas de solteiro sob lençóis brancos e cobertores militares. O cheiro de água sanitária e álcool espalha-se pelas tendas, mas os homens, em sua maioria franceses, parecem um tanto animados, apesar de seus ferimentos. Contudo, alguns deles estão em um estado desesperador, com ferimentos tão XXXXXXXXXXXXXXX que devem acabar sendo levados para uma unidade melhor.

Estou viajando agora e ficarei feliz quando chegarmos a XXXXX. Lá, espero que nós, médicos, não tenhamos que lidar com condições XXXXXX, XXXX, ou o galopante XXXXX. Meu desejo ardente é que esses homens, os que têm os ferimentos mais graves, lutando pelo lado do bem, tenham vidas à frente, e que eu, cumprindo meu dever, ajude-os em sua recuperação.

Nossa parada em Paris foi breve, e fiquei totalmente encantado com a cidade. Tive a chance de escapar por algumas horas e visitar Notre-Dame. A venerável catedral nunca pareceu tão formidável, ou tão acolhedora como no final da tarde de um domingo, quando subi até o alto, para ficar entre as eternas gárgulas e olhar a cintilante cidade prateada. Lá embaixo, estava sendo rezada uma missa. O sol punha-se a oeste, perto da Torre Eiffel, e seus raios atravessavam um acúmulo de nuvens roxas que gotejavam chuva sobre o arrondissement. A vista provocou arrepios na minha espinha, e desejei que você estivesse aqui para também ver a magia.

Sinto muita falta de você e de Boston. Aproveite os dias de primavera; sabe o quanto eles são preciosos. Dê uma volta com Lazarus ao longo do rio. O nome dele sempre me lembra a primavera e a vida eterna.

Escreverei a você assim que chegar a meu destino e contarei tanto quanto puder.

Dê minhas lembranças a Anne. Peça para ela assar alguma coisa especial para você, algo leve para a temperatura mais quente. Logo poderá tomar limonada no quintal, com Louisa.

A propósito, como vai indo o fauno? Sei que você estava satisfeita com o que havia feito até então. Acho que, até agora, é seu melhor trabalho, especialmente o rosto. Espero vê-lo em bronze quando voltar. Com sorte, uma data-limite será determinada para ambos, a finalização do seu trabalho, e um fim aos combates. Acima de tudo, espero que sua mostra de Diana na galeria faça sucesso. Sei que fará. Tenha fé em seu talento.

Seu marido,

Tom

Emma tornou a dobrar a carta e jogou-a na cesta. *Nem uma vez ele escreveu "Eu te amo".* Ficou chocada com a ideia de o marido sentir falta dela e de Boston igualmente, talvez mais de Boston. Tivera a mesma sensação na noite anterior à partida dele para a Europa. Mais tarde, olhando as infindáveis estrelas passarem além da janela do quarto, revirou-se, insone, mas ainda se perguntando: *Por que a preocupação? A separação seria tão ruim?* O casamento deles estava tão gasto quanto um sapato velho. Ela era a corda e Tom a caçamba. No entanto, um sem o outro arruinaria a dupla.

Agora que ele havia partido, Emma se esforçava para se manter calma, decidida a não ceder ao medo de uma guerra distante e implacável. Afastou um acesso de raiva pela ausência dele e ficou envergonhada. Tom era um homem nobre, realizando uma missão nobre, a esposa, o sacrifício que ele havia feito no grande plano para tornar o mundo seguro. Pelo menos, ele apoiava sua arte. Naquele momento, aquilo era tudo que importava.

❖

A chuva da noite passou, e a manhã seguinte transcorreu tão tranquila quanto o voo de uma mariposa.

O dia estava ensolarado e claro, mas gélido por causa de um vento noroeste. À tarde, Emma começou seus preparativos para a inauguração na galeria. Ela e Tom haviam estipulado um banheiro com água corrente quente e fria para sua casa. Anne encheu a banheira de pés de garra com água quente, e Emma não teve pressa, mergulhando até o pescoço. No banho, prestou especial atenção às suas mãos, raspando a argila sob as unhas, lustrando-as com um esfregão e lavando os dedos com uma barra de sabonete de aveia. Depois, tirou do armário um vestido simples, preto, um *blazer* e um chapéu, terminando o vestuário com uma echarpe malva.

Anne introduziu Louisa na sala de visitas pontualmente às 6 horas, enquanto Emma relaxava com uma xícara de chá. Como sempre, Louisa estava vestida com elegância, trajando um casaco escuro, cuja gola era arrematada com arminho. Os poucos botões abertos do casaco revelavam um vestido verde-esmeralda, com pregas em camadas, realçado por um broche de um leopardo em platina, cravejado com diamantes prateados e pretos.

– Onde vamos comer? – Louisa perguntou em uma voz animada.

– Espero que você não fique muito contrariada, meu zéfiro, mas não estou no clima – Emma respondeu.

– Para comer? – Louisa foi em frente e colocou a mão na testa de Emma, em uma preocupação fingida. – Nunca vi você doente demais para comer. Você tem a constituição de um cavalo, e também o apetite de um.

– Obrigada, mas estou nervosa demais com a inauguração para comer. Estou preocupada com o que os críticos vão dizer.

– Bobagem. Não passa de um leve caso de nervosismo. Nada com que se preocupar. Você precisa comer. – Louisa tirou o casaco e se acomodou na *bergère* perto da lareira.

Emma deu outro gole e depois colocou a xícara no pires:

– Quando conheço alguém, conto sobre o *meu zéfiro*. Você é como uma brisa tépida que me conforta; uma mulher de posição social impecável, envolta na moda atual. Tudo que eu não sou.

Louisa riu.

– Eu deveria me sentir insultada? Não, acho que sua análise é correta, e você tocou na minha lealdade. – Ela bateu com o leque no joelho da amiga. – Precisa mesmo sair de casa mais vezes, Emma. Muitos dias, eu me preocupo com você no sentido prático. Sei que está ganhando reconhecimento, e a admiro por isso, mas, por mais que eu respeite sua paixão por arte, existem outras coisas na vida.

– Estou bem ciente disso. Às vezes, sinto-me presa no século passado e tenho vontade de conseguir me livrar das referências clássicas. Gostaria de parar de pensar naqueles termos antiquados, porque são bem limitantes. Afinal de contas, o mundo entrou em uma nova era.

– Dificilmente uma era de genialidade – Louisa pontuou com a sobrancelha arqueada. – Mas *você*, minha querida, é uma exceção, apesar de qualquer concepção ultrapassada que possa ter. Suas buscas solitárias podem restringi-la, mas Boston depende de mulheres como Emma Lewis Swan para abrir caminho, fora da cozinha e mundo adentro. No entanto, eu jamais pediria para você abandonar os clássicos. Onde estaríamos sem os gregos e os romanos?

– Talvez não nessa guerra horrorosa, considerando a propensão que eles tinham para batalhas.

– Por falar em… – Louisa inclinou-se à frente, farfalhando as pregas do seu vestido. – Tem notícias de Tom?

– Tenho. Ele está indo para um hospital em algum lugar na França. – Ela olhou para sua xícara. – Você gostaria que Anne lhe servisse um chá?

– Espero mesmo que ele esteja em boa forma. Não quero chá. Estou bem satisfeita.

– Em tão boa quanto possível. – Emma olhou para a amiga. – No fim das contas, não há muito o que dizer sobre o assunto. Ele só pode me contar até um ponto, e eu só posso cuidar da casa, continuar com o meu trabalho, e desejar que toda a confusão acabe. Ele me disse em uma carta o quanto sente falta de Boston, e como eu e você deveríamos tomar limonada no pátio.

Louisa desviou o olhar e se concentrou no espaço escuro além das portas-balcão.

– Aquele é o seu fauno?

Emma levantou-se da cadeira e foi até a soleira.

– Aquele *era* o meu fauno – respondeu –, antes de eu deixar a natureza destruí-lo.

Louisa abanou as mãos, em um gesto de indiferença. – Bom, eu não gostava mesmo muito dele. Tinha alguma coisa estranha no rosto.

– Era assim tão evidente? – Emma perguntou.

Louisa assentiu.

– Bom, antes de ficarmos muito melancólicas, acho que você precisa de uma animada. Em vez de chamar um cabriolé, vamos partir para a ousadia e caminhar até a galeria. Depois, podemos parar no Grover's e comer alguma coisa.

– Eu realmente estou nervosa.

– Você vai ficar bem. Todo mundo vai amar o seu trabalho.

– Bom, estou vendo que você resolveu a questão – Emma disse. – Vamos sair. – Ela foi até a amiga e estendeu-lhe a mão. Louisa levantou-se com graça da *bergère*. Depois de se despedir de Anne, as duas saíram de braço dado porta afora, depois de Emma sugerir um caminho pelo rio Charles.

A noite, como um cobertor azul-escuro, descia sobre Boston. A oeste, o sol mergulhava em direção a Cambridge, lançando fragmentos angulosos de luz sobre a cidade além do Charles. A leste, em direção ao Atlântico, a fileira de casas da baía Back formava uma linha horizontal junto ao crepúsculo que se intensificava. Patos, com suas crias, chapinhavam perto da margem do rio, enquanto gaivotas planavam com suas asas brancas. Uma brisa forte bateu em suas costas quando elas passavam pelos poucos transeuntes que davam uma caminhada ao ar livre. Emma estava calada, enquanto Louisa falava sobre seus vizinhos da avenida Commonwealth.

Ao chegarem à Galeria Fountain, na rua Newbury, as duas juntaram-se a um pequeno grupo lá dentro. As paredes da galeria ostentavam pinturas com cores vivas, muitas em uma composição que Emma nunca havia visto. Sua escultura, *Diana*, estava sobre um pedestal de ônix, próxima ao centro da exposição. Emma avistou Alex Hippel, o proprietário, conversando com um cliente em potencial, ao lado de uma pintura na parede do fundo. Separou-se de Louisa e foi até os dois homens.

– É bobagem em uma tela – entreouviu o homem dizer, quando se aproximou. – Tão ridícula quanto o que aqueles maníacos franceses produziam no final do século passado.

– Não, não é isso – Alex insistiu. Repetia sua opinião seguidamente, sacudindo a cabeça a cada vez e balançando um dedo para o homem. – Espere... espere e verá. Um dia, esta pintura estará entre as grandes obras.

O homem escarneceu e se afastou. Alex virou-se.

Emma forçou um sorriso.

– Sinto muito, Alex. Esses clientes antiquados não entendem o que você está tentando fazer.

– Ah, tenho pena deles. Eles são malditos em Boston. – Acenou com a mão para a pintura. – Só os nova-iorquinos entendem a verdadeira arte. Um dia, este ousado trabalho a pincel, esta poderosa representação de forma e cor serão banais.

Emma analisou a tela, mas reprimiu o desejo de estender o braço e tocar nas ousadas formas geométricas que a perturbavam e, no entanto, intrigavam-na. O cheiro de tinta a óleo fresca flutuava acima dela.

– Existe um sentido nisto? – perguntou a Alex.

Ele suspirou.

– É claro. Não está vendo a forma feminina na cadeira? Ou o buquê de flores na mesa ao lado dela?

– Para falar a verdade, não, mas você sabe como sou clássica. Às vezes, tenho medo de que o mundo me deixou para trás, junto com a minha arte.

– Acho que com a escultura não é diferente. Reconheço seus talentos figurativos, mas a arte está caminhando numa nova direção. No entanto, existe espaço para os dois. Não estaria nesta exposição, se eu não acreditasse em você.

Ela sentiu um dedo em seu ombro.

– Você precisa vir – Louisa cochichou. – Tem um grupo reunido em volta da sua escultura.

– Um momento, Alex…

– Não se decepcione – ele a alertou.

O grupo, alheio à presença de Emma, murmurava quando ela se aproximou. Também irrompiam risos dissimulados e risadas abafadas. Emma se afastou de Louisa e ficou atrás do homem que argumentara com Alex sobre a pintura. Ele escutava outro homem que tinha uma profusão de cabelos grisalhos e segurava um caderno e uma caneta. Analisou os dois, o primeiro um pouco curvo nos ombros, vestido com um paletó surrado azul-marinho, o outro em um impecável terno preto, parecendo um leão em defesa do seu território.

– Devo dizer – comentou o leão, centro das atenções enquanto escrevia notas – que esta escultura seria a melhor peça da exposição, se ao menos a artista tivesse o talento de exibir algum tipo de emoção. Olhem para o rosto. – O grupo inclinou-se para o bronze de uma mulher ajoelhada com o arco na mão. – Estão vendo alguma expressão? Como podemos saber se *Diana* está eufórica ou perturbada com a perspectiva de matar o veado? A escultura é desprovida de um verdadeiro sentimento. Contudo, encaro esta peça com mais afinidade do que as outras obras neste conjunto hediondo.

– Você está absolutamente certo, Vreland. – O homem bajulador a seu lado interrompeu. – Logicamente, este é o trabalho de uma *mulher*. – A denominação gotejou com ácido. – As mulheres deveriam ter a precaução de não tentar uma arte claramente destinada a um homem. Elas podem se arriscar, mas nunca dá certo.

As mulheres reunidas em volta do bronze de Emma sufocaram o riso; só uma pareceu constrangida com o comentário do homem de meia-idade e jaqueta marinho, que permanecia bem perto de Vreland. O nome causou um arrepio na coluna de Emma: Vreland, o respeitado crítico de arte do *Boston Register*.

Emma olhou para sua *Diana*. Tinha levado dois anos para finalizá-la. O arco, a empunhadura dos dedos no cordão do arco, o joelho e a perna pousados na base, tudo exigira um esforço monumental. Apesar de sua dificuldade com a obra, o equilíbrio das pernas, a proporção do quadril, a leve corpulência do abdômen e a curva suave dos seios tinham lhe sido mais fáceis do que o rosto.

– Posso ser um fracasso como escultora, mas não sou um fracasso como mulher – ela disse a Louisa, embora o comentário fosse dirigido ao grupo.

– Ora, Emma – Louisa sussurrou.

Os dois homens viraram-se para olhar.

– Então, você é Emma Lewis Swan? – Vreland perguntou. – Sinto nunca termos tido o prazer de nos conhecer.

– Sou. Talvez eu devesse voltar a meados do século passado, em que poderia esculpir como Ellis Bell ou algum outro pseudônimo que satisfizesse os homens de sua estirpe.

– Um prazer – Vreland disse e fez uma mesura. O homem a seu lado cumprimentou rigidamente com um gesto de cabeça. – Não pretendi ofender – continuou –, mas, na qualidade de crítico para o *Register*, você *está* ciente de que devo fazer uma avaliação artística.

– O prazer é meu – Emma respondeu, medindo o homem. – O senhor é *o* sr. Vreland, o crítico que atacou violentamente artistas antes de mim.

– Atacar é uma palavra forte, sra. Swan – Vreland respondeu –, e sinceramente não me lembro de ter visto qualquer trabalho seu antes. É uma pena. – Seus olhos cinzentos percorreram Emma com forte intensidade. – Meu jornal paga pelas minhas opiniões artísticas. Os editores, e o público, devo acrescentar, valorizam o meu julgamento.

– Apesar de sua memória problemática, muitos estiveram, anteriormente, no lado negativo do seu *julgamento*. Esperava que esta inauguração pudesse se revelar diferente, mas me preveniram.

– Temo que não. – Ele fez uma pausa e lentamente apontou um dedo para a estátua. – Só… é preciso olhar. Preveniram… Deve ter sido alguém com pouco gosto artístico.

O rosto de Emma ficou afogueado, e ela mordeu a língua para não mencionar o nome de Bela Pratt.

– Ainda assim – ele disse –, reitero minha sensação de que sua escultura é a melhor peça em uma exposição medíocre.

– O que não chega a ser um elogio – Emma respondeu. – Não vou me esquecer, quando ler amanhã as suas palavras, se forem literais.

O homem desagradável, ao lado de Vreland, vaiou Emma.

– E quem é o senhor? – Emma perguntou, mal contendo a raiva.

– Sr. Everett, um admirador da *boa* arte.

Louisa puxou o braço de Emma:

– Alex está acenando para nós.

– Até mais ver, Vreland – Emma disse, com irônica sinceridade. – Boa noite, sr. Everett.

Louisa puxou-a em direção a Alex.

– Ficou louca? Não se dá murro em ponta de faca. Vreland vai reduzi-la a pedacinhos.

– Estou pouco ligando. – Emma soltou-se de Louisa e reconsiderou sua atitude. – Ah, é mentira. Mas, de fato, concordar com um cretino que acha que esculpir é só pra homens… Que bobagem!

Alex caminhou até elas com as mãos firmemente entrelaçadas.

– O veredicto? – perguntou a Emma. Seus olhos castanho-claros reluziam de curiosidade.

– Acho que não foi bom. Por sorte, Louisa veio me salvar, antes que eu agisse como uma completa idiota.

– Existem inimigos piores do que Vreland, mas, no momento, não consigo pensar em nenhum – Alex disse e depois deu um beijo no rosto de Emma. – Às vezes, nossos inimigos estão dentro de nós, e, se derrotarmos a nós mesmos, estamos condenados, apesar do que dizem. A arte mudará, a perspectiva da sociedade mudará, e Vreland e seus parceiros permanecerão atolados no século XIX. Tenho certeza de que a crítica que ele fará desta exposição será fulminante.

– Sinto muito, Alex – Emma lamentou. – Eu deveria ter controlado meus sentimentos.

– Artistas e mulheres fizeram isso por tempo demais. Não perca tempo com Vreland, embora eu não tenha certeza de quanto tempo possa continuar sustentando esta galeria, em face de uma crítica despudorada. Ou os críticos, ou a guerra acabarão comigo.

Louisa suspirou:

– Não seja bobo. Você é o único sopro de ar fresco em Boston. Seus apoiadores vão se juntar. Vida longa à Fountain!

– Você está mesmo começando a soar como uma reacionária – Emma disse à amiga. – Venha, vamos sair e deixar Alex ir atrás dos clientes. Já causei danos demais por uma noite.

Emma despediu-se de Alex e de mais alguns na galeria, demorando-se mais do que gostaria. Ao passar por sua escultura, agora deserta, deu-lhe um tapinha na cabeça.

Quando pisaram na rua Newbury, o anoitecer havia intensificado as sombras para um índigo. A escuridão invasora competia com as luzes feitas pelo homem, algumas suaves e acolhedoras, outras abafadas por incipientes folhas de primavera, outras reluzindo um branco elétrico em vitrines de lojas e janelas de apartamentos.

– Você consegue imaginar um mundo sem eletricidade? – Emma perguntou a Louisa.

– Claro que não. Logo, o mundo vai ser regido por automóveis, engenhocas elétricas e máquinas de voar.

– Há não muito tempo, não tínhamos nada disso. Como o mundo mudou! – Subitamente, Emma foi tomada por uma profunda melancolia e parou na entrada recuada da vitrine de uma chapelaria. – É fácil demais dizer que sinto falta de Tom. Meus sentimentos são muito mais complicados do que isso, mas como seria a minha vida se ele nunca voltasse? – Olhou por sobre o ombro da amiga, acima dos prédios, para os pontinhos cintilantes das estrelas e se censurou por fazer tal pergunta. É claro que queria ele voltasse, mas a possibilidade de sua morte assustou-a, fazendo-a se sentir desamparada e só em um mundo governado por homens, exacerbada pela conversa com Vreland e Everett, o amigo briguento.

– Tenho certeza de que as forças francesas e a Cruz Vermelha protegerão Tom ao máximo – Louisa confortou-a, dando tapinhas na mão de Emma. – Também estou preocupada, mas provavelmente Tom não estará no *front*, e sim em algum hospital confortável, longe da batalha. E a guerra logo acabará, agora que entramos nela. Antes que se dê conta, ele estará em casa. Juro.

Emma respirou fundo.

– Você se importa se não formos jantar esta noite? Eu ficaria feliz em casa, com um chá ou, pensando bem, uma dose de gim. Você me acompanha?

– Já que sou uma mulher solteira em Boston sem um convite melhor? Sim.

Assim que deixaram a soleira, Emma deu uma olhada na rua e avistou o perfil obscuro do soldado que havia visto dias antes, apoiado em suas muletas, agachado junto a um prédio, a mão esquerda sacudindo a xícara para os passantes.

Louisa fungou ao passarem por ele e cochichou:

– É isto que precisamos aguardar: os horrores da guerra.

A noite, suave e lânguida como o ar de maio, não continha amenidades. Emma olhou para trás várias vezes, para o soldado, perguntando-se se um dia ele encontraria a felicidade. Seu estado de espírito agitado fez com que perguntasse a mesma coisa em relação a si mesma. Primeiro Kurt, depois Tom. Sua paixão contida doía dentro dela como uma fonte efervescendo para explodir de dentro da terra. Sua obsessão por Kurt e seu relacionamento previsível com Tom tinham levado a desastres do coração, e ela tinha que se entender com ambos. Um dia encontraria a paz?

❖

Estudou o desenho a sua frente, roçando a página com leveza, sentindo a suavidade do papel contra a parte interna do dedo indicador, traçando o rosto repetidas vezes, até as linhas se fixarem em sua mente.

Se ao menos... Se ao menos os processos não fossem tão difíceis, para replicar o trabalho do artista em escultura. O reflexo de Narciso olhava para ela quando se sentou em sua mesa, um rosto tomado por vago prazer, o lago cintilando a sua volta. *O rosto deveria ser triste, em sua preocupação com sua própria beleza.*

Uma solidão palpável percorreu-a, ela, uma figura solitária no estúdio do andar de cima, tarde da noite. Anne tinha ido para a cama depois de lavar a louça, e os agradáveis aromas do jantar, na sala de visitas, tinham sido suplantados pela doçura oleosa da tinta e o cheiro terroso da argila. Achas de madeira estalavam na pequena lareira, a luz expandida e laranja, uma brasa esvoaçando de tempos em tempos acima do fogo. A luz lembrou-lhe a guerra tão distante, bombas caindo e chamas lambendo seus alvos. Desviou sua atenção do fogo e tornou a olhar para o belo jovem no desenho.

Não havia mais nada a ser feito nos esboços. O trabalho na nova escultura poderia começar o mais rápido possível. Seus lábios franziram-se ao pensar no comentário ácido de Vreland, no *Register*, que com certeza apareceria na manhã seguinte. Talvez ela nem sequer o lesse, porque digerir as palavras era um grande risco. *A pele é frágil, mas o ego é ainda mais. A mais leve ferroada pode ferir permanentemente.* Emma analisou as poucas pinturas empilhadas junto à parede, arte a que ela se arriscava quando entrava no clima, estudos de rostos com *chiaroscuro*, paisagens inacabadas. *Que bobagem. Todo artista recebe críticas ruins.* Refletiu que a recuperação de tal dano a seu ego poderia levar dias, meses e até anos. Mas não precisava se preocupar em saber o resultado da coluna de Vreland; Louisa, sem dúvida, alardearia qualquer novidade, boa ou desastrosa.

27 de abril de 1917

Minha queridíssima Emma (de algum lugar na França):

Sinto muito não ter escrito antes. Ainda que a viagem fosse longa e exaustiva, fiquei empolgado demais para dormir. Queria ver o máximo possível da França, ao contrário dos outros homens que passaram as horas em um sono abençoado. Nunca se sabe quando será o chamado de Deus, então tento tirar vantagem do presente. Você precisa me perdoar; não pretendo ser mórbido, mas aqui se vê morte em demasia.

O hospital fica perto de XXXXX, e por enquanto está tranquilo; a calma antes da tempestade. É minúsculo, comparado com o principal hospital de Boston. Não sei muito bem o quanto posso contar a você. Basta dizer que as instalações são tão modernas quanto o know-how francês e americano podem fazê-las. Eu mudaria algumas coisas, mas sou apenas um cirurgião, não o Directeur, e de modo algum o cirurgião-chefe.

Ontem à noite, consegui dar uma escapada até a praça da cidade, pouco antes de escurecer. Sentei-me em um banco, debaixo de uma árvore com flores perfumadas. Não sei ao certo o que era (tinha um vago cheiro de limão), e, quando a brisa soprou, choveram flores brancas a minha volta. Foi como estar sentado em uma chuva divina de primavera. E, é claro, você veio ao meu devaneio, minhas visões de você sentada junto ao fogo, ou talvez enrodilhada com Lazarus – por favor, dê-lhe meus cumprimentos e um abraço. A certa altura, pensei ter visto clarões amarelos no céu e escutado explosões de bombas, mas o barulho deve ter vindo de uma tempestade distante.

Não tenho notícias suas. Deduzo que seja o correio e não que tenha perdido o afeto por mim! Talvez a Cruz Vermelha tenha tido dificuldade para me rastrear. Desejo o mesmo para os alemães.

Estou muito preocupado com sua mostra na galeria. Espero que transcorra bem. Lembre-se, tenha fé em seu talento, apesar do que os outros possam dizer. Por favor, dê lembranças minhas a Louisa. Sinto saudades da comida da Anne.

Seu marido,

Tom

Ela leu a carta de Tom na manhã seguinte e depois a deixou na mesa do estúdio.

Você veio ao meu devaneio. Sinto saudades da comida da Anne.

Suas palavras atingiram-na como intelectualizadas e vazias e, em sua frieza, um reflexo do seu casamento. Nada mudaria enquanto o casal estivesse separado por milhares de quilômetros. Um pensamento arrepiante assaltou-a: *E se nada jamais mudasse?* Os dias sem o marido eram torturantes, mas a ideia de perseverar em um casamento desprovido de prazer também era. Emma estava presa entre um desejo de se libertar e as amarras do acordo matrimonial. O que mais uma mulher poderia esperar senão se curvar às maneiras dos homens?

Uma batida na porta de entrada ecoou escada acima. Anne correu para atender, o chão de madeira rangendo debaixo dos seus sapatos.

Ouvindo o som, Emma parou de rascunhar as ideias que planejava pôr no papel para Tom, mas depois continuou, desejando não ser incomodada por uma visita. Presumiu que Louisa poderia estar à porta com notícias do artigo de Vreland. Por outro lado, a perturbação em uma manhã de domingo poderia vir de um mascate vendendo artigos diversos.

Duas vozes masculinas, firmes, mas agradáveis, infiltraram-se pela escada.

Não um, mas dois mascates? Emma não conseguia ouvi-los com clareza suficiente para compreender o que falavam.

Suspirou e recolocou a pena na reentrância da escrivaninha. Distraída de sua carta, olhou pela janela a leitosa luz matinal e um céu fragmentado por nuvens. O dia estava tão difuso quanto seu humor. Remexeu no papel de carta na sua escrivaninha, dobrando-o e desdobrando-o, até decidir por um quadrado perfeito que coubesse no envelope a sua frente. Pensou em Vreland e amaldiçoou-o quando os passos suaves aproximaram-se.

Anne abriu a porta do estúdio e espiou em torno.

– Sinto incomodá-la, senhora, mas é o sr. Hippel, o dono da galeria, com um cavalheiro.

Emma ficou agradavelmente surpresa.

– É mesmo? Traga-os aqui.

Talvez, no fim das contas, o artigo fosse palatável. Puxou duas cadeiras de seus lugares ladeando a lareira e colocou-as em frente a sua mesa.

Depois de alguns momentos, Anne voltou, acompanhada pelos dois homens.

Alex passou pela empregada, rebocando o homem atrás dele, segurando-o por tempo suficiente para dar a Emma um beijo no rosto.

– Emma... Emma – Alex disse, sua voz um suspiro queixoso. – Você leu o jornal da manhã?

Ela fez sinal para os dois homens se sentarem.

– Não gosto do som dessa pergunta. Não, não tive estômago para ler.

Alex conduziu seu convidado até uma cadeira.

– Finalmente, Vreland enlouqueceu – Alex disse, tirando o chapéu e se sentando ao lado do outro visitante. Acomodou no colo seu chapéu-coco de feltro marrom, revelando o ralo cabelo preto no alto da cabeça, e as têmporas levemente grisalhas. – O monstro quer me matar, me deixar insano, só vai ficar feliz se eu me jogar no Charles. Não existe limite para sua perseguição!

– Alex, você está sendo melodramático – Emma disse, avaliando o mérito do que ele dizia. – Com certeza, a crítica não foi tão horrível.

– Ah, não?

Emma agarrou os braços da sua cadeira.

– Bom, vá em frente, me conte. Passei a manhã toda muita ansiosa. Louisa Markham não telefonou, então deduzi que seria uma má notícia.

– Má seria um superlativo na visão de Vreland. – Do bolso do paletó, ele puxou um recorte de um artigo de jornal. – Que tal isto? *"Uma exposição de horrores... arte criada por lunáticos, empurrada para um público desavisado... O open door da Fountain é um preço alto demais a ser pago por essas monstruosidades* – Você chama isso de má? – A cabeça de Alex pendeu sobre o peito.

– Não, suponho que não. É muito pior do que má. – Emma desmoronou na cadeira, vencida pela intensa animosidade de Vreland. – Detesto perguntar... mas a minha *Diana*?

Alex ergueu a cabeça.

– Você deveria ficar agradecida por ter sido dispensada em uma frase. Vreland foi gentil com você. Reservou para os outros suas falações sobre falta de talento e ataques à estética. O total do comentário dele sobre sua escultura foi: "Diana, *por Emma Lewis Swan, diferente de tudo mais na galeria, tem a alma de um pingente de gelo*". Alex abriu um sorrisinho. – Ele nem mesmo lhe concedeu um *iceberg*.

Ela achou que havia se preparado para tal observação, mas a dor golpeou o seu peito, uma laceração rápida, sem sinal aparente, mas de certo modo sangrando do coração.

– Entendo – disse baixinho. Desviou-se dos olhares deles e olhou pela janela. Agora, o dia parecia mais escuro, ainda que o sol fortalecido tivesse irrompido pelas nuvens esgarçadas.

– Sinto muito – Alex disse. – Você e eu sabemos que seu trabalho é lindo. Ora, até o sr. Bower ofereceu-se para ir à caça de Vreland – o cão – e dar uma surra nele.

Emma deu uma risadinha, mas a ferida ainda sangrava.

– Fui muito grosseiro – Alex continuou. – Nem mesmo apresentei vocês dois. Este é Linton Bower, o pintor que criou o maravilhoso *Mulher com natureza morta*, que aquele cliente desagradável que estava com Vreland – Everett – descreveu como "bobagem em tela".

Linton acenou com a cabeça e sorriu.

– Estou muito encantado em conhecê-la, sra. Swan. Admiro sua arte, ainda que trabalhemos em dois estilos muito diferentes.

Emma olhou para o homem à esquerda de Alex. Quando Linton entrara no estúdio, tinha evitado olhar diretamente para ele. Agora sabia o motivo. Era cego e de uma beleza surpreendente. Tanto que não queria encará-lo como se fosse uma aberração em um espetáculo de circo. Uma película translúcida cobria a íris azul-clara de seus dois olhos. Seu rosto, no entanto, conservava o frescor róseo da juventude: cabelos em profusão, pretos e ondulados, lábios cheios e vermelhos. A extensão de sua beleza deixou-a atônita. Uma atração física instantânea cresceu dentro de Emma, e ela lutou para reprimir um súbito rubor de constrangimento.

Linton, em um terno creme e colete, estava confiante em sua cadeira, em uma atitude digna, mas relaxada. Emma achou difícil não olhar para seus braços musculosos e suas pernas sólidas, evidentes através de sua roupa sofisticada.

– Acho que não entendi a sua pintura. – Emma dirigiu sua observação para Linton, em um esforço de desviar a atenção de Alex do seu desconforto.

– Você não seria a primeira – Linton retrucou.

– Me… desculpe… – Emma gaguejou.

– Não precisa se desculpar – ele disse. – A maioria das pessoas fica chocada quando é apresentada a um pintor cego. – Ele levou as mãos aos olhos. – Cego é uma palavra forte demais. Com uma iluminação perfeita, consigo discernir formas vagas e cores. Não muito mais. É assim que pinto… Sei que você também pinta.

Emma olhou para Alex, que sacudiu a cabeça, indicando não ter dito uma palavra a Linton sobre suas incursões em outras formas de arte.

– Tento pintar, mas de maneira clássica. Meu trabalho não é tão excitante como o que você faz.

– Mas você não concordaria, Emma, que este rapaz tem talento? – Alex perguntou.

– Excepcional.

– É claro que, considerando a condição de Linton, nunca leve a sério sua ameaça de dar uma surra em Vreland.

Emma e Alex riram, no encalço da risada contagiante do próprio Linton.

– É isto que eu amo em você, Alex – ela disse. – Não é alguém que fuja a um escândalo, ter um dos seus artistas dando uma surra em nosso crítico preferido! Boston seria um lugar monótono sem você. – Ela ficou calada e olhou novamente para Linton, mas não ousou encarar por muito tempo, por medo de ser rude. – Que tal um chá? Anne pode preparar um bule.

– Obrigado, mas temos que ir – Alex disse. – Estou levando o Linton para ver um novo espaço para um estúdio.

– Na verdade, *sentir* um novo espaço para um estúdio – Linton disse. – Vendi cinco das minhas pinturas da exposição. Esse dinheiro e o apoio de Alex me deram coragem bastante para pensar em pintar fora do meu apartamento entulhado. No momento em que entrar no lugar, eu vou saber se serve para mim.

– Que maravilha! – Emma disse.

Alex pegou seu chapéu.

– Quis lhe participar pessoalmente a escolha de palavras de Vreland. Minha esperança era que Louisa não tivesse telefonado, ou passado aqui.

– Ela jamais seria partidária de destruir o meu ego – Emma disse. – Ela e Tom sempre me incentivaram.

– É claro. É como eu disse. Temos que seguir em frente, não importa o que os outros digam. A beleza está em nosso trabalho.

Emma bateu na mesa.

– Como não vamos tomar chá, vocês se incomodariam se os acompanhasse em seu passeio? O dia está bonito, e eu gostaria de sair de casa. Não consigo pensar em melhor companhia.

– Claro que não – Linton disse, rapidamente.

Alex franziu o cenho, surpreso com a rápida reação de Linton.

– Vamos caminhar um bocado.

– O ar fresco me fará bem – Emma respondeu.

– Por favor, junte-se a nós – Linton disse. – Adoro caminhar, particularmente em plena luz. Com o sol, o mundo torna-se um belo caleidoscópio de cores e formas. Alex é um dos poucos que se dá ao trabalho de andar comigo.

– Agora, você também tem a minha companhia – Emma disse.

Linton levantou-se da cadeira.

– Ficaria entusiasmado se nos acompanhasse, sra. Swan.

Alex conseguiu abrir um sorriso aguado.

– Bom, então, vamos embora. A manhã quase terminou.

Emma concordou, empolgada por dar um passeio com um homem bonito a seu lado, e em ver o possível estúdio. Linton era uma alma semelhante, ela sabia. Esse entendimento vinha de suas profundezas, como se o conhecesse havia anos, muito mais forte, mais profundo, mas passional do que a novidade de um primeiro encontro. Essa atração, esse chamado para ele poderia ser perigoso, caso deixasse sair do controle. *Não seja uma colegial, Emma. Você já deixou isso acontecer uma vez e bastou.* Ela teria tempo de sobra para pensar enquanto caminhavam.

❖

Posso olhar para ele? Ouso caminhar tão perto quanto desejo? O ar ardia a sua volta. Que sensação de romance, que comichões de excitação se agarravam em sua pele! O prazer de caminhar com um homem lembrou-lhe as vezes em que Tom e ela passeavam na Esplanada, de braço dado, aproveitando um dia ensolarado de primavera, ou uma noite abafada de verão. Mas com Linton o feio espectro do proibido ergueu novamente a cabeça, como havia acontecido com Kurt, e ela jurou afastá-lo para longe, resistir a seu encanto sedutor.

O coração de Emma acelerou-se quando a mão de Linton pousou em seu braço. Senhoras, com vestidos dominicais plissados, em fortes tons de verde e azul, usando chapéus com abas e exibindo sombrinhas amarelas e brancas arrematadas em preto, viravam a cabeça quando passavam. Emma gostou da atenção escandalosa que a aparência deles provocava. Estar com Linton abria-a para a liberdade, para uma expansão vertiginosa de respiração e alma, enchendo-a de uma vitalidade que não sentia havia anos. A calçada deslizava sob seus pés, o sol cálido brilhava mais glorioso do que nunca sobre seu corpo. Maio, um mês volúvel, de beleza, vida e regeneração em Boston (caso o inverno possa ser mantido em suspenso), nunca pareceu tão belo.

Eles seguiram sobre o toldo refrescante de folhas, atravessaram avenidas, passaram por *brownstones* e igrejas degradadas, até uma parte da cidade que Emma nunca tinha visto. Mesmo desfrutando da companhia em que estava e da visão das flores esmaecidas de um leito de tulipas vermelhas, dos botões incipientes do lilás, ela se maravilhava com o poder de sua dissimulação. Seria infiel por estar gostando de uma caminhada com um homem atraente? Claro que não. Mas e a atração que Linton despertava nela? Em seu coração, Emma sabia. Ele era um novo amor, tão proibitivo e perigoso quanto Kurt havia sido. A vitalidade de Linton lembrava-lhe seu antigo amante, homem que não via há muitos anos, com quem sonhava, mas esperava não se lembrar. Agora, aquela última vez em que estiveram juntos, em Lowell, parecia tão estranha quando o rosto do fauno. No entanto, estar com Linton trouxe de volta uma estranha familiaridade.

O chamado do ilícito, o perigo sedutor de um romance eram cantos de sereias em sua alma de artista, mas sua consciência lembrava-lhe que as emoções deviam ser controladas porque os riscos de paixão eram grandes demais.

E, então, lhe veio um pensamento igualmente perigoso. Ele forçaria Linton e ela a se juntarem pelo bem da arte. *Linton é meu Narciso*. Assim que a ideia lhe veio à mente, o assunto estava resolvido, um aceno ao tabu que ninguém poderia questionar, a não ser ela mesma.

Quando atravessaram o triângulo na avenida Columbus, Linton passou o braço esquerdo delicadamente ao redor de sua cintura, como apoio. Um arrepio correu pelas costas de Emma, a intimidade dele suficiente para deixá-la abalada. Mas o mundo dos homens nunca estava distante: Kurt, Tom, até Alex. Passaram por um cartaz da guerra em uma vitrine de loja que diminuiu sua animação. Emma ficou coberta de vergonha. Como poderia aproveitar seu momento, até aquela caminhada inocente com Linton, enquanto Tom dava duro como cirurgião em solo francês? A realidade e o horror daquilo, como o determinado soldado no cartaz, fizeram com que despencasse dos céus. Apertou o braço de Linton e concentrou-se na cidade que se estendia à frente: fachadas com janelas em arco e tijolos, uma após outra, em uma ondulação até o horizonte. A vida percorria aquela distância sem fim, até não mais poder continuar.

❖

– Aqui está – Alex disse, tirando a chave do bolso da calça.

Emma olhou para a construção de pedra que se agigantava sobre eles: cinco andares, alta e feia, utilitária em sua insípida arquitetura retangular. Mergulhava na escuridão da viela ao lado, uma vez que avançava para as profundezas sombrias do lote. Um alfaiate e um sapateiro ocupavam o andar térreo, as mercadorias dos ofícios, ternos e sapatos, sendo exibidas nas vitrines encardidas.

– É no primeiro andar – Alex indicou. – Conheço o proprietário. Ele foi bastante gentil de me dar a chave.

Emma e Linton subiram, atrás de Alex, a escada soturna, forrada de poeira e porções de folhas mortas.

– Ao contrário do que pode pensar, sra. Swan, não tenho problema em enfrentar escadas.

– Ah, não duvidei disso nem por um segundo.

No patamar, Alex parou em frente a uma porta verde de metal, em que estava inserido um vidro fosco. Enfiou a chave da fechadura e conduziu-os para dentro.

Uma sala ampla, interrompida apenas por suas colunas circulares de pedra, abriu-se para eles. O estúdio cheirava a poeira e a um vago odor de descuido. Teias de aranha ensebadas pendiam do teto alto. Mas a luz! A sala, face oeste, já estava se enchendo do sol da tarde, graças a uma fileira intacta de grandes janelas que davam para as construções baixas do outro lado da rua.

– Linton, é perfeito – Emma opinou. – Precisa de um trato, mas eu poderia ajudar nisso.

– Realmente, Emma, você está indo longe demais – Alex disse, sua voz beirando a censura. – Linton não é um inválido. Sabe como lidar com uma vassoura.

– *Shhh*! – Linton pôs um dedo nos lábios. – Deixe-me andar.

Ele retirou o braço do de Emma e deu alguns passos em direção às janelas. Depois, virou em um círculo, a cabeça e os olhos turvos voltados diretamente para o teto. Parou, virou-se novamente para as janelas, foi até elas e acariciou o vidro como se fosse fino cristal. Após alguns momentos, voltou para Emma em passos calculados.

– Amei – disse Linton, ao se aproximar. Por baixo de suas íris claras, faiscava fogo. – A luz é extraordinária. Quando posso tê-lo, Alex?

– Se quiser, em 1º de junho. – Alex virou-se para Emma: – O proprietário fez uma oferta muito generosa porque me deve alguns favores. Linton pode ficar com o espaço por 5 dólares por mês. – Alex acrescentou com uma piscada para Emma: – Os detalhes de nossa proposta de negócio não devem ser revelados a ninguém.

– Jamais – Emma assentiu.

– Então, está acertado – Linton disse. – O espaço é meu a partir de junho. Já sei onde vou colocar meus cavaletes. Talvez um sofá e algumas cadeiras. Minha mesa e a bancada de trabalho ficarão ali. – Ele apontou para um canto escuro, no lado sul da sala. – Agora, só preciso refazer nossos passos, para poder achar meu caminho para casa.

– Então vamos – Alex ofereceu. – Tenho um compromisso após o almoço com um potencial comprador.

– Tenho certeza de que a sra. Swan ficaria feliz em me acompanhar até em casa – Linton disse. Ele não reparou em Alex, mas olhou para Emma vagamente.

Alex sorriu brevemente, como que derrotado pelos dois e inclinou o chapéu para Emma.

– Quem sou eu para dissuadir mentes criativas de suas buscas artísticas? – Apertou a mão de Linton, depois colocou a chave em sua mão. – Guarde-a. Vou dar a boa notícia ao proprietário. Sei que ele vai ficar satisfeito. Até logo, Emma. Linton… – Alex encostou as mãos nas do pintor e se foi.

– Queria que tivesse um lugar para sentar – Linton disse, afastando-se de Emma. Acenou a mão direita em um vasto círculo. – Tem algum móvel?

– Infelizmente não. Nem mesmo uma banqueta. Mas não vamos ficar aqui muito tempo. – Emma esperava não soar muito dissimulada porque, na verdade, queria demorar-se no estúdio, respirar o ar eletrizante de possibilidades.

– Muito obrigado por ter vindo hoje, sra. Swan – Linton agradeceu e voltou-se para as janelas. – Teria sido mais difícil me decidir só com a companhia de Alex.

– Por quê? – ela perguntou. – E, por favor, me chame de Emma.

Ela parou atrás dele, enquanto Linton espiava através do vidro empoeirado. Ele ficou com as mãos sobre o caixilho, o contorno dos seus ombros e das costas revelando-se sob o paletó.

– Porque Alex teria forçado o assunto – ele respondeu. – Ele quer que eu pinte, que pegue este espaço de qualquer jeito. Ainda que eu seja cego, não sou bobo. Sou um patrimônio para ele, desde que ganhe dinheiro.

– Esse é um pensamento muito frio.

Ele olhou por sobre o ombro por um momento.

– Nem um pouco. A arte é um negócio, bem como uma vocação. Pense nas dificuldades financeiras em que Alex estaria se não vendesse nada. A Fountain mal está se aguentando do jeito que vai. Ele precisa de artistas que vendam.

– Ao contrário de mim – Emma disse, com um toque de amargura.

– Não quis insinuar isso. Por favor, não extrapole meu argumento… Emma.

Ele se virou para ela, e a luz criou um brilho suave em seu cabelo preto.

– *Diana* não vendeu – ela disse. – Muitas vezes me pergunto por que continuo neste negócio, uma escultora mal-amada pelos críticos, com tão poucas vendas a meu favor. Mal vale a pena. Mas meu marido e minha amiga Louisa são grandes incentivadores.

– Você esculpe porque ama fazer isso, porque nasceu para isso, está em seu sangue. – Ele se virou para ela e então, como tinha chegado perto demais, afastou-se.

– Algum problema? – Emma perguntou.

Linton sacudiu a cabeça.

– Não, mas acho que temos que ir andando. Eu estava prestes a dizer uma coisa que talvez não devesse.

Emma chegou por trás dele e colocou a mão em seu ombro. Seus músculos contraíram-se com o seu toque, e uma tensão súbita preencheu o espaço entre ambos.

– Eu ia dizer que também poderia ser um dos seus incentivadores – ele disse. – Mas isso é estúpido e atrevido da minha parte. Acabamos de nos conhecer.

Emma deu-lhe braço, e eles caminharam para a porta.

– Acho muito simpático da sua parte me dizer isso. Sim, nós acabamos de nos conhecer, mas podemos ser... amigos.

– Eu gostaria disso – Linton disse.

Ao chegarem à porta, ele abriu-a e Emma fechou-a com a chave. Linton ficou atrás dela, sua mão sobre a dela para poder aprender como funcionava a fechadura.

– A propósito – ele continuou, enquanto desciam a escada – quando *Diana* for vendida, você ou Alex precisam dar uma boa limpada para o novo dono. Minhas impressões digitais estão por toda ela. Acho que é uma bela escultura.

– Obrigada – ela disse, ao chegarem ao térreo.

Quando os dois saíram da entrada escura para a luz, Emma acrescentou:

– Quero pedir um favor e espero que não ache que seja muito atrevimento da minha parte. – Ela estremeceu um pouco, achando que tinha passado dos limites.

Ele tocou de leve na mão dela e sorriu.

– Decidi começar a trabalhar em uma nova escultura. Você seria o modelo perfeito para ela.

– É mesmo? Nada que fosse deixar Vreland nervoso, espero?

– Não seja ridículo. Alex tem razão; de qualquer maneira, não devíamos nos incomodar com o que ele pensa. O tema é *Narciso*, analisando seu rosto em um lago. Estou tentando retratar a vaidade do homem, as preocupações que o levam a sua própria destruição. É uma escultura do seu tempo.

Linton franziu o cenho.

– Você está insinuando que sou vaidoso?

– Não seja hipócrita. Quantas mulheres já lhe disseram que você é bonito?

– Algumas.

– E? Você acreditou nelas?

Linton diminuiu o passo, e, ao ficar em frente a Emma, seu rosto cedeu sob alguma dificuldade indeterminada, que só ele conhecia. Ambos pararam perto do triângulo da avenida Columbus, onde ciclistas pedalavam juntamente com charretes puxadas a cavalos e carros resfolegando pelo escapamento.

– De todos os meus defeitos, nunca fui acusado de falsa modéstia – Linton respondeu. – Sim, algumas mulheres me disseram que sou bonito, e mantenho o corpo em forma para provar isso. Não posso de fato saber qual é a minha aparência, tendo esta condição por quase três quartos da minha vida, mas acredito na palavra delas. Reconheço que usei meu rosto e meu corpo a meu favor. As pessoas têm sido generosas comigo em aspectos que tenho certeza de que não seriam se eu fosse feio, ou deformado em algum outro sentido, mas, apesar disso, a vida não tem sido fácil... Tive que dar duro para tudo que consegui.

Emma voltou a dar o braço a Linton, e eles continuaram caminhando.

– Garanto a você que não considero seus olhos uma deformidade, nem sua aparência... mas devo admitir que fiquei surpresa quando o vi esta manhã. Você me lembrou um homem que conheci. Não tanto fisicamente, mas no... Como diria? No sentido romântico. Ele tinha o temperamento forte e não era desprovido de defeitos.

– Então, dificilmente somos parecidos, porque eu não tenho defeitos. – Ele deu uma risadinha. – Deduzo que o relacionamento de vocês terminou mal.

– Foi um momento errado para nós dois. – Emma parou na calçada, resistindo à tentação de tocar no rosto dele. – Mas você tem um rosto de uma perfeição que ele jamais alcançaria. É por isso que quero que pose como *Narciso*. Poderíamos começar com um traje romano, se isso lhe for conveniente. É claro que eu poderia contratar outro modelo se quiser recusar.

– Quando você gostaria de começar? – ele perguntou.

– Bom... Poderíamos começar o mais rápido possível. Poderíamos marcar para junho, depois de você ter tido a chance de ocupar seu novo estúdio? Talvez possa dispor de algumas horas por dia, para posar, antes ou depois de pintar.

– Perfeito – Linton aceitou.

– Devo preveni-lo, não sou boa com rostos. É por isso que quero fazer essa escultura, para realizar o rosto perfeito. Compreendo a importância deste trabalho, sua força, seu poder, com tanta certeza como se pudesse vê-lo em minha mente. Depois de terminado, Vreland implorará por mais.

– Por favor, deixe-o fora disto. Será melhor para nós dois.

Emma riu.

– É, imagino que você tenha razão.

Quando chegaram ao Jardim Público, Linton sugeriu que já conseguia chegar em casa e se despediu. No último minuto, ela se lembrou da chave do estúdio, tirou-a do casaco e colocou-a na mão dele. Ele agarrou as mãos dela, e seu toque quente permaneceu na pele de Emma enquanto o pintor se afastava, seguindo pelo caminho sem tropeçar, nem vacilar.

A escultora esfregou as mãos uma na outra, aproximando-se de um banco perto do lago, e observou as crianças brincando perto da beira d'água. Imaginou Linton olhando dentro do lago, analisando seu reflexo, ignorando as preocupações do mundo, interessado apenas em seus próprios pensamentos. Uma criança jogou um seixo na água e as ondas, ao se espalharem em direção à margem, destruíram a visão em sua cabeça.

Acesso: 20 de maio de 1917

Tive alguns dias para pensar no meu projeto com Linton. Acho a perspectiva excitante e, ao mesmo tempo, assustadora por várias razões. Nosso encontro foi breve, mas algo em relação a ele me tocou. Talvez fosse sua inerente sensualidade, sua coragem, sua evidente tenacidade, todas qualidades que admiro. Nosso passeio foi revigorante e ele, conforme passávamos debaixo das árvores, despertou algo em mim, uma vibração que não sentia havia anos. Entreguei grande parte do meu tempo, da minha energia e da minha vida ao meu casamento e à minha arte, e para quê? Ficar sentada em casa como uma massa informe? Recentemente andei me perguntando se um dia voltaria a sentir. Agora, surgiu a possibilidade. No entanto, entendo minha situação. Sou uma mulher casada, com obrigações e um marido... Bom, é aí que a argumentação desmorona. Um marido que não quer filhos porque não há tempo para um "pequeno" na casa. Um marido que provê financeiramente para cada necessidade, inclusive minha arte, mas evita o quarto. Mas não posso negar a Tom seu amor à Medicina e à cura. O que ele faz pelos outros é além da conta. E, por isso, amo-o e respeito-o.

Preciso ter cautela com minhas emoções. Depois de me despedir de Linton, notei uma borboleta planando, alçando-se em suas belas asas pretas e amarelas pelo Jardim Público. Sempre adorei borboletas por sua fragilidade e, ao mesmo tempo, por sua força. São pequenas, com asas translúcidas, mas capazes de superar uma tempestade e viajar milhares de quilômetros para cumprir seu destino. Preciso imitar a força e a beleza de uma borboleta.

– Então, quem é ele?

Emma sorriu e se acomodou na *bergère* em frente às portas-balcão da sala de visitas. Lazarus curvou-se em oval a seus pés, o focinho preto apoiado nas patas. Ela olhou além de Louisa, para o pátio, amando a brincadeira do sol vespertino, inundando as pedras de luz e depois as mergulhando em sombra, conforme o astro se divertia com as nuvens movediças. O vento de final de maio irrompia abruptamente na sala em rajadas, enquanto o abeto tremia na brisa.

– Não ria de mim – Louisa ralhou. – Você sabe perfeitamente bem a quem me refiro. Não a vejo sorrir desde que conheceu Bela Pratt.

– Você me conhece bem demais, Louisa.

Anne trouxe um bule de chá e colocou-o no centro da mesa.

– Obrigada, Anne – Louisa disse. – Pelo menos, tem uma mulher nesta casa com bom senso.

– Senhora? – Anne perguntou, contrariada, chocada que Louisa se dirigisse a ela fora das tarefas domésticas.

– *Na*, não importa – Louisa acenou com a mão, dispensando-a. – Não é importante.

– Não se mexa – Emma disse a Louisa quando Anne saiu. – Como é que você espera que eu termine este desenho seu se não para quieta? – Ela fez uma pausa. – E você não deveria provocar Anne desse jeito.

– Estou pronta para tirar este *chapeau* maldito. – Louisa exasperou-se com a pluma branca que se projetava como uma grande pena de seu chapéu preto. – E vou falar com as empregadas do jeito que quiser; tenho anos de experiência.

Emma estudou sua amiga. Não era bonita; no entanto, era elegante, refinada de uma maneira que poderia ser designada formosa. O cabelo era apenas uma tonalidade mais escura do que o de Emma. As sobrancelhas eram destacadas e pretas, entregando sua origem italiana, mas de desenho agradável. Emma com frequência pensara nela como um modelo para uma de suas esculturas. Seu rosto, longo e anguloso, se prestaria facilmente para a forma escultural. Considerava seu próprio rosto redondo demais e suave, como comprovado pelos vários autorretratos em bustos de argila, que iniciara nos últimos anos. Destruíra cada um deles, desanimada com a feiura do trabalho.

– Singer Sargent vai trocar os pés pelas mãos quando vir isto – Emma disse. Seu lápis corria suavemente pelo bloco em seu colo. Concentrou-se na pluma, no formato vistoso do chapéu e na linha escura do cabelo, no lado direito do rosto de Louisa.

– Bobagem. A sra. Isabella Stewart Gardner o tem enrolado em torno de seu dedo anular matronal. É altamente improvável que possamos ver o sr. Sargent fora da casa de Izzy. Você teria que apresentar seu desenho pessoalmente na casa da sra. Jack. – Louisa lidou novamente com a pluma. – Embora, devo admitir, ele foi bem digno comigo na última vez que nos encontramos. Acho que a sinceridade dele aumentou pelo fato de eu nunca lhe ter pedido para pintar o meu retrato.

Emma sorriu com afetação.

– Ele odeia profundamente vocês, matronas da sociedade.

– Não sou uma *matrona* e acabo com qualquer mulher que ousar se referir a mim desse jeito. Sou, e sempre serei, uma *mademoiselle*. – Louisa pegou o bule e serviu-se. – E *você* está evitando a minha pergunta.

Emma largou o lápis.

– *Você* é insuportável. Tudo bem… Linton Bower.

– O pintor cego?

– O próprio.

– Eu o vi na Fountain na noite da inauguração. É uma figura bem bonita.

– Eu não o vi naquela noite, estava muito perturbada.

– Alex me contou que Linton vendeu várias pinturas, apesar do estilo moderno. Ele o considera uma de suas estrelas em ascensão.

– Eu gostaria de usá-lo como modelo – Emma contou.

Louisa tomou seu chá e depois se inclinou à frente.

– Você *está* ciente de que ele é homossexual.

Emma perdeu o fôlego por um momento, enquanto olhava para Louisa, perturbada que a amiga dissesse algo tão pessoal, tão insidioso, um rumor tão potencialmente prejudicial a Linton. Logicamente, tal revelação, se fosse verdadeira, significaria o fim de qualquer fantasia romântica que ela pudesse abrigar, extinta como um fogo em que se joga água. Recriminou-se por deixar seus sentimentos saírem do controle com tanta rapidez.

– Por que o olhar fixo, minha querida? – Louisa perguntou. – Existem coisas muito piores do que ser um homossexual. Alex lhe dirá isso.

– Realmente, Louisa. – Emma endireitou-se na cadeira e colocou o bloco de desenho ao lado. Lazarus ergueu um olho, bufou e retomou sua soneca. – Você tem alguma prova? Eu nunca assumiria uma fofoca como verdadeira. Quero dizer, Alex é uma coisa...

– Sim, um homossexual. Alex gosta de preservar seus amigos cavalheiros, mas não tenho provas em relação a Linton. Afinal de contas, não sou homem...

Emma suspirou.

– Você é impossível. De qualquer modo, para mim não faz diferença.

– Dá para ver que não faz – Louisa disse, arqueando uma sobrancelha.

– Talvez a gente devesse perguntar a ele – Emma respondeu, com um gesto agitado da mão. – Vamos nos esquecer deste triste desenho seu e dar uma caminhada. É, vamos direto à casa de Linton, perguntar se ele é homossexual.

– Você sabe onde ele mora? – Louisa perguntou, alisando as dobras do vestido preto.

– Não, mas posso descobrir.

– Agora, quem está sendo impossível? Você não está fazendo o menor sentido. Nenhuma pessoa normal faria tal pergunta para outro ser humano.

– Pretendo fazer.

– Então, você será a primeira, mas isso não me surpreende, considerando a maneira com que tende a confrontar homens, atualmente.

Emma estava preparada para responder que suas palavras na Fountain foram apenas autodefesa, mas Anne surgiu à porta com uma carta na mão.

– Acabei de pegar a correspondência, senhora. Esta chegou do seu marido.

– Ótimo – Louisa disse. – Uma necessária respirada de ar fresco da França.

Emma pegou o pequeno envelope pardo. Parecia bem comum, a marca do censor do lado de fora, a franquia postal, o nome de Emma e o endereço de Boston, escritos por Tom. Apesar da quantidade de cartas que ela havia recebido dele, cada vez que chegava uma nova, ela se enchia de ansiedade. E se houvesse algo de errado? Talvez ele estivesse doente, ou, pior ainda, gravemente ferido. Abriu a carta, leu a primeira página e depois a largou no colo.

– Minha nossa – Louisa disse, alarmada. – O que, em nome dos céus, há de errado?

Emma ouviu Louisa falar, mas não fez diferença o que a amiga dizia. As palavras dela sumiram no ar, enquanto sua mente disparava. Precisava de tempo para refletir, tinha que analisar a proposta do marido.

– Tom quer que eu vá para a França.

Louisa olhou para ela com uma expressão questionadora, depois, em silêncio, pousou a xícara de chá sobre a mesa.

❖

O fogo morria no estúdio. Brasas estalavam sob a grade. Emma desejou não ter mandado Anne acendê-lo, porque a noite estava quente demais. Normalmente, as chamas acalmavam sua mente confusa, mas desta vez tiveram pouco efeito em seu nervosismo. Levou a carta ao rosto, na penumbra, esmiuçando cada nuance do que era dito.

> *20 de maio de 1917*
> *Minha queridíssima Emma (de algum lugar na França)*
> *Tenho ótimas notícias para você. Recebi sua carta hoje e não pude deixar de escrever assim que foi possível. Sinto muito que sua inauguração tenha sido aquém de espetacular, mas espero que esteja se aguentando. Não enfeite a verdade por minha causa. Tenho certeza de que Louisa vai acabar me contando seu verdadeiro estado de espírito, caso me escreva. No entanto, como uma epifania, sua carta motivou uma ideia maravilhosa de como você pode ajudar nos esforços de guerra e também utilizar sua capacidade como escultora.*

Emma foi em busca de um livro em suas estantes lotadas. Aquele, em tamanho fólio, de um gravador francês, chiou quando ela abriu sua encadernação em couro vermelho. Próximo ao meio do livro, encontrou mais referências a seu projeto, incluindo uma série de gravuras intitulada *As Três sinas de Narciso*. A primeira mostrava Narciso quando criança. Sua mãe banhava-o em um lago cercado por estátuas de alabastro, enquanto ele acariciava a flor que tinha o seu nome. A segunda retratava-o como homem, em pé em um templo grego, uma veste solta jogada sobre seu torso, olhando seu reflexo em um espelho de mão em prata. A terceira mostrava-o se transformando em flor, os braços e pernas rachados, parecendo nervuras, o rosto parcialmente engolido pelas pétalas de Narciso. Emma considerou repensar suas ideias para a escultura. Afinal de contas, o jovem olhando para o lago era um clichê. No entanto, um homem obcecado por seu reflexo nas ruínas de um templo estaria mais de acordo com seu tema. Visualizou Linton em seu estúdio, coberto por um tecido de arabesco, olhando em um espelho, aquele de prata legado a Tom por seu pai, parte de seu conjunto de toucador.

Vi tanta coisa horrorosa que não consigo descrevê-las. Você pode ajudar esses homens. Soube de um homem, na Inglaterra, que produz máscaras para os que têm o rosto desfigurado – sim, máscaras! Consegue imaginar? Quero descobrir como ele faz esse trabalho milagroso. Você poderia fazer o mesmo na França, talvez montar um estúdio em Paris, com a Cruz Vermelha, longe o suficiente do front para estar a salvo, mas próximo o bastante dos soldados para tirar proveito dos seus serviços. Essa necessidade existe. Como cirurgiões, só podemos fazer até certo ponto, mas você poderia devolver esses homens ao mundo dos vivos. E, melhor de tudo, poderíamos nos ver novamente.
Seu marido,
Tom

Emma dobrou a carta e colocou-a na mesa do seu estúdio.
Poderíamos nos ver novamente? Poderíamos ir além de ver?
Repreendeu-se por ser tão *blasé*. Como Tom poderia saber o que ela estava pensando? Emma teria, realmente, dado a conhecer seus sentimentos? Ambos haviam passado para o conforto sem paixão e aceitado as consequências sem protestar. Não tinha dúvida de que o amava e o marido a ela, mas como se poderia medir o amor? Sua excelência era despendida em dias vividos juntos, nas horas de saudades enquanto estavam separados, ou nas noites enrodilhados no quarto? Talvez se amassem igualmente, uma vez que a ausência diminuía o relacionamento, a guerra destroçando-os tão seguramente quanto a Europa era dividida pelo *front*. Talvez tivesse amado Tom mais do que ele a tinha amado, ou vice-versa; ela não poderia saber de fato. Parecia que o destino, como um farsante, os havia reunido. Passou pela sua cabeça que estaria sendo punida por Deus por acabar com uma vida, mas refletiu sobre sua situação. Não tinha havido outra escolha.

Fechou o livro e quase adormeceu como Narciso, seguida por rostos de homens sem olhos, narizes, e faces, como o soldado pedinte na rua, rostos horrivelmente destruídos e devastados, flutuando no vazio.

Lazarus arranhou a porta.

– Anne? – Emma chamou, sentada na sala escura, mas a casa estava em silêncio. A lareira estava escura e fria. – Anne, você deixou Lazarus sair?

Uma porta abriu-se, rangendo no quarto do sótão acima, e passos desceram a escada, seguidos por uma batida no estúdio de Emma. Sua empregada abriu a porta, de camisola.

– A senhora está bem? – Lazarus perguntou ao entrar, passando por Anne.

– Sim, só estou cansada. Você levou o cachorro para fora?

– Faz horas, senhora. Sabe que horas são?

Emma sacudiu a cabeça, enquanto Lazarus focinhava em suas pernas.

– Já passa da meia-noite, sra. Swan.

– Deus do céu, é mesmo? Caí no sono. – Roçou os dedos ao longo do pelo sedoso do cachorro.

– A senhora estava sonhando?

– Estava. Com um homem em um templo grego.

– Um sonho estranho de fato, senhora. O homem era seu marido?

A pergunta trespassou Emma. Afastou Lazarus com delicadeza, levantou-se da cadeira e devolveu o livro de gravuras para a prateleira.

– Nós duas deveríamos estar na cama. Desculpe-me por ter lhe acordado. – Emma pensou por um momento. – Deve estar quase amanhecendo na França.

Voltou-se para a janela, deparando-se com seu reflexo, enquanto Anne chamava Lazarus. Por um momento, no escuro, viu seu marido vestido com o avental branco de cirurgião. Em sua visão, um rapaz, calado, com o roxo da morte, estava deitado em uma maca, enquanto Tom levantava um lençol manchado de sangue, as feridas em carne viva e carmesim a sua frente.

Emma arfou, forçando a imagem a deixar a sua mente.

CAPÍTULO 3

BOSTON

Junho de 1917

EMMA CONTROLOU-SE, enquanto caminhava para a Fountain, afogueada com a excitação de começar um novo projeto, mas cautelosa com a perspectiva. Também achou difícil manter seu modelo fora da mente. Mas, apesar da contenção de certos pensamentos, que alguns poderiam considerar indecentes, determinou-se a aproveitar o final da primavera em toda a sua glória resplandecente. Os dias inebriantes de junho, quando Boston emergia das profundezas invernais, e após uma primavera frequentemente enfadonha e desoladora, deviam ser saboreados. Notou essa verdade quando seguiu pela rua Arlington, admirando as íris roxas, as hostas com suas flores brancas, e os amores-perfeitos amarelos que pontilhavam os jardinzinhos e as jardineiras das janelas das casas.

Acelerou o passo ao se aproximar da galeria. O alvoroço da rua Newbury enchia-a de energia, as lojas com as portas abertas para o comércio, apesar do racionamento dos tempos de guerra, homens e mulheres passeando pela rua e tomando sol, os aromas de pão fresquinho e carnes grelhadas emanando de padarias e cafés. Em momentos como aqueles, na majestade de um dia glorioso, a guerra parecia distante, quase romântica e mágica, como se alguma Cruzada longínqua estivesse em andamento. Sob vários aspectos, a guerra era uma cruzada. Milhões de homens eram pegos no fervor, sendo Tom um deles, se oferecendo para assegurar a democracia no mundo.

Emma passou por um cartaz de recrutamento de um ianque com rifle na mão, colado na vitrine de uma tabacaria, e se lembrou da noite em que o marido lhe contara sobre seus planos de servir. Sua reação imediata tinha sido de choque. A decisão dele era uma surpresa, feita sem consultá-la, mas não inesperada, dada a propensão que Tom tinha para alçar sua carreira acima de tudo mais. Naquela noite, Emma se fez as perguntas que qualquer mulher faria, mas apenas para si mesma, perguntas sobre o amor e o compromisso dele com o relacionamento de ambos; perguntas que retomaria com muita frequência desde sua partida.

Apenas recentemente, meses após a ausência de Tom, a solidão e, às vezes, um desespero triste enchiam sua mente como uma toxina de efeito lento. Atirara-se ao trabalho, tentando algumas peças, inclusive o fauno, mas nada resultava como deveria. Com o arrastar dos dias, havia vezes em que tinha dúvidas se seu marido chegava a sentir sua falta, ou se ela poderia conseguir viver sem ele. Esses sentimentos extraordinários tinham ficado mais nítidos desde que conhecera Linton.

Mas, hoje, Emma jogara esses problemas de lado, dizendo consigo mesma que *era* mais afortunada do que milhares de pobres esposas, que tinham poucos meios de apoio e sustento agora que os maridos haviam sido arrancados de casa. Não, ela permaneceria forte, não por estar fingindo, mas porque a ausência de Tom era coisa *dele*, e a decisão *dele* a tinha levado para as circunstâncias atuais, ideia reconfortante, quando invocada. Ela poderia juntar suas próprias reservas de coragem e criatividade, se fosse preciso.

Talvez o *Narciso* viesse a ser seu melhor projeto. Hoje, Linton serviria como seu modelo. Emma foi tomada pela excitação. Tinha vontade de voltar a trabalhar, estava cheia de energia e atrevia-se a acreditar que poderia conquistar seu lugar entre os grandes escultores da América.

Pelas vitrines da galeria, ela o viu sentado em uma cadeira, perto da sua *Diana*. Alex estava atrás dele, as mãos pousadas nos ombros do artista. No entanto, seu coração despencou quando viu o outro presente na galeria: Vreland. O crítico agitava os braços enquanto falava, a boca torcida com exagero, sinais de alguém que sente sua própria importância.

Emma abriu a porta e entrou. Instintivamente, Linton olhou em sua direção. Alex sorriu, e Vreland fez um breve aceno com a cabeça, o primeiro a cumprimentar.

Emma retribuiu o cumprimento.

Com um sorriso rasgado, Linton levantou-se a cadeira, forçando Alex a tirar as mãos.

– Boa tarde, Emma.

– Hoje, todo mundo parece animado – ela retrucou.

Alex puxou uma cadeira de detrás da sua mesa, para que Emma pudesse se sentar.

– Sim – disse, com ar de satisfação. – *Monsieur* Vreland concordou em fazer uma coluna para seu jornal sobre ninguém mais que Linton Bower.

Vreland concordou e disse:

– Por insistência de Alex, é claro. – Ele riu e sua jovialidade ressoou pela galeria.

– É mesmo? – Emma disse mal disfarçando seu sarcasmo – Pensei que você desprezasse a pintura dele.

– Não sou um apreciador, mas o dinheiro fala mais alto. Alex disponibilizou os registros das vendas de Linton para mim, em total confidencialidade lhe garanto, e fiquei impressionado com a atenção que está sendo dada a este jovem pintor. É claro que existe o outro aspecto da história, em respeito à... condição... do sr. Bower...

– Isso é desprezível – Emma disse, com uma irritação crescente. – Usar o número de vendas de um homem e a cegueira para mascatear...

– Emma, por favor – Linton disse, retomando seu assento – O assunto está decidido, e o esquema me é satisfatório. Alex e eu estamos gratos que o sr. Vreland tenha até considerado escrever uma coluna a favor da minha arte e da Fountain, levando-se em conta sua crítica recente.

– Deixei bem claro ao artista e a Alex, que preciso *amar* o trabalho para escrever uma crítica positiva – o crítico respondeu. – No entanto, é preciso voltar a atenção a qualquer artista que venda como este rapaz vendeu, desde a inauguração.

– Acho toda essa história ultrajante – Emma retrucou. – Linton como você pôde concordar com tal bajulação?

Vreland fungou.

– Bajulação? Pelo contrário, sra. Swan, isso são negócios. Sua atitude é exatamente o motivo pelo qual você nunca terá importância como escultor. Você, assim como a maioria das mulheres, não tem perspicácia para o mundo dos negócios.

Emma avançou em sua cadeira.

– *Escultora*. Já tive minha cota de insultos. Pode rotular meu talento de pequeno e minhas oportunidades como limitadas, Vreland, mas não pode depreciar todo o universo feminino. Homens como você dominaram o jogo por tempo demais.

– Outro argumento de sufragista que me entedia – Vreland respondeu. – Senhores, se me dão licença, tenho outros negócios a tratar. Vamos nos reunir para nossa entrevista amanhã, na hora marcada. – O crítico apertou a mão de Alex e de Linton e fez uma ligeira mesura para Emma. – Bom dia, sra. Swan. – Parou perto de *Diana* e passou um dedo pelo rosto da escultura. – Pelo que vejo, *ainda* não foi vendida.

– Velho idiota insuportável – Emma resmungou, assim que Vreland fechou a porta. – Sua cabeça é tão grande quanto sua circunferência, e ele a esbanja por aí de toda maneira que pode.

Alex juntou os punhos, desgostoso.

– Por Deus, Emma, você *está* tentando me arruinar, e fazendo um maldito de um bom trabalho para isso. Precisa sempre se antagonizar com ele? Você sabe que ele despreza o trabalho na minha galeria. Esta é uma oportunidade para desenvolver uma boa vontade para todos os meus artistas.

– Não seja um apologista de um comportamento repreensível – Emma disse.

Linton abaixou a cabeça e suspirou.

– Entendo sua preocupação, mas esse homem tem poder. Ele influencia a opinião pública. Se escrever uma história favorável, isto ajuda todos nós.

– Sei disso, mas nós, como artistas, não somos mais controlados por nossos mecenas. Aqui não é a Renascença. Temos força também... ah, de que adianta? Sinto como se estivesse falando comigo mesma e sempre batendo cabeça com homens. E foram eles que criaram a maioria das confusões no mundo, inclusive esta maldita guerra. Nós mulheres deveríamos levar a sério as lições de Lisístrata.

– Posso endossar seus sentimentos em relação aos homens – Alex disse –, mas o mundo seguirá apesar dos nossos protestos.

– Não vou deixar Vreland estragar o dia – Emma disse. – Está pronto, Linton? Estou preparada para trabalhar.

– O que vocês planejaram? – Alex perguntou.

Emma levantou-se da cadeira e colocou a mão sobre o braço de Linton.

– Desenhar e posar inicialmente para um novo projeto.

– Sinto não poder aparecer, mas tenho trabalho a ser feito aqui, na galeria – Alex disse.

– De fato. – Emma inclinou-se para Linton, que se mexeu em sua cadeira. – Meu material chegou? Paguei bem a um dos meninos locais para transportar 10 quilos de argila, meus blocos de desenho e ferramentas.

– Eles estão seguros em minha nova mesa – Linton respondeu. – Quer dizer, nova para mim. O comerciante de velharias disse que Whistler tinha misturado as tintas sobre aquelas mesmas madeiras. Quis 1 dólar a mais pela procedência.

Alex beijou Emma no rosto e disse com verdadeiro afeto:

– Cuide bem do meu rapaz.

O sentimento irritou Emma, levando-se em conta o que Louisa havia revelado sobre o artista, mas ela deixou de lado as palavras do dono da galeria como uma advertência delicada, preferindo acreditar que o que sentia por Linton era igualado pelo próprio ardor do artista.

Os dois saíram da calma relativa da galeria para a agitação da rua Newbury. Homens e mulheres caminhavam pela calçada apinhada, criando padrões intrincados de cor e forma, com seus movimentos sinuosos. Cercados pela estridência das buzinas e o girar trovejante das charretes, Emma conduziu Linton pela rua Berkeley e dirigiu-se a leste, para o South End.

Enquanto andavam à sombra das *brownstones*, Linton enganchou o braço ao redor da cintura dela. O gesto pareceu confortante e familiar, seu aperto automático e sem fingimento. Estranhos que passassem por eles na rua não teriam se surpreendido, a não ser que tivessem percebido um constrangimento improvável no rosto de Emma. É claro que Tom havia caminhado com ela muitas vezes, de maneira semelhante, na Esplanada, mas aquilo era diferente. Linton era um estranho que, repentinamente, parecia tão próximo dela em corpo e espírito, se não mais, quanto seu marido. Fazia anos que ela não desfrutava uma companhia tão excitante, e, se tivesse que precisar uma data nisso, provavelmente seria desde seu primeiro encontro com Kurt. A carga elétrica de atração sexual ameaçou dominá-la.

Enquanto andavam, Linton virou a cabeça para ela, e algumas de suas mechas onduladas arrepiaram-se ao vento, junto a sua testa.

– Como vai o Tom? – perguntou.

A pergunta deixou-a atônita, como se ele tivesse lido seus pensamentos.

– Bem – respondeu, um tanto perplexa. Analisou o belo rosto, as chamas fracas que ardiam sob suas íris.

– Eu queria saber – ele disse. – Você nunca fala sobre seu marido. Sei que ele existe. Alex me contou que Tom está servindo como médico com a Cruz Vermelha, na França.

– Eu queria *saber* por que você perguntou.

Ele enrugou nariz.

– Curiosidade natural. Vocês se dão bem?

– Perguntas bem pessoais, Linton. Existem respostas, mas… Respostas que eu só compartilharia com os amigos mais íntimos. – Uma brisa morna soprou por ela.

Linton soltou o braço e parou sob a sombra manchada de um olmo.

– Eu esperaria ser seu amigo, principalmente se vou posar para você.

– Sabemos muito pouco um do outro. – Emma pegou na mão dele e puxou-o com delicadeza para ela. O cabelo dele, preto como carvão, os lábios cheios e o brilho perolado da sua pele quase a fizeram desmaiar. Um arrepio subiu pelas suas costas.

– Então, está na hora de saber – ele disse e agarrou a mão dela com firmeza, guiando-a pela rua. Enquanto se afastavam mais para leste, as construções elegantes de Back Bay tornaram-se mais heterogêneas e industriais.

Emma respirou fundo.

– Você é persistente e exige muito dos seus amigos. Vamos atravessar aqui. – Os dois atravessaram o triângulo da Columbus, onde um amontoado de *brownstones* erguia-se à volta deles. Ao se aproximarem do estúdio de Linton, o corpo de Emma se enrijeceu. – Não vou aborrecê-lo com detalhes, mas é razoável dizer que meu marido e eu estamos apaixonados.

Linton sacudiu a cabeça, como que para censurá-la.

– Só apaixonados? Nada mais?

– O que há de errado em estar apaixonado?

– Você é muito pudica, Emma Lewis Swan. – Linton levou um dedo à garganta. – Posso ouvir isso na sua voz e sentir isso na sua alma. Pode ser que você ame, mas seu coração está escondido, está enterrado bem lá no fundo de você, como um baú de tesouro esperando que a fechadura seja aberta. Quem tem a chave?

Emma desviou os olhos, escondendo o rubor que atravessava sua face. Linton tinha chegado perto demais, com muita rapidez. Ela se recompôs por um momento, depois puxou o braço dele, enquanto mudava de assunto:

– Tem certeza de que quer posar para mim?

– Tenho, claro. Não há nada do que me envergonhar, e não tenho medo de qualquer pergunta sua. – O sorriso crescente, a força e o calor do rosto de Linton provocaram-na. Resistiu a passar a mão pelo cabelo dele.

– Tudo bem então, vamos em frente – Emma disse. – Mas não quero afastá-lo do seu trabalho por causa de um interesse egoísta no meu projeto.

– É bem estranho, mas, desde que me mudei para o estúdio novo, minha produção tem sido menos do que prolífica. Daria para dizer que estou bloqueado. É como se meu apartamentinho entulhado disparasse a minha imaginação.

– Tenho certeza de que é só porque você está se acostumando com seu novo ambiente. Logo o seu estúdio vai ser como um lar.

Ao chegarem, Linton conduziu Emma na subida da escada pouco iluminada. No *hall*, ele tirou a chave e inseriu-a na fechadura.

– Está vendo como me viro bem, até quando está escuro? – Abriu a porta do estúdio e fez um gesto para Emma entrar.

Ela entrou, zonza com a mudança desde a sua primeira visita. O cavalete de Linton estava em frente às janelas amplas, virado para a luz oeste, sua forma triangular segurando uma grande tela pregada em esticadores de madeira. Duas colunas de pedra, no lado norte do estúdio, emolduravam um par de cadeiras *klismos*,* e um sofá grego,** estofado com seda azul-clara. Um conjunto de echarpes estampadas em motivo mourisco rendado recobria o sofá e pendia das colunas. Um tapete oriental usado estendia-se por quase metade do chão do estúdio. Uma estante enorme, na maior parte vazia, ocultava quase toda a parede sul. A mesa Whistler estava centrada em frente à estante. Apesar de todos os móveis, o estúdio parecia arejado e imenso. As teias de aranha tinham sido varridas, o ar abafado do final de primavera jorrava pelas janelas abertas. A argila, os blocos de desenho e a sacola de Emma, contendo suas ferramentas de escultura e o material de desenho, jaziam sobre a mesa.

– Linton, estou espantada – ela admirou-se e pegou nas mãos dele, dando-lhe os cumprimentos. – Você deve ter passado horas trabalhando.

– Devo tudo isto a Alex – ele contou. – Ele providenciou para que tudo fosse comprado e entregue, exceto a mesa Whistler. Comprei-a sozinho.

– Bom, está tudo muito encantador, e tenho certeza de que você vai achar o estúdio...

– Você está usando branco, não está?

– Estou – Emma respondeu, intrigada com a pergunta.

– Eu não tinha certeza se era mármore ou branco, mas sob esta luz tenho certeza de que seu vestido é branco. O que mais você está usando?

– Esta é uma pergunta que mal se faz a uma dama – ela respondeu, um tanto lisonjeada com o interesse dele.

– Desculpe-me. É tão raro eu ser agraciado com as confidências do sexo oposto! Gostaria de compreender melhor o que as mulheres elegantes estão usando hoje em dia.

---

* Modelo de cadeira de origem grega, que apresenta as pernas curvas e abertas para fora, como se não suportassem o peso de quem senta, e o encosto côncavo. Originalmente feita em madeira e com assento em cordas ou tiras de couro, sustentando uma almofada ou uma pele de animal. (N. T.)

** Espécie de divã, com meio encosto e braços, para se usar na posição reclinada, semelhante a uma *chaise-longue*. (N. T.)

Emma riu e imediatamente pensou melhor, porque Linton franziu o cenho.

– Agora sou eu quem pede desculpas. Não quis caçoar. Só que é uma pergunta esquisita. Meu marido jamais perguntaria uma coisa dessas, mas também ele enxerga...

– Posso enxergar e sentir.

Subitamente, o pintor pareceu mais novo e muito mais vulnerável do que Emma imaginara. Ela limpou a garganta:

– Bom, eu não me visto como a Louisa, com certeza não sou tão elegante. Estou com um vestido branco de verão, que chega até mais ou menos no meio da panturrilha, meias brancas e sapatos pretos, com um salto mais alto do que costumo escolher para andar. O que me leva à pergunta, posso me sentar?

– Claro. – Linton levou-a até o sofá e se sentou ao lado dela. Sua mão escorregou até a panturrilha direita de Emma e depois até a frente da sua perna. – Sua meia tem uma estampa – disse, surpreso.

– É, elas combinam. As mulheres compram-nas assim – disse e delicadamente empurrou a mão dele para o lado.

– E as roupas íntimas? – perguntou, sem hesitar.

Emma sacudiu a cabeça.

– Pelo bem da modéstia, não vou descrevê-las. – Ela tornou a rir, e agarrou as mãos dele. – Linton, você está bem? – Notou a centelha nos claros olhos azuis.

Ele se recostou no sofá e olhou para as janelas.

– Estou ótimo. Estou feliz por você estar aqui, no meu estúdio. Minhas inquietações se dissolvem quando você está perto de mim.

A alegria dele animou-a, mas a fez pensar. Quando os dois estavam juntos, o tempo se distendia, se esticava, como se tivesse sido arrancado do relógio. O toque dele perdurava, o sorriso brilhava, e as emoções que invocavam eram prazerosas. Ela se perguntava: como aquela atração poderia se desenvolver com tanta rapidez? Da parte dele, Linton parecia totalmente feliz, tanto quanto Lazarus diante da lareira em uma noite fria. Emma tinha que admitir que estava assustada e se perguntava se conseguiria se distanciar suficientemente do pintor, para manter entre eles o relacionamento artístico. Essa era a única maneira. Nada de bom poderia resultar de qualquer outra possibilidade, ainda que seu coração estivesse oscilando à beira da paixão.

Emma sorriu e tocou na mão dele.

– Estou contente que você esteja feliz. – E assim que falou isso, soube que suas palavras eram sinceras.

Linton reagiu com um suspiro satisfeito.

– Talvez devêssemos ficar sérios e começar a trabalhar – Emma disse. – Não quero desperdiçar a tarde.

– Estou pronto. Onde você quer que eu me sente, ou devo ficar em pé?

– Em pé, por favor. Aqui, em frente ao sofá. Gostaria que você se virasse três quartos para as janelas. Vou começar com um esboço. Você vai precisar estender o braço direito algumas vezes. Pode ser cansativo.

Linton levantou-se e assumiu sua posição como indicado. Emma foi até a mesa, abriu o bloco de desenho e então remexeu na sacola.

– Tenho certeza de ter posto um lápis a carvão aqui.

Do outro lado do estúdio, Linton disse:

– Não toquei em nada.

– Acho que me esqueci, então – Ela se virou, parando de falar diante da visão. Linton estava parcialmente despido, a calça pendendo na cintura, a camisa caída como um trapo sobre os sapatos. Fazia meses que ela não via um homem, seu marido, em qualquer estado de nudez. O corpo de Linton seduziu-a; no entanto, atiçou uma onda quente de constrangimento, que passou por ela.

– Linton… Lin…

– Desculpe-me. Envergonhei você? Se for assim… – Ele colocou as mãos discretamente sobre a virilha.

– Um pouco. – Emma recuperou a compostura. – Por que você deduziu que eu queria que tirasse as roupas?

– Estudei arte mitológica nas aulas de desenho. Lembro-me do nosso professor contando que a maioria das imagens de Narciso é de um jovem nu, olhando dentro de um lago. Se me prefere em trajes romanos, precisamos arrumar o figurino.

Emma achou o lápis, retomou o bloco de desenho, passou por ele sem olhar e se sentou no sofá. Ali, ela estudou os músculos esbeltos das suas costas, a curva das nádegas sob a calça de cintura caída, o traçado vigoroso das pernas.

– Na verdade, a imagem que eu tinha em mente era de um jovem parcialmente coberto. As sedas que você tem no estúdio são perfeitas. Posso ver alguma vantagem em ter a estátua nua, a não ser por uma obstrução bem colocada na frente, talvez uma coluna parcial. Narciso, nu para o mundo, absorto em sua própria vaidade, alheio aos desastres da humanidade, é ideal.

Linton virou-se de frente para ela e tirou a mão da virilha.

– Imagino que tenha sido uma coisa ousada, talvez pecaminosa da minha parte, mas espero que você não pense na minha nudez desta maneira. Só faço isso pela sua arte. – Linton empurrou a calça e a cueca para o chão e se livrou delas.

Dessa vez, o rosto admirável não foi o único objeto da atenção de Emma. O peito dele, a barriga e as pernas eram levemente recobertos por pelos pretos. Seu pênis não era circuncidado, repousando abaixo de um tufo de pelos púbicos escuros; o peito e o abdômen eram tão esculturalmente definidos quanto os do *Davi*, de Michelangelo. Emma sentiu o fogo brando ardendo no corpo dele. Era tão belo e erótico quanto um deus das trevas, muito diferente de Tom, que abordara as relações sexuais entre eles como se fossem estudos clínicos.

– Linton, não acho... – Emma pousou seu material de desenho no sofá, levantou-se e foi até as janelas. Ele estremeceu quando ela passou. Emma colocou as mãos no caixilho, pensou por um momento e depois se virou para ele. – Você é um homem muito bonito, mas não tenho certeza de que devamos ir em frente com estas sessões. Emma notou um movimento na virilha de Linton.

– Por que não? – ele perguntou rapidamente, com as sobrancelhas cerradas.

– Está bem óbvio, não acha? Sou casada; você não. Estamos trabalhando juntos, na intimidade. Ambientes como estes podem levar à tentação. – Ela apontou para ele. – Eu é que deveria ter lhe *pedido* para se despir, e não você já ir tomando como certo. Não é adequado.

– Não vou ceder à tentação, Emma. Isto é a nossa arte. Lembre-se, você é uma escultora.

Emma voltou ao sofá.

– Posso lhe fazer uma pergunta?

Linton assentiu.

– Você é homossexual? – Ela se arrepiou perante seu atrevimento, mas precisava saber a verdade por causa do impacto da resposta na relação deles.

Linton ficou paralisado por alguns minutos, e depois subiu a cueca.

– Meu Deus, este rumor de novo não. Já é bastante difícil para um homem na minha situação conhecer mulheres, manter qualquer tipo de relacionamento decente, mas... essa mentira tem me perseguido há anos, como acontece com muitos artistas homens. Quem lhe contou isto?

– Não vou dizer. Aparentemente é uma fofoca amplamente espalhada.

O maxilar dele enrijeceu.

– É culpa do Alex. Nossa parceria tem me contaminado...

– Não culpe o Alex – Emma repreendeu. – Ele tem sido o melhor mentor e amigo que você poderia querer. Tenho razão?

Linton suspirou.

– Tem, mas às vezes a culpa decorre por associação. Não tenho problema com homossexuais, mas não sou um. A única mão que coloquei em outro homem foi para cumprimentar. – Ele deslizou até o sofá, como que envergonhado da sua reputação, e se sentou timidamente ao lado dela. – Por favor, eu vivo para a arte, é tudo que tenho para me manter seguindo em frente. Podemos criar uma escultura linda. Sei disso. Podemos inspirar o trabalho um do outro.

Com a confissão de Linton, Emma foi tomada por uma sensação de alívio. *Se for para dar certo, talvez ainda exista esperança para paixão, êxtase, uma criança em nossas vidas.* E, no entanto, tais pensamentos apavoraram-na. Não tinha direito de pensar em Linton como um amante, não tinha direito de quebrar seus votos com Tom por um caso imoral que seria o falatório de Boston.

Olhou para o belo homem a seu lado e, impulsionada por sua noção do que era certo, pegou o bloco e o lápis.

– Então, tudo bem, não há tempo para ficar sentado, sr. Bower. Por favor, retome sua posição... Mas adequadamente coberto.

Respeitosamente, Linton obedeceu ao pedido de Emma, pegando as grandes echarpes do sofá, arrumando-as sobre o corpo como ela mandou e virando o perfil de três quartos para a janela.

Conforme a luz vespertina inundou o estúdio, Emma desenhou, falando pouco, enquanto o modelo mantinha sua pose com perfeição. Parou apenas quando Narciso, olhando no espelho, surgiu por completo no bloco. Quando as sombras se alongaram, Emma pousou o lápis e encerrou a sessão, satisfeita com seu desenho.

Agradeceu a Linton, enquanto ele se vestia, e voltou a olhar para a janela quando deixaram o estúdio. Nuvens de um azul metálico com manchas carmesim cobriam a cidade, conforme o sol descia a oeste.

A tarde tinha sido a mais gloriosa e produtiva que Emma conhecera em meses. Apesar do calor do dia, um arrepio a percorreu, enquanto voltava com Linton para casa. Pensou em Tom e em suas longas horas no hospital francês, operando homens feridos e moribundos, enquanto ela, mais uma vez, desfrutava o vigor fervoroso do trabalho que amava. A sessão com Linton a havia libertado de uma maneira que não experimentava desde seus primeiros dias na escola de arte.

Maravilhou-se com os dois extremos em sua vida: a chance de trabalhar com um homem que insuflava sua sensibilidade artística e emocional, conflagração aguardando para acontecer; ou um fim igualmente ardente para seu casamento. O dia estava lindo demais para ser desperdiçado com morbidez. Por enquanto, aproveitaria a caminhada com Linton e a alegria que quase a deixava apaixonada.

❖

O ar noturno entrou pela janela do seu estúdio. O barulho dos cascos dos cavalos e o som explosivo dos automóveis soavam em seus ouvidos como uma sinfonia distante, um lembrete de que havia vida fora do refúgio do seu trabalho.

Rabiscou algumas outras possibilidades imaginárias para a escultura, usando o desenho da tarde como guia. O corpo de Linton criou forma na página: o corte triangular dos deltoides, o oval agradável das panturrilhas, um panejamento acrescentado à figura, como efeito. Insatisfeita com o primeiro esboço, colocou-o de lado apenas para refazê-lo inteiramente. Quatro horas depois, tinha completado três desenhos, a frente, a lateral e as costas de Narciso. Mas o rosto turvo, sempre sombreado ou escurecido por golpes impressionistas, nunca em perfil completo ou de frente, desanimou-a.

O latido de Lazarus fez com que desse um pulo do seu trabalho. Levantou-se da cadeira e olhou pela janela. O barulho da rua tinha diminuído quase para o silêncio, enquanto relampejava a distância. Desceu devagar até a sala de visitas. O relógio estava prestes a bater meia-noite. Com certeza, Anne estava na cama, em sono profundo. Os pelos nas costas de Lazarus levantaram-se, enquanto o cachorro centrava sua atenção em algo no pátio. Ansioso, e louco para sair, abanava a cauda e rodeava-a.

Emma abriu as portas-balcão, o animal correu para o quintal, e ela o seguiu com cautela. O vento rodopiava em redemoinhos ao redor das pernas, os clarões dos relâmpagos distantes iluminaram ao máximo.

Conforme Lazarus fungou em um canto, Emma avistou o motivo da preocupação do cachorro. Um relógio de sol, que Tom lhe dera em um aniversário, tinha tombado com o vento e batido na pedra. O rosto sorridente do sol, inclinado com o golpe, pareceu áspero e desfigurado em suas mãos, como tantos rostos que havia desenhado. Emma limpou o musgo do mostrador e o recolocou em cima de seu suporte de mármore. Momentos depois, quando a chuva caiu em gotas pesadas e os trovões soavam no céu, pareceu que o rosto de bronze estava chorando.

10 de junho de 1917

Querido Tom,

Ontem à noite, o relógio de sol que você me deu caiu em uma tempestade. Ficou danificado, e o efeito foi um pouco devastador. O acidente lembrou-me sua ausência e a distância entre nós. A chuva parecia lágrimas no rosto do sol, e quase me fez chorar. Confesso que de vez em quando me sinto triste, mas depois me lembro da sua força, a mesma que o levou para longe de mim. Pergunto-me, às vezes, se tenho esse tipo de coragem. Se tenho, deve estar guardada.

Espero que não pense em mim como mulher demais (uma coisinha cansativa, que não consegue se decidir, porque você sabe que não sou assim!), mas ainda não me resolvi quanto a ir para a França. Gostaria de saber mais sobre esse médico e sua técnica. Como ele ajuda esses homens? Qual é o processo? Tenho tanta dificuldade com rostos que não tenho certeza de estar à altura da função. Por outro lado, uma mudança de Boston poderia me fazer bem. Reconheço que a perspectiva de trabalhar com homens facialmente desfigurados seria desafiadora e, afinal, imagino que a vida deva ser uma aventura, ou, senão, por que vivê-la?

Comecei a trabalhar em meu novo projeto, Narciso. Achei um modelo adequado para o trabalho, Linton Bower, um dos artistas de Alex. É um pintor cego, acredite ou não, e pinta as telas mais extraordinárias e vívidas de formas geométricas e cores. No entanto, elas têm um significado tradicional. Talvez você o tenha encontrado alguma vez. Boston é uma cidade muito pequena. Vreland, o crítico do Register, está escrevendo um artigo sobre ele.

Bom, lamento que esta noite minha carta seja curta, mas estou cansada e preciso ir para a cama. Por favor, me avise se entrar em contato com o inglês. Ficarei à espera da sua resposta.

Anne pergunta por você constantemente, bem como Louisa, quando não está entretida em algum evento social. Essa é uma avaliação cândida, mas precisa da personalidade dela. É uma amiga querida, mas às vezes põe à prova a minha paciência. Ainda assim, me anima, quando preciso. Farei um agrado em Lazarus por você. Ele também está ótimo, mas parece menos ativo desde que você se foi.

Sua esposa,

Emma

Emma colocou a pena na escrivaninha do estúdio, dobrou a carta e ficou na dúvida se deveria ter escrito *Sua amorosa esposa*. Hesitou enquanto endereçava a carta para Tom, aos cuidados da Cruz Vermelha na França, porque estava ciente de seu próprio engodo. Não tinha planos de deixar Boston até conseguir entender as emoções profundas e vivas provocadas por Linton. Enquanto isso, tinha que permanecer suficientemente madura e responsável para preservar seu casamento. No entanto, o pintor oferecia-lhe mais do que atrativos e elogios. Supunha que fosse quatro ou cinco anos mais moço do que ela e era admirável por inúmeras razões: seus traços impressionantes, seu talento como artista e as atenções que lhe devotava. As características de Linton revelavam uma veia romântica oculta que corria por Emma e o chamava para o seu coração. Mas, quando refletiu com cuidado sobre o relacionamento, descobriu algo mais.

Emma nunca havia pensado conscientemente em Linton como deficiente ou mutilado, mas estava claro que ele procurava sua ajuda, confiando nela para apoio emocional, sendo um homem cego, para inspiração artística e, pior de tudo para ela, como uma fonte de companheirismo. Seus instintos maternais estavam desabrochando, e Linton, em seu estado presente, era difícil de resistir. Uma escolha desagradável teria que ser feita em um ou em outro sentido. Ela deveria cumprir seu casamento com o marido, ou começar de novo com o pintor?

Ao colocar a carta para Tom em cima de uma pilha de livros, visualizou Linton posando nu, o modelo perfeito para *Narciso*.

❖

Alguns dias depois, inquieta por ter desenhado a manhã toda, Emma planejou surpreender Linton indo até seu estúdio à tarde. Em vez disso, ele a surpreendeu depois do almoço, chegando a sua casa em um cabriolé. Anne atendeu a porta, enquanto ela observava da sala de visitas. Linton entrou no corredor, como um aristocrata, tão animado em gestos e aparência quanto Emma jamais vira. Entregou a Anne seu paletó cinza de lã e pediu-lhe para chamar a patroa. Lazarus latiu para o surto de atividade na casa normalmente tranquila.

– Ela está logo ali, seguindo o corredor – indicou a jovem empregada. Emma estava bem perto.

– Que surpresa, Linton. Estou indo.

O sorriso já amplo do artista aumentou. Passou a mão direita pelo cabelo preto, como um garanhão sacudindo a crina.

– Faz uma tarde perfeita para um passeio. Gostaria de ter conseguido dois cavalos, mas contratei o segundo melhor transporte que consegui.

Emma espiou pela porta. Um cocheiro bigodudo, de cartola, calça social e casaco longo estava parado ao lado de um cavalo preto sedoso, preso a um cabriolé igualmente brilhante. Linton tinha gastado tempo e dinheiro adquirindo o cocheiro e o transporte perfeitos.

– Aprecio a extravagância, Linton, mas você...

Linton interrompeu-a com um toque em seu braço.

– Desfrute o momento, Emma. Não é sempre que extrapolo. E eu deveria, ou seja, enquanto tenho dinheiro. Você não concorda?

Emma só pôde sorrir perante sua atitude contagiante.

– Então, pegue um casaco e vamos começar. Tenho o cocheiro por duas horas. A brisa está refrescante, e estou ansioso para ver a cidade. – Linton riu com vontade, e ela se juntou a sua brincadeira autodepreciativa. Ele retomou seu paletó com a empregada, enquanto Emma pegava no cabideiro seu casaco leve de primavera, despedindo-se depois de Anne e Lazarus.

– Pensei que hoje você fosse ficar trabalhando – Emma comentou, enquanto o cocheiro oferecia-lhe o braço como apoio e ela subia no cabriolé.

Linton contornou o cavalo até o outro lado do veículo, enquanto o homem novamente oferecia ajuda. Sentou-se ao lado dela, sua perna direita dolorosamente próxima da perna esquerda de Emma.

– Não, o dia está lindo demais para ser desperdiçado. É preciso aproveitar dias preciosos como este. Tem tempo de sobra para trabalhar em um dia chuvoso de verão, ou em um outono sombrio, em um inverno gelado. Além disso, temos que discutir nosso projeto. – Ele colocou a mão sobre a dela, enquanto o cocheiro subia no assento oculto, elevado atrás deles.

Emma ficou tentada a colocar a mão no colo, mas manteve-a no lugar.

O cocheiro estalou o chicote, e o cavalo partiu em um passeio sem pressa.

– Como está indo o seu trabalho? – Linton perguntou, enquanto seguiam pela rua. As casas geminadas, o sol refletindo-se das janelas deslizaram por eles.

O ar de final de primavera rodopiou dentro do cabriolé; o cheiro terroso do animal mesclou-se com o aroma fresco de sabonete de Linton.

– Estou satisfeita com vários desenhos. Acho que mais algumas semanas de trabalho nos desenhos e serei capaz de começar a maquete. Então as verdadeiras sessões de modelo terão início.

Ele deu um tapinha na mão dela.

– Estou sempre a postos.

– E como vai o seu trabalho? E Alex?

Linton virou-se para o outro lado por um momento e olhou pela janela do cabriolé. A carne de trás do seu pescoço estremeceu, antes que ele se virasse de volta para ela, a boca caída nos cantos.

– Sinceramente, não sei se o estúdio foi uma boa ideia. – Ele tamborilou os dedos da mão livre na coxa. – Não me entenda mal, adoro o lugar, mas, quando estou sozinho, olho para a luz, pelas janelas, como se houvesse algo lá fora que não posso alcançar e preciso ter.

Ela assentiu.

Linton sorriu levemente, vendo, ou percebendo o movimento de Emma. Apertou sua mão com força.

– Você consegue entender isso? É como se o meu sucesso tivesse trazido pressão em excesso. Agora, em vez de criar arte para o meu prazer, o meu engrandecimento, estou criando para satisfazer o público. Sinto-me sufocado de diversas maneiras.

O cabriolé virou a oeste, em direção ao rio Charles. Em frente a ela, fileiras sinuosas de pedestres passeavam pela Esplanada, o rio refletindo diamantes faiscantes de luz ao longo de sua extensão, enquanto se espalhava para sul e oeste através de Cambridge. Emma inspirou profundamente e pensou: *Esta é a chance de ser feliz!* Agora, naquele momento, ela tinha a melhor chance possível de felicidade. Mas não teria sentido o mesmo com Tom, antes de se casarem? Não! O marido era diferente, era segurança e sensibilidade. Como poderia abandoná-lo e a vida que haviam construído pelo prazer, pelas ilusões da paixão e do êxtase? No fim, o prazer e a intensidade de qualquer relacionamento não iriam minguar na mesmice e na familiaridade do fracasso? Com as flutuações e os caprichos das vendas das galerias, como dois artistas poderiam se sustentar, especialmente Emma, que ainda teria que alcançar algum tipo de fama ou de autossuficiência? O pintor parecia diferente para ela, o botão do romance vindo a florescer, mas ela não tinha repassado a complexidade dos seus próprios sentimentos.

Retirou a mão da dele e olhou para a água reluzente porque não queria olhar nos seus olhos.

– Tom quer que eu vá para a França.

Linton pareceu parar de respirar, como se a vida tivesse se escoado dele. Depois disso, pelo que pareceu uma eternidade, os únicos sons que chegavam aos ouvidos dela eram as incitações suaves do cocheiro para seu cavalo, o bater dos cascos e o chacoalhar do cabriolé.

Por fim, ele perguntou:

– Você já se decidiu?

– Não.

Ele soltou o ar e mais uma vez o mundo dela pareceu em seu curso correto.

– Preciso de tempo para pensar sobre o que Tom está me pedindo – ela respondeu. – A ideia é tentadora. Não acho que você conheça minhas fraquezas, Linton.

– Você tem alguma fraqueza? – ele perguntou, um tanto amargo. – Eu jamais acharia isto.

– Ah, mais do que uma.

Emma se recostou no assento, enquanto o cabriolé fazia uma breve parada para deixar os pedestres atravessarem um cruzamento. Olhou os casais que passavam em frente; alguns sorriam e conversavam, a maioria estava seduzida pelo chão debaixo dos pés. Passar a vida olhando para o chão era o mesmo que estar morta. Linton tinha razão, o dia, o passeio, isso era precioso demais para ser desperdiçado. Virou-se para ele e descobriu-o olhando para ela com seus olhos transparentes, esperando para ouvir suas aflições.

– Bom, para começo de conversa, tenho problema com rostos. Os críticos sempre disseram isso. Eu estaria trabalhando com soldados, fazendo máscaras para cobrir seus ferimentos faciais. O trabalho ajudaria na minha arte e...

– E?

– Não quero parecer nobre demais... Eu estaria fazendo algo para outra pessoa, pra variar... Uma coisa boa, não apenas pensando em mim, na minha arte, ou explorando a sociedade de Boston em busca de clientes.

Linton assentiu.

– É, deixe Alex, Louisa Markham e Frances Livingston lidarem com esse aspecto do negócio.

– Sei que você entende o quanto toda essa atividade pode ser excitante, mas superficial.

Ele não disse nada, mas Emma sabia que concordavam.

– Mas tem o nosso projeto. O *Narciso* poderia me manter em Boston.

– Eu sou uma de suas fraquezas?

Emma se mexeu no assento e teve certeza de que Linton viu, ao menos sentiu, seu desconforto. Ele *era* sua fraqueza? O cabriolé deu uma arrancada à frente, passando pelos sonâmbulos que contemplavam os pés e, no momento, ela acreditou que o artista fosse *mais* do que uma tentação, por todas as qualidades que admirava nele. Era um homem por quem poderia se apaixonar profunda e loucamente, caso se permitisse. A questão era: até que ponto ela iria?

Como que sem vontade de esperar por uma resposta, Linton colocou as mãos no rosto dela.

Emma recuou, tanto pela intimidade do gesto, quanto pela vulnerabilidade que sentiu por olhos públicos olharem dentro do cabriolé.

Empurrou as mãos dele para longe.

– Linton, por favor!

Ele ficou carmesim, e seus olhos claros piscaram.

– Não quis ofender. Só queria *ver* o seu rosto. Tudo que você é para mim agora é um borrão esbranquiçado, cercado por um halo escuro de cabelo. Mas, com as minhas mãos, posso ver de verdade.

– Entendo – Emma disse em um pedido de desculpas e se sentiu envergonhada pela sua rejeição, mas ainda atenta àqueles que poderiam vê-la com as mãos dele em seu rosto. Levantou o alçapão acima da cabeça e gritou para o cocheiro: – Cocheiro, poderia, por favor, nos levar para Fenway? Quero ver o verde viçoso das taboas.

– Com certeza, senhora! – o cocheiro gritou de volta.

Emma fechou o alçapão e se recostou no couro macio. O cabriolé desviou-se do rio, dirigindo-se a oeste, passando por várias ruas movimentadas, antes de seguir por uma rua ladeada por casas suntuosas, com colunas imponentes e amplos gramados verdejantes. Passaram pela casa da sra. Livingston, antes de a rua se estreitar para uma alameda, sombreada por altos carvalhos e cedros. Nessa parte do passeio, seu companheiro tinha ficado calado, imóvel, olhando pelo vidro do veículo a sua esquerda. Emma se perguntou o que ele estaria vendo ou pensando.

– Linton? – Deu um tapinha em seu ombro, esperando tirá-lo dos seus pensamentos.

Ele se virou para ela, e lágrimas brilharam nos poços sombreados dos seus olhos.

– Ah – ela disse. – Desculpe-me, não quis…

– Sei que você não *quis* – ele respondeu, lacônico, e passou a mão pelos olhos. – Imagino que eu devesse ser mais másculo em relação a isso, mas você pode entender como é difícil para mim…

– Ver? – Emma perguntou baixinho, ela mesma quase chegando às lágrimas.

Linton confirmou e olhou para fora do cabriolé.

Emma pegou nas mãos dele, agora firmemente colocadas no colo, e levou-as até o seu rosto.

O artista estremeceu ao seu toque e virou-se.

Ela colocou a mão direita dele em sua face esquerda. Seus nervos faciais vibraram com a umidade fria dos dedos de Linton junto ao afogueado da sua pele.

– *Veja* – ela disse.

O corpo dele relaxou junto ao dela, enquanto as pontas dos seus dedos permaneceram por um tempo junto à face de Emma. Depois, sutilmente, como um escultor moldando argila, o polegar e o indicador exploraram seus traços, a princípio afundando-os na cavidade da face. Subiu com a mão pela maçã do rosto e depois a fechou sobre seu olho esquerdo, pressionando o indicador sobre a linha da sobrancelha. Emma pensou que pararia de respirar, quando a mão dele percorreu levemente a sua pele. Linton acompanhou a linha do seu cabelo, inclinou-se, e depois deixou seus dedos derivarem para o lado direito do rosto contornando com delicadeza o comprimento do seu nariz. A mão dele desceu para o maxilar. A essa altura, com as duas mãos, aninhou o rosto dela. Em um movimento lânguido, desceu-as até as palmas aconchegarem seu pescoço em um leve abraço. A pulsação de Emma latejava junto às mãos dele.

– Você é muito linda – ele disse, depois de um momento.

Emma colocou as mãos sobre as dele. O cabriolé deslizou sob um denso arco de árvores, e as sombras se intensificaram.

Linton aproximou-se dela e a beijou.

Emma desfaleceu com a pressão dos lábios dele, enquanto a cidade desaparecia. Quanto tempo se passara desde que sucumbira assim a um homem? Quanto tempo se passara desde que as ternas sensações da paixão a dominaram? Perdeu o controle enquanto o clima febril invadia o cabriolé. Impulsionada pela umidade do terreno pantanoso de Fenway, Emma beijou Linton sofregamente, e ele respondeu, cobrindo seu rosto e pescoço com seus próprios beijos ardentes.

O cabriolé balançou e parou. A batida do cocheiro no alçapão fez Emma cair em si. Linton afastou-se e ela, afogueada, passou as mãos pelo rosto e pelo cabelo.

– A estrada acaba aqui! – o cocheiro gritou. – De volta para a cidade?

Linton curvou o pescoço, dirigindo a voz para o alçapão.

– É, de volta para a cidade. – Virou-se para Emma – Ainda temos uma hora de sobra.

Emma alisou o vestido e tentou sorrir. Perguntou-se se Linton perceberia seu desconforto, talvez por instinto, e não por visão.

– Uma hora – ela declarou em um tom comedido. Espanou o casaco com as mãos. – Sinto muito, não deveria ter sido tão imprudente.

– Ela esperou uma resposta rápida, mas não houve nenhuma. Linton apenas olhou para fora do cabriolé, como se estivesse concentrado em algum objeto obscuro, a distância.

Depois de o cabriolé inverter o curso e dar início ao caminho de volta, ele disse:

– Você não foi imprudente, você agiu com o coração.

– Talvez, mas quando o coração conduz pode ser perigoso. – Emma olhou as torres distantes da igreja, que se erguiam acima das árvores. – Precisamos recuar por um momento. Deixemos o comando para o intelecto.

Linton ficou rígido em seu assento. O cabriolé passou pelas casas esplendorosas de Fenway e aventurou-se de volta às ruas apinhadas de Boston.

Além de uma conversa educada sobre a arquitetura, Emma pouco falou. Ele fez o mesmo, até chegarem à casa dela. Ali, pediu ao cocheiro que ajudasse Emma a sair do cabriolé e, quando ela se despediu, o pintor fez o mesmo, com o olhar fixo em um objeto distante, que parecia visível apenas para ele.

❖

Emma abanou o programa em frente ao rosto. Gotas de suor formavam-se próximo à linha do cabelo, escorrendo para as têmporas. Por que Louisa havia lhe imposto uma tarde tão torturante?

O pianista na frente da igreja levantou as mãos para executar o *Allegro Maestoso* da Sonata em Lá Menor para Piano, de Mozart.

Emma enxugou o rosto com o lenço, enquanto os dedos do pianista tocavam o teclado.

– Meu Deus, está quente aqui na igreja – cochichou para Louisa.

– Quente como o inferno, você poderia dizer – a amiga cochichou de volta, abanando-se com um leque de ébano entalhado, arrematado por laca preta japonesa.

Emma perguntou-se como Louisa poderia ficar tão relaxada em um vestido formal de algodão pesado. Olhou para as fileiras de bancos escuros, quase todos ocupados por homens e mulheres vestidos rigidamente, que haviam ido desfrutar um concerto dominical na igreja.

As mãos do pianista corriam pelo teclado, enquanto o sol da tarde queimava através de uma janela junto ao teto. Uma área retangular de luz amarela abrasadora incidia sobre um casal idoso, três fileiras à frente. O ar passou a ser tão sufocante quanto dedos ao redor da garganta de Emma, enquanto o calor se intensificava.

– Acho que vou desmaiar – Emma tornou a cochichar. – Amo Mozart, mas preciso de um pouco de ar.

– Detesto Mozart – Louisa retrucou. – Sua necessidade de cuidados médicos é a desculpa perfeita para uma retirada antecipada.

– Sem dúvida – Emma disse, antes que Louisa se levantasse do banco, pegasse na sua mão e a puxasse pela nave lateral.

Embora do lado de fora estivesse apenas ligeiramente mais fresco, uma brisa moderada animou Emma, e seu rosto livrou-se do calor.

– Vamos nos sentar um pouco – ela disse, enquanto atravessavam a rua Park de braço dado. Encontraram um banco de ferro sombreado pelos galhos frondosos de um olmo. Um bando de pombos bicava e arrulhava junto a seus pés; dois esquilos rodeavam loucamente a base de uma árvore próxima.

– Está se sentindo melhor? – Louisa perguntou, depois de alguns minutos. – Na igreja, você parecia uma cereja pronta para ser colhida.

Emma enxugou a testa com o lenço, observando casais que atravessavam a rua Tremont, e, mais para o sul, um grupo de pessoas que cruzava a rua Boylston. Aos domingos, o Parque Common estava cheio de atividades: crianças brincavam com arcos, homens cortejavam namoradas, velhos fumavam e liam jornais. Charretes rodavam por Tremont, competindo com o trólei por espaço.

Louisa suspirou.

– Antes um compositor moderno. Já ouviu falar no sr. Mahler? Morreu alguns anos atrás, mas *ele* era um gênio.

– Vagamente – Emma respondeu, não muito no clima para conversa.

– A ideia foi sua. Eu não sabia que você detestava Mozart. Por que arrastar nós duas para um recital do qual não gosta?

– Para *lhe* tirar de casa. Você tem andado isolada. Poderia muito bem ser uma freira. Eu não sabia que você amava Mozart, mas, francamente, não faz muita diferença, faz?

– Bom, aprendemos algo novo uma da outra. Gosto de música, posso ter ouvido alguma coisa do sr. Mahler, mas a maioria das composições modernas me soam estranhas.

– Como as pinturas de Linton Bower?

– Ah, entendo. – Emma disse, sacudindo a cabeça. – Esta saída é para tratar disso.

– É, eu queria falar com você em particular, longe de Anne e Lazarus.

– Lazarus não liga pra nossas conversas e não faz fofocas.

Louisa sacudiu o leque para Emma.

– É, mas Anne é outra coisa. Nunca se pode confiar na classe subalterna. As paredes falam em casas ocupadas por criados. Além disso, o que tenho a dizer é muito particular. – Louisa colocou o leque no colo e cruzou as mãos sobre ele. – Estão circulando histórias.

– Sobre?

– Você e Linton.

– Entendi. Não há muito o que contar.

– Corre por aí que ele posa nu para você, e tem mais. As fofocas são de que está tendo um caso com ele.

Emma sacudiu a cabeça, respirou fundo e sorriu.

– E de onde estão vindo essas *fofocas*?

– Digamos que escutei de nossos amigos.

– *Seus* amigos, Louisa. O que me leva a um ponto: você não será minha amiga se continuar espalhando essa fofoca.

Louisa riu, sua boca quase curvada em um sarcasmo.

– Sinceramente, Emma, nossa amizade tem tempo demais e é gloriosa demais para ser estragada por um bando de galinhas cacarejando. Só estou lhe contando isso porque quero proteger seu nome. Você conhece as afetações da sociedade de Boston.

– Eu poderia passar sem tal sociedade.

Louisa bateu o leque no banco.

– Então, Linton não é homossexual?

– Realmente, às vezes você me surpreende. Como pôde cair em tal armadilha? – Emma parou por um momento, pensando no que dizer a seguir. Depois de um silêncio breve e incômodo, continuou: – Ele é bonito, e, sim, tem posado para mim, e ficamos amigos. É um homem gentil e um cavalheiro, mas não um homossexual.

A amiga pegou a borla de tecido vermelho que pendia do leque.

– Você parece ter muita certeza. – Um sorriso abriu-se em seu rosto. – Estou certa de que essas histórias vêm do Alex. Se precisar da fonte, ele é a causa. E faz todo o sentido, com o modo como é ciumento… Você sabe, Linton é cinco anos mais novo do que você… Alex me disse. No entanto, alguém que conhecemos a viu saindo de cabriolé com o pintor.

– Para mim já chega disso – Emma disse, com a raiva aumentando. – Sabe lá Deus como, mas e se essa insinuação chegar a Tom? Ele ficaria furioso. Escrevi a ele que Linton estava posando para mim, mas ter um caso é uma história totalmente diferente.

Um jovem casal elegante passou em frente ao banco. A visão do jovem par jogou um véu de melancolia sobre Emma. As afirmações de Louisa eram extremamente desconfortáveis. Depois do passeio de cabriolé, ela havia se perguntado o quanto faltava para ter um caso. Com certeza, seria possível, caso quisesse ter. Mas a voz segura e o olhar firme de Tom corriam para sua cabeça se os pensamentos sobre Linton perduravam demais. E ela tinha que admitir que fora Tom quem lhe trouxera aquela momentânea serenidade, uma tranquilidade resultante de separação e pouca emoção.

Bem longe no Common, perto do cruzamento da Tremont com a Boylston, vozes uniam-se em um cântico. Emma assistiu, enquanto um caminhão, enfeitado com bandeirinhas vermelhas, brancas e azuis, dobrava a esquina com pouca firmeza, virando em direção ao norte, na Tremont. Um grupo de homens e mulheres, alguns deles carregando cartazes, seguiam o veículo.

– Paz! Queremos paz! – O grupo entoava. – Wilson nos traiu! – O grupo continuou seu protesto, enquanto o caminhão seguia roncando.

– Ah, pelo amor de Deus! – Louisa disse. – Radicais, provavelmente socialistas.

Emma enrijeceu-se.

– Entendo totalmente o pensamento deles.

– Então, aprendemos mais uma coisa uma da outra; nossas visões musicais e políticas são mais divergentes do que imaginei – Louisa replicou, presunçosa. – E eu que pensava conhecê-la tão bem...

– Talvez não – Emma disse, levantando-se do banco. Olhou para o Common e se viu vermelha de raiva. Como Louisa podia ser tão insensível, seus comentários tão chocantes? A atitude de sua amiga poderia indicar o quanto o relacionamento entre elas poderia ter sido superficial desde o início? Sua primeira ligação com Louisa fora através de Tom; depois a amizade entre ambas havia se firmado por um vínculo comum de reuniões sociais e círculos artísticos. Louisa sempre estava disponível para uma risada e uma levantada de ânimo, quando necessária, mas com Tom fora, a ligação das duas estava se dissipando com maior rapidez do que ela poderia ter antecipado.

Os cânticos foram sumindo, conforme o caminhão e os manifestantes passaram.

Seguida por Louisa, Emma, avançou mais para dentro do Common. Por fim, rendendo-se ao calor e vendo a chance de cruzar uma rua perto de casa, despediu-se brevemente e deixou Louisa se virar sozinha.

❖

Com a mesma rapidez com que a primavera se transformou em verão, o calor foi banido por uma sucessão de dias frescos e encobertos. Nuvens baixas e cinzentas abafavam a cidade, e com frequência a tarde era polvilhada por uma névoa fina, que às vezes perdurava noite adentro. O clima precipitou em Emma uma sensação de medo, acompanhado por uma ansiedade que a corroía. Tinha certeza de que sua apreensão resultava de seus sentimentos por Linton e dos rumores disseminados do relacionamento deles, mas ainda mais brutal era a incerteza sobre como agir em uma vida controlada por forças que não conseguia dominar. Suas conversas com Louisa passaram a ser formais e afetadas, desde o que haviam dito no Common. Seu entusiasmo pelo *Narciso* diminuíra por causa da fofoca, ainda que ansiasse por ver o pintor.

Certo dia, quando a luz da tarde estava fraca e sombria, Emma encontrou Linton no South End. Ele lhe havia telefonado e pedido um encontro, sua voz contrita denotando irritação e preocupação. Conforme subia a escada para seu estúdio, ela perguntou-se o que havia de errado, canalizando suas inquietações para tudo o que estava estranho e esquisito.

A porta do estúdio estava destrancada. Linton, esticado no sofá, parecia especialmente abatido.

– Sente-se a meu lado – pediu, sem olhar para ela, mesmo quando Emma se aproximou.

Em sua presença, a escultora deu-se conta do leve perfume de sua água de colônia, dos sons que fez ao chegar: sapatos clicando no chão, o vestido farfalhando junto às meias. Essas oferendas sensórias eram os cartões de visitas que Emma apresentava ao jovem artista.

– Eu sabia que era você – Linton disse.

– Claro – Emma retrucou –, você estava me esperando.

– Reconheci seus passos na escada. Quando está perto, detecto seu perfume. – Ele estendeu a mão.

Emma segurou seus dedos esticados.

– Agradável, espero.

– Seu sabonete é de aveia, mas às vezes você usa lavanda.

Linton encolheu os joelhos, para que Emma pudesse se sentar. Ela se acomodou, um pouco desconfortável, evitando encostar-se nele.

Linton estremeceu levemente sob o paletó.

– Está com frio? – Emma virou-se para ele, lutando contra o ar úmido que enchia o estúdio.

– Não. Zangado.

Ela subiu as lapelas do seu *blazer*.

– O que houve?

– Discuti com Alex. *Você* sabe por que estou zangado.

– Não.

– Esses malditos rumores a minha volta, sobre nós – Linton disse, furioso.
– Ele não tinha o direito de começá-los. Alex negou, mas sei que fala o que
não deve... Ele toma alguns uísques e sua boca desanda a falar. Primeiro,
sou um homossexual, e agora estou tendo um caso com você. Não é justo
para nenhum de nós dois. Somos artistas tentando ganhar a vida, fazendo
uma coisa que amamos. – Ele olhou para ela com olhos tão desanimados
quanto o dia.

Ela se rendeu a sua angústia, emanando ternura, seu corpo arqueando
para o dele.

– Os rumores são perturbadores, mas... Ah, a Louisa me irrita muito
porque *ela* é muito fofoqueira. Era o que eu esperava da sociedade de Boston.
Eu não me surpreenderia se ela fizesse parte disso.

Linton manteve o olhar abatido.

– Está me ouvindo? – ela perguntou. – É como se eu tivesse que fazer
uma escolha, desprendendo-me de Louisa, bem como dos meus clientes.
As coisas não têm sido as mesmas desde a partida de Tom.

– É culpa do Alex – Linton disse. – Se eu pudesse romper minha de-
pendência dele, deixaria a galeria e iria para algum outro lugar.

– Por favor, Linton, você precisa do Alex, para o seu bem e para a sua carreira. Ele é o único dono de galeria em Boston que encararia trabalhos como
os seus. Com Alex, você tem feito sucesso. Ele arrumou este estúdio. Talvez
seja culpado por esses rumores, mas posso entender por que ele os começou.

Linton encolheu-se. Parecendo um tanto frágil à luz fraca, levantou-se
do sofá e foi até a janela, cabeça baixa e costas curvadas. Parou perto das
vidraças e se apoiou nos caixilhos.

Emma continuou no sofá, sem saber como agir. Depois de uns minutos,
pegou uma echarpe azul de seda do encosto, foi até ele e olhou para a rua
abaixo, onde alguns guarda-chuvas pipocavam na bruma.

– Por que você consegue entender os rumores? – Linton perguntou.
– Por quê?

Ela envolveu os ombros dele com a echarpe e se afastou.

– Porque você é Linton Bower. Se Alex fez isso, é porque gosta de você,
não por ser um homem mau ou nocivo. Suas ações podem ter sido motivadas
por ciúmes, mas também... amor.

– Eu menti para você, Emma. – Linton estremeceu e levou as mãos ao rosto, talvez envergonhado, talvez exasperado. – Eu a enganei; eu dormi mesmo com ele, mas esta é a única mentira que já lhe contei. – Abaixando as mãos, ele vagarosamente retirou a echarpe dos ombros e se virou para ela, a tristeza flutuando em seus olhos. – Só um homem como eu permitiria que uma mulher como você pusesse uma echarpe de seda em volta dos ombros dele. Só um homem como eu dormiria com Alex mais de uma vez… algumas vezes… por precisar de uma representação, precisar de dinheiro. Sinto muito ter mentido, mas isso não é algo que um homem revele a uma mulher.

– Então, você é um…

Linton amontoou a echarpe nas mãos e jogou-a no chão.

– Não! Não sou homossexual. Sou um *oportunista*. Tenho sido descartado por homens e mulheres por causa da minha condição, ignorado como o *cego*.

O pintor oscilou até ela, e seu avanço pegou Emma desprevenida. Estendeu os braços, fechando-os à volta dela, sua força musculosa pressionando contra o seu corpo, finalmente capturando-a em seu abraço e pressionando os lábios contra os dela. Enquanto com uma das mãos segurava a parte de trás da sua cabeça, a outra deslizava para os seus seios, e ela sabia que deveria lutar contra ele, mas sua resistência esmoreceu, conforme a paixão de Linton aumentava.

– Linton… – ela conseguiu sussurrar entre seus beijos. – Isto não está certo. Não assim.

– Por favor, Emma – Linton disse, guiando a mão dela para seu ventre, seu abdômen estremecendo ao toque. – Adoro você…

Ela estava parada à beira do precipício. Mas, conforme as mãos de Linton deslizavam pelo seu corpo, a intimidade invasiva deixou-a nervosa, em vez de deflagrar sua paixão. Subitamente, as sombras cavernosas do estúdio adquiriram nuances sinistras, com Tom, Louisa e até Alex parados no canto, observando-os com olhares de reprovação. Por mais que fazer amor com Linton pudesse ser excitante, Emma não poderia prosseguir com aquilo. Estava encurralada, presa entre o desejo e a estagnação do seu casamento e da sua consciência. Virou-se, incapaz de suportar os beijos que Linton dava em seu pescoço e no rosto, escapando do seu aperto, enquanto ele desabotoava a camisa.

Aparentemente, nenhum dos dois escutara os passos na escada. A porta abriu-se, seguida pelas palavras expressas como que em choque: – Sua *Diana* foi vendida! Eu quis ser a primeira a…

Um silêncio inquietante caiu sobre ambos antes que Linton, de costas para a porta, arfasse e rapidamente voltasse a enfiar a camisa para dentro da calça.

Emma cambaleou para trás em direção às janelas.

Louisa, em uma palidez mortal, segurando um guarda-chuva que pingava, estava na soleira.

– Alex me disse que você poderia estar aqui. Quis lhe dar… a boa notícia…

Um sorriso contorcido cruzou o rosto de Emma, antes de surgirem as lágrimas.

Linton girou furioso.

– Caia fora do meu estúdio! Caia fora agora!

Como uma alucinação, Louisa virou-se e saiu pela porta.

O som da lingueta se fechando explodiu nos ouvidos de Emma, que desmoronou junto ao peitoril.

Linton tomou-a nos braços enquanto ela soluçava.

Rapidamente, Emma enxugou os olhos e se recompôs.

– Tenho que alcançá-la! – Empurrou-o para longe e correu para a porta.

Emma gritou o nome de Louisa enquanto disparava escada abaixo até a rua. A amiga desaparecera na umidade enevoada; a bruma transformara-se em chuva. Emma apoiou-se no prédio, sem saber o que fazer, mas uma ideia passou pela sua cabeça, enquanto as lágrimas caíam: *Nunca mais poderei mostrar meu rosto nesta cidade.*

❖

A escultora arrancou as folhas do seu bloco de desenho uma a uma, enquanto Anne colocava o aparelho de chá na mesa da sala de visitas. Lazarus estava deitado de costas, patas para cima, encostadas na lateral da sua cadeira. O pátio escurecia sob a bruma da noite, e o abeto parecia preto e agourento.

– Vou buscar lenha para a lareira – Anne avisou.

– A noite está gelada para junho. – Emma puxou o roupão mais para junto de si e olhou os desenhos reunidos em seu colo. Logo, o fogo irradiava calor e alegria pela sala.

Ela olhou a foto de Tom. Anne a mantivera ostensivamente limpa, desde que recebera as instruções. Emma levantou-se da cadeira, ajoelhou-se em frente à lareira com os esboços do *Narciso* e metodicamente rasgou cada página ao meio e atirou os pedaços às chamas. O papel silvou e se enrolou no fogo, e, em poucos minutos, os desenhos foram reduzidos às cinzas. Admitiu para si mesma que as revelações de Linton a haviam perturbado. Não tanto por ele ter dormido com Alex, mas agora questionava sua sinceridade. Seria o artista um oportunista também com ela?

Seja como for, os desenhos eram um lixo. Como pôde acreditar que tal projeto poderia ser concretizado?

Emma afastou-se do fogo. A lembrança de Louisa parada à soleira, empunhando um guarda-chuva ensopado, uma expressão horrorosa de desânimo no rosto, passou pela sua mente. No dia seguinte, toda Boston saberia. Ela seria uma mulher marcada.

– Posso fazer mais alguma coisa pela senhora? – Anne perguntou. – Senão, vou me deitar.

Emma pensou um pouco.

– Se não for muito trabalho, poderia me trazer um bloco e uma pena lá de cima? Vou escrever uma carta para meu marido.

– Trabalho nenhum.

Passaram-se segundos, e logo Emma sentiu-se aquecida, confortável e segura na sala de visitas, mas por mais que tentasse, não conseguiu se livrar dos pensamentos que a perturbavam: Louisa, Linton, seu relacionamento indiferente com Tom, a cidade excitada com o escândalo, o espectro persistente da guerra. Todos esses infortúnios insistentes assomavam sobre ela como o espírito da melancolia parado atrás da sua cadeira.

Anne voltou com os objetos pedidos e disse boa-noite.

Emma enrodilhou-se na cadeira e começou a escrever.

> *17 de junho de 1917*
> *Meu querido Tom:*
> *Sinto ter levado um tempo para chegar a esta decisão...*

Emma parou de escrever e analisou a frase. A decisão era dela e não devia ser tomada levianamente. De qualquer maneira, alguém sairia machucado, ou o marido ou Linton. E, por mais que aquela escolha fosse perturbadora, muito provavelmente ela também sairia machucada. Esfregou a ponta da caneta no papel, e começou de novo.

> *Sinto ter levado um tempo para chegar a esta decisão, vou para a França.*

Seria o melhor. Devia isso a Tom, para dar outra chance ao casamento. O marido era um homem bom e um excelente provedor. Linton ficaria magoado, mas superaria. Um homem com a sua aparência, o seu talento, charme e juventude não ficaria só por muito tempo.

Meu trabalho aqui não está indo nada bem, apesar da notícia de hoje de que minha Diana foi vendida. Nem mesmo perguntei a Alex quem a comprou. Devo confessar, meu mundo tem andado de cabeça para baixo desde que você partiu. O trabalho no meu novo projeto emperrou, por causa da minha incapacidade de me concentrar nele. Tenho coisas demais na cabeça, inclusive você. Estou seguindo sua sugestão e procurando passagem para Paris, onde, talvez, possa fazer algum bem para o mundo, como você já faz. Quando penso nisso, trabalhar com os corajosos soldados é muito mais importante do que qualquer coisa que eu pudesse fazer aqui, na minha mesa de artista. Quando meu itinerário for confirmado, escreverei mandando os detalhes.

Você precisa acreditar em mim, Tom, e saiba que esta não foi uma decisão fácil, ou tomada levianamente. Desistir do meu trabalho aqui põe à prova toda a minha força, mas existem motivos muito bons para viajar para a França. Confio totalmente na Anne para cuidar da casa. Podemos providenciar uma compensação adequada. Lazarus a considera da família e, a esta altura, provavelmente o cachorro está mais apegado a ela do que a mim. Tenho certeza de que todo o esquema resultará no melhor.

Deseje-me boa viagem. Enviarei minha próxima carta o mais rápido possível. Enquanto isto, mando meu amor.

Sua esposa,

Emma

Thomas Evan Swan.

Emma analisou a fotografia em preto e branco, mas o visualizou como se estivesse parado a sua frente. Cabelo mais ralo, disposto em tufos pela cabeça, olhos de um azul-centáurea, pele branca e clara, que se avermelhava com facilidade sob o sol veranil da Nova Inglaterra. Tentou sorrir. Em pouco tempo, o casal se reencontraria, ela o abraçaria e o beijaria, porque *queria* seu amor – ou era um amor *necessário* –, o corpo do marido muito perto do dela, tão desesperadamente necessário naquele momento de solidão, naquela hora de abandono de uma cidade e de um homem que Emma *poderia* amar. Sim o amor era muito diferente da paixão, lição a ser reaprendida a cada novo romance. As chamas voltariam a arder na França?

O fogo estalou e se assentou por baixo da grade. Emma manteve os olhos na fotografia, como que encantada por um talismã. Magicamente, o rosto de Tom mudou para os traços mais morenos de Linton Bower. E depois, mais uma vez, para o homem a quem ela tinha se aberto antes de conhecer Thomas Evan Swan.

Entorpecida pelo elixir da memória, ela caiu em um sono agitado, na cadeira.

Durante a noite, Lazarus caminhou entre a lareira e Emma, seu senso canino apurado ciente da ansiedade que atormentava os sonhos da sua dona.

Acesso: 20 de junho de 1917

Coloquei a carta para Tom na mesa do meu estúdio, onde ela ficou por dois dias antes de ser postada. Eu estava um feixe de nervos, quando a entreguei a Anne para ser enviada. Desde então, meu estômago não se acalmou. O mundo parece ter mudado, e o destino está prestes a me enfiar de cabeça em uma jornada que jamais pude imaginar. Quando penso nos bons tempos da minha vida, esculpindo, as montanhas de um verde luxuriante da casa da minha meninice, os poucos anos serenos ao lado de Tom, sinto que eles passaram para nunca mais se repetirem.

Metade de mim está empolgada por fazer a viagem, a outra é uma criança chorosa. Para ser sincera, imagino que esteja partindo por causa de Linton. Não consigo acreditar no que aconteceu. Nunca imaginei que outra explosão de romance voltaria a acontecer na minha vida, para depois ser frustrada. Nosso último encontro me deixou profundamente consciente do perigo que existe entre nós. Meus sentimentos não são superficiais. Linton abre uma via dolorosa para o amor e também uma grande trepidação sobre o que poderia ser. Ressuscita lembranças de uma paixão passada, que estava enterrada em segurança. O amor é uma emoção maleável, forjada por toda espécie de sentimentos. Uma pessoa o vê como força, coragem e devoção, enquanto outra o vê como uma necessidade servil e sujeição. Quem poderá dizer o que é o amor realmente?

Depois que Anne voltou do correio, sentei-me com ela na cozinha. Anne estava assando uma torta, e o calor era insuportável. Fui tomada por uma súbita compaixão pela jovem, por aquela desamparada que havia deixado a Irlanda para fazer da América a sua casa. Seu turbilhão de cabelos escuros, seu rosto de alabastro destacado pelas faces coradas conferiam-lhe a aparência de uma figura desenhada por um mestre aquarelista. Fiquei admirada com as condições sob as quais ela trabalha: o calor opressivo da cozinha no porão, confortador no inverno, mas infernal no verão; o esforço exigido para carregar madeira e carvão como combustível, transportar feixes deixados pelo entregador; e então, depois de um longo dia, subir três andares até seu quartinho, gelado pelos ventos do inferno e um forno pelo sol do verão. Desejaria que as coisas fossem mais fáceis, para todos nós, especialmente para Anne.

Ela optou pela agitação decorrente da minha carta a Tom. "Aconteceu alguma coisa, senhora? Alguma coisa terrível?" Parou e limpou as mãos no avental. "Não tenho direito de perguntar, mas se precisar de alguém com quem conversar... Fico cansada de falar com o cachorro. A senhora deve estar esperando alguma visita. A casa anda estranhamente quieta. Nem uma palavra do sr. Hippel, ou daquele bonitão, o sr. Bower, sem falar em sua amiga Louisa."

É claro que eu não poderia dizer nada sobre Linton e a minha situação. Naquele momento, percebi que Anna assumiria uma grande responsabilidade com a minha partida. Seria o dono e a dona da casa. Já tinha se encarregado de avaliar meus sentimentos. Uma ideia incomum e radical passou pela minha cabeça. Minha benfeitora, Frances Livingston, está dando uma festa. E se eu levasse Anne à reunião? Frances, uma primeira defensora do meu trabalho é pura elite de Boston e essencialmente uma boa alma. Está na hora de Anne conhecer outras pessoas, fora da sua posição. Sei que Louisa protestará, mas não posso ser manipulada por suas objeções. Anne é uma empregada confiável, não uma escrava. Além disso, uma saída à noite fará bem para nós duas.

Quando mencionei a festa, Anne, é claro, hesitou, dizendo não ter roupa para ir e que não se encaixaria. Disse a ela para sorrir; seu rosto seria sua boa sorte. Se ao menos os rostos das minhas esculturas pudessem ser tão agradáveis quanto o dela...

Enquanto as duas iam no cabriolé, Emma repensou seu convite de levar Anne à festa. Talvez seu entusiasmo tivesse anuviado seu discernimento. Sabia que a desaprovação seria inevitável, não apenas por levar sua empregada, mas também por sua viagem iminente ao exterior. No mínimo, seria uma festa interessante. Com certeza, Louisa estaria lá, possivelmente Alex e Linton e outros elementos do círculo artístico e social, que por acaso estivessem em Boston e não passando o verão em Lenox ou Bar Harbor. Emma ficaria satisfeita se Vreland não aparecesse, mas desconfiava que o crítico estivesse na lista de convidados da sra. Livingston.

O cavalo seguiu pesadamente no agradável fim de tarde de junho. Anne olhava pela janela, como se fosse uma princesa de conto de fadas. A luz do sol enfraquecida faiscava no Charles como estrelas cintilantes costuradas sobre a água e um tom róseo saturava o céu. O cabriolé afastou-se do rio, em direção à casa da sra. Livingston, em Fenway.

– Ai, sra. Swan, isto é tão empolgante – Anne disse, enquanto espiava lá fora.

Emma imaginou o que sua empregada deveria estar sentindo e se maravilhou com a moça irlandesa, que viera aos Estados Unidos logo depois do começo da guerra, sem emprego e com apenas alguns dólares no bolso. Tinha sido indicada por um conhecido de Tom, que jurara que os irlandeses viriam a ser os salvadores de Boston, especialmente no que se referisse à classe trabalhadora. Anne havia feito alguns bicos e, no início, era um pouco inexperiente, mas Emma e Tom gostaram dela de imediato, e a moça tinha mais do que demonstrado seu valor no período em que havia estado com eles. Emma pensava na viagem solitária de Anne na travessia do Atlântico e como a desastrosa turbulência da guerra, nos últimos três anos, havia mudado tantas vidas.

– É, é mesmo, e a noite nem começou.

Emma deu um tapinha na mão da empregada. No dia na festa, ela havia completado o que se propusera a fazer. Ajudou na cozinha, passeou com Lazarus, enfiou o vestido emprestado de Anne – o preto, que Emma usara na inauguração da Fountain – e escolheu sua própria roupa, um vestido castanho, comprado vários anos antes. Estava, sem dúvida, fora de moda, na altura do tornozelo, mas o escolhera com uma intenção. A cor parecia apropriada para tudo que havia transpirado nas últimas semanas. Anne estava indo junto no passeio, outra questão a ser levantada. A culpa passou brevemente por Emma. Talvez fosse egoísmo usar uma reunião como fórum pessoal, mas, depois de refletir, ninguém deixaria de entender sua insinuação, quando entrasse na casa vestida daquele jeito.

As sombras da noite estendiam-se pelo gramado, quando elas chegaram à *porte-cochère.*[*] O cocheiro abriu a porta do cabriolé, e Emma pegou moedas em sua bolsa. Uma luz elétrica fulgurava sobre a varanda, um aviso contra os racionamentos da guerra. A fachada estava discreta, em comparação com outras recepções a que Emma comparecera: as lamparinas a gás, seguradas pelas patas dos leões de pedra, estavam frias e apagadas; nenhuma tocha ladeava a passagem, não havia luzes coloridas festivas pontilhando os arbustos.

---

[*] Estrutura coberta, à entrada de uma casa, edifício, hotel etc., para embarque e desembarque de passageiros. (N. T.)

A casa parecia empalidecida e muda, como se estivesse se recuperando de um longo sono.

Anne suspirou quando subiram os degraus.

– Qual é o problema? – Emma perguntou.

– Mal posso acreditar que pessoas tenham tanto dinheiro – Anne disse.

– Mais do que qualquer uma de nós possa imaginar. – Um porteiro esperava-as depois da subida. – Você deveria ter visto isto antes guerra. Assim como está agora, sem dúvida está deprimente.

Um criado recebeu-as com um aceno de cabeça e encaminhou-as além de uma porta cravejada de cristal de chumbo e folhada a ouro.

– No salão de baile, sra. Swan – o homem indicou, rigidamente.

Uma imponente escada de mármore, acarpetada de vermelho, estendia-se à direita. Violinos tocavam no longo saguão. Emma seguiu a música, enquanto Anne ia atrás, como um cachorrinho de rua. A cerca de meio caminho, Emma virou à esquerda e entrou no salão de baile. Cerca de duas dúzias dos homens e mulheres mais endinheirados de Boston vagavam pela sala. Algumas senhoras estavam com seus mais belos vestidos compridos, cheias de joias reais e falsas, chapéus com penas de garça na cabeça; outras, com vestidos marrons, blusas brancas e jaquetas marrons, imitando o estilo de moda corrente do uniforme da Força Expedicionária Americana. Os vestidos mais espetaculares tinham sido comprados antes da guerra, porque, agora, havia pouca oferta de tecidos coloridos. Os tons suaves vigentes refletiam as privações da guerra. Os cavalheiros presentes usavam ternos escuros ou *smokings*.

A conversa na sala era sussurrada, em comparação com os gracejos animados que Emma ouvira em festas anteriores. Algumas cabeças viraram-se quando ela e a empregada entraram.

A sra. Livingston, em um vestido verde-esmeralda gotejando lantejoulas prateadas, apressou-se até ela.

– Emma, que bom que você veio! – disse a *socialite*, lisonjeira. Seu cabelo grisalho estava empilhado sobre a cabeça, as mechas presas atrás com um longo bastãozinho japonês, suas faces, coradas com uma ajuda calorosa de ruge, os olhos levemente delineados de preto. Ela pegou nas mãos de Emma efusivamente e lançou um olhar de esguelha para Anne: – Quem é esta jovem atraente que a acompanha?

– Frances, esta é a minha empregada, Anne – Emma respondeu. – Raramente eu recebo na minha casa, então você não a conhece. Convidei-a a vir comigo esta noite porque ela nunca esteve em uma festa como as suas e acho que todos nós podemos nos beneficiar de um pouco de animação durante esta época difícil.

Frances sorriu para a empregada.

– Anne, por favor, cumprimente a sra. Livingston – Emma pediu, com certo constrangimento porque sua convidada olhava de boca aberta para a anfitriã, como se estivesse conhecendo alguém da realeza.

– É uma honra, senhora – Anne disse, por fim, enquanto tentava uma mesura desajeitada.

Frances estendeu-lhe a mão.

– Você é mais do que bem-vinda, querida.

– Eu também quis que Anne viesse porque... É possível que eu deixe Boston por um tempo. Queria que você conhecesse a jovem que ficará tomando conta da nossa casa e cuidando das nossas coisas.

Frances franziu o cenho.

– Deixar Boston? Por quê?

Emma viu o olhar de sua anfitriã dirigir-se para a porta, quando um homem e uma mulher entraram na sala.

– Com licença, querida... Quero *mesmo* saber para onde está indo, mas preciso cumprimentar o sr. e a sra. Radcliffe. – E ela saiu esvoaçando como uma borboleta na brisa.

Anne respirou fundo e esfregou as mãos.

– É uma senhora admirável, realmente – Emma garantiu-lhe. – Para Frances, esta é uma festa simples. Ela é uma pessoa de quem não se pode falar nada de ruim... Não posso dizer o mesmo de todos os que estão aqui.

As notas suaves de um trio de cordas elevaram-se do canto, perto de uma longa mesa repleta de travessas de prata contendo carnes e legumes, bem como *réchauds* fumegantes. Emma olhou para o extremo oposto do salão, onde portas-balcão abriam-se para um jardim.

– Aquela junto da porta não é a srta. Markham? – Anne perguntou.

Emma assentiu. Era Louisa, recebendo a atenção de várias outras mulheres e um homem.

Um empregado passou e ofereceu-lhes vinho. Anne recusou, mas Emma incentivou-a a pegar uma taça, perguntando:

– Quantas vezes você vive uma noite como esta? – Ela caminhou até o jardim, enquanto Anne, depois de aceitar o vinho, ia atrás.

Louisa olhou com frieza em sua direção quando Emma se aproximou.

Ela reconheceu o homem no círculo de Louisa como Everett, o desagradável cliente da galeria que tinha denominado a pintura de Linton como "lixo" e também concluído que as mulheres não tinham direito de esculpir.

Louisa, com o olhar gélido e inclemente, cumprimentou-a com um gesto de cabeça. As outras mulheres também olharam para ela, depois se viraram e continuaram a conversar com o cavalheiro solitário, dando risadinhas e prosseguindo como pardais sobre um tópico que Emma não conseguiu discernir.

– Boa noite, sra. Swan – Louisa cumprimentou. Um sorriso ardiloso cruzou seu rosto, depois que as palavras deixaram seus lábios vermelhos.

– Tão formal, meu zéfiro? Nossa relação deteriorou tanto desde o nosso último encontro?

– Dificilmente eu chamaria a última vez que nos vimos de um encontro; aquilo foi mais um ultraje.

Várias pessoas no grupo riram baixinho, como se estivessem escutando em segredo a conversa entre as duas.

– Não foi cometido nenhum ultraje, a não ser que você considere invadir a privacidade de alguém uma violação semelhante. – Emma virou-se para Anne e disse, suavemente: – Dê uma volta no jardim e deslumbre-se com as rosas da sra. Livingston.

Louisa riu.

– Está preocupada de que a notícia de sua imprudência chegue até a sua criada? Acho que você está muito atrasada.

Um lampejo vermelho irrompeu nos olhos de Emma, cegando-a de fúria:

– Anne não é minha criada, e você faria bem de se lembrar desse fato! Ela é uma mulher empregada pela minha família.

– Vou dar aquela volta agora, senhora – disse Anne, arregalando o olhar e com a taça de vinho agarrada nas mãos, como se fosse uma joia frágil e preciosa.

Quando a moça saiu para o jardim, Louisa deixou escapar:

– Que boa companhia você mantém, Emma, trazendo sua empregada para uma festa destas. Que outras domésticas você vê aqui, além das que pertencem a esta casa?

– Não sou responsável pelos preconceitos de Boston. É curioso que *você* ouse questionar meus motivos. Quem foi que lhe designou juíza da minha vida e dos meus relacionamentos?

– Quem vai acabar sofrendo é você – Louisa retrucou com firmeza. – Se Tom soubesse o que está acontecendo...

Emma recuou, baseada na ameaça da amiga, e fez sinal para Louisa afastar-se do grupo e ir ao jardim. Elas pararam a uma curta distância das portas-balcão, a música e a conversa dos convidados acalmando Emma por um momento. Depois de um tempo, ela disse:

– Trégua. Não podemos deixar isto para trás? Penso nos divertimentos e nas risadas que compartilhamos e como chegamos a isto.

A amiga virou-se e aproximou-se lentamente da porta do jardim. Emma ficou na dúvida se ela estava considerando sua proposta de paz ou tentando fugir. No geral, ela parecia impassível.

– Estou disposta a perdoar e esquecer, mas acho que o dano já foi feito. Fiquei em tal estado depois do incidente, depois do que vi! – Louisa disse, seus lábios curvando-se. – Não tenho razão?

– Nada aconteceu entre mim e Linton. – Emma contrapôs, sabendo que tinha se afastado do abraço de Linton quando Louisa entrou no estúdio. Sentiu-se compelida a acrescentar: – Linton ia posar para mim.

– Isso mal parecia ser o caso. Pode negar sua ligação com Linton, mas ela está mais do que óbvia para todo mundo, inclusive eu. – Louisa abaixou a cabeça. – Mas imagino que eu também precise ser perdoada. – Ela contraiu os lábios. – Não se pode brincar com a sociedade, especialmente em Boston. Essa é uma lição que minha mãe me ensinou na infância e da qual nunca me esqueci. Não se pode ignorar a sociedade, nem aqueles que a mantêm. – Uma determinação de aço encheu os olhos da amiga. – Talvez eu não devesse, mas voltei à Fountain. Senti que não tinha outro lugar para ir; fui até a única pessoa que poderia entender o que eu tinha visto. Alex havia me implorado para lhe contar sua reação à venda de *Diana*. Você precisa acreditar em mim, tentei mentir, mas ele viu dentro de mim desde o começo. Sentei-me, vencida pela emoção e deixei escapar algumas lágrimas. É de se entender que ele tenha ficado preocupado; Alex não tinha ideia de onde vinha a minha tristeza. Depois de insistir muito, revelei o que havia visto. Você deve se lembrar de que seu marido é meu amigo. Juro que não contei a mais ninguém, mas o rumor se espalhou. Acho que em pouco tempo até o Tom vai acabar sabendo.

– Entendo – Emma disse e entrelaçou as mãos. – Minha intuição sobre este vestido castanho estava certa.

Louisa suspirou, e os cantos da sua boca curvaram-se para baixo, de tristeza.

O homem desagradável do grupo foi em direção a elas e instalou-se um silêncio gélido.

– Lamento de fato interromper, mas queria cumprimentá-la, sra. Swan, por sua venda recente. – Everett estendeu a mão.

Emma permaneceu impassível, não querendo retribuir a alguém que a havia criticado.

Ele retirou a mão.

– Depois de ver sua escultura e ler o comentário de *monsieur* Vreland sobre a inauguração, devo dizer que fiquei bem surpreso por ela ter sido vendida. No entanto, um *escândalo* tem o costume de tornar os objetos mais valiosos. Devemos dizer que a curiosidade supera o gosto? – Ele riu, depois fechou a cara para ela, e voltou ao grupo.

Louisa fez uma careta.

– Viu? O rumor espalhou-se. Ele é um bufão, que não sabe se comportar e com uma educação precária. Gruda em Vreland como uma sanguessuga.

– A coisa está pior do que eu pensava – Emma disse. – Se eu não for embora de Boston, vou ser massacrada em praça pública.

Frances, com os braços agitados, esvoaçou até elas.

– A sra. Gardner e Singer Sargent chegaram – disse. – Por favor, vão cumprimentá-los. – Depois, com a mesma rapidez com que tinha vindo, ela se lançou para seu próximo destino.

– Logo partirei para a França – Emma contou.

– França? – Os olhos castanhos cintilaram com ceticismo. – Então, você se decidiu?

– Sim, me decidi. Estou seguindo a sugestão de Tom.

Emma olhou para o jardim. A cena era tranquila, ajudada pela música relaxante do trio de cordas. Anne estava sentada em um banco de mármore branco, sob um caramanchão de glicínias. Inclinado, com olhos atentos e interessados, focados na jovem a seu lado, um belo rapaz em um *smoking* preto estava sentado ao lado da empregada.

– Parece que Anne está se divertindo – Emma comentou. – Preciso me lembrar de como era sentir o primeiro enrubescer do amor. – Pensou melhor em suas palavras, assim que as disse. – Estou feliz que ela esteja aqui. – Ela pegou nas mãos de Louisa e a encarou. – Você tem que me prometer que vai parar de se comportar como uma duquesa e começar a tratar Anne como um ser humano.

Os olhos de Louisa estreitaram-se.

– Ela é uma doméstica, uma imigrante irlandesa.

– Você não deve deixar a situação dela influenciar o seu comportamento. Se acontecesse alguma coisa comigo e com o Tom, Anne estaria responsável pela casa, até que os procedimentos legais pudessem ser resolvidos.

Não estou tão preocupada com os pais de Tom, mas a minha mãe... Ela poderia pôr Anne na rua.

Louisa concordou com relutância.

Emma olhou para a lareira, onde um homem majestoso, de meia-idade, barbudo, em um terno escuro, fumava um cigarro.

– Você gostaria de me acompanhar? Quero me apresentar ao sr. Sargent.

– Não – respondeu Louisa. Ela apontou para a porta do salão de baile, onde a sra. Gardner atraíra uma grande movimentação. – A sra. Jack chegou. Verei que histórias ela tem para contar. Você tem um campo de interesse mais em comum com Sargent do que eu, de artista para artista.

– Bom, até logo, por enquanto – Emma disse. – Pode ser que este seja o nosso último encontro, antes da minha partida.

– Então, até logo. *Bon voyage*. – Louisa virou-se rapidamente e dirigiu-se para o grupo ao redor da sra. Gardner.

Por um momento, Emma ficou sozinha na extremidade do salão de baile. Olhou para o lustre decorado de cristal, que pendia no meio da sala, para os grupos tranquilos de mulheres elegantes e homens fumando charuto, para as domésticas que estavam como peões formalmente vestidos, atrás da mesa de servir. Tudo aquilo parecia um sonho diáfano, enquanto refletia sobre sua mudança para a França e como daria a notícia a Linton.

Dominada pela apreensão, foi até Sargent e a lareira dourada. Ele franziu a testa quando Emma veio em sua direção, indicando que preferia não ser incomodado. Ela continuou andando, com discrição, em direção ao artista, que aparentemente apreciava seu tempo com seu cigarro. Ele era um tanto parecido com um avô imponente, com entradas no cabelo, barba com pontos grisalhos e sobrancelhas grossas. Ela o cumprimentou com um boa-noite firme.

O pintor deu um piparote em um pedacinho de papel de cigarro que estava em seu bigode e devolveu um leve sorriso.

– Não sei se o senhor se lembra de mim, de um breve encontro na Galeria Fountain, muito tempo atrás – ela disse. – Sou Emma Lewis Swan, a escultora.

Sargent inclinou a cabeça, e seus olhos sombreados adquiram um brilho interessado.

– Claro que me lembro, sra. Swan. A senhora criou a adorável *Diana*, recentemente vendida.

Emma perguntou-se como ele saberia da venda.

– Ah, não fique tão intrigada. Faço questão de saber o que está vendendo e o que não está. A senhora sabe a facilidade com que a arte entra e sai de moda. Na verdade, fiquei um tanto interessado na sua escultura, mas Alex Hippel já a havia prometido para outro comprador.

– Estou lisonjeada, sr. Sargent; um grande pintor como o senhor interessado no meu trabalho.

– Sua escultura era muito boa. Na verdade, acho que era o melhor trabalho na galeria. – Ele respirou fundo, esticou o pescoço e soprou a fumaça para o teto. Um empregado passou, e o pintor aceitou um vinho, bebeu e colocou a taça sobre a lareira. – Não gosto do que está sendo vendido hoje em dia. Posso conviver com Monet e Renoir, mas Linton Bower? Moderno demais para mim. Sabe quem comprou a sua escultura?

– Na verdade, não. Não tenho falado com Alex recentemente.

Sargent riu.

– Isto não é do feitio dele. Talvez não queira abrir mão do seu dinheiro. Está constantemente falando no meu ouvido: "John, você deveria pintar isto, e John, deveria pintar aquilo", como se eu precisasse vender através dele. Alex não parece entender que, agora, eu pinto o que quero. Faz muito tempo que deixei daqueles retratos abomináveis da sociedade. – Ele riu da sua boa sorte. – No que você está trabalhando? Em algo que poderia me interessar?

– Não estou esculpindo no momento. Estou indo para a França, ajudar nos esforços de guerra.

Sargent arqueou uma sobrancelha.

– Você já esteve lá? Sabe como é?

– Não. Minha mãe quis me levar para lá quando eu era criança...

Sargent interrompeu-a com um aceno de mão:

– Sra. Swan, posso lhe dizer uma coisa?

– Claro.

Ele franziu a testa, como se tivesse sido possuído por uma intensidade mórbida e uma série de imagens horrorosas tivessem se formado em sua cabeça.

– Esta guerra é diferente de tudo já concebido pelo homem e só pode ser obra do demônio. Se Satã existe, suas garras escavaram buracos na terra e deixaram-nos cheios de sangue. Eu vi isso. Eu pintei isso, a morte, a destruição e a tristeza avassaladora daquilo tudo.

"Com certeza, é a boa guerra, mas inúmeros soldados e inocentes morreram. E para quê? Uma milha de relva no *front*, que acaba sendo empurrada 2 quilômetros para trás, apenas para o processo se repetir no mês seguinte. O custo tem sido enorme, centenas de milhares de vidas. Se a senhora for, sra. Swan, prepare-se para horrores que nunca imaginou ser possíveis.

A França dos seus sonhos não é a França que verá agora... Quase todos os países da Europa sofreram a mesma sina."

Emma estava prestes a responder, quando uma risada irrompeu próxima à porta do salão de baile.

Sargent olhou, fascinado pela agitação.

Emma virou-se e viu Alex e Vreland apoiando um embriagado Linton Bower.

– Então, este é o estado da arte moderna – o pintor disse. Tossiu, e o começo de um esgar transformou-se em um sorriso questionador.

– Desculpe-me – Emma disse, pedindo licença. – Acho que este pode ser o momento de receber a minha comissão.

– Uma excelente estratégia, sra. Swan. Boa noite. Foi um prazer revê-la, e tome cuidado na França. – Sargent pegou sua taça de vinho e buscou outro cigarro.

Emma procurou Anne. Estava no jardim, ainda fascinada pelo rapaz que havia se aproximado dela, no banco de mármore. Em seguida, dirigiu sua atenção para Linton, Vreland e Alex, que, como um trio, caminhavam um tanto trôpegos para a mesa de comida. A sra. Livingston, sempre uma anfitriã encantadora, cumprimentou-os discretamente, depois passou rapidamente por eles, como se a embriaguez de Linton fosse motivo para algum desconforto. Emma atravessou a sala.

O primeiro a avistá-la foi Vreland, transformando seu sorriso levemente bêbado em um sorriso de sarcasmo.

Emma sentiu uma condescendência desconfortável, vindo do crítico e de Alex.

– Sra. Swan. Gostaria de se juntar a nós em um drinque? – Vreland perguntou.

– Não – Emma respondeu. – Sua dianteira me pôs em desvantagem.

– Ah, vamos lá, Emma – Alex disse. – Estamos comemorando o sucesso de Linton.

– Sucesso? – ela perguntou.

Vreland levantou a tampa de um *réchaud* e recolocou-a rapidamente, depois de franzir o nariz. – Não gosto de carne malpassada – ele disse e virou-se para Emma. – É, desde que saiu o meu artigo sobre Linton e a Galeria Fountain, Linton vendeu... Quantas pinturas, Alex?

– Mais seis – Alex disse, orgulhoso. – Ao todo, onze.

Emma olhou para Linton, que evitara olhar para ela desde que ouvira sua voz.

– Onze. Que feito notável, principalmente em época de guerra!

– Observação excelente, sra. Swan – Vreland disse. – Devo ressaltar isso em meu próximo artigo: como o mercado de arte de Boston está prosperando graças a mecenas como a sra. Gardner e a sra. Livingston e, não menos relevante, se é que me cabe dizer, a meus próprios esforços para suportar o padrão de arte.

– O Pershing* do mundo da arte – Emma disse.

Os olhos velados de Linton agitaram-se com o sarcasmo, e neles ela detectou uma profunda tristeza.

– Por favor, não estrague a noite para nós... para mim – ele disse. – Estas comemorações são muito raras na vida de um artista. Com certeza, você entende isto.

Emma virou-se para ele.

– Posso falar com você em particular?

Vreland deu de ombros, e Alex soltou o braço de Linton com relutância.

– Não demore, Linton – disse o galerista. – Temos uma grande noite a nossa frente.

Linton concordou com um gesto de cabeça, enquanto Emma tomava seu braço e o levava até o jardim.

O sol tinha se posto atrás dos altos muros, e os passarinhos crepusculares tinham começado seus chamados lamentosos. Os feixes de verde, as primeiras rosas vermelhas e amarelas, os botões roxos de rododendros reluziam ao crepúsculo. A beleza escura do momento fez correr arrepios pelo corpo de Emma. Se tivesse o poder, teria congelado o tempo, o começo da noite estava muito lindo. Conduziu Linton além do banco onde Anne e o rapaz conversavam, até um caminho de pedras brancas, que levava mais para dentro dos lilases e das sempre-vivas.

– Por que você não me procurou? – Linton perguntou, enquanto ambos paravam perto de uma treliça caiada, contendo rosas.

– Eu poderia perguntar a mesma coisa – Emma respondeu.

– Parabéns pela venda da *Diana*.

De fato, o mundo todo sabia da sua venda.

– Obrigada.

---

* Alusão a John Joseph Pershing, militar norte-americano, apelidado de Black Jack, comandante das Forças Expedicionárias Americanas na I Guerra Mundial, entre 1917 e 1918, que rejeitou integrar suas forças, como simples unidades de substituição, aos exércitos francês e britânico. (N. T.)

Linton esfregou os olhos e depois segurou nos ombros de Emma. Virou-a para as portas do salão de baile, para poder enxergar na luz que iluminava da casa para o jardim.

– Você está usando um vestido vermelho, escuro, cor de sangue.

– Castanho soa muito melhor.

Linton pegou nas mãos dela e puxou-a para ele, com delicadeza.

– Aqui não – Emma protestou. – Já causamos danos suficientes.

– Para o inferno com eles – o pintor retrucou. – Não sabem nada sobre mim... sobre nós... são apenas um bando de fofoqueiros da sociedade, sicofantas imprestáveis, que nunca tiveram que ganhar um dólar na vida. Se eu pudesse, não teria mais nada a ver com eles.

– Linton, você está bêbado – Emma afastou-se dele e foi para debaixo da treliça.

– Pode ser, mas quando estou perto de você... – Ele tropeçou na direção dela.

Emma pegou-o nos braços.

– Você não pode negar isto – ele disse.

Emma afastou-o.

– Não pode haver *nós*, Linton. Existe uma atração, uma paixonite de meninos de escola. Temos que reconhecer o que está acontecendo. – Emma tentou manter a voz baixa, longe dos ouvidos de Anne, mas, a cada tentativa de se acalmar, sentia-se despedaçando, à beira das lágrimas. – Você é um homem maravilhoso, bonito e criativo, mas eu sou casada, tenho um marido. Se dá conta do que teríamos que sacrificar para que este relacionamento funcionasse, se é que funcionaria? Não posso correr este risco. Você entende?

A finalidade da sua pergunta arrasou-a, e sua voz beirou um gemido, enquanto a escuridão caía a seu redor. Ela usara os mesmos argumentos que Kurt usara anos antes, e se detestou por isso. Qualquer romance com Linton estava acabado; permaneciam apenas a sacralidade dos seus votos e a segurança laboriosa do seu casamento. Sua reputação e a única segurança real que jamais tivera no mundo acabariam se continuasse com Linton. Desgraçados, os dois teriam que escapulir de Boston para outra cidade, vivendo na pobreza, caso a arte deles não vendesse. A vergonha dos seus últimos dias com Kurt voltou a assombrá-la. Não estava em situação de amar outro homem.

Linton passou as mãos ao redor da treliça e abaixou a cabeça.

– Entendo, sim, e é aí que está a tragédia. Deveríamos estar... esta é a única maneira que consigo dizer isto, Emma... *deveríamos* estar juntos, e, como não estamos, isto está acabando comigo. Se fosse outra época, em outro lugar, poderíamos estar juntos.

– Vou para a França assim que puder.

Ele jogou a cabeça para cima, e uma expressão de terror passou pelo seu rosto.

– Para a guerra?

– Posso realizar um trabalho significativo na França. Soldados com os rostos desfigurados precisam de mim. Um médico na Inglaterra faz máscaras para homens com ferimentos graves, e pretendo usar a técnica dele em Paris. Vou devolver os rostos aos homens seriamente mutilados e espero que isso também devolva a vida a eles.

Linton recostou-se na treliça e riu em meio a uma voz cheia de tristeza.

– E você, uma escultora que teme rostos...

– Talvez eu melhore...

– Devolvendo a vida aos homens, enquanto leva a minha...

– Sinto muito. Fiz a minha escolha.

A luz suave do salão de baile, a música do trio de cordas infiltrava-se no jardim. Linton oscilou com pouco equilíbrio, enquanto uma lágrima escorria pelo seu rosto.

– Sentirei sua falta mais do que pode imaginar. – Com isso, ele se virou, cambaleando em direção às portas com os braços esticados, passando rente a Anne e ao rapaz no banco, tropeçando ao chegar aos degraus, caindo de joelhos no tijolo.

Emma, vendo o tombo, correu para ele.

Anne e o rapaz levantaram-se para ajudar.

No entanto, Alex, à soleira com a mão a postos, abaixou-se, pegou no braço do pintor e levantou-o dos degraus. Emma chegou até Linton, mas envergonhada e triste não pôde oferecer nenhum consolo.

– Eu cuido dele – Alex disse e acolheu nos braços o homem transtornado.

Emma chamou Anne, que depois de uma despedida apressada a seu jovem admirador, seguiu-a em meio às conversas e risadas do salão de baile, saindo porta afora da casa da sra. Livingston. Tinham passado pela anfitriã, pela sra. Gardner e por Sargent sem dizer uma palavra. Voltaram para casa em silêncio, uma vez que Emma não tinha em seu coração nada além de uma tristeza amarga.

2 de julho de 1917

Minha queridíssima Emma (de algum lugar da França)

Sinto ter demorado tanto, mas a correspondência entre nós ficou em segundo plano em relação a meu trabalho. No entanto, tenho mesmo boas notícias. Recebi sua carta e fiquei empolgado ao saber que vem para a França. Enquanto sua carta atravessava o Atlântico, a minha viajava para a Inglaterra para obter mais detalhes sobre o sr. Harvey, que respondeu quase que imediatamente. No início, ele se mostrou um tanto cético, mas, no geral, é um homem bom e generoso. Com a insistência, ele abriu, o máximo que podia por carta, os detalhes de suas incríveis terapias. Começa assim...

PARTE TRÊS

O ATLÂNTICO E A FRANÇA

Agosto de 1917

CAPÍTULO 4

ELA AGARROU O CORRIMÃO DE FERRO na proa do navio e contemplou o mar cinzento que ondulava levemente. Depois de vários dias de clima tempestuoso, o oceano acalmara-se, mas as nuvens implacáveis do Atlântico Norte mantiveram seu total domínio no céu. Parecia que o navio estava navegando em um vazio lúgubre, onde céu e mar fundiam-se no horizonte como uma coisa só. A não ser por alguns funcionários ocupados com suas tarefas, e vários soldados que ansiavam por fumar logo cedo, o deque ficava fantasmagórico e vazio logo depois do amanhecer.

Emma perscrutava as águas plúmbeas como uma sentinela. Bombordo e estibordo, esquerda e direita. Havia assumido a empreitada de aprender termos náuticos antes de embarcar no *Catamount*. A estibordo, um cruzador; outro navio de tropas, o *Santa Clara*, e um *destroier* navegavam para a Europa no mar cinzento. A mesma configuração navegava a bombordo. Um navio de combustível movia-se em segurança no meio da frota. As embarcações formavam um triângulo de ferro impressionante, com homens e armas dirigindo-se para a França, reação tática às ilimitadas operações submarinas alemãs.

Ela não conseguiria estar a bordo de maneira alguma, se não fosse pelos esforços de um oficial de recrutamento da Força Expedicionária Americana, em Boston. Pretendia trabalhar junto à Cruz Vermelha, como o marido. Seu único o objetivo, depois das recentes turbulências em sua vida, era chegar à França e começar seu treinamento com seu novo mentor, sr. Jonathan Harvey, o cirurgião. No início, o oficial da Força Expedicionária Americana não tinha se interessado, particularmente por ela ser uma mulher parada em uma fila de homens que se ofereciam para servir. Quando Emma explicou sua situação, a atenção do recrutador mudou de favorável para extasiada.

– Você pode ajudar os feridos dessa maneira? – perguntou. – Nunca ouvi falar em tal coisa.

– A técnica está sendo realizada na Inglaterra – Emma respondeu. – Planejo abrir um estúdio em Paris para atender os franceses feridos e nossas próprias tropas. Todo esse trabalho baseia-se nos esforços do sr. Harold Gillies e em seu sucesso na cirurgia plástica.

O oficial cerrou os lábios e analisou-a da cabeça aos pés, como se estivesse prestes a alistá-la.

– Deixe-me anotar seus dados. Conheço um coronel que conhece o comandante do porto de embarque... Você está ciente de que haverá papelada, cartas a serem escritas e de que será preciso providenciar a documentação.

Emma deu seu nome, seu endereço e o número do seu telefone ao recrutador e lhe agradeceu. Alguns dias depois, recebeu um telefonema do coronel pedindo-lhe que explicasse seu plano em detalhes. Depois dessa conversa, o oficial pareceu satisfeito e orientou-a a escrever uma carta, com o resumo da conversa que tiveram. Se Emma fosse aprovada, seriam feitas tratativas para a jornada, a viagem seria perigosa, e o governo estaria absolvido de qualquer responsabilidade por sua segurança. Após duas angustiantes semanas, durante as quais viveu como uma eremita, evitando Linton, Louisa e outros amigos, Emma recebeu um telegrama dando-lhe autorização para viajar para a França, a bordo de um navio de transporte de tropas.

Emma aceitou as condições e teve início um frenesi de atividades: ligações para a mãe, que havia vendido vários cavalos e dispensado os serviços de Matilda, embora Charis ainda vivesse na fazenda; conversas com os pais de Tom; disposições com Anne para a administração da casa e os cuidados com Lazarus; decisões de última hora de assuntos financeiros; condensar seus pertences em uma grande mala e em uma bolsa. Enviou diversos telegramas a Tom, contando-lhe o máximo que pôde, sem entrar em detalhes que seriam censurados. No meio disso tudo, recebeu seu cheque pela venda de *Diana*. Alex apenas revelou que seu comprador queria permanecer anônimo.

Propositalmente, Emma limitou suas despedidas a um mínimo. Não quis festas, nenhum adeus forçado com Louisa e o restante da sociedade de Boston, nenhuma cena lacrimosa com Linton. Na noite anterior a sua partida, jantou com Anne no pátio. Lazarus deitou-se na sala de visitas, com o focinho apontando sobre a soleira das portas-balcão. A noite estava tranquila e quente, e Anne chorou um pouco ao limpar os últimos pratos e despedir-se de Emma.

No deque, o vento fustigava seu corpo, mas em vez de uma força contundente, ela se sentiu radiante, mal acreditando que estava em um navio de transporte de tropas, no Atlântico Norte, a menos de três dias da França. Sua despedida em Boston, a viagem acidentada de trem para Nova York, a viagem de balsa de Manhattan para Hoboken, os homens silenciosos em fileiras espectrais entrando nos navios, a partida de Nova Jersey, tudo parecia uma lembrança distante. Mas, conforme o tempo passava, e a frota cruzava o mar, Emma sabia que os navios e ela entrariam em águas ainda mais perigosas, aquelas ocupadas por submarinos alemães.

❖

Vários homens, educados e respeitosos, questionaram Emma sobre sua presença a bordo do *Catamount*. Um deles, de Kansas, ficou especialmente interessado em sua história.

– Você é médica? – perguntou, oferecendo-lhe um cigarro.

Era final de tarde, antes do pôr do sol, e a cobertura sufocante de nuvens tinha temporariamente se fragmentado. Faixas de luz amarela incidiam sobre as ondas como colares amanteigados. Ele era alguns anos mais novo, cabelo castanho-claro fino, saindo de entradas profundas e penteado para trás, óculos de aro de metal sobre um nariz aquilino e um sorriso amplo e contagiante. À sua maneira, era bonito.

Emma recusou o cigarro.

– Não, não sou médica, sou escultora.

– Você tem namorado? – ele indagou, um tanto melancólico, depois de perguntar seu nome. Ela olhou para a mão esquerda nua. Havia deixado a aliança em Boston, como Tom fizera ao partir, porque o risco de perdê-la era grande demais. Tom havia lhe dito que deixar a aliança era "um motivo a mais para voltar para casa".

– Sou casada. Meu marido é médico na Cruz Vermelha, na França.

O soldado ficou com as faces coradas.

– Sou solteiro. Imagino que seja melhor assim... Caso alguma coisa aconteça.

Emma mexeu-se incomodada e rearranjou os cachos soltos, fustigados pelo vento, em sua testa.

– Não seja mórbido. Nada de bom pode vir ao tentar o destino.

– Você viu os homens ao subirem a bordo? Sou um oficial, como a maioria de nós é, e sei o que meus companheiros estão pensando. A morte está atrás de cada homem, guiando-nos para a França com a mão no ombro. Embarcar foi como uma marcha fúnebre, e não uma celebração. Quais são as chances de estar vivo no próximo ano? Acho que tenho sorte de não ter uma namorada e, com certeza, melhor ainda, não ter mulher e filhos. Meus pais ficarão tristes com a minha morte, mas eles têm a minha irmã para lhes dar netos.

– Você fala como se a sua morte fosse uma certeza.

– Meu pai sempre me disse para estar preparado para "encontrar o seu Criador".

Emma ficou tocada com a franqueza do oficial; no entanto, a sinceridade do seu argumento perturbou-a. A guerra acontecera muito longe de Boston. Mesmo assim, muitos homens e mulheres foram facilmente captados em seu fervor. Ela havia evitado os pensamentos destrutivos do que poderia acontecer a Tom, ou do que poderia acontecer com o mundo, muito como alguém diagnosticado com uma doença mortal que se atirasse à vida, em vez de ficar obcecado com a doença. Agora, sob o olhar evidente do oficial, sentia a *possibilidade* da morte. O recrutador da Força Expedicionária Americana, em Boston, tinha lhe informado sobre os riscos, o mesmo acontecendo com o governo, mas ali estavam homens lutando por várias razões, liberdade, democracia e ódio aos alemães ou aos austro-húngaros, até servindo para ganhar a vida, e navegando voluntariamente para sua própria extinção. Ela olhou para o mar, que escurecia à luz que declinava, e desejou que o oficial jamais tivesse se dirigido a ela.

– A guerra não é tão romântica quanto o mundo nos faria pensar – disse, finalmente. – "A guerra para acabar com todas as guerras", de fato.

– É, foi romântica… no começo – ele retrucou –, como no dia em que deixei a estação de Caney, subi no trem, a bandeira americana tremulando loucamente ao vento sul, o vermelho, branco e azul batendo junto aos vagões de tropas. As rajadas de vento levaram para longe a fumaça dos fogos de artifício. Enquanto as tropas festejavam e minha mãe enxugava as lágrimas. Entendi, pela primeira vez, o que eram força, coragem e devoção. Quando o trem partiu, ela gritou para que eu voltasse logo para casa, que o tempo e Deus ajudariam no meu retorno a salvo. Mas esta guerra não tem a ver comigo ou com algum soldado em particular… Sou apenas um cisco. A força, bravura e devoção que minha família acha que demonstrei são transmitidas pelas forças coletivas nestes navios. É isto que faz valer a pena ganhar a guerra. Nossos homens, nosso país. – O oficial aspirou profundamente o toco do seu cigarro e depois o atirou ao mar. – Está na hora de me recolher – ele disse. – Foi um prazer, sra. Swan. Espero vê-la novamente no deque. Se eu puder ser útil, por favor, me chame.

Emma sorriu e estendeu a mão.

– Agradeço sua gentileza. Vou me lembrar do seu nome. – Ela alcançou sua placa de identificação. – Tenente Stoneman... Tenente Andrew Stoneman.

❖

O estômago de Emma ressentiu-se da conversa com o oficial. Ela levou um pequeno pratinho de comida da cozinha até sua cabine diminuta, perto dos aposentos do capitão. Um oficial do navio havia cedido suas próprias acomodações ao saber da viagem de Emma, oferecendo-se para dormir com outro homem. A escultora concordou satisfeita com o esquema.

O navio se arremessou e deu mais guinadas do que o normal nos mares turbulentos do sul da costa irlandesa. Emma beliscou o pão, os feijões e o porco salgado; depois, pôs o prato no convés da cabine. Ele se arrastou para frente e para trás, enquanto o navio jogava com as ondas. Emma tirou um livro da mala e jogou-o na cama. No entanto, enquanto folheava as páginas, seu desejo de ler diminuiu. Apagou a luz, e a cabine mergulhou em profunda escuridão. A escotilha havia sido coberta para diminuir as chances de um ataque inimigo.

Emma entrou na cama e se cobriu com o cobertor de lã.

Sonhos de Linton posando para o *Narciso* passavam pela sua cabeça, quando um *bang* sacudiu-a do seu sono. Sentou-se de um pulo, apavorada com o barulho alto e suas possíveis ramificações, seu cabelo roçando em uma trave de ferro perto da escotilha. Palavrões frenéticos e gritos infiltraram-se em sua cabine, vindos do corredor. Emma espiou por uma fresta da porta e viu soldados, a maioria sem camisa, vestindo suas calças de lã, atropelando-se pelo compartimento estreito, levando lanternas, os fachos de luz rebatendo dos anteparos. Vestiu seu penhoar e foi para o corredor enquanto uma onda de oficiais, correndo para sair do tombadilho e chegar ao convés principal, quase a derrubou.

– O que está acontecendo? – perguntou a um soldado na correria.

– Submarino alemão – ele respondeu enquanto subia os suspensórios sobre seus ombros nus.

– Estamos afundando? – Emma perguntou.

– Ainda não sei, senhora – ele respondeu e foi em frente.

Emma não sabia ao certo o que fazer, mas pensou em agarrar sua mala e ir para um bote salva-vidas. Os destinos do *Titanic* e do *Lusitânia* ainda estavam frescos na mente de todo viajante do Atlântico. A perspectiva de abandonar um navio de transporte de tropas nas águas escuras do Atlântico Norte era apavorante; no entanto, não fazer nada em sua cabine, esperando que a embarcação afundasse, era uma perspectiva ainda mais sombria.

A porta da sua cabine sacudiu com violência enquanto o navio se arremessava. Clarões esporádicos de luz, vindos do corredor, reluziram em sua cabine e depois desapareceram quando a porta se fechou com uma batida. Emma se remexeu no escuro, agarrando seu colete salva-vidas, amarrando seu penhoar com firmeza, abrindo mais uma vez a porta e entrando na fila de soldados. Os homens fluíam como formigas escada acima, apagando as lanternas quando chegavam ao convés principal. O navio desacelerou, como se os motores tivessem sido desligados, e o movimento de avanço da embarcação ficou mais parecido com uma caminhada sobre colinas onduladas e suaves, e menos com uma escalada de montanha.

Ao chegar ao deque, o vento bateu no rosto de Emma, o céu tão escuro quanto sua cabine. No alto da escada, ela agarrou o corrimão gelado de metal. Os homens que estavam mais perto dela olhavam além do deque principal para o negrume absoluto. Nenhum deles falava nada. Ocasionalmente, um apontava para a proa ou a popa, os outros virando a cabeça de acordo. Emma aproximou-se devagar da proa, agarrando-se ao anteparo enquanto andava. Ninguém pareceu notá-la.

Ao passar pela superestrutura e sair, desprotegida, na popa, maravilhou-se com a visão a sua frente. Homens aglomeravam-se no ponto triangular, muitos semivestidos, parecendo alheios à ventania que se alastrava sobre eles. Emma dobrou as lapelas do seu penhoar ao redor do pescoço. Conforme seus olhos ajustaram-se, discerniu as formas vagas dos outros navios da frota. Alguns resistiam às fortes ondas, fazendo desvios de noventa graus, afastando-se do *Catamount*. Uma rajada de vento de tirar o fôlego atingiu seu corpo, e ela olhou para o céu. Nuvens acinzentadas deslocavam-se rapidamente, enquanto pontilhados de estrelas brilhavam em meio ao fragmentado céu encoberto.

– Aproveitando seu passeio?

Emma deu um pulo, surpresa com a pergunta inesperada. Virou-se e viu o tenente Stoneman parado atrás dela.

– Meu Deus, você me deu um susto...

– Desculpe-me – ele disse. – Mas você de fato se destaca em uma multidão.

Um forte clarão travessou a proa, seguido por um barulho que soou como uma lâmina de motosserra zunindo no ar. Cem metros à frente do navio, o oceano explodiu em espuma branca. Emma gritou e agarrou o braço do tenente. O navio voltou a diminuir a velocidade, quase arremessando os dois no convés. Ela se equilibrou, segurando-se na cintura do oficial. Alguns segundos depois, outra descarga à frente, resultando em um estrondo explosivo e em um gêiser turbulento de água, espalhando-se no ar.

Um oficial passou correndo.

– Um destróier foi atingido!

Os homens dividiram-se entre bombordo e estibordo, em busca da embarcação danificada.

Emma olhou detrás de Andrew em direção à popa.

Luzes cintilaram no que pareceu ser uma nau distante, mas apagaram-se com a mesma rapidez que surgiram, e mais uma vez o oceano virou um vazio escuro.

– Fomos atingidos? – Emma perguntou.

– Duvido – o tenente respondeu. – Sentiríamos uma alteração no movimento do navio, e não houve um alerta geral. Imagino que aquelas descargas foram disparadas contra um possível submarino alemão, mas não houve nenhuma explosão secundária abaixo da superfície. Acho que é seguro você voltar para sua cabine. Preciso dar boa-noite, sra. Swan. – Ele retomou sua ida até a proa e desapareceu em meio ao bando de soldados.

Emma, tremendo com o vento frio atravessando seu penhoar, permaneceu no convés até ter certeza de que era seguro descer. Homens espalhavam-se por lá sem uma palavra definitiva sobre o destino do destróier. Por fim, ela seguiu um pequeno grupo de oficiais até a escada e desceu, com a ajuda de lamparinas, até o corredor que dava para sua cabine. Deu boa-noite para os homens e abriu a porta.

Dois ratos cinza, gordos, aos guinchos, pularam a soleira e saíram correndo por entre seus pés. Virando-se para ver o que havia causado a comoção, os homens riram com os gritos e a dança involuntária de Emma. Furiosa com a exposição do seu medo, ela bateu a porta e voltou para o beliche, mas não antes de seus dedos dos pés terem se enfiado no prato inacabado de porco e feijões que haviam funcionado como um lanche tarde da noite para os roedores.

❖

Emma esforçou-se para se levantar na manhã seguinte. A julgar pelos gemidos rangentes do navio, o mar estava mais agitado do que na noite anterior, se é que fosse possível. Estava exausta dos sonhos sobre afogamento em um oceano cheio de homens feridos e ratos, e seus nervos ainda estavam abalados pela excitação do submarino. Vestiu-se e depois foi até o toalete, na frente do navio, lavar o rosto e pentear o cabelo. Pegando o prato em sua cabine, nojento como estava, levou-o até a cozinha, seu corpo sendo várias vezes quase jogado no anteparo, pelo balanço da embarcação.

Alguns soldados tomavam o café da manhã; outros estavam saindo para cuidar de seus afazeres. Depois de ela perguntar, um homem explicou que a observação do submarino tinha sido um alarme falso e que nenhum navio da frota fora danificado ou afundado. Um vigia havia avistado uma esteira incomum no mar espumoso e soara o alarme. A maioria dos homens atribuiu a esteira a uma baleia ou a um grupo de golfinhos, não a um torpedo. Emma suspirou e tentou comer os ovos mexidos aguados a sua frente, mas, em vez de ser nutritiva, a comida revirou seu estômago, sua cabeça flutuando com o movimento do navio. A costa francesa não poderia chegar com a presteza necessária.

Ao pousar o garfo, um estrondo ergueu-se lá de cima, ecoando pelo corredor. Emma despejou seus ovos no balde de lixo e correu até o convés de cima com os poucos homens que permaneciam embaixo. Abriu caminho para a proa, até poder ver ondas erguendo-se como colinas azuis, no vasto oceano. No horizonte ondulante, mergulhando entre as ondas, como fantasmas emergindo das colinas, uma coluna de destróieres norte-americanos saltou à vista. Os homens festejaram quando os navios foram para cima do *Catamount*, circulando a frota em um amplo arco. Logo, todo o grupo, com bandeiras americanas acenando ao vento, estava em formação, a caminho da França.

❖

Naquela noite, o mar acalmou-se.

A excitação e tensão criadas pela viagem haviam feito com que Emma se sentisse sozinha e confinada com seus próprios pensamentos. A bordo do navio, ela havia criado diversões artísticas e emocionais, lendo e desenhando quando podia, muitas vezes ansiando por Linton, especialmente à noite, quando se acomodava em seu beliche. Desencorajava esses pensamentos da melhor maneira possível, relegando-os a um passado inquieto, enquanto olhava para um futuro incerto. Com frequência, a solidão dava-lhe calafrios quando ia até o convés principal, contemplando o mar, sozinha com suas reflexões.

Na maior parte da viagem, os soldados tinham se dedicado aos preparativos de guerra, tarefas que exigiam sua atenção, ignorando-a, algo que Emma aceitava de todo coração. Em geral, os homens passavam por ela mal dando uma olhada; alguns sorriam e cumprimentavam. Algumas vezes, ela assistiu a seus exercícios no convés principal, pensando que os soldados agiam mais como colegiais ansiosos do que homens a caminho da batalha. A realidade do que enfrentariam na Europa entristecia-a.

Em sua cabine, Emma escutou passos no corredor e reconheceu a voz do tenente Stoneman chamando por ela. De início, ficou desconfiada do oficial, mas, depois de longos dias no mar, ansiava por sua companhia, porque ele era o mais próximo que tinha de um amigo a bordo do *Catamount*.

Ele trazia uma mensagem costa-navio. Sentou-se aos pés da sua cama enquanto Emma lia-a.

– É do meu marido. – Dobrou o papel e colocou-o sobre o cobertor entre eles. – Estamos a menos de um dia da França, e ainda não sei onde ele está.

– Ele poderia estar em qualquer lugar, mas, se eu tiver que adivinhar, diria que está servindo perto de Toul – o oficial respondeu.

– Onde fica isso? – Ela conhecia um pouco a geografia da França, mas não conhecia a cidade.

– A leste de Paris perto de Nancy. Tem uma grande tropa...

Emma esperou mais do oficial, mas ele não disse mais nada.

– Eu deveria ficar de boca fechada – disse, por fim, com um leve rubor subindo-lhe ao rosto. – Tenho que tratar todos, até meus próprios homens, como inimigos, até receber ordens de marcha. Localizações fortificadas, movimentos de tropas e campos são segredos guardados com cuidado.

– Entendo – Emma disse. Ela se reclinou em seu travesseiro magro e estudou o oficial.

Ele sorriu levemente e agitou os dedos.

– **Não** quis deixá-lo desconfortável, só imaginei por que acha que Tom deve estar em Toul?

– Existe uma boa chance – ele respondeu. – Sinto muito, disse mais do que deveria. Preciso ir.

Ele se mexeu, mas Emma bateu em seu braço e sorriu.

– Você tem um rosto maravilhoso. Acharia ruim se o desenhasse? Eu ficaria feliz.

Andrew riu e alisou a pele macia do seu queixo liso.

– Acho que eu poderia dispor de alguns minutos.

Emma buscou debaixo do beliche e tirou um bloco e um lápis, único material de arte que trouxera na viagem, porque planejava comprar novos produtos em Paris.

Pouco falou enquanto desenhava. Os óculos do tenente encobriam alguns dos seus traços, um nariz fino, mas bem desenhado e luminosos olhos cor de avelã, mas havia mais a ser visto pela visão da artista: uma testa larga, um cabelo castanho fino e um queixo que se cerrava sempre que ele sorria.

O rapaz pareceu intrigado com o talento de Emma e observou enquanto as mãos dela roçavam a página. Depois de vários minutos, ele perguntou:

– Posso olhar?

Emma virou o bloco para ele.

O oficial ficou mudo; nem sorriu nem franziu o cenho. Na verdade, ela achou seu humor impenetrável.

– Não gostou? – Sua insegurança em relação a rostos voltou a aflorar.

– Não, não é isso. – Ele tocou no papel, e seu dedo ficou manchado de carvão. – Está muito bom. Mas eu nunca tinha visto um desenho como este.

– Você entende de arte? – Emma perguntou, perplexa que um homem de Kansas tivesse algum conhecimento no assunto.

– Nem todos nós somos fazendeiros – ele respondeu, percebendo sua implicação. – Frequentei a Universidade de Kansas em Lawrence, durante dois anos. Estudei Arte e Literatura Clássica. – Ele parou e olhou novamente para sua semelhança. – Espero que não se incomode por eu dizer isto, mas o meu rosto está estranho, não sei como descrever isto, como se fosse real, mas não tão real.

Emma suspirou.

– Você acertou a perdição da minha existência artística. Já ouviu falar em Winslow Homer, o pintor e aquarelista?

O tenente confirmou com um gesto de cabeça.

Emma virou o bloco para si e continuou desenhando.

– Alguns críticos dizem que ele não pinta bem figuras porque o corpo humano é sua maldição. Suas pinturas são cheias de luz, cor e ação, no entanto, suas figuras ficam duras e desconfortáveis na tela. Ouvi dizerem a mesma coisa sobre meus rostos em esculturas... Recentemente, por falar nisso.

– Tenho certeza de que suas esculturas são lindas... Os críticos devem estar enganados.

– Obrigada, tenente, mas não há necessidade de um falso elogio quando identificou o problema com tanta clareza. – Ela continuou desenhando.

Depois de alguns minutos, o oficial disse:

– Tenho deveres no convés. – Levantou-se, tomando um cuidado instintivo para não bater a cabeça no baixo espaço acima.

– Espere – Emma pediu. – Quero que fique com isto. – Rapidamente, ela desenhou alguns traços na página, arrancou a folha do bloco e entregou-a a ele.

Segurando-a com cuidado, ele analisou-a.

– Vou guardar isto no meu kit como um tesouro… Mas tem um problema…

– Qual? – Emma perguntou, esperando outro comentário sobre sua habilidade artística.

– Quero a assinatura de Emma Lewis Swan. – Ele lhe estendeu o desenho.

Emma assinou no canto inferior direito: "Para o tenente Andrew Stoneman de Emma Lewis Swan". E, atrás, escreveu: "Agosto de 1917. Em algum lugar no Atlântico. Para sua volta em segurança para os Estados Unidos. Sua amiga dedicada, Emma". Ela lhe estendeu o retrato.

O oficial leu a dedicatória e sorriu.

– Aqui está para nossa volta em segurança. Vejo você quando deixarmos o navio. – Ele se virou e saiu da cabine.

Os motores pipocavam abaixo, um som constante e às vezes lúgubre, acima das águas calmas. Emma afofou o travesseiro e o zunido do navio reforçou sua solidão, como se estivesse flutuando sozinha no mar imenso. Teve pouca vontade de jantar e, conforme a noite avançou, leu por uma hora antes de cair num sono mais profundo do que qualquer um que tivesse tido desde que deixara Boston.

❖

Na manhã seguinte, cedo, Emma ficou na proa com os soldados que protegiam os olhos com as mãos contra o sol a leste, seus olhares fixos em uma nebulosa faixa de terra no horizonte. Feliz pela noite ter transcorrido sem contratempos após o terror do submarino na noite anterior, ela esticou o pescoço para ver o que os homens diziam ser a costa francesa.

– Você sabe onde vamos desembarcar? – perguntou a um deles. Ninguém havia lhe contado onde o navio acabaria aportando.

– Acho que é seguro dizer – um dos oficiais respondeu. – Descobrimos hoje de manhã. Vamos aportar em Saint-Nazaire.

Emma fez sinal para ele continuar. O nome não significava nada para ela. Ele prosseguiu:

– Na boca do Loire.

Ela acenou hesitante, tentando elaborar um mapa da França na cabeça. No entanto, não havia lugar para Saint-Nazaire em seu mapa imaginário.

A manhã estava fresca; o vento vindo do oceano passou rodopiando pelo seu rosto. Emma inalou grandes quantidades de ar. O cheiro era diferente perto da costa, em relação ao alto-mar; o odor de peixe e limo sobrepujava a salinidade revigorante do oceano. O sol cintilava em grandes áreas da água verde.

Um coro de gritos e vivas ergueu-se do convés. Emma sombreou os olhos com a mão direita e olhou para o contorno da costa que começava a surgir. Então, os viu: uma fileira de barcos pesqueiros cruzando loucamente as águas em direção à frota, escolta para seu já formidável armamento. Nas embarcações distantes, figuras minúsculas atropelavam-se à frente, homens agitando os braços, segurando, orgulhosos, bandeiras francesas e americanas. Emma olhou ao redor da proa do *Catamount*, os homens amontoando-se o mais que podiam à frente, alegres e sorrindo em antecipação ao desembarque francês. Ficou maravilhada com o ânimo deles, vivendo pelo momento, inabaláveis pelo encapuzado espectro da morte. Preparou-se para ser tão corajosa quanto aqueles homens em seu entorno e lembrou-se das palavras de Sargent: *Sra. Swan, prepare-se para horrores que nunca sonhou ser possíveis.*

Os barcos rodearam a frota e então, como uma armada, partiram para a costa. Emma ficou no convés, sentindo-se segura como parte da esquadra. Alguém bateu em seu ombro.

O tenente sorria para ela.

– Ainda não estamos fora de perigo – disse, em voz baixa.

– Sempre o portador de boas notícias?

– Os alemães patrulham o Loire diariamente. É mais perigoso do que em mar aberto, mas logo estaremos no porto e então a maior parte do perigo terminará... Se não formos torpedeados no cais. – Ele lhe dirigiu um sorriso irônico.

– Seu humor é um tanto macabro para uma manhã tão festiva – Emma disse.

Os homens reunidos no convés irromperam em um coro espontâneo de "Over There".* O tenente Stoneman murmurou as palavras e lançou o

---

* Canção patriótica de 1917, composta por George M. Cohan, muito popular entre as tropas americanas nas I e II Guerras Mundiais. Ela voltou a ser entoada após o ataque de 11 de setembro de 2001. (N. T.)

punho para o alto, quando os homens cantaram *"That the Yanks are coming, the Yanks are coming"*.

Emma escutou até os campos verdes, as árvores esparsas e a praia branca e limpa da costa estarem ainda mais perto.

– Um soldado nova-iorquino a bordo aprendeu esta música diretamente com o compositor – ele revelou. – Ela está se espalhando como um incêndio no Kansas em março. – Seu humor rapidamente ficou sombrio. – Deus e a morte nos vigiam – continuou, acima das vozes inflamadas. – Na guerra, não se pode dizer quem está no comando.

– Voto em Deus – Emma disse. – Quanto tempo até o cais?

– Uma ou duas horas no máximo. É melhor você juntar suas coisas.

– Então, vou descer. – Emma sorriu e olhou no rosto dele. – Espero que a gente volte a se encontrar sob circunstâncias mais agradáveis. – Estendeu a mão.

Ele sacudiu-a de leve.

– Talvez a gente se encontre. Como você vai até Paris?

– Do melhor jeito que conseguir. Espero que de trem. Se for preciso, contrato um condutor, de carro ou mula. Depois, vou planejar um encontro com meu marido em Toul, ou onde quer que ele esteja.

– Homem de sorte – ele disse e beijou a mão dela. – O prazer foi meu. – Com isso, o tenente se retirou e deixou-a parada, com os soldados.

– Lembre-se do seu retrato! – ela gritou para ele.

– Para dar boa sorte! – ele gritou de volta.

– Para dar boa sorte... – Emma sussurrou, enquanto o oficial sumia de vista.

A costa da França deslizou pela frota; o sol e a brisa animaram Emma. Nesse momento, ela tinha poucas preocupações no mundo que não fossem como chegar a Paris.

❖

Emma abriu um telegrama entregue por um oficial quando ela desembarcou, parando ao sol, perto da prancha de desembarque. Enquanto lia, os soldados entraram em formação no cais sob cadências gritadas.

> *Minha queridíssima Emma,*
> *Com toda esperança e preces, esta deve encontrá-la bem na França.*
> *Contate o dr. Harvey, 56, rue de Paul, Paris, para maiores detalhes.*
> *Seu marido,*
> *Tom*

O estuário cheirava a peixe e combustível, desagradável realmente, mas Emma estava feliz por ter os pés de volta no chão, embora a mais de 3 mil milhas de casa. À parte a comoção geral dos soldados e as formações de treinamento, parecia haver pouca atividade no porto. Nenhuma banda de metais entoava músicas patrióticas; nenhuma saraivada de rifles saudava a chegada das tropas; nenhum cidadão francês, fora os que estavam nos barcos pesqueiros, acenava aos soldados. Emma dobrou o telegrama, colocou-o na bolsa, pegou a mala e foi em direção às edificações de tijolo e pedra que margeavam a beirada do porto.

A cidade estava estranhamente quieta, como que sufocada pela guerra. Mulheres e crianças vagavam apáticas, e os homens que restavam, todos mais velhos e não convocados, reuniam-se nas esquinas para fumar ou tomar café. Em Saint-Nazaire, o tempo parecia mensurado por bombas e balas e pelas mortes que assombravam o *Breton*, não pela passagem das horas.

– *Où est la gare?*

O velho com o cachimbo olhou para Emma como se a Virgem Maria tivesse se erguido milagrosamente das profundezas do estuário. Murmurou tão rápido em francês, entre profundas pitadas no cachimbo, que Emma não conseguiu entendê-lo.

– *Répétez, s'il vous plaît* – ela respondeu.

Sua advertência só aumentou a agitação do homem, levando-a a ficar mais confusa pela falta de interação.

– A estação de trem… estação de trem – Emma repetiu em voz alta, como se o enfático inglês fosse fazer algum efeito. – Estou tentando encontrar a estação de trem. Espero chegar a Paris no fim do dia. – Exasperada, ela sacudiu a cabeça. – Isso e alguma coisa para comer.

O homem acenou com a cabeça, empolgado, como se entendesse a palavra "comer".

– Le Tonneau – disse e apontou uma pequena fachada comercial, com uma placa verde no formato de um barril, pendurada acima da porta, no meio do próximo quarteirão.

Emma gostou da recomendação do homem. A fome corroía seu estômago, e qualquer lugar que servisse comida seria bem-vindo. Na excitação de avistar a costa francesa e arrumar as malas para a chegada, tinha deixado de tomar o café da manhã.

– *Merci, monsieur* – ela agradeceu.

O homem acenou na direção do Le Tonneau, em um gesto amigável de incentivo.

Um gato branco havia enrodilhado seu corpo macio em bola, em uma cadeira salpicada de sol, em frente à porta aberta. Gerânios vermelhos floresciam em profusão nas jardineiras nas janelas. Dentro, o café estava consideravelmente mais claro e mais alegre do que Emma esperara da impressão inicial.

Uma mulher jovem e magra, cabelo escuro, lavava copos atrás do balcão. Uma expressão preocupada lampejou em seus olhos, uma desconfiança inicial que permaneceu inabalável quando Emma perguntou, em um francês canhestro, sobre a estação de trem e comida. Só havia as duas no café.

– De onde você é? – a mulher perguntou em inglês, com um ligeiro sotaque francês esmaltando suas palavras.

– Que bom que você fala inglês – Emma respondeu, aliviada. – Eu estava começando a me sentir uma estrangeira em um país estranho.

– Você é uma estrangeira. – A mulher respondeu, sem sorrir nem dar qualquer demonstração de afeto ou humor.

Emma estava cansada demais para questionar sua resposta.

– Por favor, se puder me indicar a estação de trem… Se eu puder comer alguma coisa, ficaria muito agradecida.

– Você tem dinheiro?

Emma respirou rapidamente. Claro, ela tinha dólares, mas nada de francos. A ideia de trocar dinheiro nunca havia passado pela sua cabeça. Sentiu-se constrangida, enquanto corava por sua própria ingenuidade e falta de preparo.

A mulher, que talvez já tivesse passado por situações parecidas com soldados estrangeiros, considerou a dificuldade de Emma.

– A estação fica seguindo a rua, depois do estuário. Se for sempre em frente, vai achá-la. O chefe da estação trocará seu dinheiro, porque está preparado para tais situações. Não se surpreenda se cobrar uma taxa; é assim que ele faz um extra para a família.

Quando a proprietária terminou suas instruções, uma criança veio em disparada da cozinha e correu até a mulher.

– *Maman, maman!* – gritou ao avistar Emma, agarrando a saia preta da mãe e olhando para a mala perto das pernas de Emma.

– *Chut!* – a mulher o repreendeu.

O menino fez uma careta e cerrou a mandíbula. Seu cabelo grosso e preto era curto na frente, de tal modo que lembrava as pontas de um cata-vento. Seu rosto bonito estava marcado com círculos avermelhados em bochechas cor de oliva. Era um anjo vivendo em tempos de guerra.

Emma entendeu a ansiedade da criança em relação à mulher estranha parada a sua frente, mas sabia que havia terrores maiores em solo francês para preocupar a mãe dele.

– Obrigada – Emma disse à mulher, mantendo os olhos longe da criança. Virou-se para sair do café.

– Para onde você vai? – a mulher perguntou.

– Paris. – Emma olhou por cima do ombro para o rosto pálido.

A mulher abriu os lábios, mas não sorriu.

– Boa sorte. Não acho que vocês, americanos, serão fortes o bastante para vencer a guerra, para derrotar os boches. Espero que sim, mas não acredito. Os alemães são invencíveis. Temo pela nossa vida.

– Por favor... A criança consegue entender? Você vai deixá-lo morto de medo.

– Meu filho? Ele sabe muito bem o que a guerra pode fazer. O pai italiano dele está morto, morreu no *front*.

A dor espalhou-se pelo rosto da mulher, seus olhos aumentando enquanto os lábios avermelhavam-se de tristeza. O menino voltou a chamar a mãe e agarrou a saia dela em seus punhos fechados. Emma adiantou-se para confortá-la, mas a mulher afastou-se.

– Sinto muito – Emma disse, recuando. – Sinto muito mesmo.

A mulher se recompôs e murmurou:

– *Bon voyage*.

Emma agradeceu e saiu pela porta, passando pelo gato que cochilava e recebendo a luz brilhante do sol que enchia a rua como um bálsamo tranquilizante.

◈

O rosto do menino do café flutuou perante Emma enquanto ela olhava pela janela do trem.

O que restava dos juncos e dos salgueiros dos alagados passou em uma precipitação de verde. Ela circulou um dedo junto ao vidro, absorta no passado, e depois apagou suas manchas vagas com um lenço. Pela primeira vez em mais de uma semana, estava sem a companhia de soldados.

Os galhos esqueléticos de uma árvore morta reluziram pela janela, tão próximos que arranharam o vidro, fazendo Emma se encolher em seu assento. Uma mulher do outro lado do corredor olhou para ela por um momento, depois desviou os olhos e voltou a ler.

O dia inquietante, a criança, a árvore morta provocaram-lhe pensamentos indesejados. *Rostos. Por que tudo gira ao redor do rosto?* Lembrou-se do menino na rua de Boston, que caçoara do soldado desfigurado, de sua *Diana*, do fauno derretido, do rosto de Linton Bower como *Narciso*, do desenho do tenente Stoneman, do menino que encontrara apenas horas antes. Aquele rosto foi o que mais a perturbou.

Agarrou seu abdômen.

A mulher tornou a erguer os olhos do livro, olhou desconfiada para Emma e pegou sua bolsa, como que considerando uma mudança para outro vagão.

Emma sorriu e tirou as mãos do estômago.

A mulher remexeu-se, cautelosa, mas permaneceu no lugar.

Talvez o brioche que tinha comido antes de embarcar tivesse causado um desarranjo intestinal. O chefe da estação a conduzira até uma velha que vendia pães doces na plataforma. Mas, se refletisse sobre a verdadeira causa do desconforto, uma lembrança que não morria, que surgia como um fantasma, apavorava-a e depois sumia, reabrindo a ferida talhada anos antes. O choque do bebê sem rosto levou-a à rigidez, agarrando com braços duros o assento a sua frente, a respiração entrando e saindo apressada dos seus pulmões. Por que o horror, o remorso, tão fortes agora que estava na iminência de trabalhar com rostos e se juntar a Tom?

Estremeceu e concentrou a mente na imagem do marido em Boston, o rosto familiar confortando-a. Logo estaria em Paris para começar uma nova fase em sua vida. Talvez os rostos do passado se esvaíssem quando fossem introduzidos rostos novos.

Um soldado francês ferido, de muletas, a perna direita e o ombro enfaixados, o rosto parcialmente coberto com gaze, mancou pelo vagão. Virou a cabeça e olhou para Emma, permitindo-lhe ver as reentrâncias escuras sob o material, porções do nariz e da boca levados pela guerra.

A mulher do outro lado do corredor franziu o cenho, abanou as mãos e gritou em francês encobrindo o ruído do trem. Emma não entendeu as palavras raivosas, mas sabia que a mulher não queria ter nada a ver com o soldado desfigurado, queria-o longe dela.

O homem encolheu-se sob o fulminante bombardeio da mulher e saiu trôpego.

Emma virou-se de volta para a janela.

O trem guinchou e parou em uma aldeia. Os trilhos tinham se desviado do caminho do rio e agora o terreno era mais íngreme, o horizonte preenchido por colinas roxas. Na pequena estação de madeira, rostos encararam-na da plataforma. Emma deu as costas e fechou os olhos.

◄◊►

Emma ergueu a aldrava no número 56 da rue de Paul. Um toque metálico agudo reverberou pela construção, enquanto ela se apoiava na porta. A viagem fora exaustiva, mas sua empolgação por estar em Paris havia restaurado ligeiramente sua energia.

Suas mãos tremiam; Emma não tinha certeza se era pelo cansaço da jornada ou pela antecipação de conhecer o dr. Jonathan Harvey. Encostou a mala na perna e ansiou por estar feliz, *viva*, na Cidade das Luzes, livre de Vreland e dos rostos que a assombravam. Encostou o ouvido junto à porta e procurou escutar algum sinal de vida na casa.

A viagem de trólei a partir da estação de trem a fizera atravessar o Quartier Latin. Ao longo do caminho, ela viu o domo imenso de Montmartre, o entrelaçado aerado da Torre Eiffel e a fachada grandiosa da Notre-Dame. Assim como Saint-Nazaire, as aldeias e as cidades ao longo da ferrovia, Paris parecia oprimida pelo peso da guerra. O clima geral moderou a excitação que sentia em sua primeira visita à cidade. Portas e janelas estavam fechadas, e os parisienses moviam-se como almas penadas, sem conversas banais ou risadas chegando a seus ouvidos. A vida parisiense fora transformada pela guerra: ambulâncias motorizadas, que se desdobravam como transportadoras de tropas, roncavam pela cidade, substituindo o som dos cascos dos cavalos. Carroças cheias de sacos de comida, tendas dobradas e artilharia rodavam pelas ruas. No mínimo, a guerra havia emudecido Paris, a outrora cidade vibrante ajudando e abastecendo as linhas de batalha desdobrando-se a não mais de 100 quilômetros de distância.

Emma suspirou e ergueu a cabeça. Uma meia-lua brilhava em um leitoso céu azul, enquanto nuvens finas como cavalinhas riscavam o firmamento. Por fim, passos pararam atrás da porta. A fechadura estalou, e uma fresta da porta foi aberta, revelando uma jovem enfermeira em um uniforme branco engomado. Era bonita, com a centelha de juventude por detrás da sua intenção séria. A idade da mulher, o cabelo escuro e o olhar lembraram-na de Anne.

– *Bonsoir*, madame – a enfermeira disse, atravessando a soleira e olhando para o céu. – *Il se peut qu'il pleuve demain.*

– *Pluie*? Chuva? – Emma perguntou, na dúvida quanto a seu francês.

– *Oui, demain.*

– *Parlez-vous anglais?*

– Claro – a enfermeira respondeu. – Eu preciso. Trabalho para *monsieur* Harvey.

– Ele está em casa? Meu marido me disse para vir aqui. – Emma abriu a bolsa, tirou a mensagem recebida quando o navio atracou e desdobrou-a para que a jovem visse.

– *Oui, rue de Paul. Monsieur* Harvey acabou de voltar de uma caminhada. Está lá em cima, no estúdio. – Ela fez sinal para Emma entrar no apartamento. – No entanto, não é um estúdio de verdade... é impro... impro...?

– Improvisado? – Emma perguntou.

– É, um escritório... improvisado. Tenho dificuldade com certas palavras.

Emma pegou a mala e acompanhou a enfermeira por um corredor ainda quente e úmido por causa do dia. Desenhos e gravuras, paisagens diáfanas com rios e salgueiros, feitas a lápis, e gravuras de naturezas-mortas com frutas e vegetais decoravam as paredes caiadas. Sobre uma mesa de laca preta, um vaso com rosas amarelas desabrochadas. Várias portas fechadas interditavam o final do corredor.

A enfermeira conduziu Emma por uma escada estreita.

– Meu nome é Virginie. Como foi a viagem? Imagino que seja a madame Swan. *Sir Jonathan* tem andado a sua espera. Não são muitas as mulheres estranhas que aparecem na *cinquante-six* rue de Paul.

Emma riu, mais por cansaço do que por humor.

– Esta é, no mínimo, a segunda vez, hoje, que se referem a mim como "estranha", bom, uma "estranha". Estou começando a ficar bem à vontade com a palavra.

– *Etrange? Je suis désolée.*

Uma voz retumbou de um cômodo no alto da escada.

– Virginie, dá para você parar de falar essa língua abominável? Estou tentando trabalhar. Como, diabos, posso me concentrar com você batendo os pés para cima e para baixo na escada?

Virginie parou em frente a uma porta aberta à esquerda do patamar da escada e fez sinal para Emma entrar.

– Sua majestade a receberá agora.

A garganta de Emma se comprimiu, como se ela, assim como Daniel, estivesse prestes a entrar na cova do leão. Um homem robusto levantou-se da cadeira e estendeu a mão. Emma presumiu que aquele fosse Sir Jonathan Harvey, o renomado cirurgião inglês, praticante da reconstrução facial.

Era redondo e corpulento e usava um paletó preto. Não se parecia nem um pouco com o médico sério, magro e de óculos que Emma havia visualizado em sua mente. Ela apertou a mão dele com toda a força que podia, apesar do seu aperto esmagador, e se perguntou se ele seria sempre tão intratável.

– Boa noite, *monsieur*, encerrei por hoje... graças a Nosso Senhor. Vejo o senhor *demain*. – Virginie fez uma imitação de reverência.

– Boa noite pra você – o médico retrucou, dispensando-a com um aceno de mão.

A enfermeira fez um gesto de cabeça e sumiu escada acima, até o terceiro andar.

O médico indicou uma cadeira em frente a sua mesa. Emma colocou a mala no chão e observou enquanto ele remexia seus papéis, espalhando canetas, clipes e pastas no processo.

– Então, finalmente você chegou – ele disse. Descobriu um cigarro debaixo da bagunça. – Já era hora. Eu estava mais do que pronto para voltar para a Inglaterra. Preciso ser honesto com você, sra. Swan, não temos muito tempo. – Ele acendeu o cigarro e deu um tapa na mesa. – Droga... Eu disse mais de uma vez para aquela mulher não falar francês nesta casa. Como é que ela vai aprender inglês se continua a quebrar sua promessa? Quase todas as palavras que ela sabe, fui eu que ensinei.

– Parece que ela tem mais para aprender – Emma disse, secamente.

– *Hunf*. Ela é obstinada e esperta como uma raposa. – O médico acomodou-se em sua cadeira e encarou Emma. – Vejo que temos uma longa jornada pela frente, em um curto espaço de tempo. Você precisa estar preparada, sra. Swan, para aprender o máximo possível, com a maior rapidez. Não vou tolerar um comportamento desleixado ou arrogante da sua parte, nem da parte de ninguém, por falar nisso.

– Pode ter certeza de que terá minha total atenção, Sir Jonathan.

Os cantos de boca carnuda dele viraram-se para baixo.

– Maldita seja ela, de novo. Vai ser a minha morte. – Ele sacudiu a cabeça. – Meu nome é Jonathan Harvey, e sou, de fato, um "Sir". No entanto, não sou tão velho quanto a Távola Redonda nem sou membro da família real. John serve, ou dr. Harvey, se preferir.

– John é um nome bonito. Tem uma conotação muito agradável com *Nosso Senhor* – Emma disse, esperando que seu sarcasmo fosse bem entendido. – Pode me chamar de Emma.

– Não sou de modo algum o equivalente a quem batizou nosso Salvador – John disse, olhando fixo para ela.

Emma sorriu.

– Não é preciso frequentar a igreja para perceber isso.

John inalou e soprou a fumaça em Emma.

– Estou vendo que vamos nos dar maravilhosamente bem. Até que ponto está levando este trabalho a sério, sra. Swan?

– Até o fundo da alma.

Ele a encarou por um momento, inalou novamente e enrijeceu as costas junto à cadeira. Seu comportamento passou da irritação para a solenidade, enquanto uma súbita frouxidão espalhava-se pelo seu rosto, como se tivesse sido esvaziado pelo tema.

– Você verá muitas mortes, sra. Swan, lhe garanto. É bem fácil lidar com a morte, ela acaba na cremação, ou no chão, como putrefação. O que estou questionando é seu compromisso com a vida. Você consegue lidar com a vida?

– Claro – Emma respondeu, e sua reação chocou-a como sendo absurda. *Todo mundo precisa lidar com a vida e a morte. Que pergunta idiota vinda de um médico.* Irritada, ela olhou além dele, para uma estante cheia de volumes sobre medicina e *bric-à-brac*. Uma menina, de cabelos escuros, cacheados do cocuruto até as têmporas, olhava para ela da fotografia, uma doçura angelical instilada em seu rosto. Todas as crianças tinham aquela doçura até crescerem e então serem contaminadas, rejeitadas ou mimadas pela vida.

Emma desviou o olhar da criança, mas com a mesma rapidez lembrou-se do menino em Saint-Nazaire, cujo pai fora morto.

– Algo de errado, sra. Swan?

– Quem é a menina na fotografia? – ela perguntou, tentando disfarçar seu desconforto.

– Minha sobrinha. Por quê?

– É muito bonita.

– É – John sorriu e então baforou em seu cigarro. – Entendo suas dificuldades mais do que pensa. Seu marido informou-me sobre sua acolhida crítica em Boston, seu problema com rostos. Sei que esse é um dos motivos de estar aqui, para estudar, aprender.

Emma confirmou com a cabeça.

– Estaria mentindo se negasse.

– Sra. Swan, sua vida em Paris será muito diferente da sua vida em Boston. Não haverá perda de tempo com a sociedade parisiense. Nada de horas saborosas brincando com argila ou contando as manchas no seu jaleco. Nem festas animadas, cigarros caros ou champanhe.

– Não fumo e mal estou acostumada com...

– Trabalho, trabalho e mais trabalho. Labuta desde o amanhecer até altas horas, até você querer cair de joelhos. A vida para esses homens contém um significado completamente diferente da existência a que está acostumada. Vai precisar engolir a história mais patética, o rosto mais grotesco. – Ele se levantou da cadeira, remexeu na estante atrás da mesa, tirou um volume encadernado em couro preto e colocou-o na mesa, em frente a ela. – Vá em frente – disse, sombrio. – Abra.

Emma sabia que ele estava avaliando suas expressões, sua capacidade de ser forte.

– Vá em frente. – Ele fuzilou-a com os olhos, coçou a careca no centro do seu couro cabeludo e depois amassou o cigarro em um cinzeiro de cristal, que transbordava de guimbas. – Este é *nosso* trabalho.

Ela abriu o livro e folheou as páginas, cada uma delas cheia de fotografias de homens facialmente mutilados. Se não estivesse preparada a sua maneira, poderia ter ficado chocada com as fotos. Os rostos eram perturbadores, muitos sem nariz, alguns com enormes talhos que haviam removido bochechas e pedaços do crânio; olhos cegos e enevoados pela devastação da guerra; bocas reduzidas a fendas finas ou buracos abertos; maxilares esmagados, quebrados ou grosseiramente dilatados por ferimentos grotescos. Cada fotografia era seguida por outra, mostrando os reparos que o médico havia realizado. Em muitos casos, a transformação era milagrosa; em outros, as deformidades apareciam, apesar dos maiores esforços médicos.

– Este é *nosso* trabalho – ele repetiu. – Nossa tarefa é devolver a vida a esses homens, seu autorrespeito e sua dignidade.

Emma fechou o livro.

– Se me permite a palavra, dr. Harvey?

Ele assentiu.

– Não sou a flor delicada que o senhor deve ter presumido. Talvez meu marido tenha feito um retrato errado da esposa... mas não posso imaginar isso. – John ergueu a mão para protestar, mas Emma continuou: – Sou tão dedicada à minha arte, quanto meu marido é à cirurgia e a salvar vidas. Lutei pelo direito de criar minha própria vida, livre de lembranças ruins, dos constrangimentos dos críticos e de certos homens, por mais tempo do que me preocupo em lembrar e, meu marido, cavalheiro como é, apoiou-me nesse esforço. Ainda assim, minha vida dificilmente tem sido um círculo infindável de festas ou uma celebração vazia, com mulheres idiotas preocupadas apenas com os últimos estilos de roupas e cabelo. Lutei pelo meu trabalho, desviando-me de farpas e preconceitos ao longo do caminho, e continuarei fazendo isso, independentemente do nosso resultado aqui.

"No entanto, seria falso dizer que meu trabalho na França e, para o esforço de guerra, seja completamente altruísta. Abomino esta guerra, todos os que deram início a ela e tudo que ela representa, mas estou aqui para aprender, e espero que *nosso* trabalho me torne uma escultora melhor, que conquiste a admiração dos críticos e também dos meus colegas homens."

– Todos sentimentos nobres... mas veremos, sra. Swan. A tarefa é enorme. – Ele pegou o livro, devolveu-o à estante. – Gostaria de tomar alguma coisa? Tenho um bom conhaque em algum lugar. – Ele estendeu a mão.

Emma apertou-a e aceitou.

– Eu também gostaria de comer alguma coisa.

– Posso me virar em uma cozinha com a mesma competência de Virginie. – John sorriu e foi em direção à porta. – Vou lhe mostrar seu quarto. A sra. Clement, a empregada, só chega amanhã de manhã. Você *passa* a noite aqui, é claro, e é bem-vinda para ficar tanto quanto quiser, ou até encontrar seu próprio lugar.

Emma ficou surpresa, mas levantou-se da cadeira e pegou sua mala.

– Estou grata por sua hospitalidade, John.

Estavam prestes a deixar o escritório quando foram interrompidos por uma batida vigorosa, que reverberou pelo corredor lá de baixo.

– Droga – ele disse –, não sei de que adianta eu pagar aquela mulher perturbada; retirar-se a esta hora, enquanto ainda estou trabalhando. Dê-me licença, enquanto atendo à porta. Seu quarto, pelo menos hoje à noite, fica no primeiro andar, nos fundos da casa. É escuro, mas confortável. Acompanhe-me.

John desceu a escada, seu paletó fluindo a sua volta. Emma ficou um tanto surpresa com sua agilidade, apesar do seu tamanho. No *hall*, ele indicou uma porta fechada no fim do corredor.

– Deixe-me ver quem é. Guarde suas coisas e eu bato quando terminar.

Emma concordou e dirigiu-se para o quarto. Sua curiosidade sobre o visitante ganhou a melhor, e ela olhou para trás, enquanto o médico abria a porta.

Um soldado, vestindo uma jaqueta militar abotoada, calça, grevas,[*] e botinas, estava parado sob a luz fraca. Mechas finas de cabelo loiro caíram

---

[*] Tiras de tecido resistente usadas pelos soldados, na I Guerra Mundial, para proteger as pernas. (N. T.)

sobre sua testa quando tirou o quepe. O soldado estendeu a mão para o médico, cumprimentando-o, e depois parou, como que chocado por uma aparição, seus olhos arregalando-se e depois se estreitando, como que cegado por algo que havia visto. Puxou mais o cachecol, escondendo a metade inferior do rosto, e abaixou a cabeça.

O rosto do soldado desanimou-a, levando-a a pensar que talvez sua presença, uma mulher desconhecida em um lugar que ele havia visitado antes, devia tê-lo perturbado. Ao chegar a seu quarto, ela olhou por sobre o ombro. Os olhos do homem perfuraram-na enquanto seguia John escada acima.

Acesso: 19 de agosto de 1917

Meu diário parece ter se mantido para uso, depois de sua viagem pelo Atlântico. Acho que deverei abri-lo de tempos em tempos, para registrar meus pensamentos. Ele se tornou um velho amigo, constante e confiável.

Sinto-me isolada aqui, na casa de John. É um homem exigente, mas não chega a ser o ogro com que Virginie o retrata. Ele não pode ser de todo ruim; como poderia, fazendo o serviço que faz? Acho que seus golpes são uma jogada. Ele atormenta Virginie (e o resto da sua equipe) para torná-la mais forte. A guerra não é para quem tem coração fraco. Mas sob o exterior ríspido de John vive uma alma decente e atenciosa. A ideia de sua volta à Inglaterra me assusta um pouco. Precisarei da ajuda de Virginie, além de outras, para que meu trabalho dê certo.

Tive pouco tempo para pensar, para descansar. John é incansável em seus ensinamentos, e a cada dia me empurra para aprender mais. De vez em quando penso em Tom, mas não com a frequência que deveria, provocando esporádicos ataques de culpa. O estúdio dominou a minha vida. Claro, imagino que o mesmo seja verdade para meu marido. Depois que ele foi trazido para cá, suas responsabilidades cirúrgicas consumiram-no. Eu deveria estar nervosa por ele não ter me telefonado. No entanto, Tom poderia dizer o mesmo. Sei que seu trabalho é tão exigente quanto sua devoção ao Juramento Hipocrático. Às vezes, penso que ele é como um menino brincando de médico, cujo mundo tornou-se violentamente real. Mas me envergonho quando critico um homem bom. A França precisa de médicos norte-americanos. Admiro sua disposição para servir.

Minha falta de atenção para com meu marido tem me provocado certa culpa. Sob a tutela de John, tenho me lembrado dos rostos que vi desde que cheguei à França: a criança no Le Tonneau, a mulher sentada do outro lado, no trem, o soldado ferido que lutava para andar com as muletas no vagão, o soldado que apareceu à porta de entrada de John.

Cada um desses rostos provoca uma lembrança, uma que eu preferia esquecer.

– Eu lhe disse! – Virginie bate o punho contra o painel lateral da caminhonete verde enquanto a chuva se empoçava acima dela, na capota de encerado. – Você estragou a visita da madame ao marido.

John faz uma careta.

– Fique quieta e suba na frente conosco! Você vai morrer de frio. – Ele se virou para Emma. – Ela tem *um* talento, prever o tempo. Maldita chuva deplorável! – Os pneus giraram furiosamente na lama, mandando pelo veículo um grito queixoso de furar os tímpanos.

Eles estavam a mais de três quartos do caminho para Toul, quando o caminhão atolou na estrada barrenta. Emma enfrentara uma guerra de nervos durante a maior parte da viagem, antecipando seu encontro com Tom. Será que ao menos os dois se reconheceriam? Ele seria a mesma pessoa que deixara Boston a quase meio ano?

– O quê? – Emma perguntou. – Estamos atolados? – O som dos pneus sendo sugados na lama forçou-a a abandonar as questões espinhosas que a preocupavam. À frente, na estrada estreita, apenas nuvens cinzentas e pesadas e galhos curvos de árvores carregados de folhas pingando. Ela se perguntou se um dia chegariam a Toul.

– Droga, mulher; você também, não – John disse a ela. – Você esteve em algum outro lugar durante toda a viagem.

– *Sir* Jonathan! – Virginie gritou do fundo, inclinando-se sobre o alto da bagagem, enquanto o advertia apontando um dedo. – Use palavreado cristão quando falar com damas.

– Não vou mudar nem um maldito pingo do inglês real para satisfazê-la – ele disparou de volta. – E com certeza não a considero uma dama. Nunca conheci uma enfermeira que o fosse. – Ele apertou o acelerador, bateu no volante e voltou a praguejar. – Já tive o suficiente das malditas previsões de tempo dela. Sua *alegada* clarividência não é motivo para adiar uma viagem.

– John, aprecio sua preocupação em me levar tão cedo até meu marido... mas eu... *nós* poderíamos ter...

– Por favor, não me irrite! Já estou agitado demais no estado em que as coisas estão. Dei um duro danando para descobrir o paradeiro do seu marido, sem falar na requisição de uma ambulância por dois dias. – As rodas da caminhonete afundaram-se mais na lama. John desengatou a marcha, abriu a porta e saiu na chuva. – Enfermeira! – gritou. – Vá para frente e dirija esta caminhonete. Vou empurrar por trás. O petróleo é precioso demais para ser desperdiçado.

Emma assistiu enquanto ambos brigavam pelo controle do veículo.

Virginie, que tinha sido bastante esperta para usar uma capa sobre o uniforme, também segurava um guarda-chuva. John estendeu os braços ensopados e conduziu a enfermeira pela porta traseira.

Ela subiu no lugar do motorista, seus sapatos, a parte de baixo das meias e a bainha da capa cobertos de lama.

– Vá em frente! – John gritou. – Velocidade máxima em frente. E estou mesmo dizendo *em frente*.

Virginie agarrou o volante como um mecânico, suas mãos disputando com a alavanca, o sapato enlameado pressionando o pedal à esquerda. A caminhonete sacudiu, avançando lentamente, enquanto John empurrava. Em um movimento afobado, ela acidentalmente colocou a ambulância em marcha à ré. Os pneus guincharam na lama.

– Pelo amor de Deus, preste atenção! – John gritou. – Lembra-se de mim?

– *Mon Dieu* – Virginie sussurrou. Ela apertou o acelerador e impeliu o veículo à frente, enquanto tirava o pé do pedal. – *Maintenant!*

A caminhonete avançou com um solavanco violento, quase jogando Emma no para-brisa. O veículo seguiu desabalado pela estrada, até Virginie agarrar a alavanca do câmbio. A ambulância desacelerou e parou em uma inclinação cheia de pedras e pedregulhos. Emma virou-se e olhou através da cortina de chuva atrás da caminhonete.

Salpicado de lama, John cambaleava em direção a elas com um andar furioso e abriu a porta. Enfiou a cabeça avermelhada, coberta de sujeira.

– Pode dirigir, enfermeira. Vou passar o resto do caminho lá atrás. É só seguir as marcações de quilometragem até Toul.

– Conheço a estrada – ela replicou em voz calma.

A caminhonete cedeu com o peso de John quando ele subiu debaixo da lona que pingava.

A chuva amainou um pouco, enquanto Virginie dirigia. A enfermeira desviou-se das grandes poças e da lama pegajosa, manobrou pelos poucos automóveis na estrada, e passou por carroças vagarosas, puxadas a cavalo. Emma, com ocasionais comentários gritados por John, escutava Virginie contar suas experiências em hospital e o quanto John tinha sorte de encontrá-la para trabalhar com seus *mutilés*. A enfermeira também deixou claro que ele não era o único responsável por seu domínio do inglês. Uma amiga também a ensinara.

John bateu em suas roupas enlameadas com um trapo que encontrou amarrado a uma lata de gasolina. Depois de ter se limpado um pouco, ficou mais animado, discursando sobre suas incursões na reconstrução facial e técnicas de confecção de máscaras, cumprimentando a si mesmo com tapinhas nas costas quando necessário.

A conversa morreu quando a cidade fortificada de Toul, envolta em bruma, surgiu no horizonte.

– Meu Deus! – Emma disse. – Um soldado no navio pensou que Tom poderia estar aqui. – Ela se virou em seu assento e encarou John, que se aninhava pegajoso e molhado na maca da caminhonete.

Ele apontou a leste.

– E, a 35 quilômetros daqui, homens morrem no *front*, se é que estejam lutando nesta bagunça lamacenta. O hospital não fica longe. Estive aqui algumas vezes.

Em frente a eles, os muros da fortaleza de Toul erguiam-se da terra encharcada. No perímetro, um grupo de soldados franceses parou a ambulância. Depois de interrogá-los e inspecionar a caminhonete, com o símbolo da Cruz Vermelha nas portas, os soldados deixaram-nos passar pela Porte de France. Emma imaginara uma recepção mais agradável para seu encontro com Tom. Em vez de uma aldeia cercada por campos de lavanda, pereiras floridas e uma praça ensolarada cheia de fontes, Toul achava-se úmida e desolada sob o céu baixo e sufocante. A cidade era bastante pitoresca por si só, mas as ruas estavam vazias, e gotejava água em fluxos escuros por suas construções de pedra. Cá e lá uma lâmpada acesa dentro de uma loja atribuía uma leve animação ao dia. Emma pensou ter sentido cheiro de enxofre no ar, talvez o tênue cheiro de pólvora usada, mas depois achou que seu nariz poderia estar lhe pregando peças.

A caminhonete balançava sobre as ruas pavimentadas com pedras, e, a cada nova sacudida, John desencava a maneira de Virginie dirigir.

– Quieto – a enfermeira contra-atacava.

John instruiu-a a virar à esquerda, e as ruas ficaram um pouco mais largas.

– Ali – ele disse –, o prédio com as bandeiras.

Emma firmou os olhos pelo para-brisa sujo para uma estrutura sólida e branca, saturada de bandeiras francesas e da Cruz Vermelha.

– *Voilà* – Virginie disse. – Chegamos, sãos e salvos, apesar dos alemães e da sua condução, Sir Jonathan.

John deu uma cotovelada nas costas do assento, e Virginie estremeceu.

A enfermeira tentou estacionar em uma viela estreita, ao lado do hospital, mas a via estava cheia de ambulâncias. Seguiu pela rua e parou o veículo em frente a um prédio vazio.

Emma abriu a porta e saiu para a garoa. A viagem desde Paris tinha levado mais de doze horas.

– Obrigada por telefonar para Tom ontem à noite – Emma disse a John enquanto ele deslocava seu grande volume na maca da caminhonete. – Eu estava muito aturdida.

John equilibrou seu corpanzil junto à lateral da ambulância até seus pés tocarem a rua.

– Não sei por que me sinto compelido a brincar de casamenteiro. Era de se pensar que um marido e uma esposa que não tenham se visto por tanto tempo mantivessem um contato mais assíduo.

Emma corou e virou as costas.

– Tom ficou bem satisfeito quando falei com ele, um pouco incomodado, mas, fora isso, animado – ele continuou. – Um cirurgião está sempre ocupado durante a guerra.

Emma tomou a frente na ida ao hospital, uma construção de pedra pontuada por algumas janelas, e não tão grande quanto ela esperava. À parte da palavra *Hôpital* acima da porta, uma pessoa poderia ter passado por ele com pouca ideia do trabalho que se desenvolvia atrás da fachada.

A enfermeira sentada atrás da recepção cumprimentou Emma com um seco "*Bonjour*". O lugar cheirava a antisséptico e álcool. Vários homens barbudos conversavam em voz baixa, ou liam um jornal ou livro, muletas apoiadas em suas cadeiras. Outro sentado em um canto, balançava-se e murmurava, atirando as mãos para cima, alheio aos outros a sua volta. O lado esquerdo do seu rosto e o alto da cabeça estavam enfaixados.

Virginie assumiu a apresentação em francês. Emma entendeu algumas palavras: *d'accord, certainement, allons*, mas a maior parte da conversa ficou além da sua compreensão.

– Bom? – John interrompeu. – Onde ele está?

– Ela acha que ele acabou de sair de cirurgia – Virginie respondeu. – Paciência, paciência. Vocês, ingleses são muito prepotentes.

– Se os franceses tivessem sido mais agressivos, esta guerra teria terminado.

– Você está molhado, cansado e de mau humor – Virginie disse, reprimindo um rosnado. – Precisa escolher as palavras com cuidado, Sir Jonathan. Outras pessoas podem não ser tão condescendentes quanto eu.

– Por favor – Emma disse –, estamos todos em função do mesmo resultado, gostando ou não da situação. O mundo nunca viu uma guerra como esta.

A enfermeira do hospital levantou-se e subiu uma escada no fundo da sala. Um silêncio incômodo caiu sobre Emma, Virginie e John até ela reaparecer no térreo e fazer sinal para que os três subissem.

O pulso de Emma acelerou.

Virginie foi a primeira a subir. No alto, Emma seguiu-a por um corredor estreito. Dos quartos adjacentes, homens feridos tossiam ou gemiam. Uma sequência de luzes no alto lançava suas sombras opacas em um chão gasto e enlameado pela chuva. A enfermeira conduziu-os por dependências cirúrgicas contendo camas brancas e mesas prateadas cheias de frascos, bisturis de aço inoxidável e pinças. Em um quarto, um homem estava deitado, coberto até o pescoço com um lençol branco, sangue espalhando-se pelos seus ombros como uma flor carmesim. No final do corredor, a enfermeira virou à direita.

Quando Emma dobrou a esquina, viu seu marido, seu avental branco raiado e manchado de sangue, conversando com outro médico.

Tom avistou o grupo, e um leve sorriso formou-se em seus lábios. Parecia mais magro, olhos fundos e escuros, pele amarelada, uma atitude tão frágil quanto o de uma borboleta ferida, totalmente sem forças, como se um sopro de vento pudesse mandá-lo longe.

Emma resistiu à tentação de correr para ele e tomá-lo nos braços. Por sua experiência em hospital em Boston, sabia que não devia. Ele se preocuparia com o risco de contaminação ou de infecção. Aparentemente, adotando sua apreensão de longa data, Tom caminhou até ela, passando por Virginie e John, inclinou-se e beijou sua testa de leve.

Emma apertou os lábios, mas neles não surgiu nenhum beijo.

A enfermeira do hospital e o outro médico saíram, deixando os quatro no corredor.

– Você parece cansado – Emma comentou, depois de Tom ter cumprimentado John e Virginie.

– Exausto.

– Agora que estamos aqui, vamos deixar vocês – Virginie disse.

– Não será necessário – Tom respondeu.

– Claro que não – John disse, com entusiasmo. – Precisamos discutir o assunto do possível controle do estúdio pela sra. Swan.

– *Arrêtez* – Virginie ordenou. – Mais tarde. Vocês podem falar de negócios *ce soir*.

– *Vous pouvez vous tuer à discuter, elle ne s'avouera pas vaincue pour autant* – Tom disse.

– *Oui* – Virginie retrucou. – Não tem como discutir comigo. – Ela agarrou seu chefe pela manga e puxou-o pelo corredor. – Vamos fazer nossas próprias rondas. *Tout de suite*.

– Mas não temos rondas para fazer – John protestou enquanto Virginie levava-o embora.

Tom sorriu enquanto os dois desapareciam e então olhou para a esposa. A felicidade momentânea esmaeceu, o sorriso sumiu e uma expressão melancólica, que Emma raramente vira em seu marido, surgiu em seu rosto. Na verdade, ela ficou chocada com a extensão de sua formalidade.

Tom indicou uma sala do outro lado do corredor.

– Meu consultório. Divido-o com outro cirurgião, mas agora ele está de folga.

Ela o seguiu em uma sala parcamente mobiliada, onde uma janelinha dava vista para um prédio austero do outro lado da rua.

Tom puxou a corrente de contas do abajur da mesa; a lâmpada crepitou e lançou uma luz triste e fraca.

– Toul não é Boston – ele disse, ao fechar a porta. – Até a eletricidade é suspeita. – Ele se sentou na beirada da mesa e olhou para ela.

Emma sentiu-se como se estivesse olhando de volta para um estranho, mas reprimiu o mal-estar e foi até ele.

Tom apontou para seu avental sujo de sangue e afastou-se na mesa.

– Seu francês parece perfeito – Emma disse.

– Quando você o usa todos os dias, durante cinco meses, aprende bastante. – Ele tamborilou os dedos na mesa. – E não tenho nada para fazer na minha folga, a não ser dormir e estudar a língua.

– Qual é o problema? – ela perguntou. – Você não parece você mesmo.

– Não quero encostar o sangue em você. Tem coisa ruim por aí.

– Você está bem? Nunca o vi tão magro.

Ele suspirou.

– Tão bem quanto era de se esperar. E você?

Emma desabou em uma cadeira, olhou para suas mãos e pensou em como responder à pergunta dele. Por fim, depois de um tempo, durante o qual seu rosto avermelhou-se e seus músculos ficaram tensos, ela deixou escapar:

– Nosso navio militar evitou um ataque dos submarinos alemães, desembarquei na França apenas com dólares americanos, consegui uma viagem de trem a Paris e agora moro com um médico inglês pedante, que me ofereceu a companhia de sua enfermeira francesa e da empregada, nenhuma das quais o suporta. E você só consegue perguntar "E você?".

Tom resmungou e se remexeu na mesa.

– Não, realmente, Tom, sinto muito deixá-lo incomodado, mas deixei Boston, viajei quase 5 mil quilômetros em busca de uma nova vida, depois que você extirpou a nossa com sua alma generosa. Por favor, me entenda, sua decisão foi nobre, mas vim para a França para começar o que parece um trabalho absolutamente insano e você mal parece contente por eu estar aqui.

Ele tirou o avental e pendurou-o atrás da porta.

– Sinto muito, Emma. – Puxou uma cadeira em frente à dela e pegou nas suas mãos. – Estou cansado. É a guerra. Luto com a morte diariamente.

– Nem mesmo um beijo de verdade – ela disse.

– Tudo bem, um beijo. – Ele se inclinou para a esposa, roçou as mãos em seu pescoço e ombros e depois levou seu rosto para perto do dele. Seus lábios pareceram forçados e reservados junto aos dela; uma simulação de amor, desprovido de paixão.

Algum dia ele poderá voltar a me desejar, ou eu a ele? O toque de Tom pareceu tão decepcionante e frio quanto o consultório do hospital em que estavam. Será que ela queria ressuscitar o período de logo após seu casamento, quando ele pelo menos tentava fazer amor? Emma lembrou-se dos dedos dele, com seu superficial acesso de desejo, perdurando em sua pele. A troca sexual era meramente satisfatória então, sua relação amorosa tão metódica e monótona quanto sua vida doméstica. Ao refletir sobre o passado, o corpo nu de Linton Bower irrompeu em sua mente.

Tom desfez-se do abraço dela.

– Nós dois mudamos – Emma disse.

Tom afastou sua cadeira e bateu o punho fechado na mesa.

– Eu lhe disse, estou cansado. Vivo, como, durmo e sonho morte. – Olhou fixo para ela com olhos avermelhados e depois cobriu o rosto com as mãos, antes de tirá-las lentamente. – Se ao menos eu pudesse parar a minha mente de trabalhar, parar de pensar sobre a maldita guerra. Acredite, tem horas em que me arrependo desta decisão e desejo que nunca tivesse vindo para cá. Talvez não devesse ter lhe incentivado a deixar Boston, talvez fosse melhor se você tivesse ficado.

– Bom, agora é tarde demais – Emma disse, reprimindo seu desespero perante a sugestão dele. – Vou ficar em Paris. John Harvey precisa de mim... Pensei que você também precisasse. – Ela analisou a forma caída do marido, e uma súbita pontada de piedade transpassou-a. – Temos que resolver isso, mas primeiro você precisa descansar.

– É você tem razão nas duas coisas – ele concordou, a voz revestida de tristeza.

Emma olhou para os fiapos e as gotas de lama que cobriam seu casaco, tentando em vão espaná-los.

– Estou com medo, Tom.

– Do quê?

– De várias coisas – ela respondeu, olhando de volta para ele. Considerou a distância emocional entre ambos e pensou melhor em vez de ir muito a fundo, rápido demais. – E se eu fracassar no meu primeiro dia no estúdio? E se minhas máscaras forem um desastre?

– Todos os dias morrem homens nas minhas mãos.

– Não é a mesma coisa – ela disse, irritada com a comparação. – Esses homens morreriam de qualquer jeito. Não poderia salvá-los porque nenhum homem poderia. Eles estavam nas mãos de Deus. Meus soldados estão vivos e me procuram para ajudar. E se eu não puder fazer isso por eles? Não consigo nem esculpir um rosto direito.

Tom agarrou a beirada da mesa.

– Pode ser que isso seja verdade, mas não acene a bandeira branca até tentar. Ninguém morrerá em seu estúdio.

– Não é disso que se trata. Você tem absoluta certeza de que nossas escolhas foram as certas? E se estiverem erradas?

– Não tenho certeza de nada. Há dias em que o mundo parece o inferno, e nada do que faço dá certo. – Ele se inclinou para ela. – Nossas escolhas individuais trouxeram-nos para este lugar, e talvez seja este o problema. Sempre estivemos por nossa conta, mesmo estando juntos.

Emma estremeceu sob o casaco, reconhecendo a verdade das suas palavras.

– Você vai ficar comigo esta noite? – ele perguntou, depois de alguns minutos. – Podemos conversar, se não estiver cansada demais.

– Suponho que sim, mas também estou à disposição de John. Ele mencionou que vai ficar com amigos militares perto de Toul.

– Fique comigo. Posso arrumar outras acomodações para John e Virginie. Você vai voltar para Paris amanhã?

– Vou. – Emma estudou o rosto esquelético. O lábio inferior de Tom vibrou quando a esposa se levantou da cadeira. Tremendo, ela se apoiou nele, deixando longe todas as distrações do hospital, respirando o cheiro quente e conhecido da pele dele, que emanava levemente acima do cheiro de antisséptico. Abaixou a cabeça, querendo beijar suas mãos, mas ele a impediu com um toque delicado em seu ombro.

– Infecções – lembrou-lhe.

◈

Tom levou Emma até o chalé, depois de um jantar tardio com John e Virginie, e então voltou ao hospital. Tinha providenciado a noite; a esposa ficaria em seu chalé, John e sua enfermeira ficariam na casa do diretor, em Toul. Pela manhã, os três voltariam a Paris para esquematizar juntos os planos finais para o novo estúdio e a finalização dos últimos dias de treinamento de Emma com seu mentor. Durante o jantar, John reclamou das inconveniências sofridas nas mãos de "marido e mulher famintos de amor". Listou suas queixas: uma escova de dentes esquecida, pijamas que precisavam de conserto e sono agitado em uma cama desconhecida. Virginie garantiu-lhe que poderia arrumar uma escova de dentes no hospital e poderia dormir de cueca, ou nu em um celeiro, no que lhe dizia respeito. Estava feliz em aceitar a hospitalidade do diretor para aquela noite, com ou sem a companhia dele.

Com o passar das horas, o chalé que a Cruz Vermelha requisitara para Tom pareceu tão deserto e solitário quanto a lua. Lembranças passaram pela cabeça de Emma, do tempo da infância até o jantar da noite, enquanto seu cérebro cansado buscava respostas para as perguntas que ela e o marido haviam se colocado à tarde.

Passou grande parte da noite a uma mesinha, bebendo de uma garrafa de vinho já aberta, refletindo sobre Linton, seu marido e as circunstâncias da guerra que a haviam trazido para a França. De tempos em tempos, levantava-se da cadeira e andava pela sala no círculo trêmulo da lamparina, absorvendo, superficialmente, o mobiliário da vida de Tom, tão diferente do lar confortável em Boston, na base de Beacon Hill. Uma cama de ferro ocupava a maior parte do espaço. Uma estante preenchia um canto próximo a uma lareira de pedra. A mesa e duas cadeiras beiravam uma pia de latão, à direita da porta de entrada. O único outro cômodo no chalé era um banheiro com um buraco no chão para servir de vaso sanitário e uma bacia de água manchada de ferrugem.

Os aparatos da profissão de Tom achavam-se espalhados: livros, cartas, um estetoscópio e roupas sujas. Pela bagunça, Emma concluiu que Tom tinha pouco tempo para si, menos ainda para qualquer outra pessoa, inclusive ela. Resolveu aproveitar ao máximo aquele encontro e, por mais difícil que pudesse ser, discutiria o relacionamento deles. Despiu-se, aconchegou-se sob o edredom de plumas, e observou enquanto o fogo, de início forte, foi esmorecendo à medida que a noite a arrastava para o sono.

❖

O vento socou a porta do chalé.

Emma acordou assustada, sem se lembrar de onde estava.

Seu marido estava deitado de costas para ela, o edredom puxado até a cintura, a metade superior do seu corpo coberta por uma camiseta. Emma moveu o braço para tocar nele, mas depois pensou melhor e deixou a mão cair em seu abdômen. A conversa entre os dois teria que esperar. Murmurou algumas palavras de intercessão e se afundou mais em seu travesseiro.

Tom estremeceu em seu sono enquanto a chuva fustigava a janela. A tempestade sacudia as vidraças finas, mantendo-a acordada, imaginando qual seria a duração do aguaceiro. Livrou-se do edredom, o calor da lareira aquecendo suas pernas. Tom havia alimentado o fogo antes de ir para a cama.

Ele resmungou e se virou de costas. O relogiozinho na mesa da cozinha assinalou 2 horas, o carrilhão reverberando na cabeça de Emma.

Ela se ergueu no cotovelo e analisou a expressão do marido. Seu rosto estava pálido, a pele lívida à luz mercurial flamejante, muito diferente do aspecto saudável da Nova Inglaterra, resultante do sol do verão e dos ventos gelados do inverno. O cabelo, malcuidado desde que saíra de Boston, estava mais ralo, mostrando faixas grisalhas, que antes não eram evidentes, nas têmporas. A maior mudança, no entanto, estava nos olhos. Até as pálpebras saturadas de sono eram roxas e cerosas, como se a vida tivesse se escoado delas.

Os olhos de Emma vagaram pela forma dele, achando difícil não serem atraídos de volta a seu rosto. Ela se virou de costas, tentando não o acordar, colocando os pés no chão, como se fossem patas de gato.

Tom gemeu e virou-se de bruços.

Emma pegou uma coberta da cama, foi até a mesa, bebeu um pouco do vinho que sobrara e olhou pela pequena janela. Pelo caminho, os galhos escuros do carvalho sacudiam-se na chuva. No jardinzinho em frente ao chalé, margaridas ensopadas curvavam suas corolas para a terra. Viu-se perdida em pensamentos e desejou poder escrever em seu diário:

O sono chega difícil para ele. Está exausto. Entrando furtivamente e alimentando o fogo sem me acordar! A guerra o está matando. Para mim, não faz diferença se fazemos amor. É muito mais importante estarmos vivos e bem, com uma chance de acertar as coisas... Por que não posso ser sincera quanto ao motivo de ter vindo para a França? Salvar meu casamento ou fugir de uma paixão? Para trabalhar como escultora... ou esquecer aquele determinado segredo que nunca fui capaz de contar a meu marido? Eu mesma mal sei por que vim. Tom é muito mais nobre do que eu, tão determinado ao tomar a decisão. Ele queria, não, precisava ajudar nos esforços da guerra e os médicos franceses. Falava incessantemente sobre a necessidade de cirurgiões qualificados no front. Não sou uma artista nobre que veio salvar o mundo, ou a vida desses homens desfigurados. Achei que esse trabalho me ajudaria a progredir como escultora. Talvez, com o tempo, eu progrida. Parece muito enganoso praticar em homens em prol da minha arte. Na verdade, é desprezível... mas eu não deveria pensar assim. É desse jeito que a mente trabalha às 2 da manhã.

Relampejou em frente à janela, e um rugido baixo ressoou dentro da cidade murada.

Trovão. O som é demorado demais e oco para ser a explosão de uma bomba.

A chuva bateu com força na janela, a água descendo como um lençol pela vidraça. Emma remexeu-se na cadeira de madeira junto à mesa e se serviu de mais vinho.

Se eu fumasse, pegaria um cigarro. Que dia desastroso! A chuva, a viagem de carro, até o jantar com John e Virginie foi esquisito. Queria ficar sozinha com Tom, e lá estavam eles, bem a meu lado, John entregando-se a suas histórias de rostos estilhaçados, e as maravilhas de suas reconstruções; Virginie alfinetando-o o tempo todo. Juro que vão me enlouquecer antes de ele deixar a França. John empalideceu quando não demonstrei um intenso interesse em meu novo estúdio, tendo sido vencida pelas minhas

193

distrações. "É preciso prestar atenção, sra. Swan", ele ficava repetindo, como se eu não conseguisse avaliar a magnitude do trabalho. O jantar não é lugar para um discurso sobre reconstrução facial e as técnicas de confecção de máscara em metal. Mais tarde, Sir Jonathan, quando minha cabeça não estiver tão cheia, o estúdio terá minha total atenção.

E a tragédia final, ah, chamo isso de tragédia, quando, de fato, não é. Como um homem pode fazer amor com você quando está emocional e fisicamente exausto? Mas era de se supor que, passados cinco meses, o corpo estaria ávido, pronto para as exigências da libido. Mas o sexo parece muito sem importância aqui, com uma guerra assolando e nossas próprias emoções suplantando qualquer necessidade sexual. O corpo dele é muito familiar para mim e, no entanto, muito estranho agora, tão estranho e distante quanto meus rostos. Seu peito, seus braços, seu estômago, tudo mais magro do que antes, mas ele todo levemente fora dos eixos. E a sensação, a emoção do nosso encontro, vagas como a noite. Qualquer paixão reprimida em mim escapou como um sopro – se é que alguma vez houve. E, admito, fiquei aliviada de deixar isso se escoar. A pressão é muito menor, agora que ele está dormindo. Eu me pergunto o que teria acontecido se Linton estivesse deitado a meu lado, em vez de Tom.

O relampejar iluminou uma pilha de cartas sobre a mesa. Emma pegou-as.

Ele guardou as minhas cartas.

Ela folheou os envelopes pardos, percebendo que havia mais na pilha do que ela escrevera: cartas de médicos de Boston, correspondência de cirurgiões franceses na Força Expedicionária Americana e bilhetes de John.

Recolocou os envelopes onde os encontrara, bebeu um pouco mais de vinho e olhou pela janela ensopada de chuva. Ao observar a enxurrada, um pensamento súbito gelou-a, e um calafrio percorreu sua coluna. *E se alguém de Boston tivesse escrito para ele? E se Tom souber a respeito de Linton?*

CAPÍTULO 5

PARIS E O *FRONT*

Final de outubro de 1917

– ESTOU FELIZ QUE ELE tenha ido embora – Virginie disse, sua voz elevando-se a cada palavra. – *Il est odieux*. Imagine, pedindo-me para trabalhar na Inglaterra! *Jamais*! Detesto ele. Inglês tirano.

– Não fique tão nervosa – Emma pediu, fechando o livro de anatomia que andara estudando. – Faz semanas que John se foi. Só quis dizer que de vez em quando gostaria que estivesse por perto. Afinal de contas, foi ele quem estabeleceu esta técnica para o Corpo Médico do Exército Real. E, apesar do que você poderia pensar, não acho que ele a *odiasse*. Na verdade, acho que a admirava por enfrentá-lo. John nunca conseguia quebrá-la. Considere como um cumprimento ele ter a escolhido como assistente.

– Ele me deixava nervosa e exausta – Virginie retrucou. – Mas você tem razão, já não importa mais.

– Eu sei. – O sol passando por detrás das nuvens lançava sombras rápidas pelo assoalho de madeira. – Criamos o Estúdio para Máscaras Faciais e deveríamos ter orgulho disso. Eu não poderia ter feito isso sem você e madame Clement. Segunda-feira, quando abrirmos, imagino que teremos uma fila de homens a nossa espera se a previsão de Sir John estiver correta.

Emma foi até a janela e colocou as mãos no peitoril, onde a cálida luz de outono dissolveu o frio dos seus braços. Quando fez um balanço de tudo que haviam criado, ficou satisfeita com o resultado. O estúdio era tão agradável quanto ela e suas assistentes puderam fazer. O processo fora longo e difícil, especialmente com John e Virginie batendo cabeça quase o tempo todo, mas Emma reconheceu o valor deles como equipe: John como um professor pedante; a inteligência e perspicácia de Virginie; e a mão firme de madame Clement, a empregada, que os mantinha confortavelmente alimentados e dentro do cronograma.

Por um pequeno salário, fornecido pela Cruz Vermelha e reforçado por alguns francos vindos de Tom, Virginie e madame Clement tinham aceitado o convite de Emma para permanecerem no estúdio. Virginie ficou empolgada por se livrar de John, que a havia contratado, juntamente com madame Clement, antecipando a chegada de Emma. Sob o comando dele, as duas tinham suportado exigências tediosas e um treinamento rigoroso, mas sua "tirania" facilitara a transição para Emma. Só Virginie construíra mais de vinte máscaras faciais sob a tutela de John.

Emma havia atuado com a Cruz Vermelha para garantir os dois andares superiores do prédio no Quartier Latin, perto da igreja de Saint-Étienne-du-Mont. Da entrada de pedra arqueada na rue Monge, uma passagem levava a um pequeno pátio e a uma escada de madeira ao fundo. As paredes do pátio eram cobertas com hera, e seu largo cheio de estátuas em mármore e bronze, compradas por Emma em um mercado de pulgas.

Diariamente, madame Clement trazia refeições de sua casa e, de tantos em tantos dias, comprava flores novas. Quando a empregada esquentava os pratos no fogãozinho, os aromas de sua deliciosa comida enchiam o estúdio. Fazia *coq au vin* quando conseguia uma galinha; preparava batatas de todos os jeitos; assava bolinhos ou biscoitos, que às vezes enfeitavam a mesa, apesar da escassez de açúcar e farinha. O estúdio tornou-se um bastião contra a guerra, com sua luz quente, flores, cartazes decorativos, bandeiras americana e francesa, pratos caseiros e garrafas de vinho.

Madame Clement morava perto, no Quartier, enquanto Emma e Virginie ocupavam um dos dois pequenos cômodos no andar acima do estúdio. A mansarda, com sua janela angular que dava para o horizonte confuso de Paris, continha uma mesa de carvalho batida, uma cadeira, duas camas de ferro e era aquecida por uma lareira. O espaço parecia pequeno, até para os padrões de Boston, mas Emma sabia que seria acolhedor e quente durante os dias de cinza invernal que estavam por vir.

O último membro da equipe, que ainda deveria se juntar a eles antes da inauguração, era um marroquino alto, que usava *fez*,* chamado Hassan;

---

* Chapéu masculino, cilíndrico, de feltro, de copa alta, sem aba, geralmente possuindo uma borla presa a um cordão que sai do alto do chapéu, no centro, usado por alguns muçulmanos. (N. T.)

homem de pele azeitonada, com cabelos pretos abundantes. Tinha trabalhado com Virginie em um hospital e perguntado sobre um trabalho no estúdio. Emma conseguiu um pequeno salário para ele depois de entrevistá-lo, bem como dependências para moradia no sótão, oferecendo o quarto do outro lado do *hall*, em troca dos seus serviços. Hassan mal falava ou lia inglês, mas, através de sua intuição e inteligência, podia interpretar um olhar ou um gesto como se alguém tivesse falado com ele. Era forte o bastante para carregar suprimentos, apesar de mancar de leve por causa de um ferimento sofrido na perna em meio à guerra. Ao lhe ser apresentado, Emma descobriu que Hassan tinha muita habilidade para lidar com os pincéis e espátulas de modelar argila, usados na criação de máscaras.

Mais para o final da tarde, depois de um dia de limpeza e organização do estúdio, uma batida insistente à porta perturbou a breve chance de Emma relaxar. Logo, madame Clement, em um dos vestidos caseiros simples de que gostava, surgiu com um rapaz a reboque. Emma reconheceu sua forma magra, o cabelo castanho-claro e os olhos de cor nitidamente âmbar, de um encontro anterior. Era um mensageiro do hospital em Toul, que viera com Tom, em setembro, buscar suprimentos médicos em Paris. O mensageiro e seu marido tinham feito uma breve visita à rue de Paul, antes de viajarem de volta para o hospital.

Hoje, Emma sentiu que havia algo de errado. O mensageiro abaixou a cabeça e cochichou com madame Clement. A empregada franziu o cenho e depois acenou com a cabeça, conforme o mensageiro falava. A ampla sala do estúdio, com uma parede de onde pendiam máscaras de gesso de homens sem nariz, com bocas torcidas e olhos cegos, adquiriu uma impressão sinistra. As máscaras eram usadas como guias, para preencher a carne perdida pelo ferimento.

Virginie surgiu à porta e perguntou:

— Está tudo bem?

Emma, preocupada com o tom do mensageiro, rebateu:

— Acho que a pergunta é: "Qual é o problema?".

— *Qu'est-ce que s'est passé?* — Virginie perguntou a madame Clement.

A empregada inclinou-se para a enfermeira e, assim como o mensageiro, cochichou.

— O que está havendo? Aconteceu alguma coisa com o Tom? — Emma caminhou até eles com certa hesitação.

— Um momento, madame — Virginie disse a Emma e interrompeu a conversa de madame Clement com o mensageiro, concentrando sua atenção no jovem rapaz. Depois de uma breve discussão, a enfermeira disse: "Seu marido quer falar com você".

– Ele está aqui?

– Não, em Toul.

– Ele está bem?

– Está, mas tem um assunto importante a discutir com você.

– O mensageiro não faz ideia do que se trata? – Emma perguntou, impaciente, entrelaçando as mãos à frente.

O mensageiro e Virginie tiveram outra conversa.

– Ele não faz ideia, mas aparentemente *monsieur* Swan está preocupado, mais preocupado do que o mensageiro jamais o viu.

– Não aguento isto – Emma disse. – Por favor, faça com que madame Clement ligue para Tom, no hospital. O chalé não tem telefone. Está muito tarde para viajar hoje. Virginie, pergunte ao mensageiro se ele não se importa de passar a noite aqui. Podemos sair amanhã cedo.

Virginie falou com o mensageiro e depois com a empregada, que acenou com a cabeça e saiu da sala. O mensageiro tirou o chapéu e fez uma leve mesura para Emma.

– Ele pode ficar no quarto de Hassan, já que ele ainda não chegou. – Emma alisou o vestido e encarou o rapaz, que olhou de volta com igual intensidade. – Vou arrumá-lo. – Ela subiu a escada correndo, abriu a porta do quarto do marroquino e ficou tremendo junto à cama, lágrimas toldando sua visão. Piscou-as para longe, afofou o travesseiro branco e puxou o cobertor xadrez, para ter certeza de que os lençóis estavam limpos. Cutucou o fogo com o atiçador da lareira e varreu um pouco de cinza caída para dentro de um balde.

Virginie surgiu à porta.

– Madame Clement está fazendo o jantar para nós três. Ela ligou para o hospital. *Monsieur* Swan não está lá... – A enfermeira piscou, como se procurasse as palavras adequadas.

– Sim?

– Seu marido está no *front*.

Emma firmou-se junto à cama e depois se sentou, aturdida com a notícia.

❖

De vez em quando, entretida com a vida parisiense, Emma construía fantasias românticas sobre o marido, apesar da estranheza entre o casal. Frequentemente pensava que, terminada a guerra, os dois poderiam fazer de Paris seu lar. Seria a chance de eles recomeçarem, voltar aos dias em que apreciavam um ao outro, mas esses pensamentos tinham estourado feito bolhas ao vento conforme a realidade da guerra foi absorvida.

Emma dormiu pouco durante a noite, imaginando Tom atormentado por cada desastre possível relacionado à guerra. Depois de um café da manhã de fatias de pera e mingau de aveia, ela e o mensageiro subiram na ambulância. Na rua gelada, os primeiros raios difusos da madrugada riscavam o céu a leste. Conforme se afastaram de Paris, o dia ficou mais agradável com o nascer do sol. Perto do meio-dia, eles acompanharam um comboio de caminhões do exército que lançou fumaça cinza e poeira durante uma hora, até os motoristas pararem sob uma fileira de bétulas esguias. Os jovens soldados espalharam-se por um campo para esticar as pernas e comer. Emma e o mensageiro, que conversavam apenas em frases truncadas em inglês, concordaram que poderiam passar sem almoço, para apressar a viagem.

Chegaram em Toul às 7 horas da noite.

No hospital, Emma encontrou um médico francês que falava inglês e perguntou sobre Tom. Era um homem magro, simpático, chamado Claude, que, assim como Tom, sofria de excesso de trabalho e muito pouco sono. Seu rosto estava cheio de vincos, mas as várias rugas em suas têmporas levaram Emma a acreditar que, mesmo sendo médico, ele conseguia rir naquela época difícil.

– Ele foi chamado ao *front* porque dois cirurgiões estão com disenteria – Claude contou. – Os médicos são escassos. Ele se ofereceu para ir.

Emma agradeceu-lhe e virou-se para sair.

– Aonde está indo, madame? – Claude perguntou.

– Ao *front* – ela disse, naturalmente.

Claude riu e pegou um cigarro no bolso do paletó.

– Venha comigo. Preciso fumar. – Ele conduziu Emma escada abaixo, até a grande sala de visitas, onde se estatelou em uma cadeira e acendeu seu cigarro. – O *front* fica a 35 quilômetros daqui, mais ou menos. Está escuro. Você é mulher.

– Mulher? O que o meu sexo tem a ver com encontrar o meu marido? O mensageiro me disse que Tom estava desesperado para me ver.

O médico sorriu e apontou a ponta incandescente do seu cigarro a Emma.

– Por favor, entenda, madame Swan, não fui eu que inventei isso. Tanto o exército francês quanto o dos Estados Unidos recusaram seu sexo no *front*; até mulheres desesperadas por lutar. Eles não permitirão sua entrada a esta hora, ou talvez em nenhuma hora.

– Então, eu vou como homem.

Claude deu uma risadinha.

– *C'est la chose la plus insensée que je n'ai jamais entendu.*

– O senhor disse que sou maluca?

– Ah, perdão, madame. A senhora não, a ideia.

Seu sorriso sarcástico transformou-se em um olhar esperto.

– *Peut-être...* A senhora tem alguma roupa?

– As que estou usando e uma muda na minha mala, mas posso me virar com as roupas de Tom, no chalé.

Claude espanou algumas cinzas caídas na perna da sua calça.

– Não, a senhora precisa de um uniforme. Não tenho uniformes norte-americanos, só franceses, dos soldados mortos.

Emma levou um susto, mas afastou sua aversão.

– Isso servirá. Tem algum do meu tamanho?

– Não importa. A maioria deles não cabia no homem que morreu dentro dele. Os sentinelas não saberão a diferença.

Claude apagou o cigarro no chão e depois levou Emma até um quartinho debaixo da escada. Pilhas de calças, camisas, botas, perneiras e capacetes militares estavam abarrotadas em prateleiras de madeira.

– Aqui é o vestiário dos mortos – Claude disse com um sorriso inquietante. – A maioria das viúvas quer que o marido seja enterrado de terno, não de uniforme. Alguns nós devolvemos ao exército para serem usados por outros soldados. A maioria, queimamos por não poderem ser usados.

Emma escutou, sem entusiasmo, os comentários de Claude, enquanto remexia no amontoado de roupas. A maioria estava em boas condições, mas algumas estavam parcialmente raladas ou salpicadas com as manchas pretas de sangue seco.

– Aqui você pode criar a sua moda – Claude disse.

Enquanto escolhia entre as roupas dos mortos, com a intenção de criar seu disfarce, o pensamento macabro de Halloween surgiu em sua cabeça: É como me vestir para algum tipo de festa grotesca. É insano! Emma o afastou da mente.

– Depois de eu me vestir, o mensageiro vai me levar ao *front*?

Claude abanou a mão.

– O mensageiro vai levá-la para o chalé, para uma boa noite de sono. Ele é um homem, não uma mula. Está cansado de dirigir hoje, como você deveria estar. Junte as roupas e leve um pouco de comida do hospital. Richard a acompanhará até o chalé.

– Posso andar daqui.

– Não – Claude disse, enfaticamente. – Richard a acompanhará. Nenhuma mulher deveria andar sozinha no escuro. Não é certo.

Emma suspirou.

– Tenho andado tão ensimesmada. Nem mesmo perguntei a ele o seu nome.

– Não importa – Claude disse. – Ele tem um problema de saúde que o impede de servir o exército, mas não sua *jeune femme*. – O médico estalou a língua.

Depois de reunir suas roupas e a comida, Emma encontrou Richard. Ele a deixou no chalé depois de um curto trecho de carro. Segurava as roupas dela na mão esquerda, e com a direita fez um movimento para virar, ao chegarem à porta. Hesitou em abri-la ele mesmo.

Emma virou a maçaneta de latão, e a porta abriu-se com um rangido.

– Você tinha razão – ela disse, sabendo que ele poderia não entender seu inglês. – Por que a porta estaria trancada? Por que haveria roubo em uma cidade fortificada, guardada por tropas?

O mensageiro colocou as roupas e a mala dela em uma cadeira e acenou com a cabeça.

– *Bonsoir*, madame. *À demain*.

– *Merci*, Richard. *À demain*.

Pela janelinha, ela observou a caminhonete resfolegar pelo caminho até estar fora de vista. Tirou o casaco e abriu um espaço na atravancada mesa da cozinha para seu jantar. O chalé pareceu familiar; no entanto, considerou-se uma estranha. Pouco havia mudado desde seu tempo com Tom, em agosto. A mesa continha uma confusão de papéis e livros médicos, os lençóis e cobertores estavam enrolados em uma bola, ao pé da cama. Tom saíra apressado.

Que mudança! Meu organizado marido de Boston continua desmazelado. Sacudiu a cabeça surpresa, mas uma pontada de medo passou por ela ao pensar em todas as calamidades que poderiam ter caído sobre ele na linha de batalha.

O que Tom quer me contar que é tão importante? Não posso continuar com isto ou vou ficar louca.

Emma estremeceu e esfregou os braços para afastar o frio. Precisando acender o fogo, abriu a porta e ficou no passeio, ao lado do jardinzinho em frente ao chalé. Levadas por um vento noroeste gelado que soprava contra ela, longas nuvens cinzentas pairavam entre ela e as estrelas. Os carvalhos próximos estavam escuros e nus na noite outonal, enquanto, no jardim, alguns amores-perfeitos amarelos e roxos floresciam em hastes longas e verdes.

Folhas espalhadas criavam uma colcha de retalhos marrom junto aos rebentos de mato ainda intocados pelo gelo. Alguém, talvez Tom, havia juntado lenha e a empilhado em um suporte de ferro, recostado na parede de pedra.

Emma levou algumas toras para dentro e colocou-as na grade da lareira. Voltando ao jardim, catou folhas mortas e cortiça seca, colocando-as debaixo das toras. Sobre a grosseira moldura de madeira da lareira havia uma lata de fósforos. Logo a sala estava inundada por uma luz crepitante e quente.

Comeu seu jantar preparado às pressas, em um espaço que abrira sobre a mesa. A pedido de Claude, uma enfermeira havia preparado uma refeição, com relutância, por ter deveres mais importantes do que servir a esposa de um médico. Consistia em alguns biscoitos duros e carne seca enfiados em um guardanapo de pano. A cavalo dado não se olha os dentes. Uma dor aguda golpeou seu estômago por terem passado horas desde o café da manhã. Seu jantar, com um copo de vinho de uma garrafa recentemente aberta, teve um gosto bom, apesar de sua simplicidade.

Seu olhar foi para as cartas sobre a mesa. O vento batia contra a janela, e uma corrente de ar desceu pela chaminé, fazendo algumas fagulhas voarem das toras para o assoalho de madeira. Emma pulou da cadeira para apagá-las com os pés, e um pedaço de papel, bem enfiado entre o colchão e as molas de metal por debaixo, atraiu seu olhar quando passou pela cama. Se não fosse pela cama mal arrumada de Tom, ela nunca teria notado o pequeno triângulo branco. Esticou a mão para pegá-lo, mas depois parou, sem saber se deveria violar a privacidade do marido em *seu* chalé.

Sou a esposa dele. Claro que ele não tem nada a esconder.

Linton Bower surgiu em um lampejo vívido a sua frente, a força dos seus braços, as curvas musculosas de suas costas nuas e o gosto novo e proibido de seus lábios. Um rubor encalorado de vergonha subiu-lhe ao rosto, bem diferente dos efeitos do fogo crepitante.

Ergueu o colchão e pegou o papel: uma carta, datada do fim de julho de 1917, escrita em um papel de carta branco finamente tecido e dobrado em quatro. Abriu-o.

Meu querido Tom,
Sinto muito ser eu a lhe contar isto, mas sei que línguas vão se agitar e mais cedo ou mais tarde a verdade virá desabalada até você. É melhor ouvi-la de mim do que de uma daquelas mulheres idiota de Boston, que nada mais fazem além de fofocar e caluniar outros para seu próprio benefício.

Desde o começo, nossa amizade baseou-se na verdade, que nós dois temos em mais alta conta. Valorizo seu respeito pelos votos do seu casamento, pela sua honra e compromisso. Imagino que seja por isso que se encontra onde está hoje, servindo altruisticamente em uma guerra longe de casa. Mas, enquanto você serve, outros relaxam em seus deveres. Assim sendo, sinto ser minha função – não, meu dever – informá-lo de acontecimentos aqui, tão desagradáveis e repugnantes que espero que não me odeie por levar este assunto a seu conhecimento. Mas a verdade virá à tona.

Sua esposa tem sido vista em companhia de um artista de Boston, Linton Bower, e infelizmente parece que o par é mais do que apenas companheiros. Eu não lhe diria isso se não tivesse visto esse comportamento com meus próprios olhos. Tenho certeza de que isso é angustiante para você, Tom, mas precisa escutar o que eu digo. Espero que possa entender a dor que esta carta também me causa. Escrevê-la não foi tarefa fácil.

Acho que o primeiro encontro deles foi na Galeria Fountain. O relacionamento progrediu dali...

A carta terminava com um rasgo irregular no final.

Emma caiu na cama, com o corpo tomado pelo choque, o cômodo mortalmente frio, o fogo próximo, mas tão pequeno e distante. Agarrou o peito, e uma reserva de lembranças precipitou-se para ela.

Não, não, não.

O distanciamento de Tom em seu encontro com ele, a relutância dele em fazer amor, sua breve visita a Paris em setembro, a urgência de seu recado ao mensageiro, subitamente, todos esses gestos fizeram sentido. Emma olhou para a carta em suas mãos, sem acreditar. Quis rasgá-la e atirá-la ao fogo, sabendo que estava lutando contra um oponente que já declarara sua presença. E, pela letra, sabia que sua adversária era Louisa Markham.

❖

Durante a noite, o vento parou sua fúria contra o chalé. Emma puxou os cobertores junto ao queixo e olhou para as brasas que se apagavam. Talvez de hora em hora, com frequência suficiente para acordá-la, bombas explodiam no *front*, enviando o estrondo perturbador até seus ouvidos, como um trovão de uma tempestade distante. Tentou dormir, espantar os demônios que espicaçavam seus sonhos: Linton correndo para ela; Louisa rindo histericamente, enquanto Linton tropeça e cai nos degraus; o menino sorridente que ela amava em Vermont; e o bebê sem rosto provocando-a.

❖

Na manhã seguinte, Richard chegou cedo, a caminhonete despertando-a de um sono intermitente pouco antes do amanhecer. Emma, sentindo como se tivesse caído no sono alguns minutos antes, enrolou-se em um cobertor e atendeu à porta, pensando apenas na viagem à frente. Richard, com as bochechas brilhando, sorriu e lhe ofereceu fruta e um mingau de aveia frio.

– *Merci* – ela repetiu várias vezes ao começar a comer.

A cada vez que agradecia, ele fazia uma leve mesura. Depois, Emma indicou uma cadeira extra, Richard puxou-a até a mesa e comeu uma maçã, enquanto ela terminava sua refeição.

Após o café da manhã, enquanto Richard fumava lá fora, Emma fez a cama e discretamente devolveu a carta a seu lugar debaixo do colchão. O uniforme do soldado achava-se no chão.

– Um momento – Emma gritou e pegou as roupas. Pelo sorriso de Richard, percebeu que ele sabia o que estava por vir, talvez tendo sido informado do seu plano por Claude.

Emma foi até o banheirinho, fechou a porta e bateu o cotovelo na parede enquanto se esforçava para se vestir. Se não fosse pela seriedade da situação, teria rido ao se ver no espelhinho de barbear acima da pia. A jaqueta folgada e a calça minimizavam seus seios e seu quadril. Seu cabelo, empilhado no alto da cabeça, coube confortavelmente sob o capacete um tanto avantajado. Enfiou lá dentro algumas mechas soltas e se declarou pronta.

Richard, sentado à mesa, riu quando a escultora saiu do banheiro, divertindo-se com seu disfarce e sua situação.

– *Chut* – Emma disse, mas após a advertência deu com um sorriso largo e uma risada ininterrupta.

– *Non, non* – Richard repetia quando Emma enrolou as perneiras ao redor da calça e depois enfiou as botas. Quando ele se recompôs, levantou-se da cadeira. – *Nous partons pour le Front.*

Emma entendeu e perguntou:

– Preciso de alguma coisa? Passaporte? Documentos de identificação? – Assim que as palavras passaram pelos seus lábios, ela percebeu o ridículo de sua situação. Estava tentando se esgueirar em um campo de batalha, disfarçada de homem, seu sucesso dependendo de Richard, seu guia, e do conhecimento que ele tinha do *front*, não de documentos que mostravam que era uma mulher.

O franzino rapaz sacudiu a cabeça e indicou a caminhonete, parada na viela. O sol matinal brilhava com força no metal verde-oliva.

– Está um dia esplêndido para se ir à guerra – Emma disse. – *Allons-y*.

Antes de fechar o chalé, Emma olhou ao redor do quarto. A cama feita e a mesa arrumada deram-lhe um momentâneo senso de serenidade. Aquela paz, no entanto, foi quebrada por explosões distantes, as primeiras que escutava em horas. Depois que as explosões diminuíram, Emma escutou. O vento atravessava por entre as árvores e sacudia as folhas mortas ainda agarradas aos galhos, mas nenhum pássaro cantava, nenhum animal corria pela viela. A terra estava morta, arruinada por uma guerra bem perto, a manhã servindo apenas à promessa de morte.

Richard girou a manivela da caminhonete, e eles desceram a viela, passaram pelo hospital e atravessaram a cidade. O mensageiro acenou para os soldados franceses quando eles passaram pelos portões.

– *Poilu* – Richard disse, e os soldados devolveram seu gesto.

O caminhão tomou a direção leste, passando por colinas densamente arborizadas, que margeavam a estrada esburacada. O *front* ficava a mais de 30 quilômetros à frente. Richard buzinou para um comboio de ambulâncias e caminhões de combustível que iam para Toul. Emma virou a cabeça quando os veículos passaram. Sob as lonas e as cobertas improvisadas de metal, homens feridos estavam deitados em macas, os braços e pernas balançando frouxos, enquanto as ambulâncias ressoavam acima dos solavancos.

Ao se aproximarem do *front*, eles passaram por uma coluna de soldados norte-americanos. Três carroças de armamento, transportando artilharias e granadas, e puxadas por cavalos, retardavam-se atrás das tropas que marchavam com letargia. Emma achou que, sem capacetes, usando qualquer chapéu possível em suas cabeças, os homens pareciam um bando de maltrapilhos. Lembrou-se da mulher em Saint-Nazaire, que havia lhe contado que os americanos não *conseguiriam ganhar a guerra*.

– *Les Américains* – Richard disse, com certa aspereza na voz. – *Ridicule*.

– Por quê? – Emma perguntou.

– *Parce que…*

– Meu francês não é muito bom, como você descobriu ontem.

– Eu falo um pouco de inglês – ele respondeu, como que citando de um manual de línguas.

– Então me conte, por que você acha que os americanos são ridículos?

– *Nouveau* – ele respondeu.

Emma olhou além dele quando Richard agarrou a direção, perguntando-se se o mensageiro poderia ter razão. Os oficiais norte-americanos no navio eram novos e inexperientes, mas mais do que preparados para dar a vida. O tenente Andrew Stoneman havia lhe garantido sua dedicação à guerra. Ela se perguntou onde o rapaz estaria e se ainda carregaria o retrato que tinha feito dele.

– Os americanos estão preparados para morrer pelo seu país – ela disse.

– *Nos chasseurs. Magnifique.*

Emma olhou para ele sem entender.

– *Blu* – ele disse. – *Le chapeau des Alpes.*

Emma lembrou-se de um grupo de soldados franceses perto do estúdio em Paris. Estavam surpreendentemente vestidos com farda azul-escuro e chapéu alpino da mesma cor. Richard parecia certo em sua dedução. À primeira vista, os caçadores pareciam ser combatentes melhores e mais eficientes do que os norte-americanos mal equipados.

– O tempo dirá – ela respondeu. – Na guerra, todos os homens enfrentam os mesmos perigos. A bravura e o moral servem para alguma coisa.

Richard balançou a cabeça como se concordasse, mas Emma desconfiou que ele tinha entendido só um pouco do que ela havia dito e menos ainda do que insinuara.

A caminhonete aproximou-se do *front*. Richard apontou para uma colina no horizonte. Atrás dela, colunas de fumaça precipitavam-se no céu.

– Bombas – ele disse. – Aqui… calma.

– Calma? – Emma perguntou, perplexa.

– *Oui.* – Ele pensou em suas palavras por um momento antes de falar. – A guerra está quieta aqui.

– Para mim, parece bastante ativa.

Casas de fazenda abandonadas, algumas vedadas com tábuas, outras com o telhado caindo e o madeiramento quebrado, resistiam como tristes aparições dos dois lados da estrada. Algumas vacas esqueléticas, sem os cuidados humanos, e à solta pelas cercas quebradas, vagavam por campos marrons. Enquanto a caminhonete rodava em direção à batalha, Emma deu-se conta de que não fazia ideia de como seria o *front*. Seu parco conhecimento da guerra tinha vindo das cartas censuradas de Tom e do relato civilizado dos jornais de Boston.

Subitamente, Richard levou um dedo aos lábios. Virou à esquerda em uma estrada lateral, que nada mais era do que buracos em um pasto.

A caminhonete balançou pelo capim morto e árvores esparsas e depois desacelerou em uma clareira rasa. Cerca de 50 metros a leste da clareira, uma cerca de arame farpado estendia-se em ambas as direções, até onde Emma podia ver. Montes de terra, como templos negros de barro, erguiam-se em vários pontos ao longo da cerca. Na direção do horizonte sombrio, a menos de 1 quilômetro da primeira fileira de arame, outra grande extensão de rolos de arame farpado e montes escuros estendia-se em uma direção paralela. Mais além, uma vasta paisagem de árvores destruídas e terra crivada de crateras abria-se como uma praga sobre a terra. Fumaça vagava como uma bruma sobrenatural sobre o terreno, enquanto o incisivo rumor de metralhadoras pipocava nos ouvidos de Emma.

– Meu Deus – ela disse, enquanto Richard parava a caminhonete perto de um grupo de soldados franceses. Escondidos por um matagal isolado, eles conversavam e fumavam cigarros.

– *Oui* – Richard disse. – *C'est l'enfer.*

Emma contemplou a devastação abrangente e concordou.

– É… inferno.

❖

Os soldados ignoraram-na. Penetrar no *front* foi mais fácil do que ela previra. Parte dessa facilidade poderia ser atribuída às outras atividades nas mentes dos *Poilu*: cigarros, vinho barato e risadas, até quando o fogo da artilharia e bombas gritavam por perto. Pelo que ela pôde avaliar, aqueles homens eram infantaria comum, usando uniformes azul-claros, respingados de lama, o equivalente a soldados norte-americanos, sem um oficial no meio deles. Os soldados pareciam despreocupados em relação à batalha a sua volta, apoiados em seus rifles, saboreando seus cigarros, bebendo seu *pinard*, rindo com Richard e encarando Emma.

Richard perguntou a eles onde o médico dos Estados Unidos, Thomas Swan, estava trabalhando. Emma entendeu no mínimo até aí. Também escutou as palavras "mulher" e "vestuário" em francês, o que extraiu mais risadas dos soldados.

– O que está havendo? – Emma perguntou-lhe. – Você contou a eles que sou uma mulher, não foi? – Encarou-o, irritada com seu comportamento displicente quanto a sua situação.

O mensageiro sacudiu a cabeça e apontou para um dos soldados, um homem baixo, de barriga redonda e uma barba cheia e preta.

O soldado adiantou-se.

– Eu falo inglês. Estudei na escola. Vou levá-la até seu marido.

Emma tirou o capacete, deixando o cabelo se soltar. Os homens pararam de conversar e olharam para ela com admiração, levando-a a olhar para a jaqueta e a calça do seu uniforme, agora de um marrom acinzentado por causa da sujeira entranhada.

– *Oui* – Emma disse. – *Je suis une femme*.

– Os oficiais ou a polícia impedem as mulheres – o soldado disse. – Não somos oficiais. Coloque o capacete. Vai precisar dele nas trincheiras.

Emma fez o que ele pediu.

– Por favor, leve-me até meu marido. É importante que eu o veja.

– Tudo bem, mas me siga com cautela e preste atenção na cabeça. Se formos parados, deixe que eu falo.

– Espere por mim. – Emma pediu a Richard.

– Duas horas. Depois, preciso voltar ao hospital – ele respondeu.

O soldado antecipou a pergunta de Emma.

– Seu marido está em um hospital de campanha na primeira trincheira, a cerca de 500 metros daqui.

– *Bonne chance* – Richard disse.

– *Au nord* – o soldado respondeu e liderou o caminho ao longo de uma trilha esburacada.

Emma acompanhou conforme o soldado apertava o passo, empunhando o rifle. A uma curta distância, uma escada de madeira apontava do alto de um monte, na terra encharcada. O soldado ergueu o rifle, pisou na escada e desceu por ela como uma aranha tecendo sua teia. Olhou para cima, instando-a a segui-lo. Emma assustou-se com o chão lamacento da trinchei-ra, mas criou coragem e passou as pernas sobre a escada. Lá embaixo, suas botas afundaram na imundície. O ar cheirava a carne fedida, sem banho.

Fios serpenteavam pelo teto sujo. O soldado levou-a para o norte, até um buraco iluminado por luzes pendentes.

Homens dormiam ou estavam sentados em bancos toscos, escavados nas paredes de terra. Os soldados, inclusive um oficial, olharam para os dois com uma expressão dura, mas não disseram nada quando passaram apressados. Seguiram por uma trincheira aparentemente infindável, até que o soldado virou à esquerda em um túnel de ligação.

– Estamos quase chegando – ele explicou e apontou para uma área oculta na escuridão, levando para outra escada que se projetava do lodo fétido. Ele subiu na frente, e Emma seguiu-o.

A luz do sol, embora atenuada por um pequeno grupo de árvores, ardeu nos olhos de Emma. Conforme sua visão foi se ajustando, surgiu outra clareira. Mesas cirúrgicas e de equipamento achavam-se debaixo de uma lona verde que cobria o hospital de campanha. Soldados carregavam ou arrastavam para dentro os feridos, enquanto médicos de avental branco cuidavam das vítimas.

Emma avistou Tom debruçado sobre uma das mesas. Cutucava mecanicamente o machucado de um soldado, limpando com gaze e empurrando a carne com seu fórceps. Quando ela se aproximou, o marido extraiu uma bala do braço do soldado. Por um momento, Tom analisou o metal capturado no fórceps ensanguentado e depois o soltou em uma caneca de lata.

Emma deu um tapinha em seu ombro.

Ele deu uma rápida olhada para trás e disse rispidamente:

– Agora não, estou ocupado!

– Tom... – Emma sussurrou.

Ele se virou, seu rosto sendo tomado pelo choque.

– Deus do céu, Emma. O que está fazendo aqui? Como você chegou?

– Você precisava me ver com urgência. É por isso que estou aqui. – Ela tirou o capacete e colocou-o no chão.

– É... é, isso é verdade, mas não queria que viesse até o *front*. Você corre perigo aqui.

– Você também.

Os olhos de Tom, escuros e cansados, fixaram-se nela.

– Precisa esperar até eu terminar com este soldado, então podemos conversar. Arrume um abrigo no outro lado da passagem.

Tom virou-se de volta para seu paciente. Emma pegou seu capacete e atravessou a clareira, cruzando trilhas de veículos parcialmente ocultas por mato. Sentou-se em uma encosta relvada, longe das carroças e observou os padioleiros desaparecerem e surgirem dos matagais próximos, passando para lá e para cá à sua frente, em uma caótica procissão militar.

– Coloque o capacete – ordenou uma voz áspera. O soldado que guiara Emma jogou-se ao lado dela, suas costas escorrendo um pouco na relva por causa do seu peso. Os franco-atiradores boches estão por toda parte.

Mais uma vez, Emma atendeu a seu pedido.

– Como você faz isto?

Ele puxou a barba.

– Lutar?

– É. Como você aguenta a lama, o frio, o calor e cada atrocidade que vem com a guerra? E também enfrentar a morte?

– Não temos escolha. Precisamos lutar ou nos render... e a rendição é a morte.

– Não seria melhor viver?

– O quê? Entregar a França para nossos inimigos? A guerra arrastou-se e houve motins, mas como poderíamos nos encarar se permitíssemos que os boches vencessem?

Uma quietude sobrenatural pairou no ar após uma rodada de explosões distantes. Todos, inclusive os padioleiros, pararam. Alguns inclinaram a cabeça e olharam para cima.

O soldado virou o rosto para Emma, com os olhos faiscando de terror.

Uma pressão desceu como uma onda sobre eles. Os ouvidos de Emma estalaram, enquanto o soldado se atirava sobre ela.

– Cubra a cabeça! – ele gritou, enquanto a granada despencava na direção deles. Emma cobriu o rosto com os braços, e o peso do soldado tirou-lhe o fôlego.

Uma pancada atingiu seus ouvidos e percorreu seu corpo.

O mundo flutuou a sua volta.

Com o canto dos olhos, ela viu homens, cavalos, carroças e torrões de terra rodopiarem no ar em um balé lento e depois caírem de qualquer jeito sobre o chão.

Passado o choque, o mundo ficou estranhamente silencioso e preto.

❖

Estou morta.

Emma sufocou um grito. Da boca do soldado em cima dela pingava sangue, escorrendo quente sobre sua face e seu pescoço. Empurrou para longe a cabeça que balançava, o capacete rolando para o chão, seus ouvidos mal escutando os gritos abafados a sua volta.

Gradualmente, mais gritos e um coro de gemidos infiltraram-se pela pressão que ocupava sua cabeça, como se ela estivesse nadando no fundo de um lago gelado.

– Tom! – Agarrando o corpo do soldado, Emma tentou empurrá-lo para longe, mas seu volume era demasiado. Esforçou-se, sacudindo o pescoço para frente e para trás, em um paroxismo de medo, chutando as pernas do homem e esmurrando seus ombros, mas o peso continuava imexível, como se uma laje pesada tivesse sido colocada sobre ela.

Por um momento, viu-se tomada pelo terror, convencida de que aquele *Poilu* seria seu sarcófago. Como um fantasma, o rosto de outro *Poilu* flutuou acima dela. A lateral de sua túnica estava manchada de sangue, mas as pernas moviam-se com vigor. Ele deslocou o soldado com um forte empurrão do seu pé com botas. Inclinou-se sobre o corpo, gritou *"mort"* no ouvido de Emma e seguiu caminho.

Ela se ergueu sobre os cotovelos e observou a carnificina. O soldado que a havia salvado estava morto; suas pernas ensanguentadas estendiam-se sobre as dela, a jaqueta do uniforme em tiras pelos torrões de terra, pedras, e estilhaços de metal que apontavam de suas costas. A 10 metros à direita do hospital de campanha onde Tom cuidava de um paciente, subia fumaça de uma nova cratera, cercada por árvores estilhaçadas. Não muito distante dela, um cavalo agonizante gritava deitado de costas, chutando as patas no ar, angustiado. Um soldado foi até o equino, pegou sua pistola e disparou dois tiros na cabeça do animal.

Emma chutou as pernas do soldado, finalmente se libertando. Correu para o hospital de campanha e encontrou mesas derrubadas, vidros estilhaçados e instrumentos cirúrgicos espalhados pela terra marrom. O paciente de Tom estava no chão, os olhos abertos e congelados na morte. O braço do soldado, aquele que continha a bala, fora arrancado do seu ombro.

Emma pulou o equipamento bagunçado e encontrou Tom parcialmente escondido por uma mesa cirúrgica e uma maca. Seus olhos, a princípio fechados, abriram-se piscando. Do lado do seu rosto escorria sangue.

Com toda delicadeza possível, Emma levantou a mesa de cima do marido e prendeu a respiração. Um ferimento aberto corria por sua coxa esquerda e para cima, em direção ao estômago; o avental e a calça que Tom usava tinham sido arrancados, aos frangalhos.

Ele estendeu a mão para ela.

– Emma, o que aconteceu? – Seu sussurro rouco mal penetrou no zumbido em seus ouvidos.

Ela se ajoelhou ao lado dele, chamando seu nome, dizendo-lhe para aguentar firme, rezando para o socorro chegar logo. Agarrou um pano e pressionou-o contra sua coxa, para estancar o fluxo de sangue, procurando qualquer coisa que pudesse funcionar como torniquete, gritando por ajuda, mas ouvindo em resposta apenas os gemidos dos agonizantes. Pressionou o ferimento com mais força, e os olhos de Tom rolaram para trás nas órbitas.

Emma segurava o pano carmesim sobre a laceração, tremendo, as mãos ensopadas de sangue, quando soldados franceses surgiram da floresta como colunas de insetos raivosos.

– Por favor, ajudem meu marido – implorou e desmaiou ao lado dele, seus próprios olhos fechados em choque.

❖

– Como você está?

Emma livrou-se da letargia no saguão do hospital de Toul. O dia, a noite e a manhã tinham passado juntos em um borrão de trincheiras e caminhos escuros que levavam para fora do *front*, homens falando um francês insanamente rápido, uma viagem de ambulância desconfortável, trepidante, e um lento e exaustivo colapso no hospital. Ao se virar na cadeira, não conseguiu se lembrar do dia ou da hora nem se tinha comido ou bebido alguma coisa.

– Madame? Está consciente? – Ao lado dela, as linhas ao redor dos olhos de Claude contraíram-se com sua expressão compassiva. – Precisa descansar. Deixe Richard levá-la ao chalé.

– Não. – Ela massageou a nuca.

– Por favor, madame – Claude implorou e acendeu um cigarro, enquanto ela se afundava mais na cadeira.

– Quero falar com meu marido – ela pediu.

– Ele está dopado. Você precisa descansar.

– Vou ficar aqui até poder vê-lo. Tom vai ficar bem?

– Sou o médico dele – Claude respondeu. – E não existe médico melhor em Toul, a não ser, talvez, o seu marido.

Claude puxou uma tira de papel do bolso do seu avental.

– A enfermeira da recepção me pediu para lhe entregar esta mensagem. – Ele limpou a garganta, como que para dar uma notícia importante. – Você recebeu ligações e telegramas de, ao que parece (a letra dela é terrível), Virginie, madame Clement, um marroquino chamado Hassan e um inglês insuportável chamado Harvey. Todos perguntaram pela sua saúde e a de seu marido.

Emma conseguiu dar um leve sorriso.

– Isso é muito bom. Por favor, diga à enfermeira da recepção para, caso eles voltem a ligar, mandar minhas lembranças.

Claude puxou uma cadeira ao lado da dela, e deu uma baforada no cigarro.

– Falando sério, madame, como você está?

– Ainda desnorteada. Meus ouvidos ficam estalando, e não consigo acreditar que aconteceu isso. Nós dois sabíamos que haveria riscos... Devo a vida a um francês desconhecido.

Claude abaixou a cabeça e olhou para a fumaça retorcendo-se ao redor de sua mão como uma cobra cinza.

– É, talvez você nunca descubra o nome dele. Seu marido tem sorte. Perdeu muito sangue, mas foi sorte dele você estar lá. Pode ter salvado a vida de Tom. Ele vai andar. Haverá cicatrizes com as quais lidar, no lado esquerdo da cabeça, na coxa, no estômago... mas...

Emma olhou para ele.

– Sim... continue.

Claude soltou a fumaça e tossiu.

– ...estou preocupado com um aspecto.

Emma enrijeceu-se na cadeira.

– O estilhaço perfurou sua virilha e sua coxa. Não posso ter certeza sobre os efeitos em sua... – Por alguns momentos, Claude olhou-a intensamente, antes de continuar. – Este é um assunto delicado, madame. – Ele fez uma pausa e arqueou uma sobrancelha, permitindo que Emma captasse sua ilação.

– ...capacidade de ter relações sexuais?

Claude confirmou com um gesto de cabeça

– Eu... nós fizemos o possível para reparar e reconstruir, mas pode ser que os danos tenham sido muito extensos. *Salopards de Boches.*

– Entendo – disse Emma, ignorando o pejorativo de Claude sobre os alemães. – Quando posso vê-lo?

– Pode vê-lo agora, mas ele não pode falar.

– Tudo bem. Vou me sentar com meu marido.

Claude estendeu a mão e levou-a até um quarto arejado, no segundo andar, cheio de homens feridos. Tom, coberto até o pescoço com um lençol branco, estava deitado em uma cama no canto extremo. O médico puxou uma cadeira para ela.

– Talvez você durma enquanto ele dorme. Quando Tom acordar, é possível que consiga falar. – Claude olhou para seu paciente. – Seu marido é abençoado. Richard me contou que a granada era pequena, só 175 mm. – Um sorriso preocupado estendeu-se pelo seu rosto.

Outubro de 1917
Não tenho certeza do dia, nem da hora. Sei que é depois do almo-ço, mas a data exata me escapa. Então, é isto que o choque provoca no corpo? Entrei e saí do sono por horas infindáveis, com a cabeça pousada na cama de Tom. Implorei a uma enfermeira por uma folha de papel e

um lápis para poder anotar meus pensamentos e traduzi-los, mais tarde, para o meu diário. Ver Tom no hospital, enfaixado, teve quase o efeito oposto ao que eu teria imaginado. Frequentemente, minha compaixão é dominada pela minha raiva fervente contra ele, por sua dedicação cega e minha falta de vontade egoísta e minha ignorância em como ser uma enfermeira.

Pelos meus pensamentos confusos, pergunto a mim mesma por que isso aconteceu! Não apenas por que aconteceu a Tom, ou mesmo conosco, mas comigo. Fico pensando que não é justo. Às vezes entra na minha cabeça o horrível pensamento de que Tom merece seus ferimentos por causa da sua devoção obstinada à Medicina, mas depois considero a minha raiva e vejo o quanto ela está deslocada. Estou brava porque vejo o elo tênue entre nós desintegrando-se ainda mais. E se ele morrer? A ideia de perdê-lo me faz definhar de dor. Tanta coisa não dita, tanta culpa e dúvida sobre nossas vidas agora e daqui para frente. Esta guerra conspirou contra nós, e nada que eu faça mudará nossa situação. E saber que Louisa escreveu a Tom sobre Linton... Eu poderia jogar a carta na cara dela e amaldiçoá-la pelo mal que causou.

Preciso terminar porque a enfermeira está me olhando esquisito. Ela quer mudar os curativos de Tom e que eu me afaste da cama dele.

A granada rugiu na direção dela, o cheiro ácido de medo emanando da sua pele. Emma lutou com o soldado morto, até acordar gritando, chutando e agarrando os braços da cadeira.

Tom, com as pálpebras pesadas e os olhos semicerrados, olhava para ela. O quarto estava escuro, exceto por uma fatia retangular de luz branca, que brilhava como fantasma na porta.

– Você chutou a cama – ele cochichou.

Emma tirou as mãos da cadeira e inclinou-se para ele.

– Eu tive um pesadelo. A granada estava vindo... – Ela pegou um pano limpo na mesa de cabeceira e enxugou a testa de Tom. Bocados de sangue vazavam pela gaze no lado esquerdo do rosto dele. – Você está falando. Como está se sentindo?

– Como se uma mula tivesse me dado um chute no estômago.

– Tom...

– *Shhh*, nós vamos acordar os outros homens.

– Faz quase dois dias que você está morto para o mundo. Estou feliz de ouvir sua voz.

Emma queria desesperadamente indagar-lhe *Por que você queria me ver?*, perguntar sobre a carta encontrada no chalé, mas, se havia circunstâncias erradas, naquela hora tão cedo, muito depois da meia-noite, com seus ferimentos ainda tão recentes, aquela era a hora.

– Sinto muito não termos conseguido conversar – ele disse –, mas acho que é melhor esperar.

Emma agradou a mão dele.

– Tudo bem. Podemos ter longas conversas quando você ficar bem. Ficarei aqui o tempo que for necessário para a sua recuperação.

Tom tentou erguer a cabeça do travesseiro, mas gemeu de dor e caiu de volta na cama.

– Não seja bobo – Emma disse, tentando acalmá-lo. – Precisa ficar quieto.

– Estou percebendo – ele sussurrou e então virou um pouco a cabeça na direção dela.

Emma pensou que podia ver, na penumbra, uma camada aquosa de lágrimas formando-se nos olhos dele.

– Eu vou ficar bem – ele disse. – Você precisa voltar a Paris e seguir com seu trabalho.

– Vou ficar aqui. Virginie pode ir tocando. Ela está bem capacitada a tocar o estúdio.

Tom encolheu-se.

– Não, você precisa fazer seu trabalho. Eu insisto.

Emma agarrou a mão dele.

– Tom, seja razoável. Você não tem o direito de insistir. Como pode me pedir para voltar a Paris quando está sofrendo?

Sem hesitação, ele respondeu:

– Porque tem gente que precisa mais de você.

Perplexa com o que o marido dizia, Emma soltou a mão dele e voltou a se afundar na cadeira.

– Entendo – replicou, entrelaçando as mãos e lutando contra as lágrimas que lhe afloravam aos olhos. – Então está bem. Parto amanhã. Será melhor para nós dois.

Tom levantou a mão, mas então, como se pesasse como chumbo, seu braço caiu na cama.

– É o certo, os soldados feridos precisam de você. Tente descansar um pouco.

Emma virou a cabeça para enxugar uma lágrima. Quando olhou de volta, Tom estava dormindo.

Ela fechou os olhos e tentou fazer o mesmo. Um homem vagou pela sua cadeira à noite. Não teve certeza se era um soldado ou um auxiliar do hospital. Pelo que sabia, podia ter sido uma alucinação. As horas escorreram em sobressaltos e sustos, pontuados por lembranças apavorantes do *front*, e as sombras à espreita no quarto. Houve momentos etéreos quando ela olhou ao longo das camas dos doentes e tentou se convencer de que participava de um sonho terrível. Claro, sabia que não era verdade. Aquilo não era um sonho. Em um instante, o mundo tinha ficado muito mais complicado para ela e Tom.

CAPÍTULO 6

PARIS

Dezembro de 1917

UM VENTO IMPLACÁVEL varria a rue Monge. A porta de madeira fez barulho quando Emma a abriu. Cruzando os braços sobre o peito para se aquecer, ela atravessou o corredor às pressas até o pátio, o ar crepitando de frio e cheirando a neve. O inverno em Paris era diferente da mesma estação em Boston. O ar ali era cortante e seco, sem a mistura do sal marinho e da umidade. Virginie havia previsto a tempestade um dia antes, farejando lá fora, formulando sua previsão.

Olhando além do pátio, Emma subiu a escada. A hera pintalgada tremia junto aos muros de pedra, enquanto as estátuas, polvilhadas de flocos, mostravam-se cinza e brancas, contrastando com as folhas de um verde suave.

Ela buscou a chave em seu bolso, encontrou-a e abriu a porta. Um calor abafado, criado pela água fervendo no pequeno aquecedor, envolveu-a ao entrar.

– Neve hoje, como eu disse! – Virginie gritou do grande estúdio na frente do prédio. Hassan resmungou, concordando.

– Oi para você também, *mademoiselle*. A madame Clement fez chá, antes de sair?

– *Oui, sur la table*.

O conhecido bule de chá de cerâmica, coberto por um abafador branco, estava sobre a mesa da alcova. Emma serviu-se de uma xícara e foi até o estúdio, uma sala tão cinza quanto as nuvens nevadas, visíveis pelas janelas. Tirou o casaco e colocou-o sobre uma cadeira. Virginie estava ocupada, pendurando um molde facial na parede, enquanto Hassan, de avental branco e *fez* carmesim a seu lado, trabalhava em outro. Emma analisou-o enquanto ele escavava ao redor da órbita de um olho com uma ferramenta de escultura.

– Muito bom – Emma o elogiou.

Hassan acenou com a cabeça.

– *Merci*, madame.

– Quantos estamos esperando hoje? – Emma perguntou a Virginie.

– Dois. Um de manhã e um à tarde.

– Não é um dia agitado.

– Mas as vítimas continuam a aumentar – a enfermeira retrucou. – Hoje de manhã, li a taxa de mortalidade no jornal. O combate está pesado perto de Cambrai. Principalmente, britânicos e alemães.

– O inverno reduziu a guerra – Emma comentou, esfregando as mãos. – Deveríamos agradecer por ter este refúgio. Mas precisamos animar o estúdio para o Natal. Talvez madame Clement possa achar algum azevinho, velas comemorativas ou outras decorações festivas.

– E champanhe, *pour une fête* – Virginie acrescentou.

Hassan sorriu e com o braço direito brindou com um copo imaginário.

– É, imagino que champanhe seria apropriado para um brinde.

– Falou com seu marido nesta manhã? – Virginie perguntou de repente.

Emma foi tomada pela amargura e, não gostando da sensação, empurrou-a para longe.

– Não, decidi dar um passeio em vez disso. Tenho certeza de que nada mudou desde que nos falamos pelo telefone, alguns dias atrás. Ele está se recuperando muito bem, dando pequenos passos. O médico espera que Tom esteja andando normalmente no primeiro dia do ano. Ele pode até conseguir voltar ao trabalho, dentro de uma capacidade limitada.

– As notícias são cada vez melhores – Virginie disse.

Emma concordou, mas seu coração não estava no gesto. A carta que havia lido no chalé ainda pesava em sua mente, mesmo que tivesse tentado banalizar a lembrança.

– Eu deveria me preparar para nosso paciente.

Emma bebeu o que restava do chá, pegou seu casaco e colocou a xícara na mesa da alcova antes de subir para seu quarto.

Uma vez ali, jogou a peça de roupa na cama e se sentou ao lado dela. O quarto estava gelado sob o céu sem sol, o calor lá de baixo proporcionando apenas um leve aquecimento. A pequena lareira, tão alegre quando acesa, continha apenas cinzas frias. Emma suspirou, alisou as faces com as mãos e olhou para a pequena escrivaninha perto da lareira, onde estavam duas cartas de Anne, a empregada. Agora, sua casa em Boston parecia idílica em comparação com Paris; tais sensações foram trazidas para primeiro plano, enquanto lia o relato de Anne sobre a vida da casa e as diversões com Lazarus.

Lá embaixo, uma porta se abriu e fechou, e Emma ouviu madame Clement chamar Virginie. Emma desceu a escada correndo, feliz em ver a empregada, que carregava uma sacola de itens diversos, um cobiçado filão de pão para o almoço e um buquê de margaridas brancas. Emma não fazia ideia de onde madame Clement conseguia suas flores no inverno.

– Sempre posso contar com a senhora para animar nosso dia com flores – Emma disse, beijando-a no rosto.

– *Bonjour*. – Ela tirou uma carta do bolso do casaco, e entregou-a a Emma.

A escrita era infantil e rabiscada, ao contrário da caligrafia cuidadosamente definida da carta no chalé de Tom. Tinha o selo do correio de Boston, 15 de novembro. Emma abriu-a, estudou a letra de dentro, idêntica à do envelope, e leu-a em pé, na escada.

> *11 de novembro de 1917*
> *Minha querida Emma,*
> *Controlei-me consideravelmente para escrever antes de agora, primeiro por causa do esforço e depois por causa da fragilidade do meu coração. Sei que você poderia levar esta carta imediatamente para seu marido, mas soube pelo Alex (que ouviu um rumor de alguém, talvez de algum soldado de Boston) que Tom está ferido e sem você neste momento. Lamento muitíssimo o que devem estar passando. Mas vamos ao primeiro ponto: não sou o melhor escritor e espero que perdoe minha pobre caligrafia. Quando criança, antes que a cegueira se instalasse, aprendi a escrever. Meus esforços não foram muito além daquele primeiro ponto. Mas se eu me sentar sob o sol direto, consigo discernir as linhas pretas que coloco no papel. Outros poderiam chamar isso de riscos, mas para mim constituem uma escrita. Em geral, Alex me ajuda com a ortografia e a correspondência, mas ninguém, nem mesmo ele, sabe que estou elaborando esta carta.*
> *O segundo ponto é que os últimos três meses têm sido miseráveis desde que você foi embora. Penso em ti todos os dias e me pergunto, em geral aflito, sobre sua segurança e bem-estar. Sei que está fazendo o trabalho que esperava fazer, agora que se estabeleceu em Paris. Consegui seu endereço por meio da Cruz Vermelha, por favor, não fique brava comigo.*

Meu próprio trabalho sofreu ultimamente por causa do meu estado emocional. Não digo isso para culpá-la, você não está errada; o problema e a solução estão totalmente sobre os meus ombros. Jamais deveria ter me permitido envolver com uma mulher casada da maneira que fiz. Estava errado e espero que você possa me perdoar. Que o assunto viva e morra entre nós. Não pode haver nenhum bem em transmitir minhas aflições e desabafos emocionais para outras pessoas.

Sob alguns aspectos, sinto que estamos atrasados demais nesse sentido. Soube, por intermédio de Alex, que Louisa Markham pode ter sido menos discreta com a situação infeliz que observou em meu estúdio. É claro que até Alex ficou chocado ao ouvir a fofoca que circulava, acho que amplamente, pelos círculos de Boston.

Mas tem mais, minha querida Emma, e este é o verdadeiro motivo da minha carta. Vreland me sugeriu que nem tudo está bem com Tom, além de seus ferimentos. Ele só disse que algo está errado e, por mais que eu tente, não consigo que me diga o que é. Tenho certeza de que este rumor cresce feito câncer, a partir de alguma história contada por Louisa. Então, proteja-se, minha querida escultora. Sei que anjos guiam seu trabalho, e também a protegerão, uma vez que não posso estar aí para fazer isso por eles. A deplorável guerra e o Atlântico nos separam – como amigos.

Ocupei demais o seu tempo. Deixo sua proteção com Deus, seu marido e seus próprios e excelentes recursos.

Se quiser, queime esta carta para nunca mais precisar ler estas palavras ou temer que ela caia em mãos erradas. Gostaria imensamente de poder desfrutar um momento com você.

Seu amigo dileto,
Linton Bower

– Madame, você está bem? – Virginie estava na frente dela, no *hall* de entrada. – Você está pálida.

– Ah… ah, sim, estou bem. – Emma dobrou a carta e devolveu-a ao envelope. – Quando chega o nosso paciente?

– Em menos de meia hora.

– Estou pronta. Temos gesso suficiente?

Virginie olhou para ela com estranheza.

– Hassan preparará o gesso quando chegar o momento.

– Ótimo.

Emma viu madame Clement tirar as flores murchas do vaso na entrada e substituí-las por margaridas frescas. Indo até a sala de escultura, onde Hassan continuava seu trabalho no molde e gesso, parou à janela e observou o fluxo de parisienses atravessando a rue Monge, sob o céu plúmbeo.

Colocou a carta da Linton no peitoril. Ali estava ela... Para todos verem! *Não, não vou queimá-la!*

Pegou-a com delicadeza, como se segurasse uma flor, e apertou-a junto ao peito.

❖

Uma batida na porta alertou Emma para o soldado francês que usava um colete curto, encolhendo-se em silêncio contra a neve soprada pelo vento. Ela se inclinou à esquerda, em sua cadeira, o bastante para ver o homem através das vidraças da porta. Madame Clement avisou que o soldado havia chegado e cumprimentou o homem pelo belo cachecol carmesim e azul que cobria grande parte do seu rosto. O *bonjour* animado e repetido da empregada soou como o chilreio de um passarinho contente.

Emma fechou o livro de anatomia e fisiologia que estava consultando e esperou pelo soldado. Hassan preparou o gesso, e Virginie, as faixas. Embora a realidade do seu trabalho a tivesse endurecido para desfigurações faciais, cada soldado apresentava um desafio novo e difícil.

Seu estômago revirou um pouco quando o paciente se aproximou. Seus ferimentos eram devastadores: um tufo de cabelos despontava de uma cicatriz costurada no alto da cabeça; a parte esquerda do seu maxilar e a maior parte inferior do seu rosto e nariz tinham ido pelos ares, deixando um ferimento aberto como boca e um montículo bruto de carne, como nariz. Seu rosto parecia a cabeça lacerada de uma antiga estátua grega, marcada e esburacada pelo tempo.

A devastação em seu maxilar e na língua era tão severa que ele só conseguia soltar alguns grunhidos ininteligíveis. A voz do soldado grasnou "ahhh" e "hãããã", em resposta às indicações de madame Clement.

Emma sorriu e apertou a mão do homem. Vários dos seus dedos estavam torcidos e marcados com cicatrizes. Para os pacientes que não tinham voz, ela mantinha caneta e papel à mão, para quando surgisse a hora. Se ele pudesse escrever, os dois poderiam se comunicar. Escrever era bem menos embaraçoso para um soldado do que uma tentativa torturante de decifrar palavras ditas por uma boca destruída pela guerra.

Ainda que estivesse acostumada com os ferimentos e mutilações pavorosos, de vez em quando aparecia um soldado que lhe lembrava alguém do passado: o tom de voz, um gesto, um movimento com frequência disparavam uma recordação. Esse soldado não era diferente, desencadeando uma evocação. Virginie levou o homem até a cadeira reclinável, usada para as provas de gesso. Seria o cabelo escuro e cacheado que espiralava ao redor da parte de trás da cabeça? A textura dos cachos dele lembrava-lhe Linton?

Hassan puxou as cortinas de voal da janela, de modo que apenas uma suave luz invernal infiltrava-se pela sala. Elas também serviam a outro propósito, impediam o reflexo do soldado, imagem insuportável para muitos homens. Objetos reflexivos não tinham igualmente lugar no estúdio; o único espelho estava enfiado a salvo em uma gaveta para uso pessoal de Emma. Com frequência, Virginie cobria com um pano os rostos "deformados" de gesso na parede para amenizar o impacto psicológico no novo visitante.

Emma pediu ao homem para se sentar. Ele olhou, nervoso, para a cadeira, soltou a respiração e então se sentou.

Virginie deu uns tapinhas na mão do soldado e explicou o processo de moldagem em um francês tranquilizador. Emma prendeu uma capa de barbeiro ao redor do pescoço do homem e estudou seu rosto. O processo de moldagem podia ser desconfortável e perturbador, até para um soldado que, quando chegou ao estúdio, já havia ficado internado em muitos hospitais e suportado muitas cirurgias dolorosas de reconstrução.

– O lado esquerdo da mandíbula dele se foi – Emma disse a Virginie. – Acho que nunca vi uma perda tão extrema do septo e do lábio superior.

– É trágico – Virginie disse –, mas o que podemos esperar desta guerra?

Emma voltou sua atenção para o soldado, enquanto Virginie perguntava se ele estava pronto para começar o primeiro molde.

Seus olhos azuis cobalto mexeram-se, e sua testa enrugou-se, como se não tivesse certeza. Emma já tinha visto tais reações, não pelas indignidades sofridas no processo de moldagem, mas pelo simples fato de o homem ter que suportar o processo.

Hassan estava pronto com o gesso fresco.

– Diga a ele que terá que respirar pela boca, com canudos – Emma instruiu Virginie. – Muito bem. – Mergulhou um pincel de artista no gesso molhado. – Vamos começar.

Hassan inclinou-se sobre o soldado e aplicou uma fina camada de lubrificante na área ferida. O soldado encolheu-se, mas depois se recostou no apoio de cabeça da cadeira e relaxou um pouco.

Emma inseriu dois canudos de papel entre os lábios do homem. Virginie disse-lhe para só tocar os canudos de leve, com os lábios, para que a falta de saliva os impedisse de cair em sua boca. Emma começou pulverizando o gesso em sua face esquerda, no nariz e no lábio superior; depois, na linha desfigurada do maxilar. Virginie aplicou faixas de pano nas áreas cobertas com gesso. Emma deixou o material branco e grosso curar durante quinze minutos, antes de emplastrar uma nova camada nas faixas, acumulando sobre as áreas lesadas o tanto quanto podia, cobrindo-as com espessura suficiente para secar no molde facial.

Quando Virginie aplicava a última camada de algodão, como reforço, o soldado tossiu e se contorceu na cadeira.

– Diga a ele para relaxar e respirar normalmente – Emma instruiu a enfermeira. Virginie acatou, e o homem, cujo rosto parecia como se uma máscara mortuária parcial tivesse sido criada sobre as mutilações, afundou na cadeira.

– Ele está bem? – Emma perguntou.

Os olhos do soldado arregalaram-se como se tivesse levado um choque elétrico. Ele apontou para a boca.

– Ar – Virginie disse. – Talvez ar insuficiente.

Emma inclinou-se sobre o peito do homem.

– Ele não está respirando.

O soldado cutucou a boca e torrões de gesso molhado e faixas voaram por cima de Emma, caindo no chão.

Virginie gritou, enquanto Hassan segurava os braços do homem.

O soldado chutou Hassan e se contorceu na cadeira, como se estivesse sendo torturado.

– Solte-o! – Emma gritou.

Hassan soltou os braços do homem, que pulou da cadeira, fazendo o que restava do gesso e da massa de algodão escorregar do seu rosto para o chão. Ele tossiu, engasgou e arrancou os pedaços que restavam.

Emma foi até ele, mas o soldado a afastou.

Ele agarrou seu casaco e o cachecol, colocando-os às pressas, e disparou porta afora. Virou-se e lançou um olhar para Emma, reluzindo em seus olhos uma mistura indizível de horror e dor.

Emma entendeu seu medo e tristeza e soube que o soldado jamais voltaria. Seria como o rapaz que ela vira em Boston, vagando pelas ruas com uma caneca na mão, os ferimentos expostos para todos verem. Inclinou-se para recolher os pedaços de gesso. Virginie e Hassan ficaram junto dela, enquanto a escultora fazia uma bola com o material. A tristeza cresceu dentro dela.

– Um erro, madame – Virginie disse, tentando tranquilizá-la. – Como se diz, claustrofobia?

– Talvez – Emma respondeu. – Não posso salvar todos. Não sei por que tento... por que seus rostos me afetam tanto...

O soldado sumiu pela escada do pátio, para o silêncio da neve. Forçando um sorriso triste, Emma olhou para Virginie e Hassan, mas o terror e a dor do homem tinham se enfiado em sua cabeça.

Naquela noite, em seu quarto, desenhou como ficaria o rosto do soldado se ele ficasse com a máscara, caso tivesse sido completada: desde os moldes até o retrato final em argila, sobre o qual seria moldado o cobre fino. No papel, preencheu o buraco aberto de uma boca, o nariz e o queixo que faltavam, e um jovem e belo homem surgiu a sua frente. Retratou a curva do maxilar, o ângulo do nariz e como a máscara de metal, formada sobre o molde, se encaixaria justa e perfeita sobre seu rosto. Sua nova "pele" teria tido a cor mediterrâneo francesa, com um rubor nas faces, um brilho azulado pontilhado para a barba feita. Era assim que o homem ficaria caso a máscara tivesse sido realizada. Se ao menos ele tivesse ficado, Emma poderia ter transformado seu rosto e restaurado sua vida. Enquanto desenhava, a decepção do seu fracasso tocou seu coração.

⬥

Emma desenhou no estúdio sob a luz quente e amarela de duas velas, preferindo as chamas ao brilho das lâmpadas elétricas. No entanto, os desenhos a carvão pareceram mais rabiscos do que estudos. Tinha pensado em desenhar Linton de memória, mas decidiu não o fazer. Seu lápis riscava o papel, um som relaxante porque a ligava ao passado: estudos na escola e escultura em Boston. Parou e analisou os dois moldes frescos na parede. Depois que suas máscaras estivessem prontas, os soldados poderiam se juntar à sociedade, caminhar em meio às pessoas, arrumar emprego, fazer amor e ter filhos, sem medo do horror provocado pelos seus rostos.

No andar de cima, Virginie arrastava uma lenha pelo chão do quarto até a lareira. Hassan já tinha ido para a cama, em seu quarto. Madame Clement havia saído horas atrás, depois do jantar.

A neve prevista por Virginie caiu durante o dia, mas apenas o bastante para deixar as ruas escorregadias e o ar desconfortavelmente úmido. Acima dos telhados a leste, e por entre um intervalo entre as nuvens peroladas, pontinhos de estrelas brilhavam como delicados diamantes. Emma abriu a janela e inspirou uma estimulante lufada de ar. Perguntou-se o que Tom, lá ao longe a leste, estaria pensando. O que estaria fazendo naquela noite gelada de dezembro? Estaria tão só quanto ela se sentia?

Pegou uma folha de papel em branco, uma caneta tinteiro, batendo-a contra a mesa para soltar a tinta antes de escrever.

15 de dezembro de 1917

Meu caro Linton:

Não posso lhe dizer o quanto fiquei sensibilizada ao receber sua cara. É claro que não estou zangada com você por escrever.

Dizer que os últimos quatro meses têm sido uma aventura, mais frequentemente uma provação, seria no mínimo uma meia-verdade. Sim, Tom foi ferido, mas não posso revelar os detalhes porque esta carta será censurada. Provavelmente, você já conhece os detalhes pelo boca a boca, em outras palavras, fofoca fornecida por um soldado de volta para casa.

Emma largou a caneta sobre a mesa e riu. Teria vindo a pensar em Linton com tanta intimidade que sua cegueira teria sido milagrosamente curada? Quem leria aquela carta para ele, com todos os detalhes pessoais? Certamente, não Louisa Markham, nem Alex Hippel. A memória levou-a de volta a uma noite, no fim de maio, quando Anne encontrou-a dormindo em seu estúdio de Boston. Ela havia contado à empregada que estava sonhando com um homem em um templo grego.

"*O homem era seu marido?*", Anne perguntara. Emma, de imediato, entendeu a capacidade da empregada para a paixão e o desejo. Anne entenderia agora. Ela era confiável para ler a carta para Linton.

Emma pegou a caneta.

Tom está se recuperando lentamente, mas seu médico me disse que logo ele poderá voltar ao trabalho e levar uma vida normal com o passar do tempo.

Quanto a seu primeiro ponto, admiro seus esforços ao escrever sua carta. Não tive problema para decifrar seus "rabiscos", como você chamou, e estou feliz que tenha conseguido superar a "fragilidade" do seu coração. Uma carta de um amigo, quando se está morando em uma terra de estranhos, é sempre bem-vinda. Por mais importante que seja meu trabalho, frequentemente passo dias em Paris com uma sensação de tédio. Não, uma sensação de medo de que o mundo tenha mudado, de que esta guerra nunca acabará, que consumirá a nós todos. E, é claro, aqueles de nós que estão próximo ao front temem isso ainda mais.

Em relação ao segundo ponto, o mais difícil de abordar, sinto que seu trabalho e sua vida tenham sofrido por causa da nossa amizade. Não tenho controle sobre os rumores espalhados por uma pessoa maldosa (você sabe quem ela é), mas tenho, sim, a capacidade de viver a minha vida e conduzir meu trabalho com orgulho, sem a vergonha induzida por outros. Algumas vezes, fui intimidada e envolvida em ações que não queria tomar, e mais tarde me arrependi, embora deva admitir que minha mente estava confusa por minhas próprias inseguranças e pela adolescência. Algumas decisões me foram, a longo prazo, desastrosas.

Nosso tempo foi apenas nosso, e perfeito em sua inocência.

Sou uma mulher marcada em Boston; em primeiro lugar, pela minha audácia em ser um escultor (usarei a forma masculina aqui, pelo efeito), e, em segundo, por causa da língua afiada da minha assim chamada amiga. Acredita que ela espalhou uma mentira, depois de sua infeliz chegada a seu estúdio, e meus instintos me dizem que sua dedução é correta. Quando eu voltar, terei uma conversa com ela sobre sua predisposição para a fofoca. Como você, sem dúvida, pode imaginar, essa conversa pode vir tarde demais para impactar em uma mudança.

Você também está correto em sua dedução sobre Tom. Tem algo de errado. Tenho toda certeza de que isso envolve uma correspondência da minha amiga, mas não posso ter certeza. No fim, a verdade vencerá.

Por favor, volte a escrever. Amei receber sua carta. Manteve-me em contato com Boston e com você.

Se o Atlântico não fosse tão perigoso, eu o convidaria a vir a meu estúdio na primavera. Poderíamos nos sentar ao sol nos Jardins de Luxemburgo e apreciar as tulipas e árvores floridas. Paris é uma cidade lindíssima, a ser saboreada por amantes e amigos, mesmo durante a guerra.

Por favor, cuide-se.

Sua amiga de sempre,

Emma Lewis Swan

P. S.: Estou mandando esta carta para Anne, com instruções para ler para você. Ela precisará contatá-lo por meio de Alex, com a maior discrição. Sei que ela é confiável para guardar nossas confidências.

O vento abriu caminho pela rue Monge com garras ferozes, varrendo para longe as nuvens cinza de neve, deixando um reluzente manto branco no chão e um borrifo gelado de cristais no ar. O sol brilhava como um espelho ardente em um perfeito céu azul.

Os relógios de Paris tinham batido 10 horas em uma manhã de domingo. Virginie estava na igreja, e Hassan dormia em seu quarto. Madame Clement estava de folga, e Emma imaginou que também estivesse na igreja. Um pouco de calor irradiava da lareira do quarto, e ela estava enrodilhada na cama, com um exemplar de *Madame Bovary*. Tinha lido o livro em inglês, mas não em francês. Arrastava-se pelas páginas, escrevendo em um bloco as palavras que não conhecia. A história continha um fascínio desconfortável para ela: uma mulher que ansiava por amor e excitação fora dos limites de seu casamento burguês.

Uma batida hesitante, quase apologética, soou à porta do estúdio abaixo. Emma livrou-se das cobertas, jogou um penhoar sobre os trajes de dormir e desceu correndo a escada. Avistou um homem descendo a escada do pátio, um norte-americano – a julgar pelo uniforme.

Emma saiu para o patamar e chamou:

– Pois não?

O tenente Andrew Stoneman virou-se, olhou para ela e sorriu.

Emma reconheceu aquele sorriso contagiante, os óculos de aro de metal pousados em seu nariz fino, o cabelo claro apontando por debaixo do chapéu Montana. Segurando no corrimão, o rapaz subiu pulando os degraus de dois em dois, em um andar confiante, seu longo casaco militar de lã abanando ao vento.

Ao chegar ao patamar, abraçou Emma e beijou-a no rosto. Depois de um segundo beijo, disse:

– A visão mais bonita de Paris.

Emma afastou-se, perturbada com seu carinho.

– Tenente, como vai você? – perguntou, sem fôlego, lutando com as palavras.

– Desculpe-me – ele respondeu, acalmando-se à soleira. – Onde estão meus bons modos? É tão bom ver um rosto amigo americano... E um encantador, por sinal.

Emma corou e segurou a porta aberta.

– Por favor, entre.

– Peguei você em um mau momento? Você está bem? Não está vestida. Está uma linda manhã de domingo.

– Por favor, tenente, acalme-se – ela respondeu, diante a seu bombardeio de palavras. – Estou bem. É também maravilhoso ver você. Gostaria de se sentar e tomar um chá? – Emma indicou uma cadeira de carvalho, na alcova.

O tenente Stoneman tirou o casado e o chapéu e os jogou no chão, ao lado da cadeira. Parecia mais encorpado de bombacha e túnica do que Emma se lembrava. Uma pistola preta pendia do coldre do seu cinto.

– O fogão é velho – Emma disse. – Vai levar um tempo.

– Não se dê ao trabalho. Podemos tomar chá, ou ainda melhor, café, em Paris, no domingo.

– Sim, em um hotel, e pagar caro por isso. – Emma ligou o acendedor a gás, e o fogão estalou. Acendeu um fósforo e uma chama azul, sibilando como um carrossel incandescente, circulou na boca. Pegou uma panela no armário e encheu-a com água. – Teremos chá daqui a pouco. Agora me conte como você está?

– Pensei que você pudesse estar na igreja – respondeu o oficial.

– Não, Hassan e eu somos os infiéis do estúdio. Não tenho ido há... bom, há tempo demais.

– Hassan?

– Meu assistente marroquino. – Emma riu. – Eu não deveria chamá-lo de infiel. Ele é mesmo um homem bom e gentil. Devo dizer que parece um pouco assustador em seu *fez* e está sempre pronto para observar que os marroquinos são os combatentes mais acirrados na guerra.

– Eles parecem indomáveis. Posso atestar isso.

Emma recostou-se na parede e analisou o oficial, enquanto a água começava a borbulhar. Ficou impressionada em como o tenente parecia em forma e saudável, em contraste com as tropas francesas, cansadas e desmoralizadas que vira no *front*.

– Como é que você me achou? Não, me deixe adivinhar, a Cruz Vermelha?

O oficial sacudiu a cabeça.

– Não? – Ela colocou um dedo no rosto, desconfiada. – Hum... Você *não* percorreu as ruas de Paris.

O tenente sorriu.

– Conheci seu marido.

A tranquilidade da sua resposta pegou Emma desprevenida.

– Você conheceu o Tom? – ela perguntou, tentando disfarçar sua surpresa incômoda.

– Conheci. Um médico maravilhoso. Fiquei triste ao saber do seu ferimento. – Stoneman esticou as pernas e cruzou-as nos tornozelos. – Veja só, fiz o que você poderia chamar de um *tour* pelo *front*, de Ypres, na Bélgica, a Toul. Ainda estamos em treinamento, mas agora comendo rações melhores do que quando atravessamos o Atlântico. Os franceses têm sido ótimos professores, mas nos querem na guerra já. Pershing não vê a coisa assim. Acha que a América é uma criança, em se tratando de campo de batalha, e que deveríamos aguardar. Ainda assim, estar próximo ao *front* é uma boa maneira de ser morto.

– É, eu sei – Emma disse, secamente.

A panela chacoalhou no fogão. Ela desligou o fogo, colocou chá nos infusores e enfiou-os em xícaras com água fervente, o aroma amadeirado da infusão logo enchendo a alcova.

– Obrigado – ele agradeceu, aceitando a xícara de Emma. – Você sempre foi gentil comigo. – Ele voltou a sorrir, mas dessa vez Emma captou uma expressão mais afetiva em seu olhar.

– Quando foi que você conheceu o Tom? – ela perguntou.

– Algumas semanas atrás. Quando fui apresentado ao dr. Thomas Swan, fiz a pergunta óbvia.

Emma bebericou seu chá, esperando que a bebida pudesse abrandar a sensação desconfortável que subia em seu estômago.

– Ele é um homem de muita sorte – o oficial continuou. – Pensar que uma mesa de cirurgia derrubada pode ter salvado sua vida. Anda mancando e tem certo problema de audição…

– Sei de suas lesões – Emma disse de mau humor. – Não fiquei em Toul tanto tempo quanto gostaria, desde o…

– A guerra é difícil. Seu marido é um homem de coragem.

Ela se inclinou para frente e colocou a xícara sobre a mesa.

O militar agarrou sua mão.

Emma parou, imobilizada pelo toque delicado dos dedos dele. Depois de um instante, retirou a mão.

– Não mostrei isto a ele. – O tenente desabotoou sua túnica e retirou uma folha de papel dobrado, o retrato que ela fizera dele a bordo do *Catamount*. Abriu-o, orgulhoso, mostrando-o para ela. – Tenho certeza de que a sorte dele me manteve vivo em mais de uma ocasião.

– Parece um pouco dobrado nos cantos – Emma comentou. – Talvez eu devesse desenhar um novo.

Ele tornou a dobrar o desenho e colocá-lo sob as dobras de sua túnica.

– Nem pensar. Este retrato é meu salvador. – Bateu no peito e se endireitou na cadeira. – Gostaria de dar um passeio? O dia está lindo.

Por um momento, Emma não achou que fosse uma boa ideia, mas depois decidiu ceder ao oficial.

– Seria bom dar uma saída. Vou me trocar. – Apontou para o outro lado do corredor. – Dê uma olhada na sala de moldes. Pode ver nosso trabalho.

Quando voltou do quarto, encontrou o militar estudando os moldes faciais na parede.

– Meu Deus, eu não fazia ideia! – Espantou-se. – Em geral, soldados com esses tipos de ferimento morrem nas trincheiras. Você deve ter um estômago forte.

Emma ficou ao lado dele e apontou para a fileira de impressões em gesso que corria horizontalmente pela parede, os múltiplos moldes representando as fases de reconstrução do rosto danificado. Apontou para um na fileira de cima.

– Este é o rosto de um oficial francês, *monsieur* Thibault, um dos primeiros a vir ao estúdio. Virginie, minha enfermeira assistente, e Hassan fizeram os primeiros moldes. Quando voltei de Toul, assumi.

– Metade do rosto dele foi detonada – o oficial disse, sem acreditar. Passou a mão pela cavidade vazia, no lado direito do molde de *monsieur* Thibault.

– Foi. Ele estava curvado de angústia e, quando chegou, não queria olhar para nós. Virginie lutou para fazê-lo erguer a cabeça. Ele não conseguia aceitar ser um homem que amedrontava crianças, um homem que não suportava estar com a esposa à luz do dia e que escondia do mundo toda emoção e todo pensamento. A luz nos seus olhos estava morta. – Emma chamou a atenção do tenente para os moldes terminados. – Olhe o que fizemos. Restauramos os olhos, esculpimos os narizes e orelhas e aperfeiçoamos as bocas até os rostos dos soldados surgirem como eram antes do ferimento. Às vezes é de arrepiar. De certa maneira, é como *Frankenstein*, só que não estamos criando um monstro, estamos criando um rosto, restaurando uma vida que foi arrancada.

– Até hoje, eu nunca tinha entendido completamente o que você estava fazendo. – O tenente sacudiu a cabeça, em admiração. – Estou espantado.

Emma pegou uma peça fina de metal que estava sobre a mesa do estúdio.

– Este é o novo rosto de *monsieur* Thibault.

O cobre reluziu ao sol de inverno, que entrava pelas janelas do estúdio.

– Posso olhar mais de perto? – ele perguntou, olhando para o formato esquisito.

– Segure com cuidado. – Emma entregou-a a ele.

Stoneman segurou a máscara em suas mãos em concha, como se fosse um filhote de passarinho.

– Esta peça de metal será o rosto dele?

– Ela encobrirá os ferimentos. Daqui a poucos dias, ele está agendado para sua última prova. Então, faremos os últimos retoques com tinta; combinar o tom de pele é a parte mais difícil. A peça é sustentada por óculos e ajusta-se a seu rosto.

O oficial olhou para o molde em cobre que tinha em mãos.

– Talvez a gente deva ir – Emma disse. – Preciso trabalhar depois do almoço.

– Claro. – Ele estendeu a máscara para ela, deixando-a escorregar delicadamente para suas mãos.

Emma afastou-se, desconfortável com o óbvio carinho no toque da mão dele. Pensou em *Madame Bovary* deitada em sua cama. E outra reflexão: talvez o tenente soubesse de um segredo em relação a Tom que ela não sabia, um que seu marido havia compartilhado com um oficial norte-americano cordial, que gostava de falar.

– Aos Jardins de Luxemburgo – ela disse, ao colocar a máscara de volta sobre a mesa.

❖

O tenente Stoneman encontrou um banco de ferro ao sol e espanou para longe a fina camada de neve, que caiu ao chão aos pedaços. Emma, envolvida em seu casaco, encolheu-se junto à grade lateral em volutas. O oficial esperou o convite de Emma para que se sentasse, e, quando ela o fez, deslizou para junto dela, seu corpo protegendo-a do vento. Emma olhou por sobre a grama coberta de neve para o Grand Palais e as esculturas em mármore que circundavam o tanque. O sol aqueceu-a enquanto ela olhava alguns transeuntes que passavam sob o céu de um azul perfeito.

– Os jardins devem ser lindos na primavera – ele comentou, quebrando seu devaneio.

Ela se virou para ele.

– Planejo vir aqui com frequência quando ficar mais quente.

– Talvez eu possa lhe fazer companhia. – Ele sorriu, olhando para ela em busca de confirmação.

– Quem sabe? Talvez a guerra acabe logo, e todos nós estejamos em casa sãos e salvos.

O tenente suspirou e seu corpo, tomado pela dúvida, arriou no banco.

– Você alguma vez pensa na morte? – perguntou, com o olhar perdido no vasto jardim.

Emma confirmou com a cabeça, sabendo que a cada dia seu trabalho afirmava a fragilidade da vida. Só Deus poderia saber quanto tempo durariam suas vidas.

– Constantemente, mas a morte não é minha preocupação no momento. Estou mais interessada na cura.

– Entendo, mas seu trabalho deve afetá-la. – Ele olhou para as protuberâncias marrons de grama que apontavam na neve.

Ela acompanhou seu olhar conforme ele se deslocava pelos jardins.

– Devo admitir que vim a Paris por motivos egoístas, o principal deles sendo o progresso da minha carreira como escultora, mas houve outras razões mais importantes para vir.

Ele se virou para ela:

– Que outras razões?

Emma se perguntou se deveria confiar naquele homem quando tinha tanta coisa guardada, segredos que não podiam ser divulgados, o cansaço emocional de seu trabalho, tão pouco tempo para trabalhar na salvação de seu casamento. Ninguém, além de Virginie, estava inteirado de suas confidências, e essas parcelas eram cuidadosamente dosadas. No entanto, as perguntas do tenente fizeram-na se sentir vulnerável e aberta à conversa, como se tivesse encontrado alguém em quem pudesse confiar.

– Não quero incomodá-lo com meus problemas – Emma respondeu. – Não espero que você se importe.

– Mas sou um amigo, e sabe-se lá o que o futuro contém. Você pode se abrir livremente comigo.

– Meus sentimentos me pertencem e, sim, considerando os tempos em que vivemos, talvez eu devesse ser mais aberta. – Ela parou por um momento, refletindo sobre o que dizer, observando as pessoas caminhando pelos caminhos com cascalhos, algumas aos pares, outras sós, todas absortas em seus mundos individuais. – Eu estava fugindo de algo em Boston. Na verdade, na maior parte da minha vida ando fugindo de alguma coisa, mas só recentemente reconheci o quanto isso me afeta... – O vento espalhou um rodamoinho de neve ao redor das suas pernas.

– Por favor, continue. Seus segredos estão a salvo comigo.

Emma acreditou que ele estivesse dizendo a verdade. Respirou fundo:

– Eu estava fugindo de alguém, de uma atração que eu queria desesperadamente controlar, porque sou casada e apaixonada pelo meu marido, pelo menos devia ser. – Ela abaixou o olhar. – Nossa relação tem sido tensa há alguns anos. A culpa é de nós dois, em parte minha, em parte dele.

– Você se apaixonou por outro homem?

– Digamos que eu poderia ter me apaixonado, e um novo personagem teria sido acrescentado à história da minha vida. Mas não aconteceu nada de significativo, a não ser rumores prejudiciais. Outra mulher, amiga de Tom e minha, pensei, descobriu.

– Ah, entendo, fofoca maldosa.

Emma bateu no braço dele.

– Você é muito esperto, tenente. Vai longe neste mundo.

Ele se afastou um pouco, como se a confissão dela o tivesse perturbado.

– Por favor, não me entenda mal. Penso em você como amiga, embora uma amiga adorável, talentosa e linda. Não tenho intenção de tirar vantagem agora nem nunca, muito menos quando você está confusa.

Emma puxou o braço dele, impelindo-o a se aproximar.

– Não existe chance disso. Neste momento, preciso de você como um protetor contra o vento.

Ele riu e depois tocou no rosto dela com seus dedos enluvados.

Ela sorriu, afastou a mão dele e estremeceu.

– Não, tenente, tenho um marido e um trabalho a ser feito. Está agradável no jardim, mas muito frio. – Esfregou as mãos para afastar o frio. – Vamos fazer uma festa no estúdio, na véspera do Natal, se quiser vir. Convidamos todos os nossos pacientes. A maioria disse que ficará feliz em comparecer para um gole de conhaque e uma desculpa para se livrar da missa. – Emma levantou-se e espanou a neve do casaco. – Eu não deveria brincar. A maioria desses homens é devota e diariamente agradece a Deus por estarem vivos. Talvez a guerra pare no Natal, e a morte tire uma folga.

– Não sei se estarei em Paris no dia, mas, se estiver, vou adorar comparecer.

Emma estendeu a mão, o oficial segurou-a e se levantou do banco. Quando os dois rodearam o Grand Palais, Emma parou perto de uma das estátuas brancas, que avultava como um colosso sobre o caminho, e correu os dedos sobre uma perna de mármore com veias delicadas.

– Por muito tempo, só me interessei por escultura. – Ela ergueu os olhos. – Este rosto… Faz uma ideia de como o rosto é importante, tenente Stoneman? Desde o momento em que nascemos, as pessoas nos julgam pelo nosso rosto. Mas quero criar mais do que isto, quero criar vida real e amor, não a vida através de uma estátua. – O sonho terrível no consultório médico, em Pittsfield, pulou para sua cabeça. – E, se pudesse, eu traria os mortos de volta.

– Espero que consiga realizar seu desejo.

Os dois caminharam de braço dado, até estarem a uma curta distância do estúdio. O sol baixava no céu, lançando sombras escuras e amplas pela rue Monge. Os pedestres anônimos, em seus casacões, moviam-se enfileirados pela rua. No entanto, Emma sabia que eram seres humanos, ricos e pobres, soldados e civis, com necessidades e desejos, não apenas estudos para sua arte. Ao se despedir do tenente, desejou que a guerra e o inverno sombrio desaparecessem, e a paz e o calor assumissem.

Se eu pudesse, traria os mortos de volta.

Conforme o militar foi se afastando, Emma percebeu o quanto seria difícil amar Tom, ou qualquer homem, até ela se perdoar pelos atos cometidos tanto tempo atrás.

❖

Virginie assobiava uma música alegre enquanto pendurava azevinho e visco acima das portas e enfeitava seus batentes com papéis tricolores. Emma explicou para a enfermeira o significado do visco. Afinal de contas, era véspera de Natal, uma noite de paz e amor. Virginie riu e contou a Emma que nunca tinha tido sorte o bastante para participar de tal costume.

Madame Clement secou a última taça de champanhe, enquanto Hassan levava algumas garrafas a mais para o pátio, para gelarem no ar glacial. O céu da tarde tinha passado de azul-escuro para negro, e a noite cintilava luminosa com uma lua quase cheia; apenas as estrelas mais brilhantes ousavam competir com o esplendor daquele corpo celeste.

Emma corria de cômodo em cômodo, inspecionando as decorações; queria que as festividades fossem perfeitas para os soldados. Aromas de azevinho, de ramos perenes e de um café preto forte pairavam no estúdio. Madame Clement tinha conseguido comprar *cookies* e um bolo com cobertura branca, com um padeiro que armazenava farinha e açúcar. Emma ofereceu-se para pagar pelas sobremesas, mas madame Clement recusou.

A empregada também surpreendeu Emma ao fazer seu filho e um soldado transportarem escada acima um fonógrafo Pathé. Colocaram o aparelho, com seu bocal de som no formato de uma gigante petúnia verde, na mesa da sala de moldes. Hassan foi o primeiro a experimentá-lo. Escolheu várias marchas em uma caixa de discos, girou a manivela, posicionou a agulha e bateu os pés acompanhando os ritmos. Depois, madame Clement escolheu uma valsa, Hassan agarrou Virginie pela cintura e tentou, sem sucesso, convencê-la a dançar.

Alguns minutos depois das 6 horas, chegou o primeiro soldado, e às 7 da noite, o estúdio estava cheio de convidados.

O tenente Stoneman, parecendo à vontade e belo, chegou pouco depois.

– Da rua, parece que vocês estão tendo uma festa estrondosa – ele disse, enquanto Emma pegava seu casaco. Ele acenou para ela sua licença.

– Dá para ouvir nossa comemoração lá debaixo?

– Dá, risadas e música no fonógrafo. Se não estivesse a par, mal saberia que está acontecendo uma guerra. Talvez seja como você disse no outro dia, a morte vai tirar uma folga, como fez no Natal de 1914. – Ele se inclinou e beijou-a no rosto.

Ele cheirava a sabonete e colônia cítrica.

– Só sobraram alguns biscoitos e uma fatia de bolo – ela disse quando estavam perto da alcova.

– Tudo bem. Eu já comi. – O militar avistou o visco acima da porta. – Feliz Natal – disse e deu-lhe um beijo rápido na boca.

Ela lhe deu um beijinho no rosto e pensou brevemente em Tom e no que o marido poderia estar fazendo àquela hora. Tinha se prometido ligar para ele no dia seguinte, dia de Natal.

Emma levou o oficial até a sala de moldes, onde os soldados estavam posando para uma fotografia. Alguns estavam em pé, outros sentados no chão, com as pernas cruzadas, os rostos cobertos com ataduras e tapa-olhos; outros, com os ferimentos expostos, ou usando máscaras recém-terminadas. Os poucos que podiam beber confortavelmente seguravam taças de champanhe. Um soldado, *monsieur* Thibault, com o lado direito do rosto enfaixado com tiras brancas de algodão, posava com seu rifle.

Hassan acenou com as mãos, pedindo silêncio. O grupo calou-se, enquanto o marroquino aprontava uma câmera no tripé; depois, sinalizando "três, dois, um" com os dedos, apertou o cabo do obturador com o polegar. O pó do *flash* de magnésio explodiu em um sopro de fumaça, fazendo uma névoa acre e branca flutuar pelo ar. Enquanto os vapores subiam e se dissipavam, risadas e tosses ecoaram na sala. Logo, taças brindavam e as conversas recomeçaram.

Emma estava eufórica com os bons ânimos dos soldados.

O tenente olhou para a parede com os moldes de gesso, novamente escondidos pelo lençol branco.

– Você os cobriu – disse a Emma.

– Para o bem-estar dos nossos pacientes. Virginie cobriu os moldes esta tarde. Alguns homens ficaram alucinados com seus reflexos. Os soldados não precisam ser lembrados dos seus ferimentos, especialmente na véspera de Natal.

– Entendo. Deus é testemunha, esses homens aguentaram o suficiente.

Durante a próxima meia hora, Virginie, Hassan e madame Clement passaram por Emma e o oficial. A empregada, trajando seu melhor vestido preto, oscilou um pouco ao se aproximar deles, aparentemente vítima de um excesso de taças de champanhe. Os vincos ao redor dos seus olhos aprofundaram-se, enquanto ela olhava para o norte-americano; depois, riu, deu-lhe um tapinha no ombro e gritou numa voz um tanto arrastada:

– *Joyeux Noël*.

– Gostaria de dançar? – O tenente perguntou a Emma quando Virginie pôs um disco no fonógrafo.

– Só se antes você tirar Virginie e madame Clement – Emma respondeu.

– Bom, posso convidar Virginie, mas madame Clement é outra história...

Emma bateu em seu braço.

– Não, não estou dizendo que ela seja feia demais ou decrépita. Ela bebeu demais. E se cair dos meus braços?

– Parece que um dos nossos soldados o salvou do dilema. – Emma e o oficial olharam quando *monsieur* Thibault aproximou-se da empregada e a convidou para dançar. Um largo sorriso abriu-se em seu rosto; depois, ela virou um último gole de champanhe antes que o soldado a levasse para a pista de dança, criada no meio da sala.

– Então, eu *tenho* que dançar com a Virginie? – O tenente perguntou ao avistar a atraente e jovem enfermeira em seu uniforme branco.

Emma assentiu.

– Acho que posso fazer o sacrifício. – Ele atravessou a sala a passos lentos e apontou para a pista de dança.

Virginie sorriu, surpresa, e olhou para Emma, pedindo consentimento.

Emma concordou com a cabeça, e o casal começou a dançar, o militar conduzindo Virginie lentamente pela pista, apressando o passo quando se entrosaram como parceiros. De botas, o tenente Stoneman valsou acompanhando a música, enquanto segurava no alto a mão da enfermeira.

Com o canto do olho, Emma avistou um *flash* através das cortinas.

Provavelmente fogos de artifício, ou alguém atirando com um rifle, do telhado, para celebrar.

Em um instante, o *flash* trouxe de volta a lembrança perturbadora do bombardeio no *front* e das noites passadas ao lado da cama de Tom.

O que ele está fazendo agora? Estará pensando em mim, ou em alguém?

Outro *flash* riscou o céu, e um barulho quase imperceptível chegou a seus ouvidos.

A cidade está sendo bombardeada?

O tenente Stoneman separou-se de Virginie e correu para as janelas.

Com o coração aos pulos, Virginie foi atrás.

O oficial puxou as cortinas, expondo o vidro, e olhou para fora.

– O que você acha que é? – Emma perguntou.

Ele olhou intensamente pela janela.

– Um bombardeio aéreo ou o Grande Berta.*

– Não... nem mesmo os alemães... na véspera de Natal.

A cabeça do militar lançou-se para a esquerda, quando outro *flash* iluminou o céu.

– Aquele foi mais longe – Emma notou.

– É, eu vi. – Ele pareceu aliviado ao fechar as cortinas. – Um bombardeio pirotécnico.

Uma sombra incidiu sobre a janela.

Madame Clement arfou.

Emma virou-se e viu os ocupantes da sala imóveis como figuras em uma pintura. A agulha do fonógrafo deslizava numa repetição... *clac...clac... clac...* no final do disco. Todos olharam para *monsieur* Thibault, que havia largado a atônita madame Clement no meio da dança.

O soldado francês, com o braço direito estendido, estava em frente a Emma, apontando uma pistola para ela, mas aparentemente olhando através do seu corpo, para a noite além da vidraça da janela.

Emma percebeu que o tenente Stoneman estava prestes a se mover em direção ao soldado armado.

Monsieur Thibault também desconfiou dos gestos do oficial e acenou sua pistola para o norte-americano, um sinal mortal para que não se mexesse.

Emma agarrou o braço do tenente Stoneman e puxou-o de volta para o seu lado.

– *Arrêtez la guerre* – o soldado francês sussurrou, rouco, através de sua boca deformada.

– O que ele disse? – o tenente perguntou a Emma.

---

* Nome popular dado pelos soldados alemães a um obus alemão usado na I Guerra Mundial. À época, era a arma de artilharia móvel mais pesada e mais poderosa de todos os exércitos. Era transportada desmontada até os campos de batalha, em cinco carroções movidos a gasolina, e sua remontagem levava, no mínimo, seis horas. Sua operação necessitava 240 homens. (N. T.)

— Pare a guerra.

O militar cochichou:

— Ele é louco?

— Fique quieto, ele pode entender inglês. — Emma ordenou. — Thibault viu seu reflexo na janela. Não devemos perturbá-lo. — Ela forçou um sorriso e deu um passo em direção a ele. — *Monsieur* Thibault... esta é uma festa de Natal. Abaixe a arma. Virginie, diga ao *monsieur* que entendemos sua tristeza e queremos ajudá-lo. Diga que, antes de tudo, é por isso que ele veio a estúdio, para reconquistar uma vida normal.

Virginie, com os olhos castanhos arregalados de medo, seguiu as instruções de Emma.

Monsieur Thibault aproximou-se de Emma e do tenente.

— *Tuez les Boches* — ordenou.

— Os alemães não estão aqui — Emma respondeu.

Do outro lado da sala, Hassan esgueirava-se em direção ao soldado.

Emma fez sinal para o marroquino parar.

Mais uma vez, *monsieur* Thibault acenou a pistola para Emma e o oficial. A seu comando, os dois foram para a frente de uma estante, no canto.

O soldado foi até a janela, como que espreitando o inimigo, e apontou a pistola diretamente para seu reflexo.

— *Mon Dieu, mon Dieu* — disse, como uma triste oração, e desenrolou as ataduras que cobriam o lado direito da sua cabeça. Ao terminar, jogou as faixas no chão e encarou a cavidade que era seu rosto, como se olhasse em um espelho.

Emma tentou chegar até o soldado.

— *Arrêtez!* — ele gritou e encostou o cano da arma em sua têmpora direita.

Virginie gritou. Alguns soldados levaram as mãos ao rosto, para limpar as lágrimas, enquanto outros olhavam para seu companheiro, sem acreditar.

— *Monsieur* Thibault... abaixe a arma — Emma pediu. — Pense na sua família.

O soldado virou-se para Emma. Lágrimas escorriam do seu olho esquerdo, e um sorriso triste surgiu em sua boca devastada.

Então, ele puxou o gatilho. O sorriso do soldado ferido contorceu-se em uma expressão agonizante, enquanto a sala explodia em um *flash*, com um barulho ensurdecedor e uma cacofonia de gritos. O sangue espirrou no vestido branco de Emma.

À *deriva, à deriva para adormecer, talvez no vazio, na noite do nascimento da Criança.*

A polícia chegou primeiro; alguns minutos depois, uma ambulância. Os agentes de saúde carregaram o corpo de *monsieur* Thibault escada abaixo e pelo corredor, seus bafos flutuando da boca, as pernas e braços do morto abertos em seus ombros.

Depois da remoção do cadáver, Virginie colocou um avental e esfregou o chão da sala de moldagem com toalhas, batendo na madeira como uma lavadeira louca.

Depois de ajudar a enfermeira, madame Clement, com os olhos marejados, embalou seus discos e o fonógrafo e desejou a Emma e ao tenente um feliz Natal. Olhava para o chão manchado de sangue, enquanto seu filho e outro homem, carregando o fonógrafo, induziam-na a sair da sala.

Os outros soldados, como crianças perdidas, dispersavam-se escada abaixo.

A véspera de Natal é um sonho. Não quero participar disso. A guerra é um sonho. Eu deveria estar preparada para algo deste tipo. Estava envolvida demais com a festa, envolvida demais com minha própria ideia de uma comemoração perfeita para esses soldados. Que estupidez a minha não perceber a iminência disto. Se ao menos não tivessem ocorrido os clarões e Andrew não tivesse aberto a cortina. Eu vi o rifle do monsieur, *mas nunca desconfiei que ele tivesse uma pistola. Tanta gente se mata nas datas felizes!*

Virginie jogou uma atadura ensopada de sangue em um balde e soluçou.

O tenente Stoneman ajoelhou-se, colocou as mãos nos ombros da enfermeira, enxugou as lágrimas do seu rosto e disse em uma voz firme:

– Vai ficar tudo bem.

– Não aguento mais – Virginie disse, desvencilhando-se dele. – Vou para a casa de uma amiga passar as festas. – Olhou para seus dedos vermelhos e para as manchas de sangue em seu avental.

– Lave-se e vá para a casa da sua amiga – Emma disse. – Eu e Hassan terminaremos a limpeza.

Virginie concordou e saiu correndo da sala.

Os três que restaram – Emma, Hassan e o tenente – lavaram o chão até ele ficar limpo do sangue e de tecido humano. Depois, colocaram os móveis de volta no lugar e apagaram as velas. A não ser pelo visco e algumas decorações, não havia sinal de que acontecera uma festa.

Hassan desejou boa-noite e subiu a escada, arrastando-se.

Emma foi até a alcova com o tenente, buscar seu casaco.

A mão dele demorou-se na porta.

– Tem certeza de que vai ficar bem?

Emma olhou-o nos olhos cheios de preocupação.

– Tenho. – Segurou nas mãos dele e analisou seus dedos finos e elegantes. Também estavam com a pontas vermelhas, manchadas com o sangue de *monsieur* Thibault.

– Posso ficar com você – ele disse.

– É melhor eu ficar sozinha. – Emma hesitou antes de voltar a falar. – Não é uma boa ideia você ficar. – Ela voltou à sala de moldes e tirou o lençol que cobria as máscaras. Seu corpo arriou, abatido com a visão. – A máscara dele estava quase pronta.

O tenente foi atrás e envolveu-a em seus braços quentes; o cheiro acerado de adrenalina ainda grudado em sua pele.

Emma olhou para o rosto dele, um convite à intimidade, seus dedos demorando-se no peito do tenente, sentindo a batida forte do seu coração.

Os olhos dele desviaram-se em expectativa, dirigindo-se para o teto e o quarto dela lá em cima.

– Não – ela disse.

Ele sorriu levemente, soltou-a e voltou para pegar o casaco na alcova. Anotou um número de telefone em uma folha de papel e entregou-a a Emma.

– Telefono amanhã se você quiser. Por favor, me ligue se precisar de mim. Estou falando sério. No melhor sentido possível. Boa-noite, sra. Swan. Desejo-lhe um feliz Natal. – Ele abriu a porta e desceu a escada.

Emma subiu a escada sozinha. Virginie já havia saído, sua roupa de cama estava amassada, com os sinais de uma partida às pressas. A porta de Hassan estava fechada.

Acendeu a lareira, e a luz, calorosa e alegre, cintilou nas paredes do sótão. A lua, seguindo seu caminho, alheia ao tumulto da noite, ainda encobria o brilho das estrelas.

Emma despiu-se, estremeceu de angústia até chegar à cama, e sofreu de tristeza por *monsieur* Thibault. Apesar de sua dor, imaginou como teria sido convidar o tenente Stoneman a subir, dividir sua cama para confortá-la e talvez fazer amor com ele. Mas seus pensamentos também se voltaram para Linton, e depois para o marido. O mundo nunca pareceu tão frio e solitário quanto naquela véspera de Natal, e o amor nunca pareceu tão distante do seu coração.

Tarde da noite, o fogo apagou, a lua se foi, e um manto prateado de estrelas brilhou pela janela. Emma escutou o silêncio, contemplou a imensidão estrelada e chorou tão silenciosamente quanto possível.

PARTE QUATRO

PARIS
Julho de 1918

CAPÍTULO 7

— PELO JEITO, VOCÊ NÃO PAROU de trabalhar, parou? — John Harvey sorriu para ela do outro lado da mesa do estúdio. — Você tem um cinzeiro neste maldito estabelecimento?

— Virginie? — Emma chamou. — Você poderia trazer um cinzeiro da alcova para o John?

Virginie espiou pela porta.

— Sim... Tudo pela Sua Senhoria.

John riu.

— Os leopardos agressivos nunca mudam suas pintas. Estou feliz por ver que Virgínia está em seu costumeiro mau humor. — Riscou um fósforo e fumou seu charuto, inspirando profundamente, enquanto o tabaco queimava. — Mudei de cigarros para charutos. Acho que é melhor para a saúde.

— A Virginie só fica de mau humor quando você está aqui, John.

— Ah, ela é um pé no...

— Ela é uma joia. — Emma deu uma risadinha. — Não sei o que faria sem ela. Na verdade, o que eu faria sem toda a minha equipe. Hassan ficou um grande especialista em modelagem, e madame Clement cuida de nós como uma avó.

A enfermeira entrou e colocou um cinzeiro de metal na mesa em frente a John.

— Obrigado, *Virgínia* — John disse. — Que prazer vê-la novamente.

— Você deveria nos visitar com mais frequência — ela respondeu. — Os alemães ainda afundam navios no Canal da Mancha.

— Bom, para sua sorte, cheguei inteiro, a salvo dos torpedos, caso contrário você ficaria privada da minha companhia. — Ele soprou lentos anéis de fumaça na direção dela.

Virginie tossiu e abanou as mãos.

– Preciso ir. Não gosto de fumaça de charuto.

– Que pena! – John debochou. – Talvez eu volte a vê-la na minha próxima visita.

– Estarei no meu quarto – Virginie disse.

– *Au revoir* – John disse.

– *Pitre* – Virginie murmurou ao deixar a sala.

– O que ela disse? – John perguntou. – Não entendi.

– Ela te desejou um bom-dia – Emma respondeu, sabendo que a enfermeira o tinha chamado de "palhaço".

John posou o charuto no cinzeiro.

– Altamente improvável.

Emma deslizou alguns livros para longe do centro da mesa e se inclinou para ele.

– Então, por que você está aqui, John? Tenho quase certeza de que esta não é uma visita social.

Ele abaixou um pouco a cabeça e olhou intensamente para a beirada da mesa.

– Acho que não posso dizer.

– Não pode dizer? Não combina com você.

Ele mexeu o charuto entre os dedos.

– Não quero ser evasivo, digamos apenas que fui bem protegido durante a travessia do Canal. Toda a marinha alemã não teria tido uma chance contra o comboio em que eu viajava. Às vezes, em tempos de guerra, os médicos envolvem-se em projetos que não têm a ver com suas funções normais.

– Não precisa explicar.

Ele acenou com a cabeça, bateu a cinza do charuto e sem hesitação perguntou:

– Como vai o Tom?

– Está bem – ela respondeu sob o escrutínio desconfortável do olhar penetrante de John.

– Está bem? Só isto? Quem está sendo evasiva agora?

– Desde o Natal, estive duas vezes em Toul, para visitas rápidas. As duas vezes, planejei a viagem. Na primeira, em janeiro, ajudei Tom a ficar confortável em seu chalé. Arrumei-o e limpei-o para ele. Na segunda, em maio, ele tinha voltado a trabalhar em tempo integral, e mal tivemos tempo para conversar. Foi logo depois da batalha em Cantigny.

– Então, você tem conhecimento das forças americanas?

– A notícia vazou… até em Toul.

Ele não tinha tirado os olhos dela, enquanto colocava o charuto no cinzeiro.

– Devo dizer, se você fosse um dos meus pacientes, eu estaria cuidando do seu mal-estar.

Emma olhou para ele, indignada.

– Mal-estar? Tenho mais trabalho do que eu e minha equipe podemos lidar. Todos os dias chegam novos pacientes. Todos querendo alguma semelhança com suas antigas vidas. Se fosse me tratar de alguma coisa, deveria ser de exaustão.

Ele apontou para os moldes na parede.

– Estou vendo que seu trabalho vai indo bem. Você tem uma reputação, Emma. Ouvi a respeito até em Porton Down. Os franceses a amam, dizem que você faz milagres, e falam sobre as maravilhas das suas máscaras.

– Fico feliz em saber. Estou lisonjeada.

Ele fez uma pausa.

– Mas eles também amam o Tom. Dizem que é um ótimo cirurgião.

Emma pegou uma pena e esfregou-a entre os dedos, distraída.

– Nossos trabalhos são diferentes. Somos pessoas muito diferentes.

John suspirou.

– Como seu amigo e amigo de Tom, eu sei que não é da minha conta, mas devo dizer, vocês *são* pessoas muito diferentes…, mas também casados. Nenhum de vocês se comporta como se fosse.

– É bem óbvio, não é?

– De um jeito doloroso. Falei com o Tom pelo telefone, duas semanas atrás, e disse que vinha a Paris. Pedi-lhe que contasse para você sobre a minha viagem e mandasse as minhas lembranças. Ele disse que provavelmente *eu* a veria antes que ele falasse contigo. Não acredito que este silêncio se deva só a suas agendas cheias.

Emma recostou-se em sua cadeira.

– Para ser sincera, não tem a ver com nosso trabalho, tem a ver com a gente.

– Vou estar com Tom depois de amanhã. Passarei um bom tempo em Toul. Tem alguma coisa que você gostaria que eu fizesse, alguma coisa que gostaria que eu dissesse?

– Agradeço a oferta, mas não. – Emma riu

– O que há de tão engraçado? – John perguntou.

– Eu ia lhe pedir para dizer ao Tom que eu o amo, mas isto é bem ridículo, não é?

John pegou o charuto e baforou-o.

– Só é ridículo se não for verdade.

Emma refletiu sobre o que ele dissera, enquanto a fumaça vagava pela sala. Por fim, disse:

– Eu o amo, sim. Nós dois estamos em uma época difícil no momento.

– Vou dizer a ele que você o ama. – John triturou a ponta do charuto no cinzeiro e espanou o excesso de cinzas do dedo. – Está ficando tarde, pelo menos para mim. Fico em Paris até amanhã, caso precise dos meus serviços. Hotel Charles. – Ele abriu o bolso superior do paletó e jogou o charuto dentro. – Por favor, despeça-se de Virginie e de sua equipe por mim. Estou muito satisfeito de que o Estúdio para Máscaras Faciais esteja indo tão bem. – Emma acompanhou-o até a porta. – Lembre-se, a vida não é só trabalho.

– Olhe só quem fala.

– Precisamente. – Antes de fechar a porta, ele acrescentou: – Não tenho esposa, Emma. Não tenho nada além da Inglaterra, esta guerra e meu trabalho. Você tem muito mais do que eu.

Ele desceu a escada de cabeça erguida e atravessou o pátio, entrando no corredor fechado. Então, seus passos desapareceram nos ruídos da rue Monge ecoando pelo caminho, conversa de pedestres, batidas de cascos e o som da buzina de um automóvel distante. Por impulso, Emma correu até a janela da sala de moldes e olhou para a rua. O corpo roliço e a cabeça calva viraram em direção ao hotel. A rua estava na penumbra, mas o sol, ainda forte e quente no céu de julho, tornava sua presença conhecida ao se pôr a oeste. Passava das 9 horas da noite, e a luz permaneceria por mais uma hora. Antes que a escultora se arrastasse para a cama, havia tempo para ler um livro, pensar no que John havia dito e refletir sobre o motivo de o amor havê-la abandonado.

A noite, suave e langorosa, entrava pela janela como um amante secreto. Virginie dormia profundamente, seu rosto virado para a parede, de costas para Emma. O ar sedoso de julho movia-se suavemente pelo seu corpo, acariciava sua pele como dedos quentes. No escuro, Emma virava-se na cama, inquieta, e se lembrava de um dia, muito tempo atrás, na fazenda dos pais, em Berkshires, perto do final do verão, quando o ar também soprava quente e suave pelas janelas.

No calor de julho, o céu lampejava sobre Paris. O ribombar baixo do trovão garantia-lhe que era apenas uma ameaça de chuva, não um ataque alemão. Emma levantou-se da cama e contemplou as nuvens descendo em mantos escuros sobre a rue Monge. A chuva começou como um chuvisco leve, mas logo cortinas de água fustigavam as ruas e desciam pelos bueiros como cascatas.

Uma grande tristeza envolveu-a ao se lembrar do fauno derretido em seu quintal em Boston. Mas a lembrança do fauno mudou para uma imagem muito mais perturbadora, e sua raiva cresceu, apesar da chuva refrescante, porque sabia, que sendo mulher, não tinha tido outra escolha. Grande parte da sua alma morreu naquele dia.

❖

Emma havia se virado e revirado, pensando em quando os soldados norte-americanos poderiam chegar ao Estúdio para Máscaras Faciais. Os *doughboys**estavam cada vez mais envolvidos na guerra, mas, em suas elucubrações inquietas antes do amanhecer, concluiu que era cedo demais para virem dar na sua soleira. Os ianques travaram sua primeira batalha em Cantigny nos últimos dias de maio, e Emma sabia que acabariam precisando dos serviços do estúdio. No entanto, meses, possivelmente anos, de hospitalização e cirurgias aguardavam um soldado antes que ele pudesse recorrer aos seus serviços.

Apesar disso, Emma ficou na dúvida quanto à nacionalidade do homem que chegou um dia depois de seus pensamentos inquietantes. Trajando um uniforme canadense, o soldado havia vencido sua última rodada de cirurgias. À primeira vista, ela pensou que sua recuperação, acentuada por uma vermelhidão manchada da pele, poderia ser muito prematura para a máscara. Era alto, loiro, estrutura magra como a de seu marido, e não conseguia falar, ou escolhera não falar, por causa das lesões. Toda a parte inferior do seu maxilar estava destruída de ambos os lados, como se alguém tivesse pegado uma faca e escavado seu rosto abaixo do nariz, à maneira de um melão retirado da casca. No entanto, algo nele tocou Emma, o jeito como a olhava, sendo os olhos, ao que parecia, a única parte do seu rosto não afetada pelos ferimentos.

O soldado se sentou na alcova e curiosamente observou-a, enquanto Emma continuava a trabalhar na sala de moldes. Virginie pairou sobre o

---

* Apelido dado aos soldados norte-americanos durante a I Guerra Mundial, retomado na II Guerra Mundial. Sua origem tem várias interpretações. Em tradução literal significa "garotos de massa". (N. T.)

homem, fazendo-lhe perguntas em seu melhor inglês, sorrindo e rindo em seu papel natural como enfermeira dos aflitos. A escultora observou sua interação com o soldado tão criteriosamente quanto possível. Sua assistente fazia perguntas e o soldado escrevia as respostas em um papel, usando a mesa da alcova como escrivaninha. Depois de uma determinada pergunta, o soldado sacudiu a cabeça e rabiscou com violência pela página. Virginie balançou a cabeça e entrou no estúdio.

– Ele quer começar – Virginie disse. – Está mal do estômago. Acha que pode estar doente. – Ela estendeu o papel para que Emma pudesse ler o que ele rabiscara.

– Mostre-lhe o banheiro, antes de começarmos – Emma pediu. – Eu também tenho perguntas a fazer a ele.

Virginie assentiu, voltou à alcova e conduziu o soldado pelo corredor.

Emma pegou a ficha médica que a enfermeira deixara sobre a mesa. O nome do soldado era Ronald Darser, nascido em Chicago, nos Estados Unidos da América, mas inscrito na 7ª Brigada de Infantaria Canadense. As notas do hospital de campanha diziam: "Boca explodida por um ferimento a bala no queixo. Mandíbula fraturada com grande perda óssea em região sínfise. Língua extraída". O soldado fora ferido na Terceira Batalha de Ypres, a Batalha de Passchendaele, em abril de 1917. A ficha descrevia uma extensa lista de cirurgias, inclusive um tubo pediculado do peito para o queixo, para substituir a porção que faltava no queixo, enxertos de pele, mais pedículos, alargamento da boca e extração de dentes. Um caso difícil, não apenas pelo desfiguramento, mas porque o soldado não tinha qualquer esperança de um dia voltar a falar.

Após alguns minutos, ele reapareceu no *hall*, seguido por Virginie que o levou até a mesa de Emma, na sala de moldes. O homem ficou rígido em frente a ela, até ser convidado a sentar.

– Pela sua ficha, estudei a natureza dos seus ferimentos, soldado Darser – ela disse numa voz suave, para afastar qualquer medo que ele pudesse ter. – Gostaria de lhe fazer algumas perguntas, antes de começarmos o primeiro molde. Concorda com isso?

O soldado acenou com a cabeça.

– Se puder fazer a gentileza, por favor, escreva suas repostas neste papel, para que eu possa incluí-las em seu prontuário. – Emma empurrou uma folha em branco pela mesa e lhe estendeu uma pena. – Você tem alguma alergia a poeira ou a gesso?

O soldado sacudiu a cabeça e escreveu: "Não", segurando a pena com força em sua mão direita.

– E alergias a metais, especialmente cobre?

Ele olhou intensamente para Emma e escreveu: "Aço cirúrgico, talvez".

Emma analisou o soldado, intrigada. Achou a resposta estranha, mas, em vez de questioná-lo, decidiu oferecer-lhe simpatia.

– Posso entender sua aversão a cirurgia, depois de ter passado por tantas operações. Tenho certeza de que toda a provação tem sido muito dolorosa.

Ele a encarou com seu olhar inabalável. A cor estranha dos seus olhos, como o turquesa-claro do denso gelo do inverno, desestabilizou-a. Ela se remexeu na cadeira e esfregou as pontas dos dedos no grão de carvalho da mesa.

Ele escreveu: "Você não faz ideia de como esta guerra tem sido dolorosa para mim. Admiro seu sacrifício, o trabalho que faz para mim e para outros como eu, mas, basta dizer, para você é fácil. Fica aqui sentada em Paris, em relativa segurança, enquanto as bombas e balas dos exércitos mundiais executam sua terrível destruição. Minha vida está destruída e jamais poderei reavê-la". Ele empurrou o papel sobre a mesa, para Emma.

Ela pegou-o com cuidado. Enquanto lia suas palavras, passaram pela sua mente lembranças da festa de Natal e do suicídio de *monsieur* Thibault. Temendo que aquele soldado também pudesse explodir, Emma tentou acalmá-lo:

– Soldado Darser, nosso estúdio pode auxiliá-lo. Sei que entende nosso trabalho, e podemos ajudá-lo a recuperar seu rosto e sua vida. Você vai poder voltar a desfrutar a companhia da sua esposa e dos seus amigos e vai conseguir ter um emprego, se quiser, sem medo do ridículo, ou de risadas.

Ele arrancou o pedaço de papel de Emma e rabiscou as palavras em letras maiúsculas: "ESTOU MUDO PARA SEMPRE. JÁ ESTEVE MUDA ALGUMA VEZ, SRA. SWAN? DESCONFIO QUE SIM. NÃO POSSO FALAR, MAS, PIOR AINDA, NÃO TEM NINGUÉM COM QUEM COMPARTILHAR MEU SILÊNCIO".

O soldado abaixou a cabeça, e seus ombros tremeram, enquanto ele reprimia os soluços.

Emma tocou na sua mão.

Ao fazer isso, ele entrelaçou os dedos com os dela e agarrou-os com força.

Emma estremeceu, mas não fez qualquer esforço para retirá-los.

– Conheço o silêncio – disse. – Um silêncio terrível e frio que enche o corpo, e, quando você pensa que ele soltou sua garra frígida, ele volta mais forte e mais mortal do que nunca. Sim, andei de mãos dadas com um silêncio solitário e sofri sua companhia constante, a sufocante retirada da dor. O sufocamento pode ser tão horrível quanto a solidão. – Emma parou, aquietada por seus pensamentos. – Você é casado, soldado Darser? Foi errado da minha parte fazer tal dedução.

Ele levantou o rosto e sacudiu a cabeça, seus olhos suavizando-se um pouco, enquanto soltava a mão dela para escrever: "Não. Houve uma garota, uma vez, mas tivemos um final amargo. Ela era muito bonita, e eu a amava à minha maneira, mas ela não conseguiu entender meu afeto, e eu não consegui expressá-lo. Eu era mais novo, então. Se hoje eu tivesse essa chance, seria mais forte e mais compassivo. Mas ela seguiu em frente, e agora estou mudo".

– Compreendo, mas você não está mudo. Está conversando comigo, agora.

Ele levou as mãos ao rosto e cobriu os olhos por um momento. Ao retirá-las, escreveu: "Palavras, quando são ditas, duram apenas segundos, mas podem mudar vidas para sempre. Como eu gostaria de corrigir o mal que causei! Como desejaria que ela pudesse me perdoar por tudo que passamos. Eu poderia descansar em paz se ela me dissesse que estava tudo perdoado".

– Tenho certeza de que ela diria.

Por um tempo, os dois analisaram um ao outro de seus respectivos pontos de vista até Emma voltar a falar:

– Está pronto para começar? Tenho certeza de que Virginie explicou nosso trabalho: os moldes, o processo de escultura, como reconstruímos o rosto da maneira que era antes do ferimento e, por fim, a criação da máscara. Quando a máscara estiver pintada, encaixada e pronta, você terá…

Ele colocou a mão esquerda sobre a dela, para calá-la: "O dr. Harvey explicou tudo. Estou pronto para começar".

Com um sobressalto, Emma reconheceu o soldado; era ele que tinha chegado na casa de John Harvey na primeira noite dela em Paris.

❖

Durante o verão, o perfume adocicado de rosas amarelas pairou pela casa, uma vez que madame Clement continuou sua tarefa autoimposta de encontrar flores. Mais do que tudo, a empregada queria alegrar o estúdio e ter certeza de que todos os dias a sala de moldes estaria florida. O suicídio de *monsieur* Thibault a afetara profundamente, tornando-a ainda mais consciente dos soldados. Agora, ela oferecia a cada um deles um cumprimento animado, independentemente de seu próprio humor, e oferecia-lhes comida ou bebida, antes que tivessem a chance de pedir.

Uma noite, em agosto, o cheiro de escapamento e de cavalos, subiu da rua até o quarto de Emma e superou o perfume das rosas. Ela se sentou na cama e folheou as poucas cartas recebidas de Linton Bower. A última datada de 23 de julho de 1918. Abriu-a com cuidado, como se fosse um presente caro. O papel cheirava à tinta no estúdio do pintor. Era a marca dele, sua impressão no mundo, que Linton compartilhava especialmente com ela. A letra era dele: agitada, rabiscada pela página. Não havia como confundir sua letra; algumas cartas tinham chegado, escritas por Anne em nome dele. Tinham sido mais formais, menos reveladoras do que quando ele queria uma mensagem íntima.

Emma esticou-se na cama.

Minha queridíssima Emma,

Estou muito feliz por podermos escrever um ao outro. É claro que você perdoará a minha caligrafia. Não queria que Anne transcrevesse estas palavras, embora ela escreverá no envelope, por medo da letra não a fazer chegar a Paris, por causa da minha má caligrafia.

A propósito, Anne e Lazarus estão bem. Acho que você está muito certa em suas conclusões sobre ela, ao contrário da avaliação de Louisa. Ela é perfeita como governante e gerenciadora dos seus assuntos e adora o Lazarus, que me parece ter se tornado um animal muito mimado e preguiçoso, mas ainda assim um companheiro bom e fiel, perfeito para qualquer pessoa.

Como você e eu temos nos correspondido, a ligação entre mim e Anne ficou mais forte. Ela tem sido bastante gentil para me convidar para jantar. Acho que realmente gosta de ter companhia, a casa deve parecer solitária às vezes, e minha agenda social não está transbordando. Só se pode comparecer a um determinado número de vernissages e exposições. Neste sentido, apenas Alex me mantém ocupado.

Anne tem um namorado, um rapaz que conheceu na noite da festa de Fran Livingston, pouco antes de você ir para a França. Mas não se preocupe. Acho não passa de um namorico. Anne está muito enraizada no catolicismo para permitir qualquer imprudência. No começo, achei que o rapaz fizesse parte do círculo Livingston, mas depois descobri que é um protégé de Singer Sargent e provavelmente é mais pobre do que eu em conta bancária. Aparentemente, está estudando para ser pintor, uma profissão no mínimo questionável, como ambos sabemos.

É difícil para mim expressar meus verdadeiros sentimentos nesta carta. Evitei-os por tempo suficiente escrevendo sobre Anne, o amigo dela e Lazarus, mas estou profundamente ciente, como você sempre afirmou, de que sua primeira dedicação é para com seu marido.

Mas ouso dizer, em nossa recente correspondência, detectei uma mudança. Você só escreveu sobre o seu trabalho e os soldados que foram a seu estúdio. Tenho a sensação, mesmo através das milhas de oceano que nos separam, que se desenvolveu um abismo entre você e Tom. Pergunto-me se, de algum modo, os ferimentos dele se interpuseram entre vocês, ou se também existe uma ferida emocional, à qual você aludiu em sua última carta.

E este, minha querida Emma, é o propósito de eu escrever neste glorioso dia de julho. O sol está forte o bastante para que eu possa ver com a mesma clareza que sempre poderia desejar, e a brisa marítima varreu o calor da minha porta. Sento-me defronte à janela aberta, grato pela luz, e desejaria poder tocar no seu rosto. Que conforto isso me daria, já que os prazeres de pintura e tela começaram a me faltar. Penso em como passa os seus dias. Alguma vez anseia por mim, como eu anseio por você? Mas seja quando for nosso próximo encontro, sabe que estou sempre aqui para você, e sempre estarei, não importa o que aconteça entre o agora e esse encontro glorioso.

Rezo para que ele aconteça em breve, que esta guerra termine e você, seu marido e os soldados voltem a salvo para o nosso solo. Escrevo estas palavras com o coração, sem considerar os censores. Eles que pensem o que quiser.

Estendi-me demais, e a tensão de escrever cansou meus olhos. Preciso descansar e me despedir. Desta maneira, hoje não haverá pintura, e amanhã é questionável.

Meus pensamentos estão sempre contigo.

Seu amigo,

Linton Bower

Naquela noite, em algum momento depois das 10 horas, a porta do quarto se abriu. Virginie, que tinha passado a noite com uma amiga, disse "olá" e se sentou em sua cama. Emma ficou surpresa ao perceber que tinha cochilado, enquanto sonhava em reencontrar Linton, em Boston. As páginas de sua carta estavam espalhadas no lençol.

❖

O rosto do soldado Darser tomou forma, enquanto Emma moldava argila na cavidade deixada pelo ferimento. Trabalhou no molde sem ajuda, tomada por um sentimento estranho enquanto esculpia. Do outro lado do estúdio, Hassan alisava um gesso fresco em outro molde, conforme Virginie pontilhava tinta em uma máscara.

– Esta reconstrução é uma das mais difíceis em que trabalhei – Emma disse a Virginie e Hassan, enquanto mexia com a argila para dentro do queixo –, porque restou muito pouco do maxilar e da boca do soldado Darser. Não existe espelho, esquerda e direita, para avaliar o reflexo. Não sei se faço o queixo com uma fenda, se faço fraco ou forte.

– Um homem sempre gosta de um queixo forte – Virginie pontuou.

Hassan concordou com a cabeça.

– É, mas vou perguntar para ele – Emma disse. – Posso visualizar o queixo dele na minha mente... – Ela pousou a ferramenta de esculpir de madeira.

Madame Clement surgiu à porta.

– O soldado Darser está aqui para seu compromisso – disse, seu inglês revestido com seu costumeiro sotaque francês.

– Faça-o entrar. – Emma puxou sua jaqueta e deu uma rápida olhada em seu próprio reflexo, antes de fechar as cortinas do estúdio. Em vez de colocar um vestido, tinha optado por um traje semelhante a um uniforme feminino do exército. A jaqueta era severa e matriarcal, embora preferisse trabalhar de vestido. Porém, o soldado Darser, em sua formalidade, a tinha influenciado, e ela acabara percebendo o grande efeito, de início sutil, que ele tinha sobre ela. Sua escolha de roupa era um resultado de seus encontros, mas recentemente Emma se viu pensando nele cada vez mais, por ser um conterrâneo. Quando o sol reluzia de certa maneira sobre as árvores, ou o ar trazia uma doçura úmida, o soldado entrava em sua mente nos momentos mais incomuns e lhe lembrava a Nova Inglaterra.

Ele surgiu sem madame Clement, parando por um momento à porta, imóvel, a camisa engomada e o cachecol enrolado para cima e frouxo no pescoço e no rosto, cobrindo a maior parte das lesões. A luz na alcova, atrás dele, emoldurava-o em um brilho difuso.

– Por favor, entre – Emma disse, chocada com sua presença austera e imponente.

Como que energizado por suas palavras, o soldado foi em direção a ela, pisando firme, retirando do bolso um bloco e um lápis, entregando-lhe o bloco em que havia escrito: "Não precisa fechar as cortinas. Adoro a luz do sol, e o verão está quase acabando. Deveríamos aproveitar o belo tempo enquanto podemos".

Emma olhou o bilhete.

– Entendo seu desejo, mas...

Ele abanou a mão em frente a ela e escreveu: "Sei do seu suicida infeliz. Não tenho vontade de morrer. Por favor, abra as cortinas".

Emma cedeu a seu pedido. O quarto ficou inundado de luz.

– Melhor?

Ele confirmou com a cabeça.

Virginie deu um tapinha no braço do soldado.

– Admiramos sua coragem.

Ele escreveu: "Obrigado", e acrescentou: "Podemos começar?".

– Gostaria de fazer outro molde hoje. O primeiro não ficou do meu agrado. – Ela levantou a forma em que andara trabalhando. – Você pode me dizer se este queixo está parecido...? – Emma calou-se, um tanto embaraçada pela indelicadeza da sua frase.

"Você quer saber se está parecido com o meu rosto?"

– É, está parecido com o seu rosto? Não tenho como saber.

O soldado Darser olhou para o molde, mas não escreveu nada.

– Sem opinião?

"Faça o meu queixo, o meu rosto, como quiser. A escultora é você, a artista, estou a sua mercê. Pode fazer comigo o que quiser."

Um choque correu pela sua coluna, formigando suas costas. Depois de um momento, quando tinha se recuperado, ela disse:

– Não sei se entendi.

"Claro que entendeu. Você sempre entendeu o seu poder. Você é a escultora e pode me moldar como quiser."

– Entendo – Emma disse, juntando as mãos em concha, desejando deixar para trás o que ele dizia. – Hassan, traga gesso fresco para outro molde. Precisamos trabalhar no soldado Darser.

Hassan pegou um balde e levou-o até a cadeira. Emma cobriu as roupas do soldado com um avental, chuviscou gesso sobre o rosto dele e trabalhou delicadamente sobre a área afetada. Enquanto fazia isso, o soldado reagia a seus dedos estremecendo a cada vez que Emma aplicava a substância molhada em seu rosto, como se ela tivesse tocado em uma ferida aberta, em carne viva.

❖

As margaridas marrons, petúnias e calêndulas continuavam a desabrochar nos jardins de Paris, mas Emma percebeu uma mudança na estação.

O sol tinha perdido seu calor, o céu, na maioria das vezes, exibia um azul rico, outonal, em vez do mormaço veranil. Seus braços tinham arrepios no amanhecer gelado e ao pôr do sol

Em sua mesa do estúdio, ela olhava a fileira de moldes pendurados na parede, concentrando-se em uma em particular, a dos pertencentes ao soldado Darser. Emma abriu o histórico médico do soldado, que agora estava apenas sob seu encargo, e releu a nota recente presa dentro da pasta:

O que acontece com este homem? Ele é diferente dos outros. Talvez seja porque estou acostumada a trabalhar com soldados franceses, e este homem é tão diferente que me deixa nervosa. Fecho-me consumida com seu caso, em detrimento dos outros. Noutro dia, fui ríspida com Virginie, quando a descobri mexendo no molde final de Darser. Ela ficou surpresa quando lhe disse que o soldado era um caso meu e que eu estava bem capacitada a lidar com ele. Nunca havia falado com ela como uma subalterna. Desculpei-me mais tarde, no mesmo dia, mas o dano estava feito. Ela ficou muito fria comigo pelo resto da semana. Quando tentei deixar clara a importância do caso para o estúdio, vi-me lutando com as palavras; não havia um motivo real, além do meu próprio entusiasmo com o rosto dele.

Emma estudou a fina lâmina de cobre martelado. A máscara, a parte inferior do rosto do soldado Darser, começava abaixo dos olhos, e descia além das bochechas até o queixo. Quando pronta, ela se prenderia a suas orelhas com óculos e esconderia a lesão. Um sorriso se formara nos lábios, não um efeito intencional, mas que Emma decidiu ser uma ilusão de ótica. O queixo, cheio, mas sem fenda, parecia desajeitado, outra falha imprevista que precisava de correção.

No final do balcão, Emma procurou em meio às amostras de cabelos humanos. Pegou um tom ligeiramente mais escuro do que o loiro do soldado Darser, retorceu-o em um bigode, e colocou-o sobre o lábio superior. O efeito era bonito, mas errado. O soldado não usaria um bigode, sabia intuitivamente, e se perguntou como poderia ter tanta certeza de sua avaliação.

A escuridão caiu sobre a cidade.

Emma pegou seu bloco e um lápis, acendeu o abajur, e então desenhou a cabeça dele, começando pelo cabelo e a testa, a partir de uma fotografia que Hassan tirara do soldado. Trabalhou na metade superior do retrato, acertando os detalhes – as orelhas, os olhos azuis, ainda vibrantes em preto e branco, as mechas finas de cabelo – até não precisar mais consultar a foto.

Colocou o desenho completo, a metade superior do rosto de Darser, a sua frente. Ergueu a máscara e imaginou que tinta seria necessária para combinar com a pele dele. Mantendo essa imagem em mente, colocou a máscara de modo a se alinhar perfeitamente com a parte de baixo do desenho.

Olhou para o rosto a sua frente.

Não pode ser... simplesmente não pode ser.

O rosto em sua mesa de trabalho nunca teve uma fenda no queixo, nem bigode; sua lembrança lúcida, cristalina em seu reconhecimento. Sim, o rosto tinha envelhecido, mas era tão reconhecível quanto um amigo de longa data que tivesse voltado após uma ausência de muitos anos.

O rosto do menino, agora um homem, que ela amara tanto tempo atrás, em Vermont, olhava para ela.

CAPÍTULO 8

PARIS E TOUL

Outubro de 1918

– COMO FOI SUA VISITA ao *front*? – Emma perguntou a John Harvey.

– Vou lhe contar o máximo que posso – ele respondeu, fumando um cigarro.

– Pensei que você tivesse trocado cigarros por charutos.

Emma acomodou-se em sua cadeira, evitando se vangloriar com a mudança dos hábitos dele de fumante. John, assim como muitos homens inteligentes, dificilmente parecia o tipo de se ater a rotina; vivia de variações.

– Você não pode imaginar como é difícil e caro conseguir um charuto no *front*. Mas não me telefonou para falar sobre tabagismo. Por que a urgência?

– Dois motivos – Emma respondeu, quando o garçom chegou para anotar o pedido deles. John tinha sido bastante gentil de convidá-la para jantar no Hotel Charles. Ela manteve a voz baixa no restaurante; estava como um necrotério, salvo pelo ocasional tinido de copos. Emma bebericou o vinho e pousou a taça. – Gostaria de saber como Tom está passando e tenho um favor especial a pedir.

– Qualquer favor que seja razoável será feito com prazer, minha querida. – Ele apagou o cigarro no cinzeiro.

Emma colocou as mãos no colo, alisou o vestido e esperou uma resposta para sua pergunta sobre Tom.

John olhou em volta do salão, como se estivesse infiltrado de espiões. Os poucos casais que havia no restaurante eram idosos e franceses. Depois de um suspiro, ele falou:

– Tom parece estar indo muito bem, apesar da guerra, dos ferimentos e dos surtos de influenza. Acredito mesmo que ele ganhou um pouco de peso desde a última vez que o vi. Perguntou sobre você.

Emma endireitou-se um pouco na cadeira.

– Fico feliz em saber, considerando a extensão das conversas que tivemos nos últimos meses. "Oi" e "Como vai?". Não exatamente o material de um romance.

– Não seja absurda – John ralhou. – Romance? Lenga-lenga em se tratando da essência de um relacionamento. – Ele plantou as mãos com firmeza sobre a mesa. – Emma, se você aprender uma coisa nesta vida, que seja que um bom homem e uma boa mulher estão ligados por votos e dever, não por uma noção infantil dos românticos.

– Ignorei romance em prol do dever por vezes demais – ela disse. – Vou ficar com o material de romance.

– Por que as mulheres são atraídas por tal loucura trágica? – John perguntou sem um pingo de humor. – Flaubert destacou o absurdo do amor romântico anos atrás, em *Madame Bovary*.

– Acho que depende da sua interpretação do romance – Emma respondeu. – Por que os homens são tão obstinados? Não conseguem ver a tragédia disso tudo?

– Não, somos intocáveis em nossas predisposições e premissas masculinas.

– É mesmo? Pensava mais dos ingleses... Essa ilha de cetro deve ser mais atrasada do que eu imaginava.

John estalou a língua e acrescentou:

– Nenhum grito difamará uma nação.

Eles se encararam, como que em um impasse, enquanto o garçom trazia uma sopa aguada de batatas. Os dois pegaram as colheres e depois, de algumas colheradas, riram em voz alta, simultaneamente. O brilho nos olhos de John apagou-se com a risada, e ele recolocou sua colher na toalha branca.

– Mas tenho uma impressão para contar a você. Tem alguma coisa acontecendo e não consegui determinar a natureza do problema. Cheguei muito, muito perto de descobrir, como se uma farpa tivesse entrado no coração de Tom, mas meu companheiro francês, do projeto em que estou trabalhando, interrompeu nossa conversa em um momento dos mais inoportunos. Malditos franceses! Eles nunca parecem fazer a coisa certa.

– Então, *tem* algo de errado. Faz um tempo que percebo isso. Não é apenas o ferimento. Nunca há um bom momento para abordar o assunto.

John franziu a testa.

– Está claro que a coisa está destruindo-o por dentro.

Emma suspirou.

– Isso não pode continuar. Adiei conversar com ele por causa da sua recuperação. Depois, fiquei absorvida no meu trabalho e, francamente, não queria lidar com isso. Mas agora, forçarei o assunto. Vou telefonar e dizer que estou indo para Toul. Temos que conversar. Quando meu trabalho diminuir…

– Acho que é a coisa sensata a ser feita. – John tomou uma colherada de sopa. – Coisa intragável. – Largou o talher sobre a mesa. – Pensei que os franceses fossem especialistas em sopa de batata.

– Sopa de cebola… Você sabe muito bem que a guerra afetou os estoques culinários. Temos sorte de conseguir isso.

– É disto que gosto em você, Emma, a gratidão por pequenos favores. Falando em…

– Ah, é, meu favor. Você tem algum contato nas forças canadenses?

John olhou para ela, intrigado, avaliando sua intenção.

– Diretamente não, mas, se quiser, posso investigar. Trabalhei com alguns soldados canadenses.

– Gostaria de descobrir informações sobre um dos meus casos, o soldado Ronald Darser, designado para a Sétima Brigada de Infantaria Canadense. Tenho seu prontuário médico, mas acho que a informação foi falsificada.

Ele sacudiu a cabeça.

– Falsificada? Não me lembro do nome.

– Possivelmente forjada.

– Por que uma informação médica sobre deformação seria…

– Só posso lhe dizer isso. Você tem seu projeto secreto, eu tenho o meu.

John arqueou uma sobrancelha.

– Farei o possível, mas não espere milagres. Se a informação for, de fato, falsificada, descobrir a verdade pode ser mais difícil do que você desconfia. Presumo que o que esteja procurando seja a verdadeira identidade do homem em questão?

– É. Acho que o soldado pode estar se escondendo sob um nome falso.

John beliscou o queixo e olhou ao redor do restaurante.

– Direi que os franceses educados sabem como se vestir, especialmente os de idade madura. Está vendo como o mundo pode ser refinado e silencioso até durante uma guerra? Veja aquele casal – John apontou para um homem e uma mulher, ambos elegantemente trajados, comendo calmamente, a poucas mesas de distância. – Eu jamais conseguiria ser magro como qualquer um deles. O terno dele está impecável, comparado aos trapos que estou vestindo. Isso dá esperança, não é, de que o mundo continuará; e de certo modo existem pessoas que valem a pena. Pessoas que merecem ser salvas. Lamentável, como você e eu trabalhamos com homens tão desesperados que não conseguem se encarar, mas, no fim das contas, imagino que valha a pena.

– Você sabe a palavra francesa para eles: *mutilés* – Emma disse.

– Estou pouco ligando para como s franceses os chamam – John retrucou. – Nossa, eu queria que esta guerra acabasse e eu pudesse voltar para a Inglaterra. O projeto em que estou trabalhando é abominável. Só aumenta o potencial para mais mortes e destruição. – Ele bateu na mesa. – Pronto, falei, muito mais do que devia. O Rei vai me executar por traição. Onde, em nome de Deus, está a nossa comida?

– Os americanos estão avançando. A cada dia, mais alemães são capturados. – Consumida pelos pensamentos da guerra, Emma olhou para a sopa a sua frente.

– Chega de meias-palavras, minha querida. Você precisa conversar com seu marido o mais rápido possível. O mundo é mais do que trabalho e guerra, por mais difícil que seja acreditar nisso.

John estava prestes a soltar outro ataque em cima dela quando o garçom chegou com o frango que haviam pedido.

– Diga-me uma coisa; por que eu sempre me sinto como se estivesse falando com o meu pai quando conversamos?

– Provavelmente por eu ser mais velho, e o homem mais sensato que você já conheceu. – John agarrou o braço do garçom quando ele estava prestes a se afastar da mesa. – Outro copo de vinho. E fique aqui enquanto experimento este prato.

O garçom, espantado, soltou o braço, enquanto Emma traduzia para o francês o melhor que podia. O homem olhou para seu cliente e ficou ao lado da mesa, de braços cruzados.

John ergueu o garfo, espetou um pouco de frango, experimentou-o e perguntou ao garçom, em tom de reprimenda:

– Você chama isto de *poulet*?

Emma sacudiu a cabeça.

– É claro que a primeira palavra que você já diz em francês sairia como um insulto.

John fez uma careta.

❖

– Por favor, não se mexa. – Emma esperava poder acalmar a ansiedade que havia sob sua ordem. A manhã toda, seu estômago roncara, antecipando a hora marcada do soldado Darser. – Você precisa ficar quieto, ou a tinta vai manchar.

Ele, tão calmo quanto uma noite de verão em agosto, estava sentado em uma cadeira de junco enquanto Emma aplicava tinta à máscara. Tinha encontrado o tom de pele em uma prova anterior. A máscara estaria completa após os toques finais na barba, nos lábios e no queixo. Uma suave luz matinal inundava o estúdio.

Enquanto trabalhava, muitos pensamentos passaram pela mente da escultora. Um decorrera do telegrama de John, da Inglaterra, que chegara a Paris dois dias antes. Dizia: "Nenhum Ronald Darser na 7ª Canadense. Necessário mais informações. Papai".

Emma concentrava-se o tanto quanto possível na pintura, seu olhar travado no rosto completo que havia criado, a mão tremendo, enquanto trabalhava o pincel perto da maçã esquerda do rosto.

O soldado notou seu desconforto e acenou a mão para Emma parar. Ele pegou seu bloco e o lápis no bolso de sua túnica. "Qual é o problema? Você parece ansiosa, hoje. Meu rosto a perturba?"

Ele sabe. Ai Deus, ele sabe. Por que veio aqui? Emma foi até a mesa do estúdio, colocou o pincel em seu suporte, virou-se e olhou pela janela. Abaixo, a vida continuava como sempre: o desfile de pedestres, as folhas tornando-se douradas e marrons e a friagem outonal no ar. Depois de um momento, ela disse:

– Seu rosto é perfeito. Na verdade, é tão perfeito que me traz lembranças. Às vezes, a tensão do trabalho... – Ela se virou para ele.

Estava sentado em sua cadeira como uma estátua, os olhos perfurando-a.

– Às vezes, a tensão é difícil – ela prosseguiu. – Conseguir a cor certa de pele... Quero que a máscara fique perfeita. É o justo, levando-se em conta o que você sofreu.

Ele piscou, seus olhos vermelhos e inchados sob as pálpebras.

O ar do estúdio parecia estranhamente próximo. Emma escutou o farfalhar das mãos de Virginie, enquanto ela puxava livros de uma estante; o raspar da ferramenta de modelagem de Hassan soou em seus ouvidos.

– Vocês poderiam nos dar licença por um momento? – Emma pediu a seus assistentes.

Virginie colocou os livros na mesa, e Hassan limpou a argila das mãos. Os dois pareceram um tanto chocados com a ordem abrupta de Emma, mas atenderam a seu pedido.

– Fechem a porta ao sair – Emma ordenou. Ela ficou perto da janela até a porta se fechar, depois, explodindo de raiva, caminhou até o soldado, elevando a voz: – Por que você está aqui? Que *direito* tem de fazer isso comigo? *Sei* quem você é.

O soldado levantou-se da cadeira, aproximando-se dela em passos calculados.

Emma recuou até não poder ir mais longe, o peitoril da janela bloqueando sua fuga. Procurou uma arma. A vassoura no canto chamou sua atenção.

O soldado parou perto dela e olhou pela janela, além da rue Monge. Podia se ver no vidro; o brilho do sol destacava seu reflexo. Emma ficou rígida até o soldado olhar para ela.

Ele pegou o bloco e o lápis. "Você tem um espelho?"

Emma confirmou com um gesto, afastou-se dele, foi até sua mesa e pegou o espelho em uma gaveta, onde estava guardado para seu uso, não dos soldados.

O soldado Darser olhou-se nele, analisando seu reflexo, tocando a têmpora esquerda e os óculos que se prendiam à orelha.

Emma sabia que ele também queria tocar na máscara, mas o impediu com um "Não" firme. Ele estava fascinado com sua própria imagem, como o Narciso que ela quis criar com Linton.

– Não toque nela – acrescentou. – Está frágil.

Mesmo enquanto o advertia, estava cheia de uma emoção estranha pelo seu feito. Tinha restaurado o rosto de um homem através da arte. Sua habilidade permitiria que ele vivesse livre do medo e da rejeição. Olhando de perto, alguns poderiam ver a linha quase imperceptível entre a pele e a máscara, a demarcação que assinalava o casamento de carne e metal, mas a maioria continuaria absorta em sua própria vida, vendo o rosto como qualquer outro, não reparando no homem que poderia caminhar entre eles com a cabeça levemente abaixada, ou a gola levantada contra o vento, evitando os olhares de terror, escárnio ou, pior de tudo, as risadas.

Por outro lado, Emma se sentia rechaçada pelo soldado que se olhava no espelho. Era ele quem tinha lhe causado a dor mais profunda, depois de ela ter lhe entregue seu eu jovem e obsessivo. E, agora, ela o havia recriado.

Por fim, ele escreveu: "Você fez um trabalho soberbo. Como posso um dia recompensá-la?".

– Sabe muito bem como pode me recompensar – Emma exigiu. – Você pode me contar a verdade.

Ele voltou para sua cadeira, ainda carregando o espelho, aparentemente satisfeito consigo mesmo, agora que sua tristeza tinha diminuído: "Seu trabalho está feito, e tenho que voltar ao Canadá. Não vou voltar para o *front*".

– Eu sei quem você é – Emma disse. – O mínimo que pode fazer é admiti-lo. Quanto tempo faz, dez anos, desde que você me abandonou?

"Não sei do que você está falando."

– Seu rosto! Você era o pai do meu filho.

Seu olhar inabalável passou através dela. Por um instante, Emma achou que estava ficando louca; a tensão da guerra, o trabalho com homens desfigurados, o cansaço de seu relacionamento com Tom. Não, não era isso! *Ele* se sentou em frente a ela, manipulando-a de novo para seu benefício.

O soldado escreveu por um bom tempo e depois entregou o bloco a Emma: "Não sou o pai do seu filho. Nunca faria qualquer pretensão a tal conhecimento, perante Deus ou perante você. Está claro que sofreu alguma indignidade em seu passado, que causou tragédia em sua vida, mas não fui a causa. Disse para você criar a máscara como quisesse, e fez isso. Sou o que você criou, sra. Swan! Você me fez à imagem que desejou. Sou real neste aspecto, mas em nenhum outro, apesar da sua imaginação. A guerra põe à prova o mais forte dos homens. Talvez, como aqueles homens, você não seja páreo para os horrores que ela desencadeia."

Emma olhou para as palavras sem acreditar. Estaria ficando louca? E se tivesse, de algum modo, recriado o rosto de um homem que um dia amara e agora desprezava? Largou o bloco sobre a mesa e sentou-se na cadeira. A porta do estúdio abriu-se com um rangido.

– Você está bem, madame? – Virginie perguntou. Fazia muito tempo que sua assistente não se dirigia a ela como "madame".

– Estou, obrigada – ela respondeu. – Você e Hassan podem voltar ao trabalho. O soldado Darser está de saída.

Ele escreveu: "Mais uma vez, obrigado, sra. Swan. Imagino que este seja nosso último encontro".

– Pode ser que tenha razão, mas captei seu rosto na minha memória e, talvez, quando voltarmos a nos encontrar, você possa me olhar nos olhos e falar a verdade.

O soldado olhou-se novamente no espelho. Ao abaixá-lo, um sorriso triste formara-se na máscara.

Tal sorriso era impossível, mas a percepção emocional de Emma era real. Ele poderia redimir seu abandono quando ela mais precisara dele? Poderia ajudá-la a banir a lembrança que a assombrava?

O soldado Darser achou seu casaco, acenou com a cabeça para Emma e saiu pela porta. Seus passos firmes ecoaram pela escada do quintal e pelo corredor. Ela correu até a janela para vê-lo, mas ele já havia desaparecido pela rue Monge, como se nunca houvesse existido.

✧

– Soube de rumores em relação à guerra – Virginie contou, abrindo a porta do estúdio. Ela e Emma rodeavam a chaleira do chá, como crianças à espera de doces.

– *Fermez la porte* – Emma pediu. – Está nublado e frio, e não estou no clima de pegar pneumonia esta manhã.

O sol, encaminhando-se para o sul, tinha se enfraquecido no céu do fim de outubro. O agradável calor do começo do mês fora debelado por uma série de dias sombrios, de gelar os ossos, úmidos e nublados, presságio de novembro e da chegada do inverno.

– Precisamos de ar – Virginie disse. – Estou enjoada da poeira de gesso, do cheiro de argila e da fumaça dos cigarros terríveis de Hassan.

– Não me importo – Emma insistiu. – Feche a porta. Às vezes você é tão rabugenta quanto John diz.

Ela olhou para Virginie. A jovem enfermeira havia envelhecido durante o ano em que trabalhavam juntas. A postura de fada e a aparência jovem, que de início Emma comparara a sua empregada de Boston, Anne, haviam diminuído, enquanto a guerra se arrastava.

Emma também havia feito um balanço de si mesma naquela manhã e contou alguns fios de cabelos grisalhos espalhando-se para trás a partir das têmporas. O negro profundo de seu cabelo estava desaparecendo como sua juventude. Poderia facilmente culpar a guerra pelo envelhecimento, mas outros fatores haviam contribuído para as linhas que agora vincavam seu rosto. Virginie e ela estavam envelhecendo juntas, ao passo que Anne, em sua memória, Hassan, como parecia acontecer com a maioria dos homens, e a imutável madame Clement cruzavam com facilidade a rápida corrente fluida do tempo.

– O que você escutou sobre a guerra? – Emma perguntou. – Há tempos não pego em um jornal.

Adiando sua resposta, Virginie fechou a porta com relutância.

– Mais batalhas ao longo do *front*. Muitos mortos ao longo do Meuse e do Moselle. Os mortos estão por toda parte, até perto de Toul.

– É – Emma disse, lembrando-se dos uniformes no hospital de Toul, tirados dos soldados mortos. – Só podemos rezar para que a guerra acabe logo.

– Os americanos estão lutando... como você diz... bra...?

Emma pensou por um momento.

– Bravamente?

– *Oui*, bravamente. Surpreendem até nossos garotos franceses.

A chaleira apitou. Emma desligou o fogo, despejou a água fervente e jogou o infusor do dia anterior na xícara de Virginie; depois, mergulhou-o na dela, olhando enquanto finos filamentos avermelhados fluíam pela água. Ela olhou para Virginie.

– Em tempo de guerra, não desperdice, não queira. Acho que estamos todos cansados. Talvez precisemos fechar o estúdio por uma semana e descansar.

– Ideia magnífica – Virginie disse. – Mas e os soldados?

– Bom, teremos que planejar nossas férias e aprontar tanto trabalho quando pudermos, antes de ir...

Emma teve um sobressalto. Duas vozes, ambas falando francês, vieram da escada. Reconheceu uma como sendo de madame Clement; a outra, não teve certeza, até ele aparecer na porta do estúdio. Era Richard, o motorista do hospital. Madame Clement abriu a porta.

Um Richard sorridente acompanhou-a.

– *Bonjour*, Virginie – ele cumprimentou, assimilando a figura da enfermeira com um prazer óbvio. Virando-se para Emma, como um adendo, acrescentou: – *Bonjour*, madame Swan.

O coração dela disparou, esperando que Richard só trouxesse boas notícia. Depois dos ferimentos de Tom, Richard visitara o estúdio várias vezes, mas nos últimos tempos suas visitas haviam diminuído. O mensageiro parecia tão vigoroso como sempre, sua barba desleixada e clara fazendo-o parecer mais velho. No entanto, os pelos faciais só destacavam a postura e a figura jovial que ele exibia.

Aparentemente, Virginie também notou isso e ofereceu o rosto para um beijo.

Richard cedeu de boa vontade.

– *Monsieur* Swan pede que volte a Toul – ele disse a Emma, com a voz séria e estridente.

– Algum problema? – Ela temeu a resposta.

– Não. Pede sua companhia.

– Ele nada disse sobre eu ir a Toul na última vez em que conversamos – Emma disse a Virginie.

– Você tem que ir – Virginie aconselhou. – A viagem lhe fará bem. Hassan e eu cuidaremos dos negócios.

– Temos três consultas hoje – Emma disse em tom de desculpas. – Não fiz a mala.

Richard falou em francês com madame Clement, e a empregada riu.

– O que ele disse? – Emma perguntou a Virginie.

– Ele disse que as mulheres são muito, muito...

– Muito o quê?

– Como uma estátua.

– Como pedra... rígidas?

– *Oui*.

– É bem do Tom propor um desafio quando não estou no clima. Diga a Richard que estarei pronta em meia hora. Quando eu voltar, conversaremos sobre umas férias.

Emma correu escada acima, enquanto Virginie, madame Clement e Richard conversavam na alcova. Juntou algumas roupas e alguns artigos de higiene pessoal, enfiou-os em uma mala, escovou o cabelo, pegou o casaco e, em dez minutos, desceu as escadas. Ela despediu-se, e Richard acompanhou-a na saída do estúdio. O pátio dormia sem vida e cinza sob o nevoeiro, as estátuas escurecidas pela névoa, a hera agarrada às paredes com seus tentáculos escuros.

Entrando no corredor, Emma viu a traseira da ambulância estacionada na rue Monge. Um soldado com sobretudo passou apressado pela caminhonete. Virou a cabeça por um instante, e Emma pensou ter visto o soldado Darser sorrindo para ela. O homem sumiu com a mesma rapidez que surgira. E ela percebeu que o soldado não poderia ser Darser, sua máscara não tinha sorriso. Os lábios tinham que ser neutros, agradavelmente cheios e ligeiramente abertos, caso contrário, a boca pareceria fixa em uma expressão inquietante. Lembrou-se do sorriso triste que pensou ter visto na máscara dele em seu último encontro.

Ela não disse nada sobre o soldado a Richard e subiu na caminhonete. Pouco disseram, enquanto ele dirigia para leste, pelas ruas de Paris. Quando, finalmente, a cidade ficou para trás e a ambulância havia viajado por um bom tempo por uma estrada rural, Emma relaxou o suficiente para iniciar uma conversa.

– *Ça va*, Richard? – perguntou, enquanto atravessavam uma aldeia. Aquela era a única conversa fiada em que ela podia pensar, a saúde dele. Lembrou-se do machucado em seu braço, mencionado por Claude, o médico de Tom, em Toul. Emma olhou para as vitrines das lojas, que pareciam desanimadas e perdidas na envolvente névoa cinza. A névoa rodopiou ao redor da ambulância, e Richard ligou os faróis.

– *Très bien* – ele respondeu.

– Como vai o seu inglês? Meu francês poderia estar melhor.

Richard limpou a garganta e pronunciou cada palavra lentamente:

– Seu... marido... está... me ensinando. – Virou-se para ela e sorriu. – Agradeço... a ele... todos os dias.

– Bom, você está fazendo um progresso notável. Onde ficou ontem à noite? Você sabe que é sempre bem-vindo ao estúdio. Podemos pôr uma cama de armar na sala de moldes.

– Não, obrigado – ele respondeu, com firmeza. – As máscaras são apavorantes.

Emma riu.

– Elas *podem* ser um pouco assustadoras no escuro.

– Fico com a minha irmã. Ela mora em Saint-Denis. – Ele se calou por um momento e depois perguntou: – Como vocês se conheceram?

Emma virou-se para ele, confusa com a mudança súbita de assunto.

– Meu marido? – indagou, sabendo que Tom era o objeto da pergunta.

– É.

– Em Boston. Tom estudava Medicina. Eu me preparava para cursar a Escola de Artes. A gente se conheceu por meio de uma amiga em comum, Louisa Markham. – Emma parou, sabendo que Richard poderia não a ter entendido. – Desculpe-me. Eu estava indo rápido demais? Você consegue me entender?

Richard confirmou.

– A maior parte, sim. – Ele espiou pelo para-brisa, enquanto intermitentes gotas de chuva espalhavam-se pelo vidro. – Ele sempre foi tão triste?

Sua pergunta pareceu casual, como se a tristeza fosse algo normal em Tom, mas deixou-a perturbada, e uma sensação de náusea agitou seu estômago.

– Então, você acha que o Tom está deprimido... triste?

Richard encarou a estrada com um olhar fixo.

– Não posso falar por ele, mas a guerra tem sido difícil para nós dois – Emma continuou. – Eu esperaria que ele pudesse ficar deprimido depois de se ferir no *front* e seu trabalho contínuo com homens feridos e agonizantes. Nunca consegui entender como os médicos mantêm sua sanidade.

– Quando a gente se conheceu... – Richard refletiu com cuidado sobre suas próximas palavras. – Ele estava feliz... feliz por ser médico.

Emma desmoronou em seu assento, a culpa a dominando por um instante. Richard estaria culpando-a, e não a guerra, como causa de seus problemas conjugais? Com certeza, ela não tinha feito nada inerentemente errado, a não ser estabelecer um relacionamento com um pintor de Boston que lhe tinha demonstrado afeição e despertado seus próprios sentimentos recíprocos. Ela abarcou o pensamento. Afinal, como um afeto inocente poderia ser tão mal interpretado, em comparação com os constantes horrores do mundo? Mas seu relacionamento foi tão inocente? E suas fantasias sobre Linton?

– Quando Tom e eu nos conhecemos, acho que ficamos ambos bastante otimistas. A guerra não havia começado, e estávamos cheios de alegria e vida. Quando os combates começaram, Tom ficou ansioso. Estava louco para fazer alguma coisa, qualquer coisa para ajudar. Foi por isso que se ofereceu para trabalhar com a Cruz Vermelha, na França. Viu a necessidade e, no começo, sei que ficou feliz por estar aqui. Dava para sentir pelas cartas. – Ela se deteve, sem saber quanto da sua conversa Richard entendera.

– A aldeia é pequena – Richard comentou. – As pessoas falam. Os americanos são observados.

– Aonde você quer chegar?

– Não tenho provas. As pessoas dizem que ele anda.

– Anda? – Uma ponta de medo surgiu em seu peito.

– É, à noite.

Emma riu, mais por ansiedade do que por achar graça.

– Bom, tenho certeza de que Tom não é um vampiro. Ele adora fazer caminhadas; nós dois gostamos. É disso que você está falando?

– Pergunte a ele. Só sei isto. *Le bruit court que...*

– *Pardon?*

– Como se diz... histórias sobre pessoas?

– Rumores?

Richard confirmou.

– *Oui*, rumores.

– Não vou me esquecer de perguntar a ele.

Emma acomodou-se em seu assento e olhou para fora, para o céu nublado. Conforme a caminhonete seguia, teve certeza de ouvir bombas explodindo a distância. Estava frio demais para uma tempestade.

Ao chegarem ao chalé de Tom, a noite tinha caído e as lâmpadas camufladas da cidade lutavam debilmente contra o poder dominante da escuridão. A noite estendeu um manto sombrio sobre Emma, que se ergueu apenas brevemente quando Tom passou mancando pelo jardim úmido e roçou os lábios em seu rosto. Ele agradeceu a Richard, e a ambulância desapareceu pela pista em um borrifo de névoa.

– Você comeu alguma coisa? – Tom perguntou depois de entrarem no chalé. – Por favor, sente-se. – Ele indicou uma cadeira à mesa da cozinha. – Deixe-me pegar sua mala. – Estendeu o braço, mas ela segurou as alças. Repelido, Tom suspirou e foi até a lareira. Ajoelhou-se e jogou uma acha de bétula no fogo. As chamas bramiram, e várias brasas vermelhas estalaram e voaram para o chão. Ele varreu-as com a mão.

A bagunça, que Emma arrumara com tanto cuidado no começo do ano reaparecera: a mesa estava cheia de papéis espalhados, a estante, lotada de livros; roupas espalhavam-se pela cama, uma desorganização bem diferente da meticulosidade que ele tinha em Boston. O caos do chalé somou-se ao frio que envolvia o coração de Emma.

– Está gelado hoje à noite – ele comentou, ainda ajoelhado em frente ao fogo.

Emma olhou para ele, extremamente ciente das mudanças no marido. Tom tinha ganhado um pouco de peso desde sua última visita a Toul, embora o suéter de lã e a calça ainda estivessem folgados; os olhos talvez estivessem mais opacos, o cabelo, um tom mais escuro, mas penteado de outra maneira, puxado para frente para disfarçar as entradas, o bigode descendo abaixo do lábio superior. Emocionalmente, a pessoa a sua frente era alguém desconhecido. A ligação entre o casal havia decaído sob a separação. Ele poderia muito bem ser um homem que ela encontrara na rua, um homem que poderia ter despertado seu interesse, mas acabara deixando-a fria, em busca de calor.

– Gelado, de fato – ela disse, enfiando a mala debaixo da cadeira. – Um pouco de queijo seria bom. Um copo de vinho, eu imagino. – Havia uma meia garrafa sobre a mesa.

Tom levantou-se.

– Fiz um prato para você. Esperava que viesse, Emma.

– Chegou a ter dúvida?

Ele mancou até o armário, abriu-o, tirou um prato branco da prateleira e trouxe-o até ela. Continha carne-seca, uma fatia de queijo e fatias de maçã. Serviu o vinho.

– Como está a sua perna? – ela perguntou.

Tom sentou-se ao lado dela e olhou pela janela, manchada de névoa.

– Minha perna esquerda precisa de conserto, mas manco muito bem. – Ele sorriu e se serviu de uma taça de vinho. – Andei bebendo muito ultimamente. Não é um hábito que me deixa feliz, mas o álcool ajuda a passar o tempo e acalma a dor. – Ele pegou o copo e bebeu quase metade dele. – Minha perna está demorando mais para sarar do que Claude previu...

– Por que não me contou? – Emma questionou. – Você nunca disse isso quando nós conversamos.

– Sinceramente, metade do tempo nem me lembro de ter conversado. – Ele engoliu o resto do vinho. – Morfina. A droga apaga a dor, mas me deixa em uma bruma. É viciante, difícil de se livrar.

Emma franziu o cenho.

– Não há muito do que se lembrar há um bom tempo. – Ela deu uma mordida no queijo, deixando um gosto salgado e cálido em sua boca. – Fora isso, como você está?

– Meu estômago dói por causa do ferimento. Um inferno, nos dias ruins, dói dar uma mijada. Algumas partes minhas recuperaram-se, outras não. – Ele se virou e olhou nos olhos dela. – Tenho muitas coisas para lhe dizer, Emma. Parte delas não é muito agradável.

Emma preparou-se e bebeu o vinho.

– Sei sobre o que está falando. Achei a carta quando fiquei aqui, na noite em que você foi ferido.

Os olhos dele arregalaram-se, mas a expressão era de resignação, não de choque.

– A carta? Qual?

– Quantas você recebeu da minha suposta amiga?

– Algumas. – Novamente, Tom voltou sua atenção para o copo. – Depois de um tempo, as cartas ficaram mais rebuscadas, o afeto dela por mim injustificado e indesejável. Ela estava satisfeita ao contar a situação entre você e Linton Bower.

Emma perdera a fome. Pegou o copo e ficou junto ao fogo, o calor crepitante aquecendo suas pernas. Colocou o vinho sobre a lareira e observou as chamas lamberem e se engasgarem, e depois sumirem em um vapor rodopiante. Após um tempo, sentou-se na cama, quase acima do lugar onde havia encontrado a carta, enfiada sob o colchão.

– Acho que acabou o tempo de gato e rato – ela disse.

Tom concordou com a cabeça.

– Encontrei-a um ano atrás, quando você me chamou para vir ao *front*. Imaginei, então, que o motivo de você querer conversar era a carta.

– Era – Tom disse e virou a cadeira para ela.

– Foi bem por acaso que a achei, debaixo do colchão. O nome havia sido rasgado, mas eu sabia que era de Louisa. Estava preparada para enfrentar as consequências de sua... Como posso chamar isso? Traição? Deslealdade? Mas uma granada alemã acabou com isso no dia seguinte...

– Eu queria conversar – Tom disse. – Queria ouvir o seu lado da história, mas devo reconhecer que estava com medo de já ter lhe perdido para um amante.

Emma riu e recostou-se para trás, na cama.

– A vida é engraçada, Tom. Você não tinha me perdido. Estava preparada para lhe contar a verdade, mas, depois do seu ferimento, nós dois tivemos que lidar com tanta coisa... sua recuperação. Não queria deixá-lo nervoso quando estava doente. Depois, o estúdio ocupou todo o meu tempo. Por estranho que pareça, eu *era* sua até sentir que *nós* estávamos escapando. Você parecia muito distante, suas chamadas e cartas infrequentes. Achei que não quisesse falar comigo.

– Deduzi que já tivéssemos terminado.

– Nada poderia estar mais longe da verdade. Nada aconteceu entre mim e...

– Linton Bower? Então, por que Louisa mentiria sobre seu relacionamento?

Emma resistiu à vontade de brigar com ele. No entanto, seus instintos defensivos queriam mostrar suas garras.

– Talvez Linton e eu tenhamos ficado mais próximos do que deveríamos. Devo que admitir que ele é um homem atraente, e eu fiquei terrivelmente só depois que você foi embora.

Tom estremeceu.

Ela poderia ter continuado e ir mais fundo. Poderia ter contado a Tom sobre o passeio de cabriolé e a emoção que sentiu, sentada ao lado de Linton, a empolgação que experimentara em seu estúdio, quando o pintor posou para ela, mas se conteve. De certa maneira, queria sorrir com ironia e culpar o marido por seus problemas, mas sabia que a culpa também era dela. Entretanto, houve um ponto a que não conseguiu resistir.

– Por que Louisa mentiria? Ah, Tom, com certeza você não é tão ingênuo. – Ela tocou em um ponto fraco. Os olhos do marido reluziram de agonia. – Louisa sempre o amou, ainda que tivesse nos aproximado. As intenções dela sempre foram dirigidas a você. Depois do nosso casamento, eu era amiga *dela*, assim ela podia chegar em você. Depois que partiu, Louisa falava sem parar sobre você. Qualquer indício de indiscrição era desculpa para me atacar. Acho que, desde o começo, esse era o plano dela, e tem tido mais sucesso do que ela poderia imaginar. É isso que eu penso.

Tom abaixou a cabeça.

– Então, nada aconteceu?

– Linton é meu amigo. Certa vez, ele demonstrou mais carinho por mim do que deveria. Louisa presenciou aquela manifestação infeliz. Mas sinceramente... – Ela parou, avaliando a verdade de sua confissão, sabendo que estava retendo a verdadeira extensão dos seus sentimentos.

– Sim?

– Sinceramente, ele realmente gosta de mim e eu gosto dele, mas tomei minha decisão e vim para a França.

Tom levantou-se e foi até a estante.

Emma olhou, enquanto ele abria um espaço entre dois livros, e puxava uma folha de papel pela abertura.

Tom analisou-o.

– Cuidei de um soldado americano, na semana passada. Não consegui salvá-lo. – Uma dor forte cruzou seu rosto. – Achei que você gostaria disto. – Estendeu a ela o papel amassado. – Sei que você também gostava dele.

Emma olhou horrorizada para o desenho. As linhas delicadas do retrato estavam salpicadas de manchas de sangue seco, amarronzado; o rosto estava rasgado em diversos pontos por causa dos estilhaços, dando ao desenho a aparência de um soldado facialmente mutilado. Apesar de suas condições, ela imediatamente reconheceu-o. Apenas trechos da escrita estavam legíveis, por causa da mancha, mas Emma lembrava-se das palavras. *Para o tenente Andrew Stoneman, de Emma Lewis Swan. Para sua volta em segurança...*

– Eu gostava realmente dele, mas como amigo – Emma contou. – Era um homem gentil, um bom homem.

– Eu o conheci no outono passado. Ele estava com você quando o francês se suicidou?

– Estava – Emma respondeu. – O tenente Stoneman era muito corajoso. – Ela parou e passou o dedo sobre o retrato. – Mas desde o momento em que o conheci, no navio, acho que ele sabia que ia morrer.

Tom pôs as mãos, delicadamente, nos ombros dela, e Emma recuou, surpreendendo-se com a força da sua repulsa. A última coisa que queria era simpatia por parte do marido. Retirou a mala de debaixo da cadeira.

– Estou exausta da viagem. Vou para a cama.

Tom seguiu-a até a mesa e despejou mais vinho no copo.

– É, eu entendo – ele gaguejou um pouco e depois disse: – Tenho mais coisas para lhe contar. – E sentou-se, sua estrutura alta elevando-se na pequena cadeira.

– Amanhã. – Emma colocou a mala sobre a cama, e olhou para ele. – Onde o tenente Stoneman está enterrado?

– A alguns quilômetros daqui, perto de uma aldeiazinha.

– Quero visitar seu túmulo.

Tom assentiu.

– Richard pode levar você.

Ela colocou o retrato na mala e enfiou-a debaixo da cama. Lutando contra as lágrimas, foi até o toalete, olhou no espelho de Tom e reprimiu os soluços que ameaçavam sufocá-la.

◆

As folhas mortas farfalhavam no carvalho. Galhos nus projetavam-se da árvore, criando sombras como teias sobre a cova recentemente revirada. Fileiras de cruzes brancas de madeira despontavam do chão e se estendiam até as colinas marrons que rodeavam a aldeia. O número de covas novas desconcertou-a.

Emma juntou as lapelas do casaco. Estava mais frio do que suspeitara apesar do sol brilhante. Ainda assim, era um dos poucos dias claros de que conseguia se lembrar, na área rural próxima a Toul. Ficou parada entre os túmulos, piscando na claridade, pensando no quanto se sentia só e estrangeira, caminhando pelas vielas estreitas e enlameadas, à procura de Andrew Stoneman. Encontrou-o no canto nordeste, perto de uma árvore esquelética, sem folhas, seu sobrenome rabiscado sobre uma cruz.

Olhou para trás, por sobre os túmulos, em direção ao portão de ferro da entrada, coberto de ferrugem. Richard estava sentado no banco do passageiro da ambulância, porta aberta, aproveitando a luz do sol e fumando um cigarro. Acenou, e Emma, educadamente, retornou o gesto. Virou-se e ajoelhou-se ao lado do túmulo.

– Então, é assim que termina, tenente Andrew Stoneman – disse, sobre a terra cavada.

Tom havia contado a ela que os soldados britânicos e norte-americanos eram enterrados em cemitérios da aldeia ao lado dos franceses. Não havia tempo para mandar os corpos para casa. Um rápido funeral militar onde o soldado morresse tinha que bastar.

– O tempo e Deus ajudarão na sua volta em segurança, você disse. – Emma contemplou a madeira branca que se projetava da terra úmida. Uma lufada fantasmagórica de vento passou por ela, que estremeceu com a friagem súbita. – Lembro-me de como você disse que era melhor não ter uma namorada, uma esposa ou filhos e como disse que a guerra não tinha a ver com você, que era apenas um cisco no esquema das coisas. – Emma deixou as lágrimas caírem. – Você estava certo, é claro, mas sua mãe e seu pai, no Kansas, sentirão sua falta, e estou profundamente triste que não volte para casa...

Emma lembrou-se do passeio que fizeram pelos Jardins de Luxemburgo e o quanto o oficial havia sido corajoso, na festa de Natal, quando *monsieur* Thibault cometera suicídio. Naquela noite, ele havia se oferecido para ficar com ela, que o recusara. Teria sido fácil, até místico, dormir com ele na véspera de Natal, enquanto contemplava a lua e as estrelas deslizarem pela janela, mas estava triste demais, e ele cavalheiro demais para tirar vantagem de sua vulnerabilidade.

Posso ficar com você. Emma lembrou-se das suas palavras e então chorou, não por si mesma, mas por todos os homens e mulheres sem rosto e as criaturas indefesas do mundo que morriam sozinhas.

– Faço isso por você. – Enfiou a mão no bolso do casaco e tirou o retrato. – Você queria uma Emma Lewis Swan e deve tê-la pela eternidade. – Rasgou o desenho em pedacinhos, jogando-os sobre a tumba como flocos de neve, olhando para trás depois de ir embora. Os pedacinhos já estavam ficando pretos na terra úmida.

Richard acendeu outro cigarro, quando Emma chegou à ambulância.

– Leve-me para o hospital – pediu a ele. – Tenho que dizer uma coisa para meu marido.

Ele virou o veículo em direção a Toul. Ao partirem, os túmulos passaram rapidamente por Emma, e, no extremo canto, ela viu a árvore delgada e imaginou o tenente Stoneman ao lado dela, acenando-lhe, tão vivo quanto era na travessia do Atlântico.

Conforme os túmulos foram ficando para trás, Emma soube que aquela era a última vez que visitaria o oficial. E, naquele instante, uma emoção passou pelo seu corpo, e ela se virou no assento e viu um soldado norte-americano parado junto à árvore, com a mão direita cobrindo a boca, como que para mandar um beijo.

❖

– Tenho a impressão de que você não acredita em mim – Emma disse. – Só fiz o retrato como um favor a ele. – Ela lutou para controlar as emoções que a invadiam e ficou sentada, rígida, na cadeira em frente a Tom, os punhos fechados no colo.

Tom passou a mão pelo cabelo despenteado. Ultimamente, sempre parecia que ele tinha acabado de acordar. Se Emma era um destroço emocional, Tom era seu equivalente no espectro físico.

Seu consultório no hospital era soturno e entulhado, e ela foi brevemente tomada pela pena, por causa de tudo que o marido tinha passado. No entanto, o que ela realmente queria era voltar a Paris com Richard. A morte do tenente Stoneman enraivecera-a, e a acusação implícita de traição por parte do marido a perturbava por causa da sua imprecisão, e por causa de sua possibilidade.

Tom estava prestes a responder, quando Claude enfiou a cabeça pela fresta da porta.

– *Bonjour*, madame Swan – cumprimentou, com genuína alegria. Pegou na mão de Emma e beijou-a. – *Ça va?*

– *Comme si, comme ça* – Emma respondeu. Embora gostasse do médico francês, gostaria que ele tivesse vindo em outro momento, porque tinha assuntos mais importantes para conversar do que amenidades sociais.

– Faz muito tempo – Claude disse. – Tempo demais. – E inclinou a cabeça em direção a Tom.

Tom devolveu o olhar com uma expressão fechada.

– Tem alguém com um pedido urgente… precisa ver você – Claude continuou.

– É uma emergência? – Tom perguntou, inclinando-se para frente em sua cadeira, sua contrariedade diminuindo com o pedido de Claude.

– Não.

– Então, por favor, assuma.

– Não é um homem – Claude disse.

Emma captou uma centelha nos olhos do médico francês.

– Entendo – Tom disse, rígido. – Diga que a vejo daqui a pouco.

– *Pardon*, madame Swan, as mulheres podem ser exigentes – Claude disse.

– Assim me disseram – Emma disse, os cabelos da sua nuca eriçando-se.

– Por favor, Claude, Emma e eu realmente precisamos deste tempo juntos.

– Claro. – Ele se esquivou para longe da vista tão rápido quanto viera.

Tom pareceu resignado, o rosto marcado de vincos.

– Eu de fato acredito que você fez o retrato como uma gentileza... – Suas palavras se esvaíram, como se a certeza do seu argumento o iludisse.

– Tenho sido fiel – Emma disse.

– Quantas vezes devo repetir... – Uma tristeza profunda aflorou em seus olhos. – Ah, eu tenho sido um idiota. Fui tomado pela necessidade de ser um bom médico e arruinei nossas vidas com a minha obsessão. Fiquei muito feliz que você estava vindo para a França, para fazer a diferença. Depois, as cartas de Louisa começaram, junto com a morte implacável.

Emma foi até ele. Tom recuou um pouco, não por recusa, ela pensou, mas por arrependimento. Talvez, no fim das contas, houvesse esperança.

– O que foi tirado pode ser substituído; o que foi quebrado pode ser consertado. Não tenho sido uma santa, Tom, tenho sido tão distante quanto você. É claro que se Louisa não tivesse escrito aquelas cartas... A amizade dela, após sua partida, foi impiedosamente Lucrécia Borgia. Ela foi uma peste com Anne. Jamais deveria ter subestimado sua capacidade de duplicidade.

– Tão idiota... tão idiota... – Ele esfregou a testa e depois pôs as mãos sobre a mesa. – Foi tão esquisito, depois da chegada das cartas, a maneira como minha vida mudou... você se tornou essa coisa cinza, sem rosto... foi como se não existisse, como se nosso casamento fizesse parte de um universo diferente, em um tempo perdido. Deixei-me levar pelo meu trabalho aqui. Tudo o que importava era a França. Eu pertencia a este lugar, e você não fazia parte do arranjo. *Não consegui* responder a Louisa. Nunca escrevi de volta...

– Você não respondeu? – Emma perguntou, perplexa.

– Nunca. Fiquei preocupado demais de que ela fosse interpretar errado as minhas perguntas. Não queria exacerbar a situação e, honestamente, não tinha tempo. Depois de alguns meses, as cartas pararam. Deduzi que meus sentimentos em relação a ela tivessem ficado bem claros. Louisa sempre foi minha amiga, e para sempre serei agradecido por nos ter apresentado, mas nada além disso. Eu não tinha percebido a profundidade dos seus sentimentos nem o seu ciúme. Quando suas cartas pararam, o dano estava feito.

Emma levantou-se e foi atrás dele. Olhou pela janela suja, para as sombras intensas que revestiam a rua. Logo o sol se poria. Ela estava em Toul para mais uma noite.

Colocou as mãos nos ombros de Tom, e gentilmente esfregou seu pescoço; por um instante, pousou o queixo no alto da sua cabeça. O calor dele, seu cheiro, flutuaram até ela, e o odor lembrou-lhe os momentos íntimos que haviam passado juntos.

– Você acha que podemos deixar tudo isso para trás? – ela perguntou e colocou os braços ao redor do pescoço do marido.

Ele agarrou as mãos dela e apertou.

Emma enterneceu-se ao seu toque, mas era uma sensação mais como a de uma velha amiga, e não de alguém apaixonado. Apesar disso, a solidão que tanto fizera parte da sua vida diminuiu um pouco.

– Tenho medo de que seja tarde demais – Tom respondeu.

Ela se soltou das mãos dele e voltou para sua cadeira.

– Por quê? – A voz tremendo, enquanto ela lutava para manter a compostura. – Por que é tarde demais?

– A confiança entre nós... se foi.

Emma olhou para ele. A tristeza melancólica que vira com tanta frequência, ultimamente, reapareceu em seus olhos.

– Doutor! – A voz de Claude chamou do corredor. – Sua paciente está histérica.

– Preciso ir – Tom disse. – Estou de plantão hoje à noite, e o mais provável é chegar tarde em casa. Richard a levará para o chalé.

– Preciso voltar a Paris amanhã.

– Eu sei. Prometo que logo irei para lá fazer uma visita. Excesso de trabalho deixa a pessoa nervosa. – Ele se levantou, inclinou-se sobre a mesa e beijou o rosto dela.

– Vou andando até o chalé – Emma disse. – Não quero incomodar Richard.

Tom afundou-se em sua cadeira e pegou uma pasta na mesa.

Os saltos de Emma ressoaram na cerâmica, enquanto ela seguia pelo corredor branco, austero, mais uma vez ampliando a solidão instalada dentro dela. Ao descer os degraus para o saguão, avistou Claude debruçado sobre uma cadeira, onde, em geral, os soldados se sentavam. No entanto, em vez de um homem, uma mulher ameaçadoramente bela, em um casaco creme, chorava nas mãos em concha. Quando Emma aproximou-se, a mulher ergueu os olhos e empalideceu. Abaixou as mãos e olhou para Emma com o rosto manchado de lágrimas.

Claude acenou levemente com a cabeça e disse:

– *Bonsoir*, madame.

A mulher ficou calada, mas seu olhar seguiu Emma.

A escultora passou pelo posto de enfermagem, abriu a porta e quase tropeçou em Richard, sentado na escada, fumando um cigarro. Ele a cumprimentou e sorriu sarcasticamente.

Emma passou rapidamente por ele e foi para a rua, onde a escuridão já invadira as portas das lojas e os becos, na luz vacilante. Dobrou à direita, olhando em frente, buscando a viela que levava ao chalé de Tom, bloqueando de sua mente o rosto da mulher que precisava dele com tal urgência.

❖

A lembrança da conversa que tiveram sobre confiança e casamento irrompeu, enquanto Emma buscava a fenda na estante, onde Tom escondera o desenho do tenente Stoneman. Puxou alguns volumes da estante, e várias cartas caíram no chão. A luz da lareira aumentou e diminuiu com a queima da lenha. No entanto, Emma conseguiu entender a caligrafia. Eram, de fato, de Louisa Markham. Ao contrário da carta encontrada sob o colchão, aquelas estavam em envelopes. Curiosamente, nelas não havia endereço de remetente, apena um floreado LM manuscrito, no canto superior esquerdo. A primeira carta datava de agosto de 1917. Elas prosseguiam, divididas pela passagem dos meses, até terminarem na primavera seguinte.

Emma acendeu uma lamparina e se acomodou na cama, lendo-as com atenção, dissecando cada palavra para seu significado oculto. A maioria das cartas era agradavelmente prosaica e fazia pouca referência a Linton e Emma diretamente, mas o conteúdo subjacente estava aparente: *Eu, Louisa Markham, sou boa e nobre, enquanto sua esposa, Emma Lewis Swan, é persona non grata para toda a sociedade de Boston por causa da sua questão amorosa.*

O fogo havia diminuído, quando Emma escutou a porta do chalé se abrir. Ela se contorceu debaixo das cobertas, sabendo que tinha caído no sono com as cartas espalhadas pela cama. Uma delas esvoaçara para o chão.

– Estou vendo que você as encontrou – Tom disse.

Emma confirmou com um gesto, sem saber o que dizer.

Tom sacudiu a cabeça.

– Agora você entende o que eu quis dizer sobre confiança?

Ela juntou as cartas e colocou-as na mesa de cabeceira. Pensou em erguer os braços para ele, usando o afeto como reconciliação, mas depois desistiu da ideia. Não era hora. Tom tinha razão, ela tirara vantagem da confiança dele.

Tom não fez qualquer movimento em direção a ela. Em vez disso, despiu-se lentamente sob a luz débil. Tirou a camisa e foi até a lareira onde remexeu nas brasas e juntou mais uma acha ao fogo. Logo, o quarto estava cheio de um calor bruxuleante.

Ele ficou em pé junto à cama, de modo que Emma pôde vê-lo por completo. Desabotoou a calça e empurrou-a para o chão. Vacilou um pouco e depois também jogou a cueca.

Emma ficou sem fôlego.

O ferimento dos estilhaços deixara um talho vermelho ao longo da sua perna esquerda e estômago. Tudo que restara abaixo do tufo castanho de pelos públicos era o toco escuro de um pênis. Ele também tinha sido castrado.

– Agora você sabe – ele disse, exausto, e entrou na cama. Não sou mais um homem.

Emma gemeu, depois tocou na mão dele.

– Claude me preveniu, mas eu não sabia. Por que não me contou?

Ele olhou para o teto e respondeu:

– *Timing*, meu amor. Quando você perde a masculinidade, é um tanto chocante, para dizer o mínimo. Levei meses para conseguir me olhar no espelho. Claude tem sido um médico maravilhoso.

Emma agarrou o lençol e uma inesperada onda de raiva passou por ela.

– Você devia ter me contado. Eu tinha o *direito* de saber. Poderia ter ajudado.

Tom virou-se para ela, pegou suas mãos, e apertou-as contra o peito.

– O que você poderia fazer? Terminada a cirurgia, apenas eu poderia me reerguer da dor, com a ajuda de Claude. Não queria que mais ninguém soubesse da extensão dos meus ferimentos. Pensei que, para você, não fizesse diferença, por causa das cartas. Foi por isto que quis que voltasse a Paris, para seu trabalho. Agora estou de volta ao normal, tão normal quanto posso ser, e, quando a guerra terminar, o que acabará acontecendo...

Sob a luz trêmula, Emma percebeu a tristeza aumentando em seus olhos.

– Sim?

– Nunca poderemos ter nossos próprios filhos. – Uma lágrima rolou pelo seu rosto, caindo no travesseiro.

Uma tristeza gélida engoliu-a. Ela se soltou das mãos dele e virou-se de costas.

– Entendo como você deve se sentir – ele disse. – Tem todo o direito de estar zangada.

– Correu por Boston que você estava lesionado. Não sei como vieram a descobrir.

– No hospital... Havia um soldado de Boston. Conversamos sobre o bombardeio, e imagino que, pelos meus ferimentos, ele soube o que estava havendo. Deve ter escrito para casa, ou contado a outras pessoas. Quem lhe contou?

– Linton... e Anne. Eles desconfiaram... até Vreland soube, logo ele, que algo mais grave estava acontecendo com você. Está?

Ele não respondeu, apenas chorou, enquanto Emma encarava a parede escura do outro lado do quarto, seu corpo devastado pelas emoções ali contidas: raiva, tristeza e confusão. O que aconteceria com a vida deles em comum? O fato de ela não poder ter um filho com Tom fez com que sentisse que nenhuma parte dela seguiria adiante. Apenas trevas aguardavam à frente.

❧

Um bebê flutuou pelas sombras do chalé, uma coisa sem rosto, sem boca e sem olhos. Sobrevoava como um fantasma em direção a Emma, enquanto ela se equilibrava na borda e gritava. Cobriu a boca com as mãos, e o bebê desapareceu. Em seu lugar, os rostos desfigurados do soldado Darser, de *monsieur* Thibault e de outros soldados pendiam no espaço acima dela, falando bobagens de pesadelo, até também se desvanecerem. Ao tentar novamente se perder no sono, o triste ferimento do seu marido, agora impotente, girou pela sua mente. Sua vida tinha se tornado um teste de perseverança. Não estava mais perto de banir a lembrança do bebê do que quando chegou à França. *Que esperança tenho?* Estava em dúvida quanto à resposta. Um pensamento primordial veio à sua mente:

Eu faria qualquer coisa para trazer de volta a criança que concebi.

CAPÍTULO 9

PARIS

Novembro de 1918

– A GUERRA ESTÁ ACABANDO – Virginie disse. – Sei disso no meu coração.

– Espero que você tenha uma prova firme para sua afirmação, não um impulso baseando na sua capacidade de prever o tempo – Emma contrapôs.

O companheirismo matinal delas era agradável, ainda mais por compartilharem chá e biscoitos na grande mesa da sala de moldagem. Emma estava feliz por rever Virginie, Hassan e madame Clement depois de seu período em Toul. Um excesso de nuvens pesadas escurecia a sala, mas o ânimo da escultora permaneceu animado apesar do dia sombrio.

– Meus amigos me contam; os americanos estão avançando muito ao longo do Meuse – Virginie continuou. – Os boches estão derretendo feito manteiga sob o sol do verão. A guerra pode acabar em questão de dias.

– Já passamos por isso antes e sempre nos decepcionamos – Emma disse.

Hassan e madame Clement balançaram a cabeça, embora Emma não tivesse certeza se estavam concordando com seu ponto de vista, ou apenas sendo educados.

– *Tout va mal*. – Madame Clement sorriu, enquanto levantava o bule de chá.

– É, mas as coisas poderiam estar piores – Emma disse. – Estamos vivos e temos nossas famílias e amigos.

– Piores…? É, isto me lembra. Chegou um telegrama de John Harvey – Virginie disse. – Ele vem novamente de visita a Paris. Cedo demais, no que me diz respeito.

– A que propósito? – Emma perguntou. – Ele disse?

– Não. Só que estará aqui. Ele não faz parte dos meus interesses.

– Virginie, você realmente deveria acenar a bandeira branca para John.[*] É uma maneira de dizer. Você conhece essa expressão?

– Conheço e ficaria feliz de fincar a bandeira branca na cabeça dele.

Emma e Virginie riram. Hassan e madame Clement se entreolharam e depois aderiram por causa do clima contagiante.

Emma reprimiu uma risadinha final e disse:

– Você deveria ser gentil com John. Ele é um grande recurso e poderia ser uma referência maravilhosa para nós todos, independentemente de onde formos parar.

– O que você quer dizer? – Madame Clement perguntou.

Emma pensou por um momento e disse:

– Bom, Virginie poderia ajudar John com pesquisa na Inglaterra. Você e Hassan poderiam se juntar a ele.

– Jamais! – A empregada e a enfermeira disseram ao mesmo tempo. Todos voltaram a rir, mas a leveza foi quebrada por madame Clement acenando para Virginie.

– *Maintenant*? – Virginie perguntou.

– *Oui* – Madame Clement respondeu.

– Tem uma coisa – Virginie disse. – Desde que você viajou...

Emma olhou para sua assistente, esperando a notícia.

– ... madame Clement pediu para eu lhe dizer, ela tem visto o soldado Darser na rue Monge. Ele finge que não a vê, mas parece estar espiando a gente.

Emma lembrou-se do soldado que havia visto rapidamente quando ela e Richard partiam para Toul e que desconfiou que pudesse ser o soldado Darser.

– Ela tem certeza? – Emma perguntou.

Virginie confirmou com a cabeça e bebeu seu chá.

– Por que ele estaria nos espionando?

– Houve um azedume entre vocês – Virginie disse. – Eu me lembro. Quando ele veio para a última prova.

Virginie tinha razão sobre o encontro tenso com o soldado: a acusação feita por Emma de que ele a havia abandonado anos atrás; a negativa displicente dele.

– Talvez eu dê uma caminhada na hora do almoço – Emma disse.

---

[*] No original *Bury the hatchet*, que em tradução literal significa *Enterrar o machado*. (N. T.)

Madame Clement sacudiu a cabeça.

– *Non* – objetou. – *Dans la nuit.*

– Ele anda à noite – Virginie disse.

Emma colocou sua xícara na mesa.

– Você andou falando com o Richard?

– Madame? – Virginie abaixou os olhos, enquanto um rubor se espalhava pelo seu rosto meio escondido.

– Richard usou as mesmas palavras quando me levou para Toul. Estava falando de um assunto totalmente diferente.

– Eu e Richard somos amigos – Virginie disse –, mas não, não conversamos sobre o soldado Darser...

– Nem sobre ninguém mais? – Emma perguntou.

– *Non*, madame – Virginie respondeu, enfaticamente. – Nunca falo sobre os nossos pacientes. O soldado Darser caminha no escuro porque tem algo a esconder.

Um calafrio assaltou-a. *Algo a esconder? Alguns soldados lesionados trabalham à noite porque seus rostos são menos notados. Talvez ele seja um deles, não tão ríspido e confiante quanto parece. Todo arrogante, mas pouca coisa além. Tão cheio de si.* Mas, então, outro pensamento lhe veio: *E quanto a Tom? Que outros segredos ele escondeu de mim? Por que ele "anda à noite"?*

– Então, vou dar uma caminhada depois dos nossos compromissos, depois que o sol se puser – Emma disse. – Vou ficar atenta a nosso amigo.

❖

Naquela noite, Emma agasalhou-se com casaco, cachecol e luvas e, protegendo-se contra o frio, virou na rue Monge. A proximidade do inverno havia diminuído as atividades parisienses da primavera e do verão. A maioria das lojas, salvo algumas, estava fechada, por causa do desabastecimento e do anoitecer cedo. Poucas pessoas estavam na rua, grande parte delas a caminho de casa, depois do trabalho. Dois homens de negócios passaram por ela, inclinaram os chapéus e murmuraram *"Bonsoir"*. Emma respondeu com um gesto de cabeça e continuou seu passeio pela rua.

Caminhou a um passo moderado até chegar à igreja imponente de Saint-Étienne-du-Mont. A sua direita, o domo em coluna do Panteão, como um imenso sino, avançava para o céu. No entanto, as pedras escuras da catedral estavam mais próximas, elevando-se sobre ela com o grande peso de sua fachada solene. As janelas da igreja absorviam a escuridão; da estrutura não escapava nenhuma luz, elétrica ou de vela. Acuada pelo ar da noite, Emma entrou. Um santuário mais seguro e mais quente do que a rua, sua primeira visita a uma igreja de Paris, desde sua chegada, pensamento que não lhe escapou, ao empurrar as pesadas portas de madeira.

A catedral achava-se envolta em escuridão, a não ser pelas poucas velas votivas que tremulavam em uma capela lateral. Emma espiou na profundidade da nave. Ali em pé, com as mãos em concha sobre os olhos, pôde ver os poços da escada do coro com suas treliças, e as abóbadas góticas do teto. Sentou-se em uma cadeira próxima às portas, onde as votivas ofereciam o máximo de luz. Nada se moveu, enquanto ela meditava sobre a jornada que a levara àquele estranho passeio. Ocasionalmente, um estalo ou rangido reverberava no santuário, como um eco distante.

Emma abaixou a cabeça, e uma profunda melancolia fluiu por ela. Tinha pouca propensão a um sentimento religioso naqueles dias, e suas experiências religiosas com a igreja estavam, sobretudo, relegadas à infância, mas, naquela noite, suas sensações taciturnas ameaçavam sobrecarregá-la. Tinha chegado perigosamente perto de se apaixonar por outro homem; seu casamento estava em frangalhos; sua vida emocional e física com Tom jamais seria a mesma; e fora traída por sua melhor amiga.

Faria algum mal rezar? *Não.* Abaixou a cabeça.

Minha querida Nossa Senhora, faz anos que estive na igreja. Não me sentia digna do seu amor, da sua benevolência, da sua generosidade e graça. Sei que pequei, e meu maior pecado de todos me manteve longe de você por muitos anos. Sinto-me estranha e envergonhada, vindo até você neste tempo de guerra, quando tantos estão mortos, feridos e sofrendo; mas, assim como o resto do mundo, preciso do seu perdão e da sua ajuda. Porque faz muito tempo, e não sou católica romana, minha prece deveria ser simples, um pedido de absolvição e o benefício da sua amorosa orientação. Tenho lutado há anos com o meu passado. Como minha vida teria sido diferente se eu tivesse escutado o meu coração, e não a insistência de um homem! Se pelo menos tivesse tido coragem então. Rezo por...

A porta abriu-se com um estalido atrás dela.

Um homem, em um longo casaco do exército, o rosto velado pela escuridão, estava na entrada obscura. Por um instante, Emma voltou o olhar para a frente da igreja; ao olhar para trás novamente, o homem havia desaparecido. Ela se perguntou se havia imaginado a figura na penumbra, um fantasma, e não uma criação em carne e osso. O cabelo eriçou-se em sua nuca, enquanto inclinava a cabeça, atenta. Uma cadeira arranhou o chão a sua esquerda.

Emma levantou-se e exclamou:

– Olá!

Ninguém respondeu.

Emma acalmou-se, esperando que um padre tivesse entrado para as vésperas, em vez de alguma criatura sobrenatural, conjurada por sua imaginação.

Uma vela oscilou e flutuou na escuridão a sua esquerda, a luz subindo e descendo como uma onda, chegando cada vez mais perto, até ela poder ver as mãos e o rosto iluminados do portador.

O homem que ela procurava segurava a vela votiva. Ele se sentou a alguns metros de distância e colocou a vela em uma cadeira entre eles.

Emma estremeceu, mas rapidamente recuperou a compostura e olhou para o rosto iluminado pela luz vacilante.

– Por que você anda espionando a minha equipe? – Sua raiva ecoou pela igreja. – Por que me seguiu até aqui?

O soldado Darser, imóvel, fixou seus olhos nos de Emma.

– Eu fiz uma pergunta – ela disse. – Eu o vi na rua. Você precisa nos deixar em paz.

Calmamente, o soldado pegou seu bloco, escreveu e segurou à luz da vela: "Ainda estou mudo, sra. Swan, mas finalmente vim lhe pedir perdão. Isto é, se você conseguir um dia me perdoar".

Emma olhou vagamente para o soldado. *Ela não havia rezado por perdão?*

O homem largou seus instrumentos de escrita perto da vela e buscou o braço de Emma.

Ela se afastou em um pulo, mas o soldado, quase caindo da cadeira, pegou-a pelo cotovelo e segurou-a com firmeza até Emma parar de lutar. Então, acariciou seu braço, enquanto ela ficava ereta, e inclemente.

– O que você quer? Dinheiro? Comida?

O soldado grunhiu.

Com a mão dolorida pelo aperto, Emma acalmou-se tanto quanto podia, esperando escapar das garras dele.

O soldado ergueu a manga dela, removeu sua luva, virou seu braço e expos a pequena cicatriz em seu indicador esquerdo, o ferimento que ela havia se infligido, na prata reluzente de Vermont, à luz de vela.

Correu um dedo sobre ele, apertou a mão dela e então soltou o seu braço.

Ela recuou, mas, mesmo à luz sombria, entendeu a expressão nos olhos do soldado Darser; estava lhe pedindo para ela ficar a seu lado.

Ele pegou seu lápis e o bloco: "Sei os horrores que você tem visto. Eu deveria ter sido um bom pai para o nosso bebê, mas não consegui. Era egoísta demais e onisciente. A vida me ensinou diferente".

Emma estremeceu e abaixou a manga.

– O que você quer de mim?

"Perdoe-me."

As lembranças horríveis dos últimos dias com Kurt inundaram-na, e ela balançou em silêncio na cadeira, enquanto era consumida por esses pensamentos. Cobriu o rosto com as mãos até ter coragem de tirá-las e falar.

– Refleti sobre o que você me pede, muitos anos atrás, mas nunca consegui encontrá-lo em meu coração.

O soldado Darser olhou para ela, desamparado, e a raiva de Emma diminuiu um pouco.

– No entanto, tenho rezado por paz, e perdão, e minhas orações ainda não foram atendidas. Você vem até mim como o diabo que é. – Ela se levantou da cadeira, aproximando-se dele. – *Odiei* você por me abandonar. Você me deixou sozinha, com um bebê que eu não podia ter, então *odiei* a mim mesma. – Em um furor súbito, ela bateu os punhos contra o peito dele. – Por que agora?

Ele sacudiu a cabeça e abaixou o olhar, enquanto escrevia: "Por causa da sua reputação como escultora, uma artista que torna os soldados novamente completos. Soube do seu trabalho em Paris. Não foi difícil descobrir seu paradeiro".

– Então, você me encontrou e deduziu que eu fosse perdoá-lo. Acreditou que o simples fato de pedir perdão fosse apagar todo o meu sofrimento.

O soldado Darser escreveu na página: "Não!".

– Se eu soubesse, jamais teria concordado em recebê-lo no estúdio. E esta noite você acha que posso absolver sua culpa, por me procurar numa casa de Deus? – Emma parou, com as mãos trêmulas de raiva.

"Desde nosso último encontro, não pensei em mais nada. Quis sumir, sem revelar nunca a verdade, mas não pude. Agora entendo como a dor pode lhe devorar, comer você vivo. Não sou o monstro que pensa que sou. Sei que você me amou, e que ainda tem o poder de amar. Sei que pode me perdoar."

Lágrimas afloraram aos olhos dela.

– Ah, Deus, eu o amei demais! – Ela foi até a cadeira dele e tocou em seus ombros suavemente.

Ele se soltou em seus braços. Emma aninhou sua cabeça junto a sua cintura.

– O bebê estava lá, e depois não estava mais. Isso me assombra quase todos os dias, e imagino que continuará pelo resto da minha vida.

Ele se afastou: "Soube do ferimento do seu marido. Tenho amigos posicionados perto de Toul".

– Você sabe sobre o Tom?

"Sei."

Ele se levantou da cadeira e ficou em frente a ela, expondo-lhe o rosto que ela havia esculpido. A máscara, parecendo mais escura do que a carne sob a luz tênue, somava-se à aparência artificial do soldado. Alguns amassados marcavam as faces, pedaços de tinta haviam lascado perto do queixo e dos engates nas orelhas. Contudo, a profundidade de expressão nos olhos do soldado Darser continuava a mesma. Ele realmente buscava perdão.

Escreveu novamente e virou o bloco para ela: "Não tenho rosto, mas posso lhe dar um filho. Posso desfazer o erro que criei".

– Não – ela disse, encolhendo-se do pensamento absurdo. – Você não pode esperar que eu aceite tal oferta. É obscena. Nem pense nisso.

Ele sublinhou as palavras "posso lhe dar um filho. Posso desfazer o erro que criei".

Emma recuou até chegar às portas da igreja, com o soldado em seu encalço, até abri-las e disparar para a rua. Uma figura obscura estava debaixo de um poste de rua em blecaute, a sua direita. Ela correu para o homem, precipitando-se nos braços de Hassan.

– Madame, *ça va?* – ele perguntou, preocupado, enquanto a segurava com firmeza. – Nós preocupados... procurar, *pour toi...*

– Estou bem – Emma respondeu e se apoiou no marroquino. – Mas estou muito feliz em ver você. Vamos para casa.

Emma olhou para trás várias vezes, para a igreja, enquanto se afastavam, de braço dado. Apenas sombras revestiam as pedras de Saint-Étienne-du-Mont, uma delas movendo-se quase imperceptivelmente, enquanto ela e Hassan dobravam rapidamente uma esquina, deixando a catedral para trás.

❖

Emma buscou debaixo da cama e retirou uma pilha de cartas presas com uma fita vermelha. A poeira acumulara-se sobre elas. Soprou sobre a fita, e ciscos flutuaram à luz do sol, como flocos de neve em miniatura.

Procurou a última que recebera de Linton Bower e encontrou-a, datada de 31 de agosto de 1918, os rabiscos confirmando a autoria. Ao contrário das cartas anteriores, as palavras de Linton eram superficiais, com pouca ligação pessoal, romântica ou coisa assim, sem inspiração, e muito diferente do tom que Emma viera a conhecer. Falava do tempo, de um passeio pelo Museu de Belas Artes (embora descobrisse que podia ver apenas os objetos mais luminosos), escreveu algumas frases concisas sobre Alex e depois se despediu sem seu costumeiro "Seu dileto amigo". Escreveu apenas "Linton".

Emma esperou que o pintor estivesse bem, e não sofrendo.

Mais cedo naquele dia, por causa dessa preocupação, Emma pedira a madame Clement se alguma das cartas de Linton poderia ter se perdido, acidentalmente, ou se extraviado. A empregada largou seu pano de pó, cutucou, distraída, o coque de seu cabelo grisalho e sacudiu a cabeça em desafio, ofendida pela sugestão de que perderia uma correspondência importante.

Emma encontrou uma carta de Anne, entregue apenas poucos dias antes. A caligrafia era jovem e segura.

> *15 de outubro de 1918*
> *Minha querida senhora,*
> *Aqui está tudo bem. Consegui evitar a terrível influenza.*
> *Agradeço ao Senhor todos os dias, pela senhora e o sr. Swan. Vocês mudaram a minha vida, com sua generosidade, e por isso serei eternamente grata. Às vezes, desejaria estar com a senhora na França, mas sei que a Europa não é um lugar para ninguém nestes dias. Espero que a guerra acabe logo. Deus sabe, Boston é melhor do que a Irlanda.*
> *As contas têm sido baixas. Os gastos são poucos com as despesas da casa. Deveriam ser, quando só tem Lazarus e eu para alimentar!*
> *Tenho um amigo que me visita uma vez por semana. Seu nome é Robert Merriweather, e ele estuda na Boston School. Conhece o sr. Sargent e outros pintores. É muito inteligente e bonito, mas estou me fazendo de recatada com ele. Pergunto-me o que ele vê em mim. E, Deus me perdoe, muitas vezes me pergunto se serei Anne Merriweather, mas tal ocorrência está no outro lado da montanha, no que me diz respeito.*
> *Robert não gosta da pintura do sr. Bower. Chama-a de "extrema". Eu fico imaginando o que aconteceu com o sr. Bower? Sei que vocês são amigos (e não contei a vivalma sobre sua correspondência). Ele tem escrito para a senhora? Faz quase dois meses que não o vejo.*
> *Dei com a srta. Louisa Markham na rua Charles, na semana passada. Fui o mais educada possível, considerando as circunstâncias.*

Ela perguntou polidamente sobre a senhora e o sr. Swan. Disse a ela
que não tinha notícia suas fazia muitos meses, o que era verdade, juro.
Ela também perguntou sobre o sr. Bower. Senhora, achei que ela parecia
triste. Deve ser difícil para alguém na posição dela estar triste, com todas
as festas, o dinheiro e tudo mais, mas juro que estava.

Não seria maravilhoso se esta guerra acabasse no dia de Nosso
Senhor, em dezembro? Vou dizer todas as minhas orações na missa, no
domingo, e manter a senhora e o sr. Swan no meu coração.

Com amor,
Anne

Emma colocou a carta sobre a cama. A luz piscou pelo chão, uma vez que nuvens prateadas bloqueavam o sol fraco, lembrando-lhe que o inverno estava chegando. Pegou seu diário da mesa:

Acesso: 6 de novembro de 1918
A aproximação do inverno gela minha alma. Uma sensação estra-
nha envolveu meu coração, e não sei bem o que fazer a respeito. Minha
vida está tão incerta quanto sempre esteve, o ruim parecendo superar
o bom. Tom é um mistério, e sinto que está escondendo alguma coisa,
embora não possa ter certeza sobre que segredo ele carrega. As cartas de
Linton pararam, e Anne não o vê há dois meses. O tenente Stoneman
está morto. Meu trabalho tem me levado a uma nova direção, mas não
a que eu esperava. Posso criar máscaras, mas, desde que vim para a
França, não tenho tido tempo para esculpir. Quem sabe se ainda posso
fazer arte, afinal?

Mas o mais perturbador é o soldado Darser. Ele é o Kurt? Passou
muito tempo, mas as lembranças perduram. Ele parece ser, mas não posso,
não quero, acreditar nisso. Será que realmente busca o meu perdão? Para
mim, este é um acordo difícil. Nunca perdoei seu abandono, deixando-me
sem escolha, a não ser aceitar as consequências de nosso comportamento
imaturo. Sua proposta na igreja beirou a loucura; no entanto, não posso
esquecer suas palavras: "Posso desfazer o erro que criei". Posso expiar o
meu passado? Poderia gerar outro filho com ele? A ideia é horrorosa, mas
reconfortante, ao contemplar meu futuro.

Virginie chegou e preciso parar de escrever. Compartilho algumas
confidências com ela, mas preferiria que ela não participasse desta tur-
bulência que assola dentro de mim.

Dois soldados franceses dividiam um cigarro na escada do pátio, enquanto um terceiro estava sentado na alcova, admirando Virginie, que lavava as mãos na pia.

– Parece que temos a casa cheia, hoje – Emma disse.

O soldado que estava dentro da casa relaxava em sua cadeira, e um sorriso abriu-se em seus olhos, ao acompanhar cada movimento de Virginie.

Sua assistente concordou com um gesto lento de cabeça, lábios comprimidos, e enxugou as mãos em uma toalha, em uma postura curvada, sem dúvida bem diferente de sua costumeira personalidade confiante.

– Você está doente? – Emma perguntou.

– Estou cansada, madame. Quero que esta guerra acabe, mas sinto que antes disso vai acontecer alguma coisa ruim.

– Bobagem – Emma retrucou, incomodada com o pessimismo. – Você é boa para prever o tempo, mas não muita coisa mais.

As palavras de Virginie tinham tocado em um ponto sensível, provocando-lhe um arrepio. Em nenhum lugar da França, as coisas pareciam promissoras.

– Fizemos máscaras para inúmeros soldados, desejando a todos conforto e paz – a moça disse. – Não posso deixar de pensar em *monsieur* Thibault e sua família. Agora, faz quase um ano.

Emma olhou para o homem na alcova, abaixou a voz e perguntou a Virginie:

– Você está preocupada com outro suicídio?

A enfermeira sacudiu a cabeça e cochichou:

– Não, tenho medo do soldado Darser… e tenho medo de que você vá embora, de volta para a América.

– Não precisa se preocupar com isso agora, nem com o soldado Darser. Tenho certeza de que, agora que o confrontei, ele vai nos deixar em paz.

– Ele só queria lhe agradecer? – Virginie perguntou, enrugando a pele ao redor dos olhos ao fazer a pergunta.

Emma confirmou, tendo decidido manter em segredo a conversa na Saint-Étienne-du-Mont:

– E quanto a deixá-la, sim, nosso trabalho juntas terminará, mas você tem capacidade para administrar um estúdio por conta própria. Ora, praticamente faz isso agora. – Vamos deixar para pensar nisso…

Virginie soltou um gritinho e seus olhos encheram-se de lágrimas.

O soldado levantou-se da cadeira e ofereceu à enfermeira um lenço branco engomado; ela balbuciou algo em francês e dispensou o moço.

Sem entender, Emma acompanhou a enfermeira até a sala de moldes, onde Hassan moldava uma máscara sobre um modelo de argila.

Virginie bateu o punho na mesa.

– Não vou trabalhar com aquele homem! *Jamais*! Mas não tenho outro emprego.

– Sei que, às vezes, ele é horroroso, mas no futuro, se chegar a isso, John Harvey será gentil. Prometo. Cuidarei disso. – Emma abraçou Virginie e enxugou as lágrimas com a manga. – Agora venha, vamos trabalhar e não perder mais tempo com possibilidades tristes.

Madame Clement entrou na sala e fez sinal para Emma.

– Uma moça quer falar com a senhora, madame.

Emma virou-se:

– Não me lembro de ter hora marcada com uma mulher. Ela disse qual era o assunto?

– Só que queria falar com a senhora. Richard também está aqui.

– Richard?

A mulher viera de Toul! Emma passou por madame Clement e correu para a alcova, onde o soldado francês continuava sentado em sua cadeira. Ele havia enrolado seu cachecol ao redor do rosto, até os olhos, constrangido com os dois estranhos na sala.

– *Bonjour*, madame – Richard disse, com prazer.

Emma achou que ele parecia satisfeito, como se portasse um grande segredo da cidade murada, juntamente com sua carga humana. Emma ficou parada por um tempo, olhando o par. Richard havia raspado sua barba desalinhada, e só restava um bigode bem aparado. Parecia em forma e bem, para uma pessoa que tivesse uma lesão tão severa, que não pudesse lutar.

A outra visita, com um vestido azul e um xale creme, manteve o rosto abaixado, até Richard terminar de falar. Quando ergueu a cabeça, Emma reconheceu-a como a mulher que aguardara Tom no hospital. Sua beleza surpreendente encheu a sala, a densa cor de ébano do seu cabelo, o fogo líquido que queimava em seus olhos castanhos. Tinha uma atitude de desafio, em uma postura rígida e implacável, mãos na cintura, como que desafiando Emma a falar.

– Madame Swan… madame Constance Bouchard – Richard apresentou-as, depois de um silêncio incômodo. – Madame Bouchard veio comigo de Toul.

– Em que posso servi-la, madame? – Emma perguntou. – Deve haver uma boa razão para alguém viajar de tão longe.

A mulher concordou, tensa, jogando a ponta do xale, com arrogância, sobre o ombro direito, perguntando em um sotaque levemente francês:

– Podemos conversar em particular?

– É claro... Na sala de moldes. – Antes de se virar, Emma disse: – Ajude Virginie com os soldados. Faça alguma coisa de útil.

– *Avec plaisir* – Richard respondeu.

– Achei que você estaria disposto a dar uma ajuda. Hassan também vai ajudar.

O sorriso de Richard transformou-se em uma careta ao pensar no marroquino alto agindo como acompanhante.

Emma levou madame Bouchard à sala de moldes e passou instruções para que Virginie e Hassan atendessem os soldados que esperavam. Fechou a porta e ocupou uma cadeira atrás da sua mesa.

A mulher analisou os moldes faciais na parede.

– Soube o que você faz.

Emma detectou um toque de inveja na voz da mulher.

– Obrigada – disse, surpresa com a afirmação. – Você veio discutir o meu trabalho, ou tem mais alguma coisa em mente?

A mulher fez um gesto em direção a uma cadeira em frente à mesa, e Emma respondeu com um convite para que ela se sentasse.

– Meu marido morreu. – Madame Bouchard contou, empertigada, seus olhos atravessando-a. – Foi morto dois anos atrás no norte da França, com um tiro na cabeça, em uma briga inútil sobre meio quilômetro de terra. Os alemães recapturaram-na três meses depois. – Ela soltou uma pequena risada, que continha mais amargura do que humor.

– Sinto muito – Emma disse.

– Não se dê ao trabalho. Nosso casamento foi uma farsa desde o começo. Eu estava grávida, e ele decidiu se casar comigo em vez de ir embora. Mas, morrendo, só me deixou uma pequena quantidade de dinheiro, e o pouco amor que porventura tínhamos foi com ele para o túmulo. – Ela olhou além de Emma, para os rostos desfigurados na parede. – Então, estes são os que tiveram sorte, aqueles que conseguiram uma segunda chance.

– Alguns acham isso. Temos orgulho do nosso trabalho...

– Sabe, sou da Espanha, mas fui criada por uma babá inglesa. Então, depois da morte do meu marido, foi fácil manter uma conversa com o Thomas.

– Você está se referindo ao meu marido? – Emma questionou, sabendo qual seria a resposta.

– Estou. Depois do que seu marido e eu compartilhamos, quis conhecer a escultora Emma Lewis Swan, a mulher com quem Thomas se casou e que ainda ama.

Emma permaneceu impenetrável e muda.

– Toul é uma pequena aldeia – a mulher continuou. – As fofocas podem ser maldosas. Estou surpresa que não tenha ouvido falar de Constance Bouchard. – Ela sorriu. – Thomas estava bravo quando me conheceu. Foi um encontro do acaso, na rua, em frente ao Mad Café, com certeza não planejado. Eu estava viúva havia um ano, e Tom estava frenético, perturbado pelas cartas recebidas de uma mulher em Boston. Bebeu demais naquela noite. Isso foi semanas antes de ele me contar que a esposa o havia enganado. Estava necessitado... e eu também.

A pulsação de Emma acelerou-se em sua garganta, e ela agarrou os braços da cadeira, como se estivesse escorregando do mundo.

– O que você quer?

Os olhos escuros de madame Bouchard perfuraram-na.

– Conhecer a mulher que Tom diz que jamais deixará, nem mesmo pelo seu filho.

A sala ficou gelada. Os olhos de madame Bouchard pestanejavam, sua boca mexia-se, mas Emma não conseguia escutar o que era dito. Colocou as mãos no colo e inclinou a cabeça, incapaz de olhar para a mulher. Um silêncio frígido envolveu-a.

– Você está me escutando? – Madame Bouchard perguntou. – No seu caso, uma proclamação de inocência é desnecessária. Thomas tem sentimentos! Agiu como qualquer homem teria feito, confrontado com infidelidade.

– Caia fora! – Emma ordenou. – Deixe a mim e ao meu marido em paz.

– Eu esperava isso de você – a mulher disse, permanecendo calma, face à raiva de Emma. – Se não tivesse nada a esconder e não carregasse nenhum pecado, você teria declarado sua inocência claramente. Seus atos ainda a perturbam.

– Você não tem direito de me julgar. – Emma levantou-se da cadeira e foi até a porta.

– Antes de você me pôr para fora, tenho um pedido.

– Qual é? – Emma retrucou, num tom gelado.

– Nós temos um lindo menino que está com seis meses. – Madame Bouchard levantou-se e foi em direção a Emma. – Ele foi concebido antes de Thomas ser ferido. Eu deveria agradecê-la pelo meu segundo filho. Afinal de contas, você tem alguma responsabilidade. No entanto, não consigo convencer Thomas a ficar na França... Ele voltará para a América, para ficar com você, mas nosso bebê... ficará aqui, comigo. – Ela fez uma pausa, e seu desafio amainou. – Posso precisar de ajuda financeira para criar meu filho caso Thomas se esqueça. É muito difícil criar filhos sem um pai.

Emma analisou a mulher, que se portava com tanto orgulho perante ela, reconhecendo a verdade do que ela dizia, mas duvidando da necessidade. O vestido de madame Bouchard era de seda azul, e ela o usava com elegância. O xale creme que cobria seu corpo era tecido com lã recém-tingida. Seus sapatos finos davam a impressão de que nunca haviam caminhado pela rua de uma aldeia. A mulher parecia bem capaz de se sustentar, e às crianças. Contudo, Emma ficou chocada pelas semelhanças do passado dela quando ficou sozinha e enfrentou a vida com uma criança sem pai.

Depois de um momento, ela disse:

– Deixarei meu endereço com Virginie quando voltar a Boston. Se precisar de recursos, me mande um telegrama com seu pedido. Ganho a vida como artista. Eu não tenho muito dinheiro, mas farei o possível...

– Não precisa dizer mais nada. Sei que honrará a sua palavra.

Emma abriu a porta do estúdio, e madame Bouchard passou por ela e entrou no corredor. Richard e a equipe de Emma, rindo e sorrindo por causa de alguma piada francesa, estavam agrupados ao redor dos soldados. Apesar dos ferimentos, eles participaram com uma risada muda e tapinhas nas costas.

Richard olhou para Emma, parada perto da entrada da alcova. Seu sorriso dissimulado mostrava que ele conhecia a história de madame Bouchard; ainda assim, a suavidade em seus olhos revelava sua simpatia pela situação de Emma. Abriu uma lata de cigarros e esperou que ela falasse.

– Madame Bouchard e Richard estão de partida – Emma disse ao grupo. – É hora de voltar ao trabalho.

Virginie e Hassan conduziram o primeiro homem à sala de moldagem, enquanto madame Clement dirigia-se ao andar de cima.

Madame Bouchard parou perto da porta, com a mão agarrada à maçaneta, esperando Richard.

– Apenas algumas horas em Paris, e temos que voltar a Toul? – Richard perguntou a madame Bouchard.

– Bobagem! – a mulher replicou. – Vamos passar a noite no melhor hotel que pudermos arcar.

Richard piscou para Emma.

– Em quartos separados, é claro – Madame Bouchard disse, calculando a reação de Richard.

– Boa viagem, Richard – Emma disse. Olhou diretamente para madame Bouchard, enquanto falava: – Por favor, transmita meus melhores votos a meu marido.

– Agora você entende – Richard disse a ela, em um tom que mal passava de um sussurro. – *Il marche dans la nuit.*

Emma assentiu e observou os dois descendo a escada para o pátio.

Depois que partiram, Emma pegou o telefone do estúdio, mal se dando conta da presença de Virginie, Hassan e do soldado na sala de moldagem. Ele parecia escorregar da sua mão, mas finalmente a telefonista colocou-a em contato com o hospital em Toul. *Coragem... coragem para falar com Tom. Já não temos o luxo do tempo.* A ligação foi completada.

– *Docteur* Swan – Emma disse quando a ligação foi feita.

– *Un moment.*

Emma reconheceu a voz da enfermeira que, em geral, ficava na recepção. A mulher pousou o fone e pareceu horas até outra voz entrar na linha.

– Thomas Swan.

Emma hesitou, a garganta fechada de emoção.

– Eu sei sobre... – ela conseguiu dizer, finalmente.

– Emma?

– É.

Um longo silêncio enfatizou o abismo o casal.

– Você estava certo em relação a confiança – Emma disse.

– O que você quer dizer? – ele perguntou, sua voz alterada de preocupação.

– Madame Bouchard. A criança. Tudo.

– Ai, Deus! Você esteve com ela?

– Ela veio até aqui.

Antes de Tom falar, um silêncio perpassou entre os dois, como ondas batendo.

– Emma, por favor, entenda...

– Neste momento, entender está fora do meu alcance.

– Deixe-me explicar. Não seja precipitada.

– Tempo... Preciso de tempo para pensar... Por favor, não telefone nem venha a Paris.

– Emma...?

Ela colocou o fone lentamente no gancho, cortando a conversa deles, e abaixou a cabeça. Depois de um tempo, a sala ressurgiu a sua volta.

O soldado remexeu-se, desconfortável, em sua cadeira, enquanto Hassan alisava gesso sobre o rosto ferido. Virginie esvoaçou seu pincel sobre a máscara que estava pintando.

Emma deixou sua mesa e foi até a janela. A finalidade de sua conversa com Tom, a dolorosa verdade, forçou-a a se lembrar por que nunca havia contado a ninguém, nem mesmo ao marido, sobre a perda que sofrera anos antes.

CAPÍTULO 10

PARIS

11 de novembro de 1918

— CHEGAMOS MUITO PERTO da extinção — John Harvey disse.

Eles estavam parados junto à janela do estúdio, olhando lá embaixo os foliões que se juntavam na rue Monge. Para Emma, pareciam formigas espalhadas por um pisar despreocupado. Homens e mulheres acenavam a Tricolor, mas também havia outras cores, bandeiras estrangeiras içadas em cartazes, nações celebrando juntas, após quatro anos de guerra. Emma sabia muito pouco sobre essas outras pessoas e países, mas compartilhava o alívio delas por, finalmente, a guerra ter chegado ao fim. De seu lugar vantajoso à janela, Emma e John ouviram os acentuados registros de fogos de artifício, e tiros disparados para o alto, das comemorações que explodiam pela cidade. Até mesmo um céu nublado, às vezes pontuado por aberturas de azul nas nuvens, não conseguiu arrefecer o entusiasmo da multidão. Homens abraçavam-se, mulheres choravam, ambos os sexos riam e se beijavam na rua. Emma olhou para ao relógio; mal passava do meio-dia.

— Você acredita na pós-vida? — John perguntou, puxando uma cadeira para perto da janela. Acendeu um cigarro e colocou-o no cinzeiro que tinha em mãos. A fumaça cinza flutuou para a janela e mesclou-se com o céu pesado sobre Paris.

Emma virou-se para ele, e sorriu:

— Uma pós-vida? Que pergunta estranha para se fazer, considerando a data — ela respondeu, casualmente. Estava tomada por um vazio inquietante apesar da alegria lá fora.

– De jeito nenhum. Na verdade, é bem apropriada. – Ele alcançou o cigarro. – Todos nós escapamos da morte, até Tom. Isso é algo a se sentir agradecido. Se não tivéssemos escapado, sabe-se lá onde estaríamos. – Ele riu de sua própria brincadeira sarcástica.

– Acredito no que temos agora – Emma disse. – Não há nada mais. Esta guerra convenceu-me disso.

– Vi muitos cadáveres, Emma. E, a julgar pelo que vi, teria que concordar com você. Quando a gente vê um homem morto, com as mãos esticadas para o céu, o estômago inchado com a morte, o rosto tomado de horror, congelado para a eternidade, tem todo o direito de se perguntar se existe um Deus. – Ele se calou e espanou uma cinza. – Acho que, agora, posso lhe contar. Que inferno! O que eles vão fazer? Enforcar-me? O projeto em Porton Down, caso tivesse se concretizado, teria acabado com a guerra, possivelmente até com a humanidade. Estávamos desenvolvendo uma arma, um gás tão hediondo que seu lançamento teria matado centenas de milhares a mais, talvez milhões.

– Milhões assassinados por esta guerra, e deveríamos nos considerar com sorte – Emma disse.

– Assassinato não. Genocídio sancionado pelo governo. – Ele apagou seu cigarro e olhou para ela. – Seu comportamento está esquisito. Você deveria estar feliz… celebrando como Hassan, madame Clement e aquela sua assistente desagradável. Eles estão lá fora, vagando pelas ruas de Paris, champanhe na mão. Um pensamento é um substituto insatisfatório para a experiência… – John fechou a mão em punho e inclinou-a em direção à boca.

– Não tem uma garrafa na casa, a não ser que haja uma perdida na alcova – Emma disse.

– Por gentileza, faça-nos um favor e dê uma boa olhada.

– Por que não? – ela perguntou, saindo.

O armário sobre a pia tinha chá, bolachas, uma lata de biscoitos e os pratos recém-lavados por madame Clement. Alguns panos de prato amassados e uma caixa de sabão em pó achavam-se debaixo da pia. No entanto, ela encontrou o que estava procurando em um armariozinho na parede oposta. Emma agarrou a garrafa e dois copos e voltou para a sala de moldagem. John virou seu corpanzil na cadeira e colocou os pés sobre o peitoril da janela.

– Nada de champanhe – Emma disse –, mas encontrei uma garrafa cheia até a metade de uísque irlandês. Imagino que um dos soldados a tenha deixado, talvez no Natal.

John estalou os lábios.

– Uísque irlandês. Ainda melhor.

Emma serviu dois copos, entregando um para seu convidado, o aroma frutado da bebida envolvendo eles dois.

John ergueu o copo e brindou com Emma.

– Aqui, ao fim do inferno.

– Ou possivelmente o começo – Emma retrucou, pensando em tudo que permanecia inacabado em sua vida.

Antes de beber, John disse:

– Falando sério, estou preocupado com você.

Ela se virou de volta para a multidão lá embaixo e se apoiou no parapeito.

– As coisas deram uma virada para pior. Achei que os problemas entre mim e Tom estavam se resolvendo, mas me enganei. – Emma lutou para reprimir as lágrimas. – Não vou aborrecê-lo com detalhes.

– Faz um tempo que vi Tom. Eu havia sido enviado para o *front*, quando soubemos do armistício. Só cheguei até Paris, maldita sorte. Tinha certeza de que estaria longe da sua assistente quando a guerra terminasse. – Ele tornou a erguer o copo. – Aqui está, a você e ao Tom. Sinto muito que as coisas estejam tão complicadas.

Emma ergueu o copo, sentindo-se estranhamente complacente, nem um pouco eufórica com o fim da guerra, apesar da multidão que vibrava e a explosão dos fogos de artifício.

– É, eu também, mas imagino que tenhamos que resolver, se é que possa ser resolvido.

John esvaziou seu copo e colocou-o no chão.

– Bom, basta para uma celebração. Gostei do nosso bate-papo, mas preciso ir andando. Não quero ficar tão bêbado que não possa achar o caminho de volta para o hotel. – Ele tirou os pés do peitoril, pegou seu casaco e retirou uma nota do bolso. – Quase me esqueci. Tenho uma informação para você sobre seu soldado Darser. Acho que sei quem ele é. – Entregou-a a Emma. – Trata-se da coisa mais estranha. Cuidei dele sob seu nome de nascimento, aqui em Paris. É por isso que Darser não me dizia nada. É até possível que o tenha visto quando nos conhecemos. Eu nunca teria descoberto a fraude se ele tivesse mantido a boca fechada... Bom, quero dizer, se não tivesse escrito coisas depois do seu ferimento. Ele adotou um novo nome, e alguns dos seus companheiros tomaram conhecimento disso por ele ter se gabado. Nunca disse o motivo. Seus camaradas pensaram que fosse a fadiga de batalha se instalando, um lapso mental, um soldado ficando levemente maluco por causa de um ferimento terrível.

– Obrigada, mas sei quem ele é – Emma disse. – Um velho conhecido.

– Velho conhecido? Por que ele se esconderia desse jeito? Parece um pouco tenebroso... Mas por todos os meus esforços, no mínimo eu deveria ganhar um aperto de mão.

Emma deu-lhe um beijo no rosto.

– É uma longa história, longa e deprimente demais para tocar nisso hoje.

– É, de fato – John disse. – Um americano que ingressou no exército canadense, ferido em Passchendaele, entrando e saindo de hospitais, e depois indo a Paris para tratamento. Acho que ele ainda está na cidade. O endereço dele está no papel. – Ao chegar à porta da alcova, ele disse: – Adeus, Emma. Não sei se voltaremos a nos encontrar.

Ela foi atrás dele.

– Um favor, John. Tenho uma equipe maravilhosa aqui. Se pudesse arrumar um jeito de lhes dar uma referência, ou talvez um trabalho, depois que os soldados pararem de vir...

Ele riu.

– Você quer que eu arrume um trabalho para a sua enfermeira, a antiga desgraça da minha existência?

– Quero. Seria gentil da sua parte.

Ele agarrou as mãos dela.

– O estúdio tem feito um trabalho maravilhoso, Emma. Os soldados jamais a esquecerão.

– Virginie, Hassan e madame Clement contribuíram para o sucesso que conquistamos; especialmente Virginie.

– Ainda há ferimentos a serem curados, máscaras a serem feitas. Virginie pode seguir os seus passos. O legado do estúdio permanecerá.

– John?

– Não posso prometer nada... Mantenha-me nos seus pensamentos, minha querida. – Ele fechou a porta e desceu a escada.

Seu assobio animado ecoou pelo pátio, a música reduzindo-se a nada quando ele entrou no corredor fechado, até Emma escutar apenas o ressoar da multidão.

❖

As luzes noturnas acenderam-se cedo, e brilharam com força na cidade. Emma sentou-se sozinha, à sua mesa, o estúdio quieto, em comparação às ruas de Paris. Desdobrou a nota que John havia lhe dado e colocou-a aberta a sua frente. Pegando um lápis na mesa, escreveu o primeiro nome em letras maiúsculas em um papel:

KURT LARSEN

E, logo abaixo, escreveu o nome do soldado Darser:

RON DARSER

Analisou os dois nomes, depois alterou o primeiro, acrescentando traços e apagando certas linhas. Depois das mudanças feitas, o engodo surgiu claramente perante ela.

KURT LARSEN

⬥

No papel John havia escrito o endereço: 36, rue de la Victoire. Emma verificou um livro de mapas de Paris e encontrou a rua, localizada no extremo leste da Ile Saint-Louis. Em apenas um instante, decidiu deixar o estúdio e achar o apartamento de Kurt Larsen.

Emma ziguezagueou em meio à multidão da rue Monge para o Boulevard Saint-Germain, até encontrar o Quai, e sentiu o cheiro do aluvião enlameado do Sena. Muitos dos foliões parisienses estavam nos estertores de sua celebração, apesar de ainda ser apenas 7 horas. Alguns homens, com paletós desabotoados, camisas com colarinho aberto, trocavam beijos com suas damas, apoiados em o que quer que os sustentasse: uma árvore, um prédio ou um poste de iluminação pública. Do outro lado do rio, os contrafortes da Notre-Dame arqueavam-se à noite como pernas de aranha. Dali a poucos minutos, ela chegaria à Pont de Sully, a ponte de pedra que se estendia sobre o rio até a Ile Saint-Louis. Havia muita gente perambulando ao logo da margem do rio, mas eram pessoas mais contemplativas do que as reunidas na rua. Todos pareciam fascinados pela água corrente e agradecidos que, assim como o eterno rio, a Cidade Luz e suas vidas fossem poupados da carnificina bélica.

Após atravessar a ponte, Emma virou à esquerda no Quai de Béthune, e depois à direita, na rue de Bretonvilliers. Nas ruas pouco iluminadas, procurou a entrada para a rue de la Victoire. Encontrou-a, marcada com tinta branca, na lateral de uma construção de pedra calcária. A viela estreita levava para várias casas geminadas, na metade do tamanho e nem um pouco imponentes como as estruturas de seis andares que as rodeavam. Algumas luzes salpicavam as janelas, mas a iluminação não era suficiente para impedir Emma de tropeçar em uma pedra do calçamento, antes de achar a porta de número 36. Até onde percebeu, eram três apartamentos: os andares dois e três eram habitados por inquilinos com sobrenomes franceses; no primeiro andar, a placa de identificação estava vazia.

Emma bateu duas vezes e esperou. Pouco tempo depois, um soldado usando máscara abriu a porta. Quando ela se abriu, os olhos deles arregalaram-se.

– Kurt – Emma disse, mantendo a voz baixa. – Gostaria de entrar.

De início, ele ficou imóvel sob a luz indefinida do corredor.

Emma imaginou que ele poderia bater a porta na sua cara. Por outro lado, o soldado havia oferecido algo em Saint-Étienne-du-Mont: talvez esperasse que ela fosse aceitar sua proposta.

Ele apoiou as mãos na porta, equilibrou-se, e depois olhou fixo para ela.

O cheiro acre de suor e álcool emanou do corpo de Kurt. A boca esculpida, da qual escapava sua respiração tinha se transformado em um esgar. Até sob a luz tênue, Emma viu que a máscara estava danificada; a pintura tinha soltado partículas, o queixo apresentava alguns amassados, o cobre se rompera na face direita.

– Refleti sobre a sua oferta – Emma disse. – Posso entrar?

Ele se afastou, equilibrando-se junto à parede.

Emma entrou no corredor, e o soldado fechou a porta. O cheiro de mofo de um prédio de duzentos anos encheu suas narinas com uma comichão seca. O assoalho de madeira estalou sob seus sapatos, enquanto ela passava roçando o desbotado papel de parece rococó, que se soltava em faixas estreitas, estampado com homens e mulheres brincando em balanços.

O apartamento de Kurt, apenas um cômodo, estava aberto. Emma entrou.

Ele foi tropeçando atrás dela e fechou a porta.

Continha uma cama de solteiro, uma cômoda frágil contendo uma bacia de cerâmica para as abluções, uma cadeira e um suporte de madeira, onde queimava uma única vela. A luz trêmula despertou uma lembrança, e por um instante Emma viu-se transportada de volta ao quarto em Vermont, com sua chama ardente e salpicada. Emma sentou-se na cadeira, seus nervos tensos de antecipação.

Kurt acomodou um travesseiro junto à parede e se jogou de qualquer jeito sobre a cama. A máscara quase escorregou do seu rosto, mas ele conseguiu segurar os encaixes nas orelhas.

– Você precisa escutar – Emma disse. – Não se dê ao trabalho de escrever; não vou ler. Sei quem você é. Soube desde que desenhei seu rosto, mas não quis acreditar. – Desabotoou o casaco, revelando suas pernas. – Você mentiu para mim. Mentiu para mim desde o começo.

Kurt remexeu-se, nervoso, na cama.

– Nós concebemos uma criança, e então eu matei a única dádiva preciosa que você me deu. Joguei fora uma vida porque éramos egoístas demais, absortos demais, para ver além de nosso egocentrismo. Ambos pagamos o preço à nossa maneira.

Kurt sacudiu a cabeça e pegou o bloco de anotações sobre a cama.

Emma tirou-o das mãos dele com um tapa.

– Não! Preste atenção em mim! Cansei de escutar você. Desde que o vi, na catedral, mal consigo pensar em outra coisa. Cismei se deveria aceitar sua oferta. Você não faz ideia do quanto sofri com o meu ato, aquele que me pressionou a tomar. Eu deveria tê-lo enfrentado e enfrentado a minha mãe, mas não era forte o bastante para encará-la. Sabia que jamais perdoaria a minha gravidez. Até onde sei, ela teria me jogado na rua e me rotulado de prostituta.

Ela continuou:

– Você foi emudecido pela guerra, mas eu emudeci por ainda mais tempo. Ansiei por este dia, quando poderia desfazer o que fiz. Nós criamos uma vida e eu a eliminei. Hoje, fui liberada, juntamente com o mundo, e estou livre para fazer o que quiser com você, livre do meu marido, livre de um pesadelo que me assombra. – Emma respirou fundo. – A morte tem nos seguido, mas a vida nos deu outra chance, uma que completará a minha emancipação. – A voz dela transbordava de raiva: – Nunca consegui me livrar daquela mancha escura na minha alma. Ela contém minha culpa, e carreguei-a por anos demais. Vou exorcizar isso com o homem que a concebeu.

Emma tirou o casaco, levantou-se da cadeira e sentou-se na beirada da cama, olhando para Kurt, que recuou dela como um cão ferido.

Ele gemeu debaixo da máscara e novamente tentou pegar o bloco, mas Emma adiantou-se e jogou-o no chão.

Agarrou os pulsos dele e, com toda a força, segurou-os junto à cama.

A cabeça de Kurt balançou no travesseiro, o corpo contorceu-se como uma cobra nas garras de um gavião, mas seu esforço diminuiu depois de alguns instantes, a resistência esvaindo-se do seu corpo, até seus olhos parecerem tão sem vida quanto luas pálidas.

Emma relaxou o aperto, enganchou os dedos no suporte fino de metal e levantou a máscara, expondo o rosto que tivera a boca e o maxilar arrancados.

Instintivamente, Kurt se apressou para cobrir os ferimentos.

Emma puxou suas mãos. De início, ele lutou contra ela, mas, quando Emma as guiou para seus seios, ele estremeceu violentamente na cama, e seu aperto afrouxou.

– Quero nosso filho de volta – Emma disse, posicionando o corpo sobre o dele, beijando sua testa, a raiva diminuindo enquanto seu desejo por absolvição aumentava. Acariciou o tecido cicatrizado ao redor da cavidade que era sua boca, sentiu o osso irregular debaixo da pele. Mesmo ao tocá-lo, lembrou-se de Kurt como ele era em Vermont, consumando este ato sexual, um ato de expiação para si mesma e para a criança que perdera. Tinha que se lembrar que era isso; caso contrário, seus atos seriam intoleráveis demais para suportar.

Ele cedeu sob seu toque e logo estava erguendo seu corpo ao encontro do dela.

Emma acompanhou as estocadas dele com as suas, cobrindo de beijos o rosto ferido, puxando os botões da sua camisa.

Kurt a puxou para junto do peito, pressionando a pélvis contra a dela, sua rigidez golpeando as coxas de Emma.

Ela estremeceu ao toque da ereção de Kurt e se ergueu dele com delicadeza, saiu da cama, olhando enquanto abria o zíper da calça e a descia até os joelhos. Mais uma vez, estava exposto a ela, e Emma se lembrou dos contornos do seu corpo, da pele macia, da penugem contornando as fendas e o montículo da sua área púbica, o círculo profundo e marrom da cicatriz da circuncisão, a forma do seu sexo. Ele existia em seu corpo como sempre existira, a não ser pelo rosto, e ela se lembrava.

Emma desabotoou o vestido, saindo de dentro dele, deixando que caísse no chão.

O peito de Kurt subia e descia com sua respiração acelerada.

Ela tirou os sapatos, as meias e as roupas de baixo, subiu em cima dele, pressionando a vagina contra seu corpo, relaxando, porque estava rígida de emoção. Gritou quando ele entrou dentro dela, mas logo se moveu em uníssono, correspondendo a cada estocada com um movimento e um prazer igualmente intensos. A mão dela massageou o peito dele, e ela avistou a cicatriz de seu dedo com seu lampejo de pele prateada.

Emma parou seus movimentos.

A dureza dele enrijeceu.

Ela apertou em resposta e segurou-o com firmeza dentro dela.

Erguendo a máscara da cama, Emma correu os dedos sobre a fissura no metal, e depois descascou metade do rasgo, expondo a beirada denteada. Segurando o braço esquerdo de Kurt, posicionou a máscara junto ao pulso dele, e se preparou para riscar o metal na veia azul que se sobressaía na pele branca.

Kurt fechou os olhos, antecipando o corte que Emma estava preparada para fazer.

Em vez disso, ela girou a máscara acima da mão dele, evitando propositalmente a carne, jogando-a no chão, onde caiu em cima do bloco de anotações.

Os olhos de Kurt abriram-se de imediato, com uma fervente fúria sexual.

– Você quis que eu o cortasse, exatamente como me cortei – Emma disse. Ela olhou para o homem que estava deitado com os braços sobre a cabeça, o corpo rígido como uma pedra. – Não vou lhe dar essa satisfação.

Emma estendeu o braço atrás dela, quase desmoronando em seu peito, massageando seus testículos enquanto ele entrava e saía dela com golpes rápidos. Em poucos minutos, Kurt gozou com espasmos violentos, e seus corpos vibraram juntos, em uma destreza em comum. Ela o segurou dentro dela, até o pênis escorregar para fora, e restar flácido junto às nádegas de Emma. Ela rolou para longe e contraiu a virilha para manter o fluido dentro. Quando, finalmente, saiu da cama, pisou acidentalmente na máscara, que foi triturada como uma folha morta sob seus pés.

Kurt uivou como um animal ferido.

A máscara estava esmagada sobre o assoalho.

– Sinto muito – Emma disse, apesar da excitação de vingança que a percorreu. – Venha até o estúdio. Farei outra.

Kurt não se mexeu, mas contemplou-a desolado, enquanto Emma se vestia, e saía do apartamento.

O ar noturno revigorou-a, enquanto ela voltava ao estúdio, com os sentidos apurados, a vasta extensão da cidade eletrizando-a. Passou a noite sozinha, no quarto, pensando no que havia feito. Os outros, na rue Monge, estavam envolvidos em sua própria celebração do final da guerra. No estender da noite, o sonho do bebê sem rosto retrocedeu de sua memória.

❖

No dia seguinte, ela visitou Kurt novamente em seu apartamento. E ele escreveu: "Estou solitário".

Ela escreveu de volta: "Quero nosso filho".

Emma fez amor com ele várias vezes, antes de deixar Paris. A cada uma delas, a repulsa por suas ligações sexuais diminuiu. Só precisava pensar na criança crescendo dentro dela, para apagar a culpa.

Em muitos dias, ficava deitada na cama até Virginie vir chamá-la para trabalhar. O outono e o inverno arrastaram-se, e suas profundezas geladas deprimiram-na. Até o Natal foi desanimado e sombrio, porque ainda não queria contato com o marido. Apesar do fim da guerra, Emma achou difícil se sentir alegre. Pensamentos em Tom e Kurt rapidamente apagavam qualquer sensação de felicidade. Frequentemente, via-se pensando em Linton e no amor que ele oferecia, o verdadeiro afeto que ela havia renegado em favor da França. A lembrança do seu rosto animava-a brevemente quando não conseguia encontrar nenhuma outra alegria.

O ano aproximava-se do fim, mas Kurt não voltou ao estúdio para uma nova máscara.

PARTE CINCO

BOSTON
Janeiro de 1919

CAPÍTULO 11

19 de janeiro de 1919

Querida Virginie,

Olá, minha querida.

Na vida, com frequência damos em cheio com o óbvio, às vezes com um grande custo. Escritores são alertados para evitar clichês, mas preciso fazer uma exceção e reiterar o quanto minha vida mudou na França e o quanto sinto falta de você e da equipe.

Quando deixei o estúdio naquela manhã, depois do Ano-Novo, evitei olhar para trás, para a escada. Não pude suportar ver você ou madame Clement chorando à porta (sabe Deus, até Hassan verteu algumas lágrimas com a minha partida). No entanto, durmo em paz em Boston, sabendo que o estúdio está em suas prósperas mãos. Tenho a maior confiança em sua capacidade e estou certa de que continuará nosso trabalho, para grande benefício do seu país e de todos os soldados necessitados. Fique prevenida, sei que, de algum modo, John Harvey comparecerá mais tarde em sua vida. Por favor, seja agradável e receba-o de braços abertos. No fundo, ele é, de fato, uma alma boa, e acho que cada um de vocês pode se beneficiar de qualquer gentileza que ele oferecer.

Minha viagem para casa no USS Manchuria foi trivial, se é que viajar em um navio lotado de soldados dos Estados Unidos possa ser descrito de maneira tão convencional. Eles eram uma turma alegre e seguiam muito mais noite adentro do que eu estava disposta, mas são homens que merecem comemorar cada minuto que a vida lhes conceda. Até aqueles prejudicados por muletas ou tipoias mantinham a cabeça erguida. No entanto, apesar da harmonia a bordo, não pude deixar de pensar no tenente Stoneman e na minha viagem à França, preenchida com meus temores dos submarinos alemães e os acasos desconhecidos que me aguardavam. Não tive nenhuma dessas preocupações na minha viagem de volta.

Minha chegada a Boston também foi cheia de lágrimas, exausta como eu estava depois da viagem marítima e da viagem de trem vindo de Nova York. Anne e Lazarus encontraram-me à porta; Anne com um sorriso, abraços e lágrimas, e Lazarus com um moderado abano da cauda. Acho que ele me esqueceu ao longo do ano e meio da minha ausência e ficou mais apegado a Anne. Meu Deus, é possível que tenha passado tanto tempo! Tenho demorado mais para me reajustar do que imaginei. O vento invernal em Boston lhe atravessa de uma maneira desconhecida em Paris. Ah, tudo é muito diferente, a cidade, a luz (aqui, a guerra parece uma lembrança distante); os bostonianos, a não ser pelas perceptíveis privações do racionamento, mal estão cientes de que milhões foram massacrados a um oceano de distância.

Pedi a Anne que mantivesse minha chegada um tanto em segredo. Ainda preciso retomar o contato com vários amigos. Precisei de tempo para pensar, estudar, ler e me sentar na sala de visitas com uma xícara de chá, enquanto Lazarus aquece os meus pés. Esta solidão, ainda que minha arte tenha sofrido, tem sido o melhor regresso ao lar para mim. Anne bondosamente me acostuma mal, com refeições deliciosas e toques majestosos que me fazem sentir como uma rainha mimada.

Então, Virginie, não vou mais lhe tirar do seu trabalho. Desejo-lhe toda a felicidade em sua vida, bem como para madame Clement, Hasan e, sim, até para John.

Preciso terminar esta carta com uma notícia triste. Embora eu nunca tenha lhe falado explicitamente sobre meus problemas com meu marido, tenho certeza de que você esteve a par de que eles existiam. Se Tom tiver uma oportunidade de telefonar ou visitar Paris, preocupado com a minha saúde, por favor, diga a ele que estou a salvo, em Boston. Não o informei da minha decisão de deixar a França, temendo mais um trauma emocional. Ele tem sua própria vida no momento, e eu a minha. Resta saber se nós dois nos reconciliaremos.

Agradeço seus esforços e sua dedicação à nossa tarefa. O mundo está melhor por causa do nosso trabalho, e sei que podemos sentir orgulho. Por favor, escreva sempre e me conte o que tem acontecido com nossa criação.

Sempre sua,
Emma Lewis Swan

– Ah, minha querida, estou tão feliz em vê-la! – A sra. Frances Livingston ergueu a taça de cristal contendo champanhe e bateu-a junto à de Emma. – Estou muito contente que você tenha podido vir. Quando soube que estava na cidade, fiquei animadíssima.

– Estou muito feliz em estar aqui – Emma respondeu. – E bem surpresa por você saber da minha volta. Ninguém sabe, na verdade, a não ser a minha mãe.

– A sociedade de Boston, minha querida. Nada escapa aos olhos e ouvidos do nosso círculo.

Emma levou a taça aos lábios e saboreou o líquido dourado e espumoso que formigou na parte interna do seu nariz. Estava feliz por estar ali, rodeada de luxo. A lareira de mármore, abobadada, estalava com o calor. Uma empregada, impecavelmente vestida com uniforme diurno, ficou a postos, caso Emma terminasse sua bebida.

Ela esfregou os braços da sua cadeira folhada a ouro e lhe veio à lembrança de que sua vida e a de Frances Livingston eram muito diferentes. A sala de visitas estava repleta de arte, retratos e esculturas, muitas das peças compradas de Alex Hippel, o dono da Fountain Gallery. Um retrato em tamanho natural de Frances, luxuosos em sua moldura dourada, pendia na parede oposta à lareira. Imediatamente, Emma reconheceu-o como uma pintura de Singer Sargent, uma obra-prima composta por suas pinceladas arrebatadoras. Paisagens impressionistas, em luminosos azuis e verdes, também enfeitavam a paredes.

A sua esquerda, Emma olhou para o imenso salão de baile, com suas portas-balcão resplandecentes. Além dessas portas, ficavam os degraus para o jardim, agora polvilhados de neve, onde Linton havia caído, em seu esforço para escapar à dor da decisão tomada por ela, de deixar Boston. Ela não havia pisado na casa, desde aquela festa, tanto tempo atrás.

– Mais champanhe? – Frances perguntou. Sua testa enrugou-se um pouco, como se tivesse mais em mente do que bebedeiras. – Você não está empolgada com o final da guerra? Precisa me contar tudo sobre suas viagens e problemas na França… Quando tivermos tempo.

– Sim, Frances, quando tivermos tempo, e eu me sentir à vontade. – Emma suspirou e se recostou no encosto admirável da cadeira. Apesar de seu revestimento de seda vermelha macia, o móvel mal chegava a ser confortável. Emma retorceu-se, tentando relaxar em uma posição agradável.

– Algum problema, minha querida? Desde que você entrou por aquela porta, senti que estava indisposta. Espero que não tenha contraído alguma coisa na França, ou naquela viagem miserável para casa. Imagine, usar o

Manchuria como um navio de transporte de tropas. Uma vez, viajei nele até a Itália.

– Estou bem, Frances... um pouco cansada, mas acho que é de se esperar, considerando o que passei por quase dois anos.

– E é isso que quero descobrir quando tivermos tempo. Mas, hoje, tenho uma surpresa que apagará todas essas lembranças horrorosas. – Frances ergueu a taça quase vazia, e a empregada veio rapidamente a seu lado e serviu mais champanhe.

– O que é? – Emma não fazia ideia do que Frances poderia ter preparado.

– Convidei uma visita: Louisa Markham!

Emma estremeceu.

Os olhos de Frances brilharam.

– Eu sabia que você ficaria feliz. Quando falei com Louisa, ela nem ao menos sabia que você tinha voltado. Mantive nosso encontro de hoje em segredo, assim este encontro será uma surpresa para vocês duas.

– Ah, Frances, você não devia. Não posso, realmente, abusar da sua hospitalidade. Anne está...

– Sem desculpas, querida. Duas velhas amigas não deveriam ser privadas da companhia uma da outra. – Frances olhou para seu relógio de ouro.

Percebendo que o plano de Frances havia sido primorosamente elaborado, Emma girou na cadeira quando uma batida à porta da frente ecoou pelo *hall* de entrada. Uma empregada mais velha atravessou o *hall* como um coveiro. A porta maciça abriu-se e se fechou em seguida, enquanto a empregada recebia a visitante com um gentil:

– Boa tarde, srta. Markham.

Emma preparou-se para a entrada de Louisa.

A amiga entrou na sala, alheia à presença de Emma. Talvez pensasse que uma conhecida de Frances, desconhecida para ela, tivesse sido convidada para um champanhe vespertino, ou talvez a realidade de Emma sentada bem a sua frente fosse demais para suportar. Por fim, Louisa soltou um gritinho de reconhecimento, seus olhos brilhando sob a aba do chapéu preto, o longo casaco de arminho ondulando, enquanto ela caminhava para Emma.

Emma tomou a mão enluvada sem entusiasmo.

Louisa soltou o casaco nos braços a postos da empregada e deslizou graciosamente para a cadeira em frente a Frances.

Emma olhou para a anfitriã. Frances sorriu e olhou para as duas, antes de falar:

– Como é maravilhoso ter duas amigas reunidas! – Ela ergueu sua taça. – Aqui, pela amizade e o fim da guerra.

Rapidamente, a empregada trouxe champanhe para Louisa.

– Eu não deveria beber – Emma disse e colocou o copo na mesinha de centro de mármore.

– Bobagem, Emma – Frances disse. – A tarde mal começou, e tenho uma quantidade enorme guardada. Venho guardando minhas garrafas especiais desde que a guerra começou, mas não mais. O tempo de abstinência acabou. – Ela riu.

– Muita gentileza sua, Frances, mas perdi o gosto por champanhe. – Emma cruzou os braços e encarou o fogo.

Louisa deu um gole e acomodou-se na cadeira.

– Bom, posso entender sua relutância, querida – Frances disse com suavidade, e se inclinou à frente, tentando tirar o melhor proveito do humor azedo de Emma. – Tenho certeza de que a minha reserva nem chega perto do champanhe que você tomou na França.

Emma resistiu à vontade de responder asperamente a sua anfitriã.

– *Raramente* tive tempo de celebrar. Na verdade, só me lembro de beber champanhe uma vez, e isso foi em uma festa de Natal, em que um soldado...

As sobrancelhas de Frances juntaram-se.

– Em outra hora – Emma disse. – Essa história não cai bem com visitas.

Frances sorriu, determinada a salvar sua reunião, e voltou sua atenção para Louisa.

– Você está ótima, minha querida. Você não acha que a Louisa está ótima, Emma?

Com relutância, Emma admitiu consigo mesma que Louisa conservara sua aparência ao longo da guerra, sem saber se o mesmo poderia ser dito em relação a si própria. O frio acrescentara um rubor rosado às faces de Louisa, no entanto, seu rosto permanecia quase de alabastro, contrastando dramaticamente com seu cabelo escuro. Seu elegante vestido preto era marcado na cintura por uma faixa branca, o que se somava a seu bom gosto.

– Sinto-me nitidamente desleixada – Emma comentou.

– Está sendo injusta consigo mesma – Louisa disse. – Você tem o cabelo muito menos grisalho do que eu imaginei que estaria e só acrescentou algumas linhas ao seu rosto. Mas isso é compreensível, levando-se em conta a guerra.

Emma inclinou-se à frente e sorriu com cinismo para a amiga.

– Os alemães não foram os únicos a bombardear a França. De Boston também foram desferidas rajadas.

Louisa bebericou seu champanhe.

Frances avançou em seu assento, como se estivesse prestes a testemunhar um cataclismo que poderia abrir a sala ao meio.

– Tenho certeza de que não faço ideia do que você está falando – Louisa respondeu, superficialmente.

– Você sabe muito bem, sabe, sim.

– Mais champanhe? – Frances perguntou.

– Não, obrigada, *Frances* – Emma respondeu. – Se a sua empregada buscar meu casaco, vou indo, porque realmente preciso ir. Muito obrigada por sua hospitalidade… Aguardo ansiosa o dia em que possamos continuar nossa conversa… *a sós*.

A empregada, ciente da tensão na sala, buscou prontamente o casaco de Emma.

– Bom dia – Emma disse, enquanto a moça ajudava-a. – Por favor, não encerre sua comemoração por minha causa.

A empregada caminhou o mais rápido que pôde à frente de Emma e segurou a porta aberta. Um cabriolé aguardava na rua. Ao ouvir passos as suas costas, Emma virou-se e viu Louisa precipitando-se pelo *hall* em direção a ela.

– Como você se *atreve* a me insultar na frente de Frances? – Louisa indagou, atravessando na frente da empregada, e batendo a porta ao passar.

– Tome cuidado – Emma respondeu. – Está frio lá fora. Você vai acabar morrendo e isso seria uma tragédia completa.

– O que eu posso ter feito para merecer tal tratamento? – Uma tormenta surgiu nos olhos de Louisa. – Respeitei todos os seus desejos. Fui gentil com Anne, o tanto quanto pude, sem me curvar a uma doméstica. Fiquei ao seu lado no ataque de crítica contra sua aventura temerária a Paris. Até enalteci sua arte, divulguei o quanto você era uma grande escultora, apesar do seu fracasso deplorável com rostos.

Emma girou a mão, batendo com força no lado esquerdo do rosto de Louisa.

Louisa ficou sem fôlego e cambaleou para trás, apertando a face.

Emma oscilou. O tapa, uma reação instintiva e furiosa, chocou-a tanto quanto Louisa.

– Meu Deus, Emma – Louisa disse, ao se recuperar o suficiente para falar. – *Paramos* por aqui. – Ela e virou e colocou a mão na porta.

– Como você pôde destruir o meu casamento? – Emma perguntou, com a voz trêmula de raiva.

Com um sorriso superior, Louisa tirou a mão do trinco.

– *Destruir* seu casamento? Não tive influência na destruição do seu casamento. Você é bem capaz de fazer isso sozinha.

– Estou falando das suas cartas a Tom.

– O que você quer dizer?

– Você escreveu a Tom sobre minha relação com Linton.

A fúria no olhar de Louisa diminuiu.

– É, eu escrevi ao Tom, mas nunca mencionei Linton. Só toquei nos assuntos mais inócuos, Boston e nossas amizades. Queria distraí-lo dos problemas da guerra.

– Não acredito em você. Vi as suas cartas. Você escreveu ao Tom porque ainda o ama e estava desesperada para nos separar.

Louisa riu e se apoiou no batente da porta.

– Sua pobre tola. Não acredita em mim? Bom, um dia vai acreditar... Quando for tarde demais para você e Tom. – Ela fez uma pausa e olhou para Emma com desdém. – Você tem razão. Amo mesmo o Tom, mas jamais separaria os dois. Não é algo que eu pensaria em fazer com uma amiga. Seu zéfiro jamais trairia sua melhor amiga.

Emma foi em direção a ela.

– Pare! – Louisa ordenou. – Não há motivo para continuarmos esta conversa. Sou eu que ainda terei amigos e a chance de me casar com um bom marido, que me amará e me proporcionará um lar feliz. Tenho pena de você.

A porta fechou-se com delicadeza, e Emma ficou sozinha no alpendre. Ao descer os degraus e chamar o cabriolé, perguntou-se se algum dia voltaria a ver Louisa ou Frances. A viagem para casa pareceu tão fria e solitária quanto o dia de janeiro. Emma tremia no assento e enfiou as mãos nos bolsos do casaco. Conforme os cascos do cavalo ressoavam nas pedras do calçamento, um pensamento, a princípio turvo como uma estrela distante em um céu noturno, encheu sua cabeça até ela não poder mais ignorá-lo. Ele se manifestava enlouquecido e ameaçador: *Escute o que ela diz; ela está falando a verdade!*

❖

– Teve notícias do sr. Bower? – Emma perguntou a sua empregada.

Anne, que cortava batatas, jogando-as em uma panela com água fervente, parou as mãos em pleno gesto.

– Não, sra. Swan, nem uma palavra em meses. É muito estranho. Ele parece ter desaparecido. Como se os duendes o tivessem levado durante a noite.

– É, é estranho. – Emma sentou-se à mesa da cozinha e ficou olhando, enquanto Anne continuava sua tarefa. – Na última carta que ele me mandou, disse que gostaria de… Ah, eu não deveria lhe incomodar com tais detalhes.

Anne sorriu, claramente ansiosa por ouvir mais.

– Senhora, por favor, continue.

– Por favor, pare. Desde que voltei, você insiste em se dirigir a mim como "senhora". Faz semanas que chegamos a um acordo sobre esse tratamento. – Emma retribuiu o sorriso de Anne. – Agora você faz parte da família, pelo menos da minha família. Tem sido maravilhosa comigo, guardando meu coração com tanto cuidado. *Existem* pessoas boas no mundo, Anne. Você é uma delas. Virginie, Hassan e madame Clement também são boas pessoas. Virginie me lembra você em muitos aspectos. Acho que as duas seriam grandes amigas.

– E seu marido?

Emma fez uma pausa:

– Você seria uma boa amiga do meu marido?

Anne riu.

– Não. Amo o dr. Swan, mas ele não estava na sua lista. Seu marido é uma boa pessoa?

Emma abaixou o olhar, surpresa com a pergunta perspicaz de sua empregada. Depois de um tempo, respondeu:

– Sim, ele é… Acho que nós dois perdemos o rumo. – Emma esfregou as mãos. – Mas não vamos falar sobre isso. Terei um ataque de melancolia, e isso não vai funcionar nesta noite. Tenho outros planos.

– Entendo.

– Não, não entende – Emma disse, em tom de brincadeira. – Embora você faça parte da família, ainda tenho meus segredos. A propósito, como vai aquele seu rapaz? O sr. Merriweather?

Um rubor floresceu nas faces de Anne.

– Ele é um cavalheiro simpático, e talentoso também. Não gosta da arte do sr. Bower, mas com certeza valoriza a habilidade e a dedicação necessárias para ser um artista.

– É, todos nós valorizamos.

– E até um artista faminto, por falar nisso.

Emma concordou, familiar demais com as ilusões de ganhar a vida como escultora.

– Vou confessar francamente, para você não ficar com a pulga atrás da orelha. Vou dar um passeio. Espero indagar sobre o sr. Bower, antes de visitá-lo. Um homem, em especial, pode me dizer o que quero saber, e o tenho evitado.

– O homem que a apresentou ao sr. Bower – Anne disse, naturalmente.

Emma sorriu, sabendo que sua empregada não era tola.

Emma confirmou o endereço de Alex Hippel em uma carta anterior e, depois de comer, saiu em busca do seu apartamento. Em todas as suas transações com ele, nunca havia estado em sua casa. Todos os negócios entre os dois tinham se realizado no estúdio de Emma ou na Galeria Fountain. A não ser que tivesse se mudado recentemente, Alex ainda residiria na rua Fairfield, entre Boylston e Newbury.

A noite estava fria, mas não gélida, pelos padrões de Boston. Emma gostou da caminhada pela Boylston, passando pela fachada imponente da Biblioteca Pública e pelo gigantesco campanário românico da igreja Old South. O vento roçou pelo seu rosto, e ela respirou fundo, levando o ar fresco para dentro dos pulmões. Pela sua avaliação, as luzes da cidade pareciam mais fortes, agora que a guerra terminara, e estava certa de que havia mais pessoas nas ruas, a alegria desabrochando nos rostos com o quais cruzava. O número de automóveis havia aumentado, e o clima geral era mais leve, o ar carregado de energia mecânica. Curiosamente, seu caminhar era mais rápido e leve, consequência de sua confrontação com Louisa, na casa de Frances. Agora que sua rixa estava às claras, já não tinha medo de sair de casa. A sorte estava lançada.

Emma chegou ao endereço e viu o nome *Alex Hippel* flutuando em uma escrita harmoniosa na placa de latão. Tocou a campainha ao lado e logo escutou passos na escada. A porta abriu-se e Alex, vestido apenas com uma calça folgada, surgiu a sua frente, seus olhos dois círculos enormes de surpresa.

– Meu Deus... Emma... Emma...

Ela achou graça do seu gaguejar e estendeu a mão.

Ele se posicionou atrás da porta, agora semifechada. – Desculpe-me, estava esperando outra pessoa.

– Dá para perceber – Emma disse, reprimindo uma risada. – Posso entrar? Boston fica um pouco gelada nesta época do ano.

– Claro. Desculpe os meus modos e a minha nudez.

Emma entrou no vestíbulo, e Alex fechou a porta. Assim que ela foi trancada, ele subiu a escada às pressas. Emma foi atrás, bem devagar, dando-lhe tempo para se vestir. Ao chegar ao patamar do segundo andar, Alex estava à porta, vestindo uma camisa branca. Estendeu-lhe a mão – cordialmente, ela achou – e fez um gesto para que entrasse.

– É uma grande surpresa ver você. Ouvi rumores de que poderia estar na cidade, mas não esperava vê-la. Bom, não imagino que você saiba, ou será que sabe?

O apartamento de Alex estava uma bagunça. Pinturas, muitas delas em esticadores, estavam inclinadas, como peças de dominó, junto às paredes, caixotes pareciam monólitos no centro da sala, e montanhas de papel erguiam-se em frente a estantes entulhadas.

Emma avistou uma cadeira isolada, entre uma mesa e os caixotes, e se sentou, embora não tivesse sido convidada.

As sobrancelhas de Alex arquearam-se, antecipando uma pergunta:

– Quer beber alguma coisa? Só tenho uísque.

– Não, obrigada. Se eu sei o quê?

Alex remexeu nos botões da camisa.

– Decidi fechar a galeria. Em agosto passado.

– Ah, estou tão…

– Não se dê ao trabalho de ficar com pena de mim – ele disse, abruptamente. – Eu sabia que isso ia acontecer, apesar do meu otimismo. Boston nunca foi uma cidade para o *avant-garde*; na verdade, parece uma cidadezinha. Diminuí o horário, fiz algumas vendas particulares, mas passei a maior parte dos últimos cinco meses me desligando do negócio. Tentei manter o fechamento em segredo, pelo menos de Frances e Louisa, você sabe como a pessoa pode se sentir um fracasso, principalmente sob o ponto de vista delas, mas foi inútil. A notícia corre. A guerra incessante foi a última gota; a guerra e Vreland. – Ele ficou parado perto da mesa, acendeu um cigarro e despejou bebida em um copo. – Por mais que eu tentasse, nunca consegui fazê-lo entender meus artistas, ou o propósito da minha galeria. A única estratégia que não tentei foi dormir com ele.

– Todo crítico tem seu preço.

– Vreland não. Se bem me lembro, ele escreveu que a sua escultura tinha "a alma de um pingente de gelo". Aquela crítica por si só expôs sua alma sórdida. – Alex bebericou o uísque, depois inclinou o copo em direção a Emma. – Mas que importância tem isso agora? Sobrevivi à guerra sem um arranhão. Posso agradecer à minha mãe por me dar à luz quando deu, deixando-me com idade suficiente para não ser convocado. – Sua boca fez um bico, como se tivesse dito algo desagradável. – Estou saindo com um homem maravilhoso e estamos nos mudando para Nova York…. – Ele colocou sua bebida em meio aos livros e papéis da sua mesa e mexeu com o cigarro, agindo como se tivesse revelado demais.

Emma assentiu, indicando-lhe que entendia sua preocupação.

– Sinceramente, estou muito triste pela galeria, mas feliz que a Fountain tenha exibido o meu trabalho, e igualmente satisfeita que você tenha vendido a minha *Diana*. Mas não foi por isso que vim aqui esta noite. Vim para perguntar uma coisa.

Alex apoiou-se à mesa.

– Tenho certeza de que conheço a pergunta e a resposta. Há meses não vejo Linton. Nem mesmo sei onde ele mora. Acho que se mudou para um apartamento menor, em algum lugar, porque não conseguia pagar…

Emma ficou em silêncio, sem saber o que dizer.

Alex buscou seu copo.

– Tivemos uma briga… usando um termo educado. – Ele se serviu de outra dose de uísque e tomou-o. – Logo depois que tomei a decisão de fechar, Linton saiu da galeria furioso. Aguentei o máximo que pude pelos meus artistas, mas não dava para ficar eternamente despejando dinheiro ali. As vendas tinham diminuído, inclusive do trabalho de Linton. Eu não sabia que a guerra acabaria tão rápido, depois de chegar à minha conclusão. No entanto, a guerra não foi o único motivo. Você também foi uma das causas. Tem certeza de que não quer beber nada?

Emma sacudiu a cabeça.

– Discutimos por sua causa – Alex continuou. – Linton disse que estava apaixonado por você e que jamais se apaixonaria por mim… ou por homem nenhum. Por um tempo, eu me agarrei à fantasia de ter uma vida com ele, mesmo depois de Louisa me contar sobre vocês dois no estúdio.

Seus olhos cintilaram de dor.

– Mas finalmente eu disse: agora chega. Toda fixação… obsessão, se preferir… tem um precipício em que a pessoa cai na loucura. Acho que dá para você entender o que quero dizer…

Emma confirmou com a cabeça.

– Felizmente, reconheci que nossa relação pessoal tinha acabado e recuei, inclusive de nossas transações comerciais, porque a galeria estava morta. Linton saiu ventando depois que contei a ele, mais magoado e frustrado do que zangado, acho, e foi isso. No dia seguinte, enviei suas pinturas para o estúdio dele, com o dinheiro que lhe devia. Algumas semanas depois, o vi na rua, parecendo abatido e deprimido, como se tivesse perdido o último amigo. Quase partiu meu coração. Eu não queria vê-lo, não quero vê-lo, até poder suportar a dor do meu... amor "não correspondido". Imagino que seja egoísmo, mas é minha maneira de me proteger.

– Você não sabe se ele está bem ou não? – Emma perguntou.

Um rubor espalhou-se pelo rosto de Alex.

– Não, sinto muito. Eu o amo, ou melhor, o amei demais. Espero que você entenda. Para mim, não é saudável vê-lo.

Emma entendeu tudo aquilo bem demais.

Alex deu um pulo quando a campainha ressoou na sala.

– Esse é o... à porta. Ah, você está pouco ligando.

– Eu ligo, mas preciso ir para casa. – Emma levantou-se da cadeira. – O Linton ainda tem seu estúdio?

Alex fez uma careta.

– Não, a não ser que tenha encontrado alguém para bancá-lo, mas isso seria um final feliz para uma história triste. Vamos descer. Lamento encurtar nossa visita, mas meu amigo chegou... Eu não sabia que você viria.

– Quis fazer uma surpresa.

– E fez mesmo – Alex disse, enquanto desciam a escada. Ele abriu a porta, e um rapaz bonito ergueu o chapéu, passou por Emma sem uma palavra e subiu para o apartamento.

– Ah, os modos da juventude – Alex disse. – Pelo menos, ele é discreto.

– Adeus, Alex – Emma despediu-se e beijou-o no rosto. – Espero que tudo dê certo para você, em Nova York... Espero que tudo dê certo para nós dois.

– Veremos. Talvez Nova York seja mais bondosa comigo do que Boston. Adeus, Emma. – Ele fechou a porta, deixando-a no patamar frio.

❖

Os passos de Anne soaram de leve na escada, preparando Emma para a batida na porta do seu estúdio.

Uma luz acinzentada infiltrava-se pela janela. Ela fechou um bloco de desenho, em que não tocara em mais de dois anos. Nele, estavam alguns dos primeiros desenhos do *Narciso*. As linhas fluidas trouxeram de volta lembranças do seu tempo com Linton, mas faltava o desenho representando o rosto: formal demais, afetado demais, com pouca consideração pela sensação humana.

Por que tudo se passa ao redor do rosto?

– Emma – a empregada disse sem jeito, ainda desconfortável em se dirigir a ela pelo primeiro nome. – A srta. Markham está aqui para vê-la.

– É mesmo? – Emma perguntou, surpresa que Louisa aparecesse.

– É. Eu disse a ela que você não queria ser incomodada, mas a senhorita insistiu em discutir "um assunto importante".

– Bom, deve ser importante para Louisa vir até aqui. Peça para ela subir, por favor.

Em poucos minutos, Emma escutou o clique dos saltos da sua visita na escada. Desviou o olhar da sua mesa quando Louisa chegou, mas o fulgor das cores era demais para ser ignorado. Trajando um casaco escarlate, vestido combinando, e uma faixa preta, Louisa entrou como um pássaro exótico, seus lábios beirando ao sarcasmo. Pelo menos, foi isso que pareceu aos olhos de Emma.

– Vim para um pedido de desculpas – a visita informou, com uma altivez bastante sutil –, e ter a chance de limpar meu nome.

Emma indicou uma cadeira em frente à mesa.

Louisa tirou o casaco e colocou-o sobre o encosto.

– Louisa, eu...

– Por favor, isto dói mais em mim do que em você... mas no interesse da *verdade*. – Ela colocou as mãos no colo e olhou diretamente nos olhos de Emma. – Nunca escrevi a Tom aquelas cartas incriminadoras, mas acho que descobri o culpado. Foi sem dúvida diabólico da parte dele.

Emma tentou falar, mas Louisa ergueu a mão.

– Eu lhe disse que nunca a trairia, e você deve aceitar essa afirmação, na confiança. Senão, poderemos muito bem encerrar todos os aspectos da nossa amizade neste momento; acabar com ela, e nunca nos esforçarmos por revivê-la. Mas deixe-me contar, minha querida Emma, tudo, então, seria um jogo limpo. Eu a evitaria como se fosse uma praga. Para mim, seu nome seria um anátema. – Louisa arqueou as sobrancelhas em ameaça. – Eu até poderia tentar conquistar seu marido.

– Não seja idiota – Emma, finalmente, conseguiu intervir. – Nenhuma de nós é uma colegial boba. Tom também poderia ter uma opinião a respeito. – As duas se encararam. – Tenho uma confissão a fazer. Quando a deixei na casa de Frances, passou pela minha cabeça que você poderia estar dizendo a verdade. Tom e eu tiramos deduções que na época fizeram sentido. Lamento ter agido daquele jeito na casa de Frances. Eu não tinha o direito de bater em você. Estou envergonhada e profundamente arrependida da minha raiva repentina.

Louisa cresceu em sua cadeira.

– Não, você não tinha o direito. Com certeza, hoje eu esperava um pedido de desculpas e fico feliz que o tenha feito. Você não pode imaginar o quanto fiquei ferida e mortificada, voltando à casa de Fran para conversar trivialidades, depois daquela cena. Ela estava como um cão de caça no rastro, querendo farejar todo detalhe sórdido. Graças a mim, você continua nas boas graças dela, mas foi um esforço, acredite, um esforço. Dei tudo o que tinha. Meu silêncio valeu o peso em ouro pela sua reputação. Mais tarde, quando tive tempo de me recompor e refletir, pensei que havia passado água demais debaixo da ponte para desistir completamente de nós, apesar dos pensamentos insanos que poderiam encher a sua cabeça.

– Se o que diz sobre as cartas for verdade, você tem prova?

– Ainda não, mas logo. Você será a primeira a saber.

Um silêncio gélido passou entre elas até Louisa dizer:

– Também tenho outra notícia para você…

Emma parou de brincar com o lápis, antecipando a revelação de Louisa.

– Sei onde Linton Bower mora.

Emma se enrijeceu, esforçando-se para não demonstrar interesse.

– Ah? Alex não sabia, ou não quis dizer.

– Tenho certeza de que você ainda tem um afeto pelo homem – Louisa disse com algum desagrado na voz. – Um certo crítico de arte de Boston, que nós duas conhecemos, rastreou-o.

Emma permitiu que a profundidade de sua emoção afluísse livremente, sentindo os nervos como se estivessem sendo esticados sob a pele, o pulso acelerando.

– Por favor, Louisa, preciso falar com Linton.

– Eu sei. Alex me contou que você havia perguntado.

– Alex deveria guardar consigo as conversas particulares.

– Acho que, antes de mais nada, a propensão de Alex para fofocas pode ter causado essa confusão. Ele foi o único a quem contei sobre você e Linton.

– Gostaria de poder dizer que todo este caso acabou de vez, mas o dano foi significativo para todos os envolvidos.

Louisa inclinou-se para ela.

– Eu sei, e esse é mais um motivo para eu ter vindo. Não sou a pessoa sem coração que você pensa que sou. Tenho mesmo alguma responsabilidade para este… mal-entendido. – Ela parou e tirou um papel do bolso do casaco. – O endereço de Linton está aqui. Não fica longe, no West End. Mas, se você for, prepare-se para o que pode encontrar. Acho que ele tem passado por maus bocados. Não o vejo desde que a Fountain fechou. Acho que nunca superou a sua partida.

Emma levantou-se e estendeu a mão.

Louisa apertou-a cordialmente.

– Obrigada por ter vindo – Emma disse. – Aprecio sua preocupação… e amizade.

– Limparei meu nome. Marque minhas palavras. – Ela vestiu o casaco e virou-se para a porta. – Boa sorte com Linton.

Quando Emma escutou Anne trancar a porta, voltou a pegar seu bloco de desenho e abriu-o. Ali, em outro desenho, estavam as costas e a pernas musculosas de Linton Bower, seu rosto inacabado voltado para um horizonte desconhecido.

Acesso: 29 de janeiro de 1919

Retomei este diário porque o inverno acabou comigo. Nunca me vi como escritora, sempre como artista plástica, mas me descubro recolhida com meus pensamentos nestes dias frios, sem ninguém a quem desabafar, exceto Anne e Lazarus. Os dois devem estar cansados das minhas divagações. Frio, frio e mais frio, além de um desfile incansável de nuvens cinza que perduram dias, como se o sol tivesse sido capturado e preso e, como um prisioneiro, só lhe fosse permitido um breve alívio lá fora. Só espero que, neste ano, a primavera chegue cedo, com sua promessa de mudança.

Ontem à noite, sonhei com Tom e a horrível explosão no front. Acordei gritando, porque corri para ele e meu marido não tinha rosto. A granada havia acabado com ele, deixando apenas uma massa ensanguentada. O sonho tinha feito outras vítimas, todas reduzidas a cinzas, figuras sem rosto. Mas Kurt e Tom parecem ser mais constantes nesses pesadelos. Não tenho notícias do meu marido e, a esta altura, não sei se terei. Nossa separação forçada está se arrastando para o divórcio.

Além disso, desde a visita de Louisa, tenho tentado manter meus pensamentos sobre Linton como uma leve distração. Realmente, fiz uma caminhada noutro dia, pela neve, até seu ateliê, mas encontrei a porta trancada, e o segundo andar parecia especialmente vazio, sensação intuitiva que se tem quando um prédio foi abandonado.

Minha única esperança em ver Linton será ir até o endereço que Louisa me deu. Imagino que será o que farei quando reunir coragem; minhas emoções ainda estão à flor da pele por causa de Paris. O alerta de Louisa quanto à situação de Linton abrandou meu entusiasmo, mas, desde a minha volta, venho ignorando a dor em meu coração. A lembrança do afeto de Linton, que me empurrou para a França, voltou. De repente, é como se eu tivesse que fazer a escolha insana entre Tom e Linton. A dor em meu coração seria pela possibilidade do que Linton e eu poderíamos ter tido, como ele ressaltou em nossa última conversa, em casa dos Livingston?

A guerra e a França mudaram-me. Como alguém pode fazer o trabalho que eu fiz e não se alterar? A vida me é mais preciosa do que nunca, embora eu sinta falta do amor que desejo. Se tivesse que escolher entre Tom e Linton, temo que isso me dilaceraria.

Lazarus abriu a porta do meu estúdio com o focinho, para me encontrar. Nas últimas semanas, ele tem sido extremamente carinhoso, sobretudo depois que se acostumou com a minha presença aqui novamente. Mas acho que existe outro motivo para suas atenções. Ele é instintivamente protetor e sabe, pelos seus sentidos, assim como eu, que meu corpo carrega outro ser humano. E, conforme a criança cresce, o sonho assombroso se dissolve. Usei Kurt para meu próprio benefício, mas não sinto remorso. Como poderia viver com esse sonho horrendo até o fim dos meus dias?

CAPÍTULO 12

BOSTON

Fevereiro de 1919

UM LUMINOSO CÉU azul-claro cobria Boston. O ar estava frio o bastante para neve, mas o sol brilhava sem a companhia de nuvens. A manhã transcorreu com Emma inclinada sobre o vaso sanitário; no entanto, ao meio-dia o enjoo havia diminuído, e ela conseguiu almoçar uma tigela de mingau de aveia.

Terminada a crise com seu estômago, sentindo-se bem o bastante para um passeio, decidiu procurar Linton, sabendo que não poderia mais adiar o inevitável. *O tempo não para.*

Atravessou as ruas estreitas do West End, onde a fileira de casas geminadas, em sua sequência interminável e congestionada de fachadas de tijolos, deprimiu-a. Quanto mais descia, quanto mais perto chegava do endereço que procurava, pior ficavam as casas. Muitas delas estavam degradadas, com janelas quebradas ou vedadas com jornal amarelado, os degraus de madeira apodrecendo com a umidade. Nas sombras escuras que cobriam algumas das fachadas, Emma avistou, pelas janelas, velas acesas, uma sombra de calor lamentável em um dia gélido.

Estremeceu ao chegar ao endereço dado por Louisa, erguendo a anotação para a luz do sol, para ter certeza de estar no lugar certo, mas não havia erro. Olhou para a casa e lutou para conter sua repulsa. As janelas do terceiro andar estavam quebradas, os caixilhos retorcidos como galhos no ar. Pombos arrulhavam e esvoaçavam nas aberturas. Um lençol sujo cobria as janelas do segundo andar, e, atrás da tela improvisada, a figura de um homem corpulento movia-se em um contorno obscuro. As janelas do primeiro andar estavam vedadas contra a luz, com pesados panos grenás pendurados sobre elas, como festões ornamentais enfeitando uma tumba.

Emma juntou coragem e se obrigou a bater à porta. Lá de cima ouviram-se xingamentos, seguidos pelas batidas pesadas de pés descendo a escada. A porta abriu-se, e Emma deparou-se com um homem maior do que John Harvey, bolas amarelas de saliva grudadas no bigode, o cheiro morno de cerveja emanando do seu hálito.

– O que você quer? – ele perguntou, com um sotaque irlandês carregado de hostilidade.

– Estou procurando o sr. Linton Bower – Emma respondeu, tentando manter a compostura.

– Ele num tá aqui – o homem respondeu. – E nenhuma mulher decente iria procurar por ele nesta vizinhança.

– Tem certeza de que ele não está aqui? É este o endereço que tenho.

– Total – ele retrucou, fingindo cortesia. – Agora, vá cuidar da sua vida em outro lugar.

Emma estava prestes a ir embora, quando escutou uma voz rouca chamar do apartamento do primeiro andar:

– Terry, quem está aí? É uma visita para mim?

– Cale a boca e cuide da sua vida – o homem gritou de volta. – Você não está bem para visitas.

– Aquele é o sr. Bower? – Emma enfiou a cabeça pela abertura da porta.

– Você me ouviu? Eu disse fora!

– Terry? – a voz perguntou de novo, desta vez com mais força.

– Volte pra cama! – Terry gritou da porta e depois se virou para Emma: – Isso não é da sua conta!

– Se for o sr. Bower, com certeza, é da minha conta… e dele.

– Eu sabia – o homem disse. – Você também está atrás de dinheiro. Bom, o sacana não paga aluguel há dois meses, e não vai sair daqui numa boa.

Emma olhou além de Terry, conforme foi aberta uma fresta da porta interna. Por ela, surgiu o rosto de um homem, embora não tivesse certeza de que os traços pertencessem a Linton. Olhos enevoados surgiam do fundo de órbitas cinzentas; o cabelo preto do homem achava-se despenteado; usava calça, mas estava sem camisa, os ombros e o peito envoltos frouxamente por um cobertor cinza.

– Linton? – Emma perguntou, mal contendo seu horror.

O rosto do morador virou-se para a porta; então, sua cabeça inclinou-se em reconhecimento.

– Emma? – A voz mal passou de um sussurro.

– É você! – Ela correu para cima de Terry, que bloqueou a passagem com seu tamanho. – Por favor, deixe-me passar.

Linton abaixou a cabeça e disse:

– Você deve ir embora. Não é seguro, não é certo.

– É surda? – Terry perguntou. – Ele disse pra dar o fora!

– Tenho dinheiro. Eu lhe dou 20 dólares se me deixar passar.

Os olhos de Terry brilharam.

Emma tirou duas notas do bolso do casaco e colocou-as na mão aberta do homem.

Ela correu para a porta.

Linton tentou fechá-la na frente dela, mas Emma a empurrou, olhando pela fresta entre eles. Com as pernas bambas, a força falhando para sustentar a resistência, ele agarrou a maçaneta, antes de desmoronar.

– Meu Deus – Emma disse. – Você precisa de ajuda.

– Ele precisa mais do que ajuda – Terry gritou de volta, enquanto subia a escada. Depois riu, e bateu sua porta com força.

Emma ergueu Linton pelos braços e arrastou-o até uma pequena cama, encostada na parede interna do cômodo minúsculo.

O pintor desabou no colchão em ruínas, tremendo e gemendo, enquanto enrolava um lençol sujo sobre o cobertor.

Emma achou mais uma coberta debaixo da cama e a colocou sobre ele. Ajoelhada a seu lado, pôs a mão em sua testa, sentindo a pele quente, viscosa ao toque, mas coberta de suor.

– Estou queimando – Linton cochichou, a voz áspera e rouca.

Emma retirou a mão, subitamente apavorada com a possibilidade de influenza.

– Há quanto tempo você está assim?

– Está indo para o terceiro dia, talvez mais, não me lembro – Linton respondeu, em um estertor, arfando para respirar.

– Vou tirar você daqui. – Emma olhou ao redor do quarto, à luz difusa, vendo apenas uma cadeira e as roupas sujas de Linton empilhadas em um canto. O apartamento cheirava a doença oleosa, suor e moléstia emanados dos pulmões e da pele. – Você está queimando e morrendo de frio, ao mesmo tempo. Precisa ver um médico.

– Não posso. Estou devendo aluguel ao Terry. Eu não tenho dinheiro para remédios.

– O Terry que se dane. Vou pagá-lo e levá-lo para o hospital.

Ela queria acariciar a perna dele vestida e beijar suas faces pálidas, mas, como esposa de médico, tinha consciência das doenças infecciosas que poderiam prejudicá-la e à criança por nascer.

Um leve sorriso abriu-se nos lábios de Linton.

– Estou feliz que você esteja aqui. Pensei que fosse morrer antes de poder tocar no seu rosto novamente.

– Não fale bobagem. Você vai ficar bem. Vou chamar um cabriolé. O Terry tem telefone?

Linton conteve uma risada, o que só o levou a segurar o peito e se encolher de dor. Quando conseguiu voltar a respirar, disse:

– Terry vive na mesma escassez que eu. Um telefone é um luxo.

Emma abriu a porta.

– Volto logo. Você consegue andar?

– Se você me ajudar.

– Você sabe que sim. – Ela ficou parada junto à cama, desejando poder tocá-lo. – Você precisa ficar calmo e esperar por mim, não importa o que aconteça.

Linton concordou com a cabeça.

Quando ela fechou a porta do apartamento, a voz grossa de Terry ribombou escada abaixo.

– Já deu pra você, é? Eu disse que ele não estava bem, não vale um tostão. Soube que já foi bonitão, embora cego. – A cabeça dele apontou sobre o corrimão.

– Quanto ele lhe deve? – Emma perguntou friamente.

– Bom, se contar os 20 que você me deu, que eu não deveria, como sendo uma taxa para entrar neste belo estabelecimento... Imagino que poderia deixar ele ir por mais 20, desde que limpe o quarto para o próximo inquilino.

– Vou voltar com 40. Tranque a porta e deixe as coisas dele como estão.

– Trancar a porta? – Terry gargalhou em resposta ao pedido de Emma. – Ele não tem nada pra roubar, só algumas pinturas sem valor e umas roupas velhas sujas. Quem iria querer?

– Se você destruir o trabalho dele, vou pessoalmente atrás de você.

– Estou tremendo – Terry disse, arregalando os olhos. – Volte com o dinheiro. – Ele cuspiu no chão.

Emma achou um cabriolé na divisa do West End. Instruiu o motorista a levá-la até em casa e depois voltar ao endereço de Linton. Anne ajudou-a a juntar uma máscara de enfermeira, luvas, dois lenços e um dos casacos de inverno que Tom deixara para trás. Emma lavou as mãos e voltou à casa de Linton usando a máscara e luvas. Encontrou-o ensopado de suor, vestido com a calça e uma camisa, sentado na cama. Estendeu-lhe o casaco de Tom e ajudou Linton a vesti-lo, conduziu-o até o *hall* e fechou a porta. Sentiu Terry olhando para ela e, sem dizer nada, jogou os 40 dólares no assoalho imundo.

– Hospital Geral de Boston – Emma disse ao taxista, que olhou desconfiado para Linton, mantendo-se o mais distante possível do enfermo.

Após alguns quarteirões, a cabeça de Linton caiu sobre o ombro de Emma.

Ela colocou um dos lenços debaixo da cabeça dele e olhou para seu rosto lívido. Um fio de sangue pingava do seu nariz.

❖

Emma achou muito arriscado voltar ao apartamento de Linton naquele dia para pegar suas pinturas. Deduziu que Terry esperaria mais alguns dias, antes de ignorar sua ordem para guardar as roupas sujas e as obras de arte e pensou em contratar um trabalhador para buscar os pertences.

No dia seguinte à internação de Linton, Emma foi ao hospital. O processo de admissão não tinha sido fácil. Linton não tinha dinheiro nem família para bancá-lo. A equipe, que conhecia Emma de vista por causa de Tom, recebeu-a bem, mas, acima de tudo, estava mais interessada em sua história em Paris do que no paciente. Depois de meia hora, tendo conseguido pouca coisa, ela finalmente pediu para chamarem o diretor, um respeitado cavalheiro de Boston, com anos de experiência como cirurgião. Depois de falar com ele, Linton foi admitido em uma ala com outros pacientes sofrendo de influenza. O diretor garantiu a Emma que seu novo paciente teria o melhor tratamento e que ela poderia visitá-lo a qualquer hora, se estivesse disposta a tomar as precauções adequadas.

Apesar dos inconvenientes do dia anterior, Emma sabia que o Hospital Geral de Boston era suntuoso, em comparação com o hospital em Toul e que Linton seria bem tratado. Os corredores eram espaçosos, e o chão reluzia de branco, ao contrário da abarrotada unidade na França. Aqui, os médicos e as enfermeiras andavam com seus uniformes engomados, por corredores bem iluminados.

Quando Emma chegou, a enfermeira da recepção recebeu-a alegremente e chamou um atendente. O rapaz a levou a um quarto branco e cintilante, onde ela vestiu um avental por cima das roupas, colocou uma nova máscara de algodão sobre a boca e o nariz e calçou as luvas. Então, ele a conduziu até a enfermaria.

– Como está o sr. Bower? – ela perguntou a uma enfermeira que estava em frente à porta.

A mulher sorriu e responde:

– Está se aguentando. Tem muitos rapazes doentes. Estamos preocupados com a pneumonia.

– Pneumonia? – Emma perguntou, chocada com o diagnóstico. – Ele está com isso?

– Infelizmente, sim.

– Posso vê-lo?

– O diretor me pediu para abrir uma exceção para você, mas, por favor, não toque nele e não fique tempo demais. Ele está muito fraco. Está na cama dez, próximo à janela.

Emma agradeceu à enfermeira e entrou no quarto retangular, cheio de pacientes, a maioria homens, alguns usando máscaras. Avistou Linton perto de um canto, envolto em um círculo de sol, vindo de uma janela atrás da sua cabeça. Quando se aproximou, ele ergueu a cabeça do travesseiro. O rosto pálido mostrava um pouquinho mais de cor do que no dia anterior; ainda assim, seu aspecto geral continuava horrível. Emma começou a tocar em seu ombro, mas desistiu. Em vez disso, ficou próxima à cama.

– Eu sabia que você viria – Linton disse.

– Claro.

Linton analisou-a.

– Outra época, outro lugar – disse, em uma voz cansada, e conseguiu abrir um sorriso.

Ela recuou até a luz do sol, para que ele pudesse vê-la melhor.

– Eu a reconheci hoje, exatamente como reconheci quando você foi ao meu ateliê. Naquele dia, você cheirava a sabonete de aveia e corri as mãos sobre as suas meias de seda.

– Eu me lembro – Emma disse. – Mas não fale, você precisa poupar energia.

– O médico disse que estou com pneumonia.

– Sim.

Ele sacudiu a cabeça.

– Se eu não estivesse sido tão cego, teria lhe afastado.

Emma levou um dedo aos lábios, antes de puxar uma cadeira e se sentar ao lado da cama.

– Deixe que eu falo, Linton.

Ele virou a cabeça para ela.

– Tenho uma coisa para lhe contar… Quero agradecer-lhe pelas suas cartas. Elas significaram muito para mim. Guardei-as em Paris e trouxe-as de volta para Boston. Viajaram milhares de quilômetros e agora estão em casa. Fiquei preocupada quando suas cartas pararam, mas agora entendo o que aconteceu.

Os olhos de Linton, velados e claros, olharam além dela, na enfermaria.

– Passei grande parte da minha vida fugindo… do meu passado… de você. Mas parei de fugir. Voltei para Boston porque precisava fazer isto. Enfrentei inúmeras dificuldades nos últimos dois anos, à minha própria maneira. No dia em que Alex nos apresentou e caminhamos até seu ateliê, eu soube que poderia amá-lo. Lamento não ter podido haver mais dias, mas meu casamento, meu trabalho… você entende. Fui covarde várias vezes na minha vida. Teve razão quando disse "outra época, outro lugar", na festa de Frances. Em tal mundo, nosso amor estaria reservado um para o outro.

– Mas se você e Tom não estão…? Não temos tempo?

Emma aproximou-se dele até onde ousou e abaixou a voz:

– Acho que não. É muito difícil para mim dizer isto…

Com lágrimas aflorando a seus olhos, Linton virou-se de costas, antecipando o pior, e olhou para o teto.

– Vou ter um bebê.

Linton virou a cabeça para ela, seu rosto recebendo o sol. Tentou erguer o braço para cobrir os olhos, mas não conseguiu e jogou-o, rígido, de lado.

– Não temos tempo para eu explicar – Emma alegou. – Por favor, acredite em mim quando digo que meu afeto e meu respeito por você nunca diminuíram.

– Você não deveria estar aqui – ele disse, segurando as lágrimas. – Seu bebê não deveria ser exposto a pessoas doentes. – O pintor se engasgou, e uma tosse devastou-o com tal violência que ele estremeceu na cama.

Emma pegou um pano branco e limpo, na mesa de cabeceira, e jogou-o sobre a boca e o nariz de Linton. Logo, o tecido estava manchado de vermelho.

– Sinto muito – Emma disse. – Você deve me detestar.

Linton virou-se novamente para ela, e o pano caiu do seu rosto, lágrimas escorrendo pelas suas faces.

– Eu jamais poderia detestar você e nunca vou deixar de amá-la. Seu filho também será meu… – Ele tentou se levantar, apoiando-se nos cotovelos, mas não conseguiu. Gemendo, caiu de volta sobre o travesseiro.

Depois de recuperar o fôlego, Linton recomeçou:

– Não tenho medo de morrer, Emma. Tenho medo de nunca mais voltar a *ver* o mundo, de deixar para trás toda esta beleza. Nunca vou poder tocar no seu filho, nosso filho, ou estar ali quando ele der os primeiros passos. Nunca vou poder caminhar com você por uma campina, cheirar uma rosa, sentir o calor do sol, sentir a mudança das estações ou ver o dia ensolarado transformar-se em noite. Nunca mais terei isso.

Ela chorou.

– Você voltará a ver a beleza, onde quer que esteja – ela disse, depois de se recompor. Levantou-se, inclinou-se sobre a cama, e beijou-o de leve na testa através da máscara, seu amor dissipando qualquer medo do perigo. Pela primeira vez, não teve medo de demonstrar seu afeto.

Linton passou os braços em volta do pescoço de Emma e puxou-a lentamente para ele.

Ela sentiu a respiração dele em seu cabelo e ficou naquele abraço, arrebatada, até uma mão bater em seu ombro. Virou-se para trás e viu a enfermeira do pavilhão.

– Isto não é prudente – a mulher repreendeu-a. – Por favor... afaste-se, ele é contagioso.

Emma soltou-se dos braços de Linton.

– Você tem razão, mas eu o teria abraçado mesmo assim.

– Você precisa pensar na sua própria saúde, não apenas na do paciente – a enfermeira disse.

– Você deve ir embora – Linton aconselhou. – Estou cansado, e eles precisam cuidar de mim.

– Pode vir visitar novamente, mas *precisa* obedecer às regras, ou será retirada – a enfermeira disse.

– Amanhã. – Emma parou sob o sol e soprou-lhe um beijo.

Ele juntou os lábios, retribuindo.

A enfermeira acompanhou-a até a porta.

– Por favor, observe nossas regras, sra. Swan – disse em tom de censura. – Lamento ser tão rígida, mas esses pacientes estão muito doentes. Não queremos mais mortes.

Emma concordou, tirou a máscara, as luvas e o avental, e entregou-os à enfermeira. Estava contente por ter saído da enfermaria, longe da doença e das emoções dolorosas que Linton atiçava dentro dela, sentimentos que exigiriam o bálsamo do tempo para sarar. Censurou-se por não ter tido coragem de contar a ele quem era o pai do seu filho, mas aquela história teria que esperar até que o pintor se recuperasse.

Ao sair, Emma avistou Alex no começo da escada do hospital. Ele a subiu aos pulos, parando perto dela, com um trejeito desvairado nos lábios.

– Um amigo me contou que Linton está aqui.

– Ele está com pneumonia – Emma disse. – É possível que você não consiga vê-lo.

– Ai, Deus! – Alex inspirou rapidamente e fechou os olhos, mas após um breve momento despediu-se e correu para as portas do hospital

❖

Da sua poltrona perto da lareira da sala de visitas, Emma via a neve cair em círculos suaves e lentos. O inverno chegara com toda a intensidade em seu mundo sombrio. A mesa de trabalho do pátio, quase obscura pelos flocos que flutuavam, estava coberta por uma camada branca reluzente. Lazarus, estendido de costas, na frente dela, tinha as pernas abertas.

Anne trouxe um bule de chá fumegante e colocou-o sobre a mesa, ao lado de Emma.

– Agora, vou para a cama. Você precisa de mais alguma coisa?

Emma sacudiu a cabeça e fungou.

– Tome o chá. Fará sua cabeça se sentir melhor.

– É apenas um resfriado – Emma disse, esperando que seu autodiagnóstico estivesse certo. Fazia três dias que estava longe do hospital por causa da sua doença e ligava para o posto de enfermagem para transmitir suas mensagens de boa recuperação a Linton.

Emma bebeu o chá e abriu seu diário. A lareira crepitou, e uma acha úmida silvou e estalou no fogo. Assustada, ela se mexeu na poltrona. Os estalos lembravam-lhe os tiros de fuzil no *front*, e os fogos de artifício da noite em que *monsieur* Thibault cometera suicídio. Emma respirou fundo, enquanto segurava a xícara morna nas mãos. Depois de um tempo, ergueu a pena.

Acesso: 14 de fevereiro de 1919

Hoje é Dia de São Valentim, e estou aqui, sentada, como uma massa informe, na noite dos namorados. Se uma cigana tivesse previsto a minha sorte para este dia, minha risada ecoaria pela rua Charles. Fiz, sobretudo, um caos da minha vida, e as perspectivas não parecem estar melhorando. Sabe-se lá, logo serei mãe, sozinha aqui em Boston, em nada diferente da mulher que conheci em Saint-Nazaire, que perdeu o marido na guerra, ou madame Bouchard, se Tom de fato voltar para cá. Quando meu bebê nascer, exorcizarei muitas lembranças. Apesar dos meus demônios, sei que meu amor por esta criança se estenderá para além das minhas próprias preocupações.

Nem Tom nem madame Bouchard escreveram, telefonaram ou telegrafaram. Madame Bouchard estaria atrás de dinheiro. Não tenho a mínima ideia do que Tom pretende fazer. Às vezes, sinto-o na casa, olhando dentro do estúdio, fazendo a barba no banheiro, sentado no pátio, e sinto sua falta. Ele sempre foi forte em aspectos que eu não era. Não é que eu anseie por ele, mas vejo seu retrato sobre a lareira e me dou conta de que ainda estamos casados, apesar das nossas provações. Sinceramente, Tom é uma âncora para mim; não um homem que me empolgava, como Kurt, com seu sentido do proibido, ou como Linton, com seu romantismo desenfreado. Tom é bom, forte e sempre presente, como um amigo fiel. Mas onde estava a centelha, o fogo, naquela amizade? Com muita frequência, faço essa pergunta para mim mesma. No entanto, depois que partiu para a França, sem tê-lo como âncora, fiquei à deriva.

Preocupo-me muito com Linton. Quando ele se recuperar, precisamos definir nossos papéis como amigos. Não sei se será possível para qualquer um de nós. Às vezes, uma separação é a única opção, quando o amor causa muita dor. Levará um tempo para que nos ajustemos. Tem tanta coisa a ser feita com o bebê e Tom que não posso pensar nisso agora. As ideias de um divórcio e acordos, mudanças de casa, os olhares de desaprovação e a frase "Eu sabia que você ia me decepcionar", vindos da minha mãe, me provocam espasmos de ansiedade. Muitas vezes, como nesta noite em frente ao fogo, desejo que minha vida pudesse ter sido diferente. É quando almejo um mundo com Linton, que sei que não passa de um sonho.

Não recebi nenhuma notícia de Louisa sobre as cartas de Tom. Talvez ela esteja tramando o álibi perfeito para provar sua inocência.

Recebi uma carta de John Harvey, contando que ele poderia ter uma vaga para Virginie na equipe de Londres. Fico na dúvida se ela vai aceitar o meu conselho e seguir em uma direção que tenho certeza que beneficiará sua carreira. Tenho certeza de que já existe um recado a caminho, vindo de Paris para mim e, conhecendo Virginie, ela aceitará o cargo, mas protestará o tempo todo até chegar a Londres.

Escrevi o suficiente para uma noite. No céu, há uma lua cheia para os enamorados, mas a neve continua a cair e a encobrir sua beleza fria. Amanhã o dia promete ser ventoso e frio. Esta massa informe precisa se levantar da cadeira, perturbar Lazarus, cuidar do fogo e ir para a cama, solitária, mas aquecida, nesta noite de São Valentim.

A batida à porta, a agitação na escada e no *hall* lá de baixo foram seguidas por um silêncio mortal. O relógio do quarto de Emma funcionava desamparado, enquanto ela se esforçava para vê-lo de frente, o mostrador parcialmente obscuro, à sombra. Passavam alguns minutos das 2 horas da manhã. Ela se sentou na cama, incerta, na confusão do sono, dos sons lá de baixo. Logo, passos apressados ressoaram a caminho do seu quarto.

Anne chamou do *hall*:

– Sra. Swan... Emma...?

Com o coração aos pulos, ela pulou da cama e abriu a porta.

Anne tremia, seu rosto pálido iluminado por uma única vela.

– Tem um homem do hospital lá embaixo...

– Sim? – Emma perguntou, temendo o pior.

– O sr. Bower morreu pouco antes da meia-noite.

Emma buscou a porta, mas em vez disso cambaleou para trás.

Anna pegou-a nos braços e em silêncio levou-a para a cama.

– Sinto muitíssimo, senhora – Anne murmurou enquanto elas se sentavam, de mãos dadas.

Emma só conseguiu olhar para a moça a seu lado e pensar em um futuro engolido por morte, antes de explodir em soluços que rasgavam sua garganta.

Acesso: 18 de fevereiro de 1919

Não estou muito no clima para escrever. Enterramos Linton nesta manhã. Quando digo enterramos, quero dizer Alex, Anne, eu e os funcionários do funeral. Fomos as únicas pessoas que se incomodaram em comparecer a seu enterro em Mount Auburn. Providenciei e paguei pela cerimônia, embora Alex se oferecesse para ajudar. Até onde ele e eu sabíamos, Linton não tinha parentes vivos. Então, o enterramos em um terreno bonito, debaixo de árvores grandes, no alto de uma colina coberta de neve. Alex disse algumas palavras, e eu tentei, mas não consegui me conter. Quis que tudo aquilo terminasse o mais rápido possível e acho que Alex também. Pobre homem. Acho que ele amava Linton tanto quanto eu, se não mais.

De lá, Alex levou-me de carro, juntamente com Anne, até o apartamento de Linton, no West End. Por sorte, o senhorio do segundo andar estava um pouco mais prestativo do que da última vez, levando-se em conta o dinheiro que eu havia lhe pagado antecipadamente. Não havia tocado no apartamento, mas ficou satisfeito por se livrar dos pertences de Linton. Nós três, com máscaras e luvas, dispusemos das roupas de

Linton e juntamos o restante do que ele possuía, que era insignificante, com exceção de três pequenas pinturas, que estavam enfiadas debaixo de roupas sujas. Enquanto Anne e Alex entravam no carro, dei uma última olhada no apartamento, em busca de alguma correspondência ou itens pessoais que pudessem ter escapado aos nossos olhos. Não achei nada. Trouxemos as pinturas para casa. Alex me disse para ficar com as obras, com as quais eu esperava mesmo ficar, como lembrança da vida de Linton.

Anne fez chá para nós, e Alex foi embora no começo da tarde. Mais uma vez, fui deixada com Anne e meus pensamentos, e a lembrança de Linton, ao olhar para as pinturas empilhadas junto à parede do meu estúdio. Nesta noite, depois do jantar, vou me jogar na cama. Meu corpo parece vazio, como se uma luz tivesse se apagado na minha alma.

CAPÍTULO 13

BOSTON

Maio de 1919

O CONDUTOR OFERECEU A EMMA a estabilidade do seu braço estendido quando ela chegou à casa de Frances Livingston. Descendo do cabriolé, ela se apoiou nele, assim como tinha feito quando o cabriolé chegou para buscá-la. Agora, para qualquer observador, estava claramente grávida, a barriga distendida sob o vestido.

Subiu os degraus, consciente do peso extra que carregava. Sob o cálido jogo da luz solar, a casa senhorial de Frances parecia tão resplandecente como sempre. As flores primaveris haviam desabrochado e as árvores apresentavam novas folhas verdejantes. Emma jamais se cansava das tulipas de Boston em maio, de sua beleza radiante, e hoje não era exceção. O jardim leste, estendendo-se até a alta cerca de pedra que bordejava a propriedade, explodia com tons vibrantes de grená, amarelo, roxo e branco, essas largas fileiras intercaladas com sempre-vivas aparadas e arbustos frondosos. O céu parecia seda azul, e o ar cálido tocava seu corpo de um jeito suave e vibrante. Emma tirou sua jaqueta leve e deleitou-se à luz do sol. A terra regenerada e o clima agradável encheram-na com uma sensação de encanto e vida, que não sentia havia meses. Sua lembrança da guerra e de Linton não haviam esmaecido, mas a beleza do dia muito colaborou para diminuir a dor.

— Estou muito feliz que você e Louisa tenham voltado a ser amigas — Frances disse, enquanto levava Emma para a mesa do jardim, arrumada para três. — Toda aquela história entre as duas pareceu muito desagradável. Fiquei muito preocupada.

Emma acenou com a cabeça, enquanto se sentava.

– Obrigada. Foi um caso desagradável, e tudo se resumiu a um homem que imitou a letra de Louisa... Mas ela pode lhe contar a respeito.

– Estou louca de vontade de saber quem foi o autor de um ato tão desleal – Frances disse. – Vou lhe dizer uma coisa, minha querida, não existe nada mais próximo e mais caro ao meu coração do que proteger os que pertencem ao nosso círculo.

– Frances, realmente, às vezes você me constrange. Dificilmente pertenço ao seu "círculo". Não tenho a riqueza, nem a posição social nem...

– Bobagem. Nunca se subestime. Pense no que você fez. A maioria das mulheres no mundo nunca atingirá o que atingiu. O dinheiro é apenas uma parcela do nosso círculo. Estremeço ao pensar em como seria a vida se o sr. Livingston pudesse ter admirado seu trabalho antes de morrer. – Ela fez uma pausa para pegar sua taça de vinho. – Ah, gostaria que você pudesse participar. Poderia se juntar a mim em um brinde a seu sucesso, e a seu novo bebê. Tom deve estar muito orgulhoso... Quando ele volta para casa?

– Sim, nós dois estamos muito orgulhosos – Emma disse, rodeando a verdade. – O bebê vai nascer daqui a quatro meses. Não tenho certeza de que até lá Tom esteja aqui. Ele ainda está envolvido com o hospital francês.

– Bom, ele precisa voltar para Boston e ser um pai correto. O hospital que apodreça.

Emma estava pronta para responder quando Louisa surgiu às portas do jardim. Vestia uma pelerine branca desabotoada, um vestido azul-claro com um chapéu de aba combinando. Sua figura esguia era acentuada por um fio de pérolas marfim que descia até a cintura. Como sempre, parecia a personificação da moda.

– Boa tarde – Louisa disse e depois beijou as duas no rosto. – Sinto muito estar atrasada, mas fiquei presa na costureira. – Ela ocupou o lugar ao lado de Frances.

– Mais uma fortuna gasta em roupas, minha querida? – Frances perguntou.

Emma riu.

– Por uma boa causa.

– Com certeza – Louisa disse. – Não existe causa melhor do que uma mulher solteira precisando de marido.

– Tenho certeza de que a qualquer momento virá um pedido – Frances disse.

– Você é sempre muito positiva quanto às minhas chances matrimoniais, Frances. Gostaria de ter tanta certeza. – Louisa tirou a pelerine e perguntou a Emma: – Como vai o bebê?

– Faz tempo que não tenho mais enjoos matinais, e o médico disse que ele está se desenvolvendo bem. Acho que é um menino, pelo jeito que chuta.

– Você deseja um menino ou uma menina? – Frances perguntou.

– Um menino – Emma respondeu, sem hesitação.

– Tom deve estar feliz – Louisa disse.

Emma assentiu, novamente envolvendo o marido na história.

– É, tenho certeza de que está, mas o que eu quero ouvir é a história das cartas – Frances disse à Louisa. – Você escondeu isso de mim por tempo demais. Estou quase prestes a explodir.

– A história toda é muito deprimente – Louisa respondeu. – Tenho certeza de que Emma gostaria que conversássemos sobre questões mais animadoras.

– Não, tudo bem – Emma disse. – Conte mais uma vez, e depois tenho certeza de que podemos deixar isto para trás e nunca mais tocar no assunto.

– Tudo bem, uma vez mais por você, Frances – Louisa disse. Quando ela se virou, o sol resvalou pela aba do seu chapéu. – Você se lembra de um homem, acho que o nome dele é Everett, pelo que me lembro, um sujeito muito desagradável que frequentava suas festas e tentou se infiltrar em seu círculo?

– Ah, sim – Frances respondeu. – O sr. Everett, homem de confiança de Vreland. Ele foi para a guerra, acho... Desde então, não o vi nem ouvi falar nele.

– Não acredito que ele tenha ido para algo tão nobre quanto a guerra – Louisa disse. – Tenho certeza de que está preso.

Frances ficou boquiaberta.

– Preso?

– Ele é um falsário – Louisa respondeu –, motivo principal de ter permanecido um protegido de Vreland. Que melhor maneira de acessar arte do que por meio de um crítico? Ele copiava as técnicas dos artistas, criava obras falsas e depois as vendia como se as tivesse adquirido como originais.

– Um incendiário – Emma disse. – Tive meus desentendimentos com ele. No meu *vernissage* na Fountain, ele rotulou o trabalho de Linton Bower como "lixo" e depois afirmou que eu "não tinha lugar no mundo masculino da escultura".

Ela preferiu não mencionar que, mais tarde, o homem a cumprimentara na festa de Frances pela venda de *Diana*, sendo que, segundo sua teoria, o único motivo para a venda seria o rumor escandaloso envolvendo Linton e ela.

– Cretino! – Frances exclamou, irritada. – Um verdadeiro brutamonte, sem moral nem educação.

– Tenho certeza de que o sr. Everett conseguiu uma nota de agradecimento, ou uma carta que enviei a Alex, estudou a minha letra e forjou uma série de cartas a Tom. – Louisa fez uma pausa e bebericou seu vinho. – Não preciso entrar em detalhes, era um assunto particular entre Emma, Tom e... uma terceira pessoa.

– Todas nós entendemos o que você quer dizer, minha querida – Frances disse. – Os atos do sr. Everett foram desprezíveis em todos os sentidos.

– Quando Tom recebeu a primeira carta, deduziu que eu a tivesse escrito, e o mesmo aconteceu com Emma, quando a viu. Assim, a armadilha estava montada.

– Mas por que o sr. Everett faria tal coisa, com que intenção? – Frances perguntou.

– Para arruinar a minha reputação e meu casamento com o escândalo e destruir a minha chance de ganhar a vida como escultora – Emma respondeu. – Talvez ele tenha se fixado em mim porque não sou fundamentalmente uma pintora. É difícil falsificar uma escultura. Ele é um vigarista infantil, *misógino*, que causou mais problemas do que jamais saberá. Pelo que dizem, é um homem inteligente, mas destrutivamente mau, que não suporta ver uma mulher ser bem-sucedida.

– E, é claro, a ideia toda teria caído por terra se Tom tivesse escrito de volta para mim. Mas, sendo o cavalheiro que ele é, baniu da mente tais pensamentos grosseiros e não voltou a pensar nisso. É claro que, mesmo se Tom tivesse me respondido, o dano já teria sido feito. A semente da dúvida estaria plantada. Abominável... não é mesmo, Emma?

– Sem a menor dúvida, diabólico – Frances disse antes que Emma pudesse responder.

Emma olhou para o jardim e as tulipas com cores vivas, pôs as mãos em sua barriga redonda e esperou que a empregada servisse. Depois que um prato para o almoço foi colocado a sua frente, sabendo que, na verdade, Tom havia pensado mais vezes nas cartas, disse:

– O dano acontece em camadas. Uma granada explode e um homem é desfigurado. Meu trabalho na França mascarava os dolorosos ferimentos físicos da guerra, mas pouco podia fazer para suavizar emoções, e, como acabei descobrindo, existem outros perigos na vida, além de bombas e balas. Uma simples carta pode ferir com a mesma força explosiva, sendo que os ferimentos físicos e emocionais perduram por muito mais tempo do que as palavras.

Louisa abaixou a cabeça, de modo que a aba do seu chapéu encobrisse seus olhos.

– Você não deve ficar nervosa, minha querida, não na sua condição – Frances disse. – Precisa se jogar de novo no seu trabalho, algo menos exigente do que esculpir, é claro, talvez desenhar ou pintar. Uma diversão, um trabalho bom e sólido, é disso que você precisa.

Emma sorriu e provou um pedaço do peixe. Olhou para o intenso colorido do jardim, pensando em como seria maravilhoso captar seus tons em escultura, exatamente como Linton fazia em sua pintura.

– Como sempre, Frances, você se preocupa com o melhor para seus amigos. Talvez trabalhar seja exatamente o que preciso.

❖

Alguns dias depois, o sol se recolheu, deixando a cidade fria e úmida, sob uma espessa camada de nuvens. Emma desenhava em seu estúdio. Tinha começado vários estudos para *Narciso se levantando*, o novo trabalho que planejara, mas os desenhos deixaram-na tão fria e insatisfeita quanto o tempo. Amassou os papéis e jogou-os no chão, ao lado da mesa. Lazarus notou seu desagrado e farejou os restos que se juntavam ao redor das suas patas dianteiras.

Dificilmente ela teria se importado com a batida à porta do andar de baixo se não fosse a reação de Lazarus. Suas orelhas se empinaram, e uma chama súbita, uma expressão de alegria canina, passou pelos seus olhos. Em seguida, ele se levantou, saltitou em círculos e latiu loucamente para a porta fechada do estúdio.

– O que deu em você? – Emma perguntou. Ele respondeu com mordidinhas em sua mão. Ela abriu a porta, e Lazarus, agitando furiosamente a cauda, desabalou escada abaixo.

– Anne? – Emma chamou.

Um arquejo audível subiu do vestíbulo abaixo.

– Anne!

Quando a empregada não respondeu, Emma desceu a escada o mais rápido que pôde, agarrada ao corrimão. Ao chegar embaixo, virou-se e viu Tom. A empregada estava colada à porta, como se estivesse defronte a um fantasma. Havia uma mulher atrás dele.

Lazarus pulou em seu dono, latindo de alegria.

Tom ajoelhou-se para agradar o cachorro que ziguezagueava e sorriu para Emma, gesto que esmoreceu assim que notou a mudança ocorrida em seu corpo desde a última vez que se viram.

– Lazarus, venha para a cozinha – Anne disse. Ela agarrou o cachorro pela coleira e puxou.

Tom levantou-se e beijou Anne no rosto.

– Obrigado por cuidar dele, da casa e... da minha esposa.

– É tão bom revê-lo, senhor! – Anne respondeu. – Faz tanto tempo!

– É, Anne, faz. Gostaria que conhecesse madame Bouchard e o filho dela, Charles.

A mulher saiu de trás de Tom, e Emma imediatamente reconheceu os traços taciturnos da francesa, que tinha um menino pequeno aninhado junto ao ombro. Madame Bouchard olhou para Emma de maneira muito parecida à de Tom e depois inspecionou o ambiente.

– Podemos entrar? – Tom perguntou, enquanto tirava o menino de madame Bouchard.

– Agora vamos, Lazarus, vamos pegar um petisco – Anne disse e fechou a porta, ao mesmo tempo em que segurava o cachorro. Puxou-o em direção à cozinha, as patas de Lazarus cravadas no chão.

Emma indicou a sala de visitas, extremamente ciente dos adornos da casa *deles*. O retrato de Tom ainda observava do seu lugar, na moldura da lareira. Emma sentou-se em sua poltrona preferida, em frente à lareira, enquanto Tom e madame Bouchard ocuparam um lugar de cada lado. Emma acendeu uma lâmpada, para afastar a penumbra do entardecer.

Tom atropelou a criança ao se sentar, e o menino soltou um gritinho.

– Você precisa ser delicado com o seu filho – Madame Bouchard disse. Alisou as dobras do seu vestido com seus dedos fortes. – Assim como todos nós, ele está cansado da viagem.

– Não estou mais acostumado a lidar com crianças – Tom disse. – Participei de muito poucos partos em Toul. Homens feridos e moribundos, eram esses os protagonistas no meu estágio.

Emma olhou para eles, sem saber o que dizer. Madame Bouchard usava um vestido azul-marinho que esvaziava a cor do seu rosto. Estava agitada, não sabendo o que fazer com as mãos, seu olhar adejando pela sala. Parecia que Tom havia ganhado um pouco de peso; ele era sempre magro demais. Tinha tirado o bigode, ganhando uma aparência mais jovial. O novo visual desconcertou Emma, porque agora ele voltava a lhe lembrar Kurt, no tempo em que se conheceram em Vermont.

– Você tem algo a nos contar – Madame Bouchard disse, com um sorriso irônico.

– Explicarei *minha* gravidez *a Tom*, se é a isto que você se refere.

Madame Bouchard bufou e voltou sua atenção para os objetos da sala.

– Não vamos demorar – Tom disse –, mas senti que precisávamos conversar.

A francesa concordou com relutância.

– Chegamos a uma decisão – Tom continuou. – Charles e eu ficaremos em Boston. Madame Bouchard resolveu permanecer na França, com o outro filho.

A mulher sorriu com um pouco de altivez e disse:

– Você deveria saber que isto iria acontecer. Seu marido não a abandonaria... Eu lhe disse em Paris. É difícil criar um filho sem pais, mas Thomas é bom e sei que ajudará com nossos mantimentos. Meu outro filho é completamente francês, e me tornei também. Ele precisa conhecer os costumes do nosso país. Só vim para fornecer leite e ter certeza de que Charles encontraria um bom lar.

– Ela voltará para a França em poucos dias. Não tem vontade de ficar, nem de trazer o outro filho para viver aqui.

– Onde você vai morar? – Emma perguntou a Tom.

– Ainda não decidi. No momento, estamos em um hotel. Esperava poder conversar com você sobre um acordo. – A intensidade dos seus olhos azuis aumentou. – Vejo que as circunstâncias mudaram dos nossos dois lados.

– Ela lhe deu o troco – Madame Bouchard disse.

A penugem arrepiou-se no pescoço de Emma.

– Meu bebê não é uma questão de dar o troco. Minha gravidez era necessária. Não preciso explicar isto para você, nem mesmo Tom conhece meu motivo.

– Devo dizer que é um certo choque – ele disse e deu uns tapinhas no menino em seus braços. – Mas também, quem sou eu para falar em choques?

– Poderíamos conversar no pátio? – Emma perguntou-lhe.

Ele levantou-se com o menino, e Emma abriu as portas-balcão.

– Não demore, Thomas – Madame Bouchard disse. – Logo, Charles vai precisar comer.

Tom deu um olhar de aprovação e saiu pelas portas.

Emma olhou para os tijolos, enquanto o espaço, úmido e com musgo, fechava-se a sua volta. Os brotos verdes e tenros de abeto delineavam-se junto aos muros. Enquanto ela estivera fora, uma hera havia fincado raízes em um canto; agora seus tentáculos, cruzados por folhas multicores, subiam pelas pedras, lembrando-lhe o pátio em Paris.

– Ela é uma mulher das mais desagradáveis – Emma disse, após fechar as portas.

– Linda, mas desagradável.

– Ela é aquela…

– À época, eu estava muito carente, Emma, e espero que consiga entender isto. Tudo o que eu procurava era consolo por uma noite, e nosso relacionamento se desenvolveu a partir daí. Para ser sincero com você, estou feliz por ter um filho, já que não poderei voltar a ter um. – Ele olhou para Charles, cuja cabeça e cachos escuros estavam parcialmente cobertos por um cobertor.

Emma puxou a coberta e olhou para o pequeno rosto macio. O menino cochilava, e estava muito lindo em seu repouso.

– Ele também é lindo. Tem os seus traços, mas o cabelo e os olhos dela. – Emma disse, acariciando o cabelo preto abundante que cobria a cabeça do menino. Os olhos dele piscaram, revelando, por um momento, seu olhar escuro, antes que voltasse a dormir.

Tom riu.

– Não acho que ele vá ficar careca jovem, como o pai.

– Em Paris, ela me disse que você voltaria para mim. Naquela época, eu não sabia no que acreditar. É isso mesmo que você e ela querem?

Tom sentou-se na beirada da mesa e pousou o menino no colo.

– Ela jamais admitiria, mas quer que Charles cresça aqui. Acho que tem medo de que aconteça outra guerra.

– Então, por que ela não vem para a América e vive com você e o outro filho?

– Ela é orgulhosa, ferrenhamente nacionalista e ama seu país. Amou profundamente o primeiro marido, um francês, mas ele não foi bom para ela. Ele e o filho deles são a pedra de toque de uma outra vida, uma que ela tem intenção de preservar. Não quer deixar sua casa. – Tom olhou para seu filho. – Charles e eu fomos um adendo em seu plano de vida. Não que seja cruel… ela não é. Eu diria que é "pragmática", um tanto como Louisa. Constance e eu estávamos em busca de consolo.

– E ela, de dinheiro – Emma adiantou. – É uma mulher de negócios, e tão independente quanto possível.

– Talvez. Assim como outra mulher que eu conheço… e amo.

Um rubor surgiu em Emma, e a sensação chocou-a. Por que era tão difícil aceitar a confissão de um homem que conhecia com tanta intimidade?

– Quanto a isso, eu não sei – ela disse.

– Depois de muito refletir, ela decidiu desistir de Charles – Tom continuou. – Levou meses, mas me foi concedida uma adoção formal. Agora, nós americanos somos os heróis. Acho que a burocracia francesa foi mais favorável à minha solicitação por causa do meu papel na guerra. Tenho todos os documentos necessários, então, Charles pode ficar.

– Então – Emma disse, refletindo sobre a questão –, você voltou para casa?

– Achei que voltar para casa poderia ser uma possibilidade, até ver você. É filho do Linton?

– Não. – Emma lutou com as palavras. – Linton morreu.

Os olhos de Tom estreitaram-se, atordoados com sua revelação.

– Influenza… com complicações. Quando voltei, não o vi por semanas e, quando o encontrei, era tarde demais.

– Sinto muito. Sei que você gostava dele.

Emma assentiu, sem vontade de revelar mais dos seus sentimentos.

Tom olhou para ela, ansioso.

– Você não conhece o pai – Emma disse. – Um dia eu lhe conto.

– Você também não conhecia a mãe de Charles. O mundo é cheio de surpresas. – O menino retorceu-se no colo de Tom e começou a chorar. – Você se lembra quando eu lhe contei no hospital que não havia mais confiança entre nós? Eu queria dizer para nós dois, não apenas para mim. – Ele agradou a cabeça do menino. – Acho que ele está com fome e logo vai ficar irritado. Temos que ir.

– Como eu o encontro?

– No Copley Plaza, quarto 405. Espero que você me telefone.

– Preciso de tempo para pensar.

Emma abriu as portas-balcão, e Tom entrou, o menino agarrado a sua camisa.

Madame Bouchard sentou-se na cadeira, com um jornal estendido no colo.

– Ouvi ele se exasperando. Está com fome.

Emma imaginou Charles sugando no seu peito, alimentando-se do seu próprio leite.

– Vocês chegaram a um acordo? – Madame Bouchard perguntou.

– Mais ou menos – Tom disse.

Madame Bouchard tirou a criança de Tom.

– Estou confiando meu filho a você, sra. Swan. Precisa garantir que ele receba o melhor cuidado e atenção. Você é uma mulher forte. Sei que meu filho pode depender de você. – Ela parou e beijou a testa do menino.

– Vou sentir falta dele, mas sei que ficará feliz aqui, com o pai. – Estendeu a mão a Emma. – Agradeço sua hospitalidade. Duvido que voltaremos a nos encontrar. A menos que me permita uma futura visita.

Emma apertou a mão dela e não respondeu nada.

– Até logo, Emma – Tom disse.

– Até logo – ela disse e acompanhou-os até a porta.

Depois que a porta se fechou, Anne, sem fôlego, saiu correndo da cozinha. Lazarus, igualmente rápido, veio atrás, cheirando a porta e abanando o rabo em golpes rápidos e bruscos.

– Quem era aquela mulher? – Anne perguntou, tentando controlar sua excitação.

– Uma que duvido que você verá em breve.

– E a criança?

Emma arrastou-se pelo *hall*, seus pés parecendo pesar como chumbo. Anne alcançou-a, roçando nas costas de Emma.

Emma sentou-se em sua poltrona e olhou para o pátio. Apenas minutos antes, Tom estava sentado naquela mesa, com o filho *dele*.

Anne ficou junto à cadeira, esperando uma resposta.

Milhares de lembranças passaram pela mente de Emma, antes que ela dissesse:

– A história terá que esperar uma outra hora. Preciso pensar... Porque, sinceramente, não sei o que vou fazer e, neste momento, não tenho forças para lutar.

❖

Dois dias depois, quando o telefone tocou, Emma pensou que fosse Tom. Tinha passado duas noites inquietas e miseráveis, pensando nele e no filho adotado. Não seria fácil tomar uma decisão. Por um lado, queria que Tom e o filho fossem felizes. Por outro, não tinha certeza de amá-lo o suficiente para aceitá-lo de volta em sua vida. Considerou que, em suma, talvez a pergunta mais importante a ser respondida sobre o relacionamento deles fosse referente a felicidade, e não a amor. Nesse caso, sua decisão seria mais fácil.

Anne atendeu ao telefone, depois entregou o fone para Emma.

– É o sr. Hippel.

Alex cumprimentou-a, sua voz parecendo a mais animada entre todas as pessoas com quem tinha falado em semanas, com a possível exceção da sua empregada.

– Finalmente... estou partindo hoje para Nova York – Alex contou. – Está tudo empacotado e já a caminho. Meu amigo e eu vamos de trem, hoje à tarde.

– Parabéns – Emma disse. – Espero que tudo dê certo para vocês.

Houve um silêncio do outro lado da linha, como se Alex estivesse medindo suas palavras.

– Lamento toda essa história com o Linton – disse, por fim. – Lamento ele não ter conseguido me amar. No começo, eu acreditei realmente que fosse possível.

– Eu sei, Alex. Todos nós amamos Linton.

– É, jamais o esquecerei. Nunca foi mesmo da minha conta o que aconteceu entre os dois, mas você precisa acreditar quando digo que lamento que não pudessem compartilhar mais em vida. Você tem razão, todos nós amamos Linton.

O silêncio instalou-se novamente na linha até a voz de Alex recuperar seu jeito alegre.

– Tenho uma coisa para você.

– Uma surpresa?

– Vinda de Linton e de mim. Deve chegar em uma hora. Adeus, Emma, e, se for a Nova York, venha nos visitar. Se recomeçar a esculpir, me avise. Sabe-se lá, se eu mesmo não tiver uma galeria, tenho certeza de que um dos meus amigos terá. Não posso ficar muito longe do mundo da arte.

Emma despediu-se de Alex e, pela próxima hora, andou pela casa, incomodando Anne e Lazarus com sua antecipação nervosa. Abriu as portas-balcão para deixar entrar o ar fresco de maio. O sol brilhava ao redor de nuvens volumosas, e a brisa quente da primavera acariciou sua pele. Depois de caminhar pelo mesmo espaço por tempo demais, andou pela casa, mudando quadros e quinquilharias para se adequarem a seu clima.

Pouco antes do meio-dia, chegou um grande caixote, carregado por uma carroça. O condutor manteve o animal sob controle, enquanto um rapaz robusto lutava com a carga pesada à porta.

– Eu me pergunto o que poderia ser? – Emma disse ao rapaz.

– Não sei, senhora, mas é pesado – ele disse. – Tem algum homem que possa carregá-lo para a senhora?

– Não – Emma respondeu. – Anne, leve-o para colocá-lo sobre a mesa lá fora.

– Deixe-me ajudar você – Anne disse. – Minha patroa está esperando uma criança.

Enquanto o rapaz gemia, Anne agarrou um lado do caixote e conduziu-o pelo corredor e pela sala de visitas, até o pátio. Com a ajuda da empregada, ele deslizou o caixote para a mesa e depois suspirou de alívio.

– Por um longo tempo, isso aqui não vai a lugar algum – ele disse, tirando o boné para Anne. – Obrigado por sua ajuda.

– Por favor, dê uma gorjeta a ele – Emma pediu.

Ela analisou o caixote, enquanto Anne e o carregador saíam. Alex havia o marcado com selos da Galeria Fountain. O alto estava preso com pregos de dois centavos, mas estava folgado o suficiente para Emma poder tirar a tampa com as mãos. Empurrou para trás o pano que cobria o objeto de dentro.

O pano caiu e revelou *Diana*.

Dois envelopes achavam-se ao lado do bronze, que reluzia ao sol. Um vinha assinalado como sendo de Alex; o outro não tinha assinatura.

Emma abriu a carta de Alex.

24 de maio de 1919
Minha querida Emma:
Perto do final, paguei o aluguel do estúdio de Linton, porque ele estava começando a ficar sem dinheiro. Alguns meses depois de eu terminar a relação, o dono do estúdio (que eu conheço) pediu-me para retirar os pertences de Linton. Eu havia parado de arcar com as despesas e fazia muito tempo que o proprietário não via seu inquilino. Achei Diana escondida sob um pano, debaixo da estante. As prateleiras tinham sido tiradas, para abrir espaço para ela. Linton ficou em tal estado depois do fechamento da Fountain que acho que ficou alucinado. Nunca quis que eu lhe contasse que havia comprado a sua escultura com o dinheiro da venda das suas pinturas e me fez jurar que eu iria sustentar esse segredo. No início, eu aconselhei-o a não fazer a compra, dizendo que ele precisava economizar dinheiro para as despesas diárias e que deixasse patronos de arte abastados, como Fran Livingston, comprar a obra. Ele não quis ouvir. Disse que eram tantas as suas impressões digitais sobre a obra que ela era praticamente dele. Então, com relutância, concordei em vendê-la para ele. Linton a manteve escondida de você... Bom, você conhece o resto. Tive tempo para lamentar, desde a morte de Linton, e acho que é mais do que justo que a escultura volte para você, juntamente com uma carta que achei sob ela. Não vou mentir e dizer que não li, mas ela pertence a você. Vem do coração dele.
Sinceramente,
Alex

Com o coração disparado, Emma abriu a carta não datada. Imediatamente reconheceu os rabiscos de Linton.

Minha queridíssima Emma,

A guerra assolou muito além do entendimento, e fico desesperado por um dia voltar a segurá-la junto a mim, cheirar sua pele e sentir seu toque. Hoje estou em um desses estados. O céu está claro e suficientemente azul para eu poder escrever, já que a luz do sol jorra pela janela do meu estúdio. Mas duvido que nem sequer terei a coragem de mandar esta carta, porque temo que possa cair em mãos erradas, ainda que eu tenha plena confiança em Anne.

Meu Deus, como sinto sua falta! Não penso em nada mais, além de você, e me pergunto como está e o que faz em Paris. Está dormindo, quando eu estou acordado? Toca em seu corpo desejando que fosse a minha mão em você e não a sua? Sente, assim como eu, que perdi minha única chance de um amor verdadeiro?

A lembrança da noite em que caí em casa de Frances Livingston passa repetidamente pela minha cabeça. Deveria ter implorado para você ficar, para deixar Tom e não ir para a França e assim podermos começar uma vida juntos. Mas esses eram delírios de uma mente confusa e obcecada, de alguém desesperado de paixão e amor por você. A saudade em minha alma me transpassa como um punhal. Às vezes, no meio da noite, sento-me de repente na cama, porque minha mente grita o seu nome. E, então, preciso acalmar meu coração e enxugar as lágrimas.

Quero tocá-la. Um homem em seu pleno sentido não faz ideia da sorte que tem. Quantos homens passam pelo mundo alheios ao que está a sua volta? Se ao menos pudessem ficar cegos por um dia e não ver as mulheres que eles pretensamente têm em alta conta... Tenho certeza de que o mundo mudaria da noite para o dia.

Minha relação com Alex está se deteriorando e fico desesperado em um dia voltar a vê-la. Minha vida parece estar afundando em um pântano, e não consigo pensar, pintar, falar, mas apenas me empenhar em guardá-la em meu coração.

Quando você voltar, temo que terá mudado, enquanto estou paralisado em meu mundo em Boston. Mas saiba disto, minha querida Emma, o que quer que aconteça entre nós, amarei você para sempre. Não peço desculpas por esse amor. Não importa a época ou o dia em que nos reencontrarmos, se é que nos reencontraremos, você jamais deve se desculpar pelo nosso amor, eu para você e você para mim. Quero que você ame, Emma, e seja feliz; você merece muito em sua vida. E se a escolha chegar a ser entre Tom e mim, sei que tomará a decisão difícil. O que quer que aconteça, respeitarei essa escolha porque, afinal, meu amor por você é maior do que o meu egoísmo.

O sol está deixando a sala, e não consigo escrever mais. Quando a luz some, sou jogado mais uma vez naquele mundo escuro. Tenho apenas o meu coração e meu amor por você para propagar luz e calor.

E com isto, boa noite, querida Emma.

Meu amor é para você. Sempre.

Linton

Lutando para recuperar o fôlego, Emma largou a carta, vendo suas páginas esvoaçarem até os tijolos. Cobriu o rosto com as mãos e chorou, enquanto Anne entrava no pátio.

❖

Emma retomou seu bloco e desenhou com um fervor que não sentia havia anos; as linhas saíam furiosamente do seu lápis. *Narciso se levantando* tomou forma, de todas as maneiras e dimensões. O torso musculoso era de Linton; ela sabia disso e ficou feliz por ver o corpo dele ressurgir a sua frente. Em um dos esboços, um nu frontal, tinha desenhado o rosto dele e ficou satisfeita com o resultado. Os belos traços de Linton espiavam da página, as linhas fluindo, humanas, e cheias de amor.

Lazarus enrodilhou-se a seus pés. As portas-balcão estavam escancaradas. O sol havia vagado para além dos muros do pátio. Anne havia libertado *Diana* dos limites do seu caixote, e o bronze estava sobre a mesa, um testamento silencioso de Linton, suas impressões digitais ainda manchando o metal.

Quando Anne trouxe o chá, a sala estava escurecendo.

– Você precisa de uma lâmpada. Vai estragar a vista desenhando com esta luz.

Emma pousou o lápis, ignorando a preocupação de sua empregada.

– Depois que o bebê nascer, eu quero voltar a trabalhar.

– Esculpindo? – Anne perguntou.

– É. Este será meu primeiro projeto. – Ela virou as páginas do bloco, para que Anne pudesse ver os desenhos.

– São muito bonitos – Anne disse, com recato. – São do sr. Bower, não são?

Emma confirmou:

– Os rostos estão muito bons, você não acha? Acho que são os melhores que já desenhei.

– Eu diria que estão perfeitos. Quer comer alguma coisa?

– Não – Emma respondeu –, mas você poderia me fazer uma coisa?

– Claro.

– Amanhã de manhã, arrume um cabriolé para mim. Após o café, eu vou ao Copley Plaza visitar o dr. Shaw. Quero me encontrar com ele nos meus termos. Tenho muitas coisas para discutir, e quero dividir um segredo que ando mantendo há tempo demais.

Anne tocou no ombro de Emma.

Ela agarrou os dedos de Anne e olhou para o bloco em seu colo.

Da eternidade, o rosto de Linton Bower sorria para ela.

Este livro foi composto com tipografia Electra e impresso
em papel Off-White 70 g/m² na Formato Artes Gráficas.